열병

대산세계문학총서 131

열병

La Fièvre

르 클레지오 지음 — 임미경 옮김

문학과지성사
2015

대산세계문학총서 131_소설

열병

지은이 J. M. G. 르 클레지오
옮긴이 임미경
펴낸이 주일우
펴낸곳 ㈜**문학과지성사**
등록번호 제1993-000098호
주소 121-894 서울 마포구 잔다리로7길(서교동 377-20)
전화 02) 338-7224
팩스 02) 323-4180(편집) 02) 338-7221(영업)
전자우편 moonji@moonji.com
홈페이지 www.moonji.com

제1판 제1쇄 2015년 4월 30일

ISBN 978-89-320-2747-0
ISBN 978-89-320-1246-9 (세트)

이 도서의 국립중앙도서관 출판예정도서목록(CIP)은 서지정보유통지원시스템 홈페이지(http://seoji.nl.go.kr)와
국가자료공동목록시스템(http://www.nl.go.kr/kolisnet)에서 이용하실 수 있습니다.
(CIP제어번호: CIP2015011570)

이 책은 대산문화재단의 외국문학 번역지원사업을 통해 발간되었습니다.
대산문화재단은 大山 愼鏞虎 선생의 뜻에 따라 교보생명의 출연으로 창립되어
우리 문학의 창달과 세계화를 위해 다양한 공익문화사업을 펼치고 있습니다.

1964년 10월 23일, 니스에서.

정 알고 싶다면 털어놓겠는데, 나는 태어나지 않았으면 좋았을 거라는 생각이 든다. 산다는 것은 무척 피곤한 일인 것 같다. 물론 이제는 어쩔 수 없고, 이 상황에서는 아무것도 바꿀 수 없다. 그렇지만 이런 유감은 내 마음속에 계속 남아 있을 것이다. 나는 이 감정을 완전히 지워버리지는 못할 것이고, 그로 인해 결국 모든 것이 암울해질 것이다. 지금부터 해야 할 일은 빠르게 늙어가는 일, 양옆을 돌아보지 않고 되도록 빠른 속도로 세월을 삼켜버리는 일이다. 살아 있다는 사실로 인해 빚어지는 갖가지 자잘한 고통들은 감수해야 하고, 그러면서 너무 힘들어 하지는 말아야 한다. 삶은 불합리한 것들, 터무니없는 것들로 가득 차 있다. 그것은 하루하루 살아가면서 마주치는 소소한 광기일 뿐이지만, 눈을 좀더 가까이 대고 들여다보면 무시무시한 것들이다.

나는 삶의 희로애락 같은 감정들이 실재한다는 데는 그다지 동의하지 않는다. 그런 감정들 대신 내가 발견하는 것은 사방에서 조금씩 파먹어 들어오는 무수히 많은 벌레, 혹은 개미 떼다. 아주 작은 이 벌레들이 이따금 검은 화살표들처럼 한 지점에 모일 때가 있는데, 그럴 경우 사람의 이성적 사고는 균형을 잃는다. 몇 분, 혹은 몇 시간 동안 혼란이 닥친다. 익숙하지 않은 경험과 맞닥뜨리게 된다. 신열, 통증, 피로감, 몰려오는 졸음은 사랑, 번민, 증오 혹은 죽음만큼이나 강렬하고, 또 그만큼이나 절망을 안겨주는 '수난'이다. 어떤 경우에는 정신이 감각에 시달린 끝에, 일종의 육체적 도취 상태에 빠져들기도 한다. 진실은 백열등보다 더 밝아서, 보려고 하면 눈이 부실 수밖에 없다.

우리는 금방이라도 깨질 수 있는, 아주 불안정한 세계에 살고 있다. 눈길이 가닿은 자리를 주의 깊게 살펴보아야 한다. 귀에 들리는 소리, 피부에 와 닿는 감각은 무엇이건 의심해보아야 한다.

이 책에 실린 아홉 편의 작은 광기는 지어낸 이야기지만, 그렇다고 전적으로 허구인 것은 아니다. 그 소재는 익숙한 경험에서 길어왔다. 날마다 우리는 신열이든 더위든 얼마간의 열기로 인해, 치통 때문에, 스쳐가는 현기증 탓에 평정을 잃을 때가 있다. 화를 내기도 한다. 육체적 쾌락을 즐기기도 한다. 술에 취할 때도 있다. 이런 상태는 오래 지속되지는 않지만, 그래도 충분하다. 피부, 눈, 귀, 코, 혀는 매일 수많은 감각을 축적하고 있으며, 그 감각들은 어느 하나라도 잊히는 법이 없다. 바로 여기에 위험성이 있다. 우리는 언제라도 폭발할 가능성이 있는 화산들인 것이다.

오래전부터 나는 모든 생각을 말로 전달하는 일을 포기했다(생각이라고 부를 만한 뭔가가 정말 있는 것인지 이따금 미심쩍기까지 하다). 나는 생각을 글로 표현하는 데 만족하고 있다. 시, 장편소설, 단편소설은 독특한 고대 유물로서, 이제 아무도 거기에 넘어가지 않는다. 시와 소설은 무엇에 쓰이는 것인가? 글쓰기, 오로지 글쓰기만이 남는다. 언어를

통해 대상을 더듬어보는 글쓰기, 세밀하게, 깊게, 탐색하고 묘사하는 글
쓰기, 현실에 천착하는, 현실을 냉철하게 바라보는 글쓰기 말이다. 예술
을 하면서 학문에서처럼 앎을 얻고자 하는 건 무리다. 한 1, 2백 년 더
살 수 있다면, 뭔가 앎에 다가갈 수 있을지도 모르겠다.

존경을 담아,
J. M. G. 르 클레지오.

차례

일러두기

1. 이 책은 J. M. G. Le Clézio의 *La Fièvre*(Paris: Éditions Gallimard, 1991)를 우리 말로 옮긴 것이다.
2. 본문의 주는 모두 옮긴이의 것이다.
3. 맞춤법과 외래어 표기는 1989년 3월 1일부터 시행된 「한글 맞춤법 규정」과 『문교부 편수자료』『표준국어대사전』(국립국어연구원)을 따랐다.

열병

    한마디로 로슈는 견갑골이 앙상하게 불거진 남자였다. 그리 큰 체격은 아니었는데, 피부 아래 드러나는 골격의 생김새는 어느 방향에서 바라보든 확연히 드러나 보였다. 특히 흉곽 쪽은 둥근 아치를 이루며 나란히 늘어선 갈비뼈를 하나하나 헤아릴 수 있었다. 어깨, 팔꿈치, 뾰족 튀어나온 무릎, 힘줄처럼 보이는 몇 군데 근육, 그리고 무엇보다 며칠 굶주린 사람처럼 홀쭉하고 긴 얼굴, 갈고리처럼 굽은 코, 움푹 들어가 자리 잡은 눈과 푹 꺼진 두 뺨이 전반적으로 풍자만화의 캐리커처 같은 그의 인상을 한층 더 부각시켰다. 그렇지만 특이할 만큼 깡마른 모습인데도, 못생긴 건 아니었다. 어떻게 보면 미남이라고까지 할 수 있는 얼굴이었다. 걸을 때 로슈는 양팔을 어색하게 흔들다가 엇박자를 냈고, 그러면서 다리를 떼어놓는 리듬을 놓치곤 했다. 우스갯소리를 곱씹는 사람처럼 입가에 줄곧 띠고 다니는 가벼운 미소를 제외하면, 그는 결코 웃는 법이 없었다. 정말이지 거의 말을 하지 않았고, 그런 터라 그가 말이 없는 이유가 무엇인지 도무지 짐작해볼 수도 없었다. 술은 마시지 않았고, 담배는 이따금 미제 필터담배 한 개비를 꺼내 피우는 정도였다. 그를 정말로 안다고 말할 수 있는 사람은 없었다. 아내인 엘리자베트조차 그랬다. 게다가 친구도 없는 것 같았다. 그는 매일 오후 트랑스투리즘 여행사 대리점에 출근해서 저녁까지 일했다. 그런 근무 시간 덕분에 오전 시간은 자유롭게 쓸 수 있었는데, 그 시간을 활용하는 방법은 계절에 따라 달랐다. 겨울에는 잠을 잤고, 여름에는 바닷가로 나갔다.

그때는 로슈가 매일 아침 수영을 하러 가던 시기였다. 그날도 그는 늘 하던 대로 시 경계 지역에 있는 집을 나서서 자전거를 타고 바다로 갔다. 쏟아지는 햇빛을 받으며 해안선을 따라 오랫동안 페달을 밟았다. 바다를 향해 뻗은 갑(岬) 근처, 국도가 모퉁이를 돌아가는 지점에 이르러 그는 자전거를 멈추고 바닥에 내려섰다. 앞바퀴에 도난 방지 장치를 채운 뒤, 난간을 뛰어넘어 가시덤불과 자갈투성이 비탈면을 따라 물가로 내려갔다. 다 내려온 다음에는 비스듬히 왼편으로 돌아 가파른 바위 절벽을 따라갔다. 몇 미터 더 나아가면 만(灣)이라고 해야 할, 좁다랗게 자리 잡은 공간이 있었다. 물 위로 잡다한 부유물이 떠다녔다. 그곳에서 그는 아주 빠른 속도로 헤엄을 쳤다. 몸을 말리기 위해 평평한 바위 위로 올라가 자리를 잡았다. 주위에는 햇빛이 가득했다. 아직은 이른 아침이어서, 로슈가 일부러 눈을 들어 사방을 둘러보았다 해도 그의 눈에는 아무도 보이지 않았을 것이다.

볕이 뜨거웠다. 작은 땀방울들이 온 얼굴에 송골송골 맺혔다가 빠르게 증발했다. 땀방울이 가신 자리에는 말라붙은 소금기, 희뿌연 무리를 이룬 작은 자국들이 남아서 살갗을 잡아당겼다. 그 느낌 역시 통증이라고 해야 할 만큼 불쾌했다. 벌거벗은 몸뚱이를 개미 떼에게 넘겨준 느낌, 환장하며 달려드는 수많은 개미의 아래턱에 생살을 물어뜯기는 느낌이었다.

로슈는 몸을 일으켜 다시 헤엄을 치러 갔다. 물 밖으로 나오자 바람이 일었다. 그 계절에 만나는 바람치고는 꽤 서늘한, 느닷없이 휘몰아치는 동풍이었다. 로슈는 평평한 바위 위에 반쯤 드러누운 자세로 담배 한 개비에 불을 붙였다. 바람이 세 번 연거푸 라이터 불을 꺼뜨렸다. 어쨌거나 그는 담배 한 개비를 피웠고, 그러고는 바위에 등을 붙이고 눈을 감았다. 영사막으로 바뀐 눈꺼풀 위로 붉은색 보라색 거품들이 춤을 추기 시작했다. 거품은 사방으로 둥둥 떠다니며 왼쪽으로 묘하게 미끄러져 내빼거나, 간혹 다시 모여 한 덩어리로 뭉쳐 불분명한 형상들을 만들어냈다. 말 대가리, 아프리카 대륙, 나방, 꽃다발, 문어, 화산 분화구, 해골 같은 것들이었다.

이런 형상놀이에도 싫증이 날 즈음, 로슈는 일어나 옷을 챙겨 입고 국도로 다시 올라왔다. 자전거에 올라앉는 순간 멀리서 정오 사이렌이 도시 위로 울려 퍼졌다. 지평선 위로 뿌연 안개가 산에 바싹 붙어 피어오르고 있었다. 해는 안개의 얇은 장막에 한 꺼풀 가려진 탓에 흰색이었다.

로슈는 자전거 페달을 밟아 도로로 나섰다. 때때로 자동차들이 배기음을 나직하게 흘리며 그를 추월해 앞으로 달려 나가곤 했다. 온 사방에 열기가 가득했다. 주체할 수 없는 더위였다. 더위가 대기의 밀도를 높여놓은 탓에, 로슈는 숨을 틀어막는, 반대 방향에서 날아와 얼굴에 척척 들러붙는 일종의 보자기 같은 것들을 쉼 없이 통과해야만 했다. 이어서 플라타너스 가로수가 늘어선 대로를 달려, 우회전해서 경사진 도로를 거슬러 올라가 왼쪽으로 방향을 꺾은 다음, 사거리 여섯 개를 지나고 두 번 붉은 신호등 앞에서 정지한 뒤, 양편에 공터를 긴 좁은 길에서 한 번 더 우회전해서 자신의 집 앞에 멈췄다.

앞바퀴에 도난 방지 장치를 채운 다음, 자전거를 출입구 벽에 기대 세워놓고 계단을 올라갔다. 5층 층계참 오른편 문 앞에서 발을 멈춰 초 인종을 누르고 기다렸다. 잠시 후 현관문의 잠금 장치를 여는 소리가 나 더니 검은 머리를 길게 늘어뜨린 젊은 여자가 나타났다.

"아, 당신, 어서 와."

로슈는 여자를 따라 아파트 안으로 들어섰다. 현관문을 단단히 걸 어 잠그고, 입구 테이블 옆으로 지나가면서 그 위에 잠금 장치 열쇠를 올려놓고 주방으로 갔다. 북쪽으로 창이 난, 꽤 넓은 주방이었다. 흰색 나무 식탁이 놓여 있었다. 덧창을 닫아놓아서 어스름한 실내에 가스버 너의 파란 불꽃이 보였다. 무엇인가 큰 냄비에 담겨 버너 위에서 익어가 는 중이었다. 젊은 여자는 나일론 앞치마를 걸친 모습이었다. 앞치마 뒤 단추가 끌러져 있었다. 로슈는 여자 앞을 지나 개수대로 가서 손을 씻었 다. 그가 얼굴에 물을 끼얹어 소금기를 닦아내고 있는데 여자가 말을 걸 었다.

"수영하기 좋았어?"

"아주 좋았어." 로슈는 아쉽다는 듯이 중얼거렸다. "당신도 갔어야 했는데."

"이 더위에……"

로슈는 마른행주로 손과 얼굴의 물기를 닦았다. 그러고는 다시 현관 으로 가서 신문을 찾아 두리번거렸다. "신문은 어디에 있지?" 그가 고개 를 돌리지도 않고 물었다.

"뭐라고?" 그녀가 되물었다.

"신문을 어디에 두었어?" 그가 되풀이 말했다.

"침실에 있어." 아내가 대답했다. "침대 위에, 침실에 말이야. 당신 앞으로 편지가 한 통 왔어."

로슈는 방으로 들어갔다. 이불이 흐트러진 침대 위에 신문과 편지 한 통이 놓여 있었다. 로슈는 주방으로 되돌아와 등받이 없는 의자에 엉덩이를 걸쳤다. 신문은 식탁 위 접시 옆에 내려놓고, 과도의 뾰족한 끝으로 편지봉투를 열었다.

"다 됐어?" 그가 편지를 펼치면서 물었다.

"5분 있다가"라고 그의 아내가 대답했다. "배고파?"

"응……"

"5분 뒤면 감자가 다 익을 거야."

로슈는 편지를 읽기 시작했다. 모눈종이에 만년필로 쓴, 작고 가는 글씨였다.

로슈 오빠, 엘리자베트 새언니에게,

이 편지는 이탈리아에서 써 보내는 거야. 나는 지금 이 나라를 여행 중이거든. 밀라노와 볼로냐를 거쳐 오늘은 피렌체에서 묵고 있어. 피렌체에서 산 우편엽서 한 장을 봉투 안에 넣어 보낼게. 이곳은 태양이 아주 따갑지만, 그래도 풍광은 더없이 아름답기만 해. 유적들을 빠짐없이, 그리고 박물관들도 전부 찾아다녔어. 또 이곳의 볼거리라는 볼거리는 거의 전부 돌아보았지. 정말 멋져. 두 사람도 조만간 이곳을 여행할 기회가 있기를 바라. 와볼 만한 곳이야. 엄마에게는 엊그제 편지로 소식을 전했어. 엄마가 신경통으로 너무 힘들어 하지 않아야 할 텐데. 오빠네 부부도 잘 지내기를. 더위에 너무 고생하지 않았으면 해. 며칠 전 밀라노에서 에마뉘엘을 만났어. 여행 삼아 아내와 함께 거기 며칠 머무는 중이라더군. 우리는 몇 가지 추억을 되살리며 이야기를 나누었지. 그가 말하기를, 휴가를 마치고 파리로 돌아가는 길에 오빠를 만나러 들를 계획이라고 했어. 요즘 그는 어딘가 냉장고를 만드는 공장에서 일하나 봐. 보수도 꽤 넉넉히 받는 것 같아. 이상이 전하고 싶었던 소식이야. 나는 다음 주 화요일에 베네치아로 가려고 해. 거기서 보름 정도 머물 생각이야. 머물 곳의 주소는 말하지 않을래. 로슈 오빠가 내게 편지를 보내는 일은 없을 테니까. 그럼 다시 연락할게, 안녕.

앙투아네트.

로슈는 의자 위로 몸을 기울여 봉투를 찾아 우편엽서를 꺼냈다. 엽서 사진은 어느 정원 풍경을 담고 있었다. 풀밭과 붉은 꽃들, 삼나무 한 그루가 보였다. 노란색 열주가 있는 아치형 통로가 풀밭을 거의 포위하다시피 둘러싸고 있었다. 삼나무 그림자가 열주 아래 바닥에 가지런한 줄무늬를 그렸다. 사진 왼쪽 귀퉁이에 보이는 하늘은 금속성 푸른빛을 띠었다. 엽서 뒷면, 편지글을 적을 수 있는 공간 위에 다음과 같은 글자들이 보였다.

피렌체FIRENZE

뮤제오 산마르코Museo S. Marco(산마르코 미술관)—일 키오스트로Il Chiostro(열주회랑)

뮈제 드 생마르크Musée de S. Marc—르 클루아트르Le Cloître

뮤지엄 오브 세인트마크Museum of S. Marc—더 클로이스터The Cloister

마르쿠스 무제움Markus Museum—데어 크로이츠강Der Kreuzgang

마지막 글자까지 읽고 나서 로슈는 우편엽서와 편지를 식탁 위, 봉투 옆에 내려놓았다. 엘리자베트가 냄비에서 감자를 건져 접시에 나눠 담았다. 그리고 나서 기름이 배어나온 종이를 펼쳐 햄 두 조각을 떼어내 각각의 접시 위, 감자 옆에 놓았다.

"누가 보내온 편지야?" 그녀가 물었다.

"별것 아냐— 동생이 보내온 거야" 하고 로슈가 말했다.

"왜 편지를 써 보낸 건데?"

"그냥 이유 없이, 지금 이탈리아에 있다는데."

"그래? 몰랐네."

"나도 모르고 있었어— 그 아이는 밀라노, 베네치아, 그런 곳을 다니는 중이야. 어쨌든, 여기 봐, 우편엽서까지 한 장 보내왔어."

그리고 그는 나이프 끝으로 사진엽서를 가리켰다. 엘리자베트는 편지와 엽서를 집어 들어 대충 훑어보고 다시 식탁 위, 자기 옆에 내려놓았다.

"피렌체에 가 있구나." 여자가 말했다.

"응, 그렇대. 피렌체에 있대" 하고 로슈가 대답했다.

"아름다운 도시일 거야."

"그렇겠지." 로슈가 심드렁하게 대답했다.

그녀는 감자를 먹기 시작했다. 로슈는 이미 접시를 거의 비웠다.

요구르트를 먹고 나서, 로슈는 식탁에서 몸을 일으켜 신문을 집어

들고 방으로 들어가 침대에 몸을 눕혔다. 이제 더위는 무엇이든 짓눌러 버릴 기세였다. 태양의 열기가 닫힌 덧창을 타고 슬금슬금 내려오고 있었다. 잡다한 소음이 대기 속을 기포처럼 떠다녔다. 사방의 모든 것, 벽, 마루, 천장, 침대 시트, 신문 종이까지 눅눅했다. 로슈의 가슴과 등에서 어느새 땀이 배어나왔다. 피부가 축축한 얇은 막 같은 것에 감싸여 매트리스 표면에 쩍쩍 달라붙었다. 졸린 것은 아니었지만 느른하게 밀려오는 피로감, 온 팔다리가 무겁게 가라앉는 느낌 탓에 그는 그 자리에 못 박힌 듯 꼼짝도 할 수 없었다. 신문을 한 면 한 면 가까스로 넘겼다. 한 행에서 다른 행으로 눈을 옮겨놓기도 힘들었고, 그렇다 보니 같은 문장, 같은 어구, 같은 단어를, 의미 없이 글자만, 마치 늪에 빠진 사람처럼 허우적거리며, 필사적으로, 되풀이해서 읽곤 했다. 소식들이 지구 반대편에서 그를 향해, 그 한 사람을 향해, 산을 넘고 바다를 건너서 오고 있었다. 그런 뉴스들을 그는 맞아들일 수조차 없었다. 먼 지역의 표상인 그 단어들, 그 묘하고 괴이쩍은 사건들의 요약본이 눈앞에 있었다. 세계 방방곡곡의 사람들이 그 종이면 위에서 알쏭달쏭하게 휘두르는 칼끝들이 있었다. 하지만 그는 결코 그걸 이해하지 못할 터였다. 계속해서 그는 욕조에 갇힌 수인(囚人)처럼 수증기 장벽에 둘러싸여 망연자실한 채 이 한여름 오후에 잠겨, 누런 신문 종이를 손가락으로 쥐고, 벽 건너편에서 아내가 설거지하는 소리를 귓속에 가득 채운 상태로, 홀로 고립되어, 함정에 걸려든 꼴로, 웅크리고 있을 터였다.

　그렇지만 이런 그를 제외한 바깥, 사방으로 그를 둘러싼 이 벽들 너머 수천 킬로미터 떨어진 곳에서는 사건들, 해괴하고 터무니없는 돌발 사태가 벌어져서, 그것이 일으키는 메아리가 마치 성난 군중들의 웅성거림처럼 그에게까지 전해지고 있었다. 대양을 건너, 들판을 가로질러, 깊은 골짜기에 모여 앉은 마을들을 지나고, 분화구, 철도, 고압전선, 뱉어놓은 침 같은 크기의 호수 위를 날아가면 그 역사의 현장에 도달할 수 있었다. 어느 사건이든 이미 준비된, 무르익은 것들이었다. 사건들은 신문 지면에 쓰여 있듯이, 사방 괘선에 둘러싸인 모양새로 다른 사건들 사이에 끼여 다른 활극들, 다른 살육들을 축약해서 보여주듯이, 같은 양상으로, 통탄을 곁들이고 연민을 끼얹은 채, 이미 대지 위에 쓰여 있었다.

게인스빌(조지아 주)의 한 카페에서 백인 손님들과 당구대를 이용하려는 흑인들 사이에 충돌이 일어났다. 백인 청년 네 명이 체포되었다. 백인 한 명은 술병에 맞아 부상당했다.

그러나 흑인들의 그와 같은 행동이 가장 격렬한 충돌을 야기할 곳은 다른 곳보다도 미국 남부 인종차별의 중심지인 앨라배마 주이다. 설령 버밍엄에서는 비교적 무사히 넘어간다 해도, 근교 산업지역인 베서머에서는 상황이 다르다. 이 도시에서는 흑인 다섯 명이 '카페테리아'에 들어가 식사하려다가 백인들에게 야구방망이로 폭행당한 적이 있다. 역시 앨라배마 주의 도시로, 현재 인종차별 철폐 주장과 흑인 투표권 요구 시위가 벌어지고 있는 셀마에서는 흑인 청년 아홉 명이 각각 다른 죄목으로 체포된 상태다.

흑백 분쟁

지난 월요일, 흑인 55명과 백인 6명이 동일 지역에서 체포되었다. 터스컬루사에서는 백인 네 명이 식당에 들어와 음식을 주문하려는 흑인들을 쫓아내는 일이 있었지만, 반면 같은 도시 안의 다른 식당 두 곳에서는 흑인들이 들어와서 별다른 제재 없이 식사를 주문할 수 있었고, 심지어 '백인 전용' 호텔에 투숙하기까지 했다. 애틀랜타에서는 검찰이 인종분리주의자인 한 백인 남자를 기소했는데, 혐의는 흑인들이 식당에 들어와 자리에 앉으려 하자 자신이 소지한 권총으로 위협했다는 것이었다.

폭력은 사방에서 벌어지고 있었다. 단단히 움켜쥔 주먹들이 맨살 급소들을 가격했다. 코가 깨지고 치아가 부러져 나오고, 관자놀이가 터져 피가 천천히, 천천히, 흐르기 시작했다. 내려치는 곤봉 아래에서 피부가 퍼렇게 멍들어가고, 머리카락은 식은땀에 절어 들러붙었다. 어떤 이들의 흉곽에서 심장이 두방망이질했다. 그 심장들이 금방이라도 멎을 듯이 펄떡거렸다. 목을 조르면 공기를 들이마실 수 없다. 차가운 전율이 길게 척추를 타고 올라온다. 그러면 몸뚱이는 무기력하게 축 늘어져 제멋대로 덜렁거리게 된다. 두 다리는 후들후들 떨리고 두 팔은 힘을 쓸 수 없다. 구타의 충격이 멍멍하게 울리는 두개골 안에서 생각들은 파괴되고, 생각을 만들어내는 기계는 맹렬하게 공회전을 일으키며 공허에 잠겨든다. 범죄는 어떤 것이든 이유가 없기 때문에 끔찍하다. 한 무리의 사람들이 어금니를 악물고 눈을 희번덕거리면서 거리를 돌아다닌다. 그들은 깃발을 쳐들고 있다. 창문마다 빨아 넌 옷가지들이 펄럭이고, 높이 솟은 벽면들이 산처럼 지평선을 가렸다. 모든 것이 미로처럼 엉키고, 모든 것이 고통과 상처가 된다. 몸뚱이들, 수백만 몸뚱이들이 진창에 뒹군다. 바싹 야위어 피 웅덩이에 처박힌다. 그리고 그 몸뚱이들 위로 원시림이 자란다. 원시림은 대지를 움켜잡아 조르고, 몸뚱이들 속으로 뿌리를 내려 살을 찢는다. 살아 있는 뿌리들이 숲을 이루어 깊숙이 땅속으로 뻗어간다. 그리하여 이 숲 주위로 고통의 그 역겨운 냄새가 퍼져 나간다.

비명들이 사방에서 터져 나오면서 귀곡성 같은 넋두리, 탄식의 노래에 추임새를 넣는다. 모든 목구멍이, 말하자면 한꺼번에 헐떡이고, 그렇다 보니 들리는 것은 숨소리들뿐이다. 그 숨소리들이 거대한 웅덩이를 기어오르고, 내벽을 긁어대고, 그 안으로 스며든다. 세상은 어느 지하 묘지에서 끝난다. 아니, 어느 방, 덧창이 닫힌 어느 큰 방에서 끝난다. 그 방의 침대는 헝클어져 있고, 옷가지들이 여기저기 의자들 위에 널려 있다. 땀과 담배에 전 한나절이 풍기는 냄새, 공동휴게실, 병원의 다인용 입원실에서 맡게 되는 것과 흡사한 냄새가 떠도는 방이다. 그 방에 전구 하나가 전깃줄 끝에 매달려 희미하고 칙칙한 빛을, 끊임없이, 강렬하게 내리쏟고 있다.

이 모든 무질서, 이 유독한 대기 한가운데서, 마치 꿈속의 일인 양 신문의 말들이 낱낱이 해체되었다가 커다란 백지에, 단번에, 다음과 같이 썼다.

　　내 두개골과 눈 밖으로
　　광한(狂漢)들이 느리게 행진해서 올라왔고,
　　그들의 깃발이, 주먹을 휘두르듯
　　바람에 펄럭이며
　　찢어진 그 천 조각에
　　'분노'를 써 날랐다.

　　황소처럼 힘센 그들이, 육중한 체구로,
　　촘촘히 열을 지어 걷고 있었다.
　　땀이 그들의 이마를 타고 흘러내렸다.

그들은 추했지만 그것은 고통 탓이었다.
그들이 들이닥치자 온 도시 사람들이
거추장스러울 것은 무엇이든 말없이 버리고
집과 가게를 뛰쳐나와 달아났다.

밤은 한없이 이어졌고,
그들은 텅 빈 거리를
쉼 없이 돌고 또 돌아 행진했다.
흰 깃발들이 그들의 머리 위에서 펄럭였고,
거기 쓰인
'분노'도 펄럭였다.
그들은 침몰해가는 큰 난파선,
침몰하기 위해 가공할 노력을 기울여 붕괴되는 난파선 같았다!

그들은 온 밤을 바쳐 죽어갔다.
갈비뼈가 불거진 완강한 가슴팍도 소용없이
그들은 차례차례 쓰러져,
얼굴은 개울에 처박히고,
주먹 쥔 손들도 결국에는 느슨히 풀렸다.
그들의 멍한 눈은 계속해서 어떤 해를,
의심스러운, 다소 수치스러워하는 해를 응시했다.
그 해는 검은색 비로드 같은 그 진창들을 부드럽게 비추고 있었다.
그렇다
이것이 그들이 죽는 이유

그들은 당신을 위해 죽는 것이다.

그러고는 더 멀찍이, 더 뒤에, 다른 기사가 신문 지면에 박혀 있다. 활자로 고정되어 지위지지도 않는, 그렇지만 기억 속에서는 금세 사라지고 마는 글이다. 참담한, 적나라한, 비열한 그 범죄, 그런 것은 늘 세상에 존재하는 것이며, 그래서 우리는, 각자의 욕조에 갇혀 있는 까닭에, 그 범죄에, 생각지도 못하고, 점차 손을 담그게 된다. 그렇다, 그건 확실하다. 그 사건, 그 범죄, 그 작은 파동은 저절로 고조되어 울려 퍼지고, 메아리를 만들고, 실제로 고통을 가하고, 그러고는 언어의 형태로 말라붙어 소멸한다.

아미앵 ─ 우트르부아의 농사꾼인 23세의 로제 보키옹이 살인과 특수절도 죄목으로 라 솜의 형사법정에서 무기징역을 선고받았다.

지난 1월 22일, 둘랑 인근 작은 마을 앙아르디발에서 주류 소매를 겸한 식료품점 주인인 독신의 73세 마르트 모렐 할머니가 상점에 들어온 손님에게 피습당했다. 피의자는 포도주 한 잔을 주문해 마신 뒤 범행을 저질렀다. 그는 단도로 할머니의 목을 베었고, 계산대 뒤에서 발견된 시신 둘레에는 피가 흥건히 고여 웅덩이를 이루고 있었다. 범인은 금전출납기에 들어 있던 20, 30프랑가량의 현금을 훔쳤지만 집 안은 뒤지지 않았다. 집 안의 옷장에는 모렐 할머니가 저금해놓은 2만 프랑의 돈다발이 들어 있었다.

다음 날 보키옹은 체포되자 자신의 죄를 순순히 자백하면서, 그저 자신은 이 노인을 죽이고 싶다는 욕구에 줄곧 시달려왔다고 말했다.

그렇다. 늙은 여자들은 이런 식으로, 쉽게 죽어갔다. 그들의 생명은 파도처럼 위에서 덮쳐온 어떤 느닷없는 행동에, 찢어지는 거친 비명 소리 하나로 끝장이 났다. 그들은 자신의 육신을 버리고, 예전에는 젊고 아름다웠지만 이제 물기가 빠져나가 버석버석한 그 늙은 살가죽을 버리고 떠났다. 이제 그들은 벌거벗겨진 모습으로, 간결해진 모습으로, 자신의 가장 깊숙한 곳, 모든 사람의 내장 깊숙이 자리 잡은 그 검은 구멍으로 빨려 들어가, 고요 속에 잠겨 있다.

로슈의 몸속에서 묘한 떨림 증상이 일었다. 그는 신문을 두 손으로 펼쳐 잡고 침대에 앉은 자세로 꼼짝도 하지 않았다. 눈을 크게 떠 정면의 거울 달린 옷장 쪽을 똑바로 응시하면서 그 떨림에 몸을 내맡겼다. 뜨거우면서 동시에 차가운 전율감은 발바닥에서 시작해서 사지를 빠르게 거슬러 올라오며 온몸의 털을 쭈뼛 곤두세우고, 살이며 피부를 스멀거리게 했다. 흉곽 위쪽까지 올라온 전율은 경련이 되어 여러 갈래로 퍼져 나가 문어발처럼 상체를 칭칭 동여매고, 물어뜯고, 빨아먹고, 인두불로 태웠다. 이어서 단번에 목덜미를 덮치더니 머리에 이르렀다. 전율이 별 모양으로 퍼져 나가며 계속해서 신경을 폭발시키고 로슈의 생명을 분쇄해 그 가루를 낱낱이 흩뿌렸다. 힘줄과 근육이 끊기고 갈기갈기 찢어졌다. 땅이 흔들려 벌어지듯 턱이 벌어졌다. 이제 혈관에 흐르는 것은 피가 아니라 녹아내린 용암, 흘러내리며 모든 것을 날려버리는 용의 피였다. 로슈는 침대 위에 몸을 웅크렸다. 고통이 온몸으로 퍼져 나가는 것을 느꼈다. 이가 딱딱 마주쳤다.

경련이 오래가지는 않았다. 모두 합해 3초가량, 어쩌면 그보다 짧았을 수도 있다. 로슈는 자신이 헐떡이면서 모로 누워 있다는 사실을 깨달았다. 등과 얼굴에 땀이 흥건했다. 신문은 침대 발치, 바닥에 떨어져 있었다.

로슈는 놀라서 방 안, 자기 주위를 둘러보았다. 그렇지만 변한 것은 아무것도 없었다. 벽은 누리끼리한 벽지로 덮인 그대로였고, 덧창은 여전히 닫힌 상태였다. 테이블은 창문 앞 제자리에 놓여 있었고, 전구는 양철 갓을 쓴 채 전깃줄 끝에 매달려 있었다. 몇 미터 떨어진 주방에서는 아직까지 설거지 소리가 들려왔다. 또한 바깥에서는 칠이 벗겨진 차양 위로 햇빛이 형광색 굵은 민달팽이처럼 기어가고 있었다.

로슈는 몸을 일으켰다. 씻고 싶었다. 별안간 기이한 무력감이 덮쳐왔다. 다시 주저앉을 수밖에 없었다. 등을 굽혀 신문을 다시 집어 들었다. 그렇지만 곧이어 그걸 시트 위에 내던지고 머리맡 탁자 위에 놓인 아내의 담뱃갑과 성냥으로 눈길을 돌렸다. 담배 한 개비를 꺼내기 전에 마분지 담뱃갑을 훑어보았다. 박하향 담배, 컨설러트,* 혹은 그런 종류였다. 그는 잠시 담배를 피웠다. 최소한의 동작 말고는 몸을 거의 움직이지 않았다. 그러고 나서 아내를 불렀다. 아내가 문간에 나타났다. 왼손에 설거지 수세미를 쥔 채 다른 손으로 흘러내린 머리를 쓸어 올렸다. 로슈를 쳐다보면서 그녀가 물었다.

"왜 불렀어?"

"아스피린을 갖다줘" 하고 로슈가 대답했다. "머리가 아파."

그녀는 잠시 자리를 떠났다가 아스피린과 물 한 컵을 들고 다시 왔다. 로슈는 부리나케 약을 받아 삼켰다. 물컵을 도로 건네주었다.

"두통이야?" 엘리자베트가 물었다.

"응, 몸이 으슬으슬해." 그가 말했다. "감기가 왔나 봐."

---

* 멘톨을 첨가한 담배 상표.

"이 더위에?"

"바닷가에서 바람을 조금 맞았거든. 지금 몇 시지?"

"30분 다 되어가." 엘리자베트가 대답했다.

로슈는 일어나 몇 걸음 내디뎠다. 다시 기운이 났다. 그는 몸을 한 번 죽 늘려 기지개를 켰다.

"그렇군. 사무실로 나가봐야지." 그가 말했다.

아내가 앞치마를 벗었다.

"장을 보러 나갈 생각이야, 조금 있다가." 그녀가 물었다. "당신을 데리러 여행사에 들를까, 7시에?"

"아냐, 그럴 것 없어. 곧장 들어와. 집에서 보자."

"내가 시내로 당신을 찾아가는 게 내키지 않는 거야?"

"아니, 집에서 보는 것이 더 낫다는 말이지. 사무실 일이 언제 끝날지도 확실하지 않으니까" 하고 로슈가 대답했다.

"좋을 대로." 엘리자베트가 말했다.

로슈가 빗을 들고 옷장 거울 앞에서 머리를 가다듬은 뒤 출입문 쪽으로 갔다.

"다녀올게." 그가 말했다.

"잘 다녀와." 엘리자베트도 중얼거렸다.

그는 문을 나섰다. 아파트 건물 아래 거리로 나와 자신의 자전거 앞에서 잠시 망설였다. 그러고는 걸어서 출근하기로 마음먹었다.

5백 미터가량 걸어갔을 때, 몸이 또다시 떨려왔다. 처음에는 가벼웠다. 미풍처럼 피부를 스치는 떨림이었다. 이어서 그 떨림은 말벌들이 순식간에 쏘고 지나간 느낌을 던지더니, 뒤이어 핏속에 열기가 스민 듯, 독이 주입된 듯, 점점 더 격렬하게, 점점 더 깊숙하게, 피부를 사납게 물어뜯고 신경을 흔들어놓으며, 방전 불꽃이 튀듯 마구 뒤엉켜 순식간에, 세차게 퍼져 나갔다. 열이 솟구치고 식은땀이 맺혔다. 로슈는 보도 위로 걸음을 옮겨놓았다. 다리가 뻣뻣했다. 땡볕이 내리쬐고 있었다. 셔츠의 등과 겨드랑이가 배어나온 땀으로 다시 젖어들기 시작했다. 그는 어쩔 줄 모르고 있었다. 그렇지만 앞으로 나아가야 했다. 머릿속은 바싹 곤두선 채, 다리 혹은 척추가 조금이라도 휘청거리면 곧바로 대처할 준비를 했다.

눈앞에 거리가 펼쳐져 있었다. 온 사방이 햇빛에 잠겨 하얬다. 보도를 따라 주차된 자동차들에서 달궈진 도료와 녹아내리는 타이어의 묘한 악취가 풍겼다. 맞은편에서 행인들이 벽을 따라 힘겹게, 무거운 걸음으로 다가오곤 했다. 사거리에 교통경찰관 한 명이 발밑에 짙게 깔린 자신의 그림자와 함께 차도 한가운데에 서 있었다. 비둘기들이 도로 배수구 가장자리를 배회하면서, 저기 위쪽, 4층에서 식탁보를 털 때 떨어진 빵부스러기를 찾느라 쉴 새 없이 머리를 까닥거렸다. 보도를 보수하느라 군데군데 덧씌운 아스팔트가 신발 바닥에 끈적끈적하게 달라붙었다. 입방체 모양의 집들 위로, 기와지붕과 하얗게 달구어진 아연판 지붕들 위로, 하늘은 텅 빈 채 푸르게 펼쳐져 있었다.

로슈는 방향을 틀어 마로니에 가로수 길로 접어들었다. 나무 그늘이 드리운 쪽으로 얼마간 걸어갔다. 걸음을 더는 옮겨놓기가 어려워질 거라는 느낌이 들었다. 머리끝에서 발끝까지 땀으로 흠뻑 젖어 있었다. 혈관 속에서 피가 타는 것 같았고, 아래턱이 쉴 새 없이 딱딱 마주쳤다.

급수대가 있을 만한 곳을 눈으로 찾아보았다. 차도 건너편 보도에, 내리쬐는 햇볕 아래, 한 군데 있는 것이 보였다. 길을 건넜다. 몸이 떨렸다. 쓰러지지 않으려고 급수대를 한 손으로 짚어야만 했다. 그런 자세로 그는 머리를 숙여, 수도꼭지 구멍에 입을 갖다 붙이고 물을 마셨다. 꽤 많이, 아마도 0.5리터 이상 마신 듯하다. 그러고는 무거운 머리를 들어 주위를 둘러보았다.

도시 풍경은 여전히 뜨겁게 달아오른 모습이었다. 그렇지만 이제는 온 사방에서 전기 섬광이 솟구치고 있었다. 벽 모서리, 보도의 턱 위, 가로등 옆, 나무 둥치에서 보랏빛 큼직한 불꽃이 번쩍거렸다. 아마도 어떤 자기(磁氣) 폭풍 한가운데, 섬광이 첩첩이 겹쳐 번쩍거리고, 그 안쪽에 어느 순간에라도 폭발할 수 있는 불덩어리가 도사린 어떤 세찬 소용돌이에 갇힌 것 같았다. 태양은 하늘 높은 곳에서 대지의 표면을 향해 포격하듯 땡볕을 무차별 퍼부어댔다. 불타는 빛줄기가 대지를 꿰뚫고 들어와 박혔다. 원소들의 분노를 피하기란 어려웠다. 천계가 지상에 선전포고를 한 것이 분명했다. 열기는 여러 날 동안 이렇게 물질 속에 축적되어왔다. 이제 온 세상은 잉걸불과 재가 되어 있었다. 속에 불을 품은 넓은 융단 위를 걷는 느낌이었다. 가벼운 바람 한 줄기만으로도 곧바로 화재가 일어날 수 있었다. 풀무질 시늉만으로도 집채만큼 높은 불꽃을 일으키고, 거리에 네이팜탄을 무수히 쏟아붓고, 화약에 불을 붙일 수도 있었다. 아니, 그것은 끝없는 대재앙, 어떤 폭발의 출발 신호가 되어, 그에 따라 모든 것이 연쇄 폭발의 소용돌이에 휘말려, 그 안으로 삼켜져 들어갈, 소실될, 자취를 감출 참이었다.

급수대 옆에서 로슈는 휘청거리는 몸을 가누며 불안한 심정으로 해를 쳐다보았다. 저 높이 걸린, 그 공간에서 유일한 그 둥그런 공은 끔찍하게 하얬다. 그것은 하늘에 둥둥 떠서 어딘가를 향해 가고 있었다. 기묘한 동심원들이 그 공을 둘러싸고 끝없이 일렁거리며 바깥쪽을 향해 물결처럼 퍼져 나갔다. 지면은 무방비로 난타당하는 중이었다. 햇빛은 비

현실적일 만큼 강렬하게 쏟아져 내렸다. 땅 위에 엎드린 모든 것, 모든 지붕과 모든 테라스, 거리, 맨홀 뚜껑, 바다, 그 무엇이건 무참히 짓밟혔다. 사물들이 그 눈부신 시선을 받아 점점 녹아내리는 것 같았다. 모든 것이 점차 액화되고 있는 듯했다. 몇 년 더 지나면, 며칠, 어쩌면 몇 시간 더 있으면 대지는 가스층으로 바뀔 터였다. 은빛의 엷은 증기가 되어 느리게 김을 피워 올리며 늪지를 따라 퍼졌다가, 이윽고 증발해 사라질 터였다. 말하자면 모든 것이 점차 성운(星雲)처럼 불분명해지는 중이었다. 로슈는 눈꺼풀을 닫았다. 그러나 잔인한 해는 그의 망막에 새겨진 채, 계속해서 나사송곳인 양 검은 구멍을 팠다. 머릿속 피의 장막에 줄기차게 구멍을 냈다.

이것은 일상이 된 질병이었다. 매일 공격해 들어오는 햇빛 말이다. 사람들은 되도록이면 집 안에 틀어박혀 지냈지만, 덧창 너머 도시 위로 공격이 전개되고 있다는 사실을 한순간도 잊지는 못했다. 어떤 평온함이 무시무시한 위협을 뒤에 숨기고 담벼락의 벽토 틈새를 뚫고 들어와 벽 군데군데 박힌 자갈과 점토가 비어져 나오게 했다. 땅은 사방으로 쩍쩍 갈라졌고, 나무들은 괴물의 신음처럼 땅이 뱉어내는 이 뜨거운 호흡에 떠밀려 서서히 뿌리를 드러냈다. 숨을 곳은 어디에도 없었다. 바닷속에서조차, 해초가 빼곡한 바위틈에서, 눈에 보이지 않는 적이 접근해 오자 칠성장어와 가오리가 잠에서 깨어나 얕은 곳으로 올라왔다. 그들의 차갑고 뜨거운 이 행성은 더 이상 안전하지 않았다. 이 행성은 허공에서 태양 주위를 공전하면서, 태양이 쏟아내는 빛줄기로 붕괴되는 중이었다.

생명을 가져다주었던 빛은 이제 쏟아지는 파동 속에 죽음을 실어 오고 있었다. 얼마 후에는, 단지 몇 세기만 지나면, 모든 것은 끝장날 터였다. 바로 이런 사실에 식물과 동물들은 불안을 느꼈고, 동요했다. 그것들은 아무것도, 뼈 한 조각, 잔해 한 점도 남기지 못할 것이고, 그러므로 그것들의 그 티끌 같은 짧은 삶에 대해 이야기해줄 것은 없을 터였다. 로슈는 보도 위를 다시 걷기 시작했다. 그의 눈은 볼 수 있는 가장 세밀한 것에까지 가닿았다. 나무토막들, 돌의 오돌토돌한 표면, 광택이 감도는 페인트칠이 눈에 잡혔다. 자동차들이 내리쬐는 햇볕을 받아 발화하며 빛의 프리즘을 난폭하게 반사하는 모습이 멋졌다. 길 건너편에는 현무암 무더기라고 해야 할 건물들 사이에 나무들이 쭈글쭈글한 몸통으로 잎사귀 뭉치들을 치켜들고 서 있었다. 고양이 한 마리가 이 집 저 집 기웃거리며 야수의 유연한 몸동작으로 걷다가 이따금 아주 짧은 순간 움직임을 멈추더니, 이어서 다시 발을 옮겨 벽 귀퉁이 틈으로 기어 들어갔다. 제비들이 지붕들 사이로 흩어졌다. 저편, 어디에선가 민머리 뚱보 사내가 오른손에 가죽 가방을 들고 자신의 사무실로 들어가고 있었다. 몸집이 자그마한 노파가 귀머거리인 양 옆을 돌아보지도 않고 차도를 횡단해서 어렵사리 반대편 보도에 발을 올려놓았다.

이제 로슈는 시내 중심가로 가고 있었다. 병적인 피로감이 다리와 어깨를 짓눌렀다. 온몸의 관절에 통증이 일었다. 얼굴에 진땀이 흘러 번들거렸지만, 누구도, 자신조차 그런 사실에 신경 쓰지 않았다. 사실 주위의 모든 것이 마찬가지로 땀을 흘리고 있었다. 건물과 유리창, 도로는 땀범벅이었다. 대기도 축축했다. 숨을 들이마실 때마다 공기가 젖은 속옷처럼 목구멍과 폐 안쪽에 척척 들러붙었다. 단 하나 태양만, 물기 하나 없이 건조한 상태로 계속해서 모든 것을 파괴해나갔다. 눈앞에 보이는 땅은 피부로 이루어진 진짜 산이었고, 그 위를 사람들이 벌레처럼 기어 다녔다. 그 피부가 땀을 흘렸다.

이렇게 로슈는 큰 교차로까지 왔다. 그 교차로 중심에 광장이 자리 잡고 있었다. 로슈는 아주 힘겹게 차도를 건너 광장 한가운데 벤치로 가서 앉았다. 가까이에 놀이터가 있었고, 그곳에서 날카로운 외침 소리들이 터져 나왔다. 로슈는 잠시 쓰러지듯 몸을 기대고 숨을 가다듬으려 했다. 하지만 호흡을 정상적인 속도로 되돌려놓을 수 없었다. 게다가 그때까지 한 번도 의식해본 적 없는 심장이 별안간 존재를 드러냈다. 한 마리 짐승처럼 가슴 안쪽을 친 것이다.

안개가 눈앞에서 쉴 새 없이 흘러가기 시작했다. 저쪽, 맞은편 보도위로 집들이 천천히 몸을 뒤틀었다. 마치 세찬 바람에 흔들리는 것 같았다. 사람들이 걸어가는 모습이 물 위에 비친 풍경처럼 보였다. 사람들의 형태가 뒤틀리고 물결처럼 일렁거렸다. 철사로 만든 검은 인형 행렬 같았다. 로슈는 팔짱을 껴서 명치끝에 바싹 갖다 붙이고 몸을 웅크렸다. 몸속을 지나가고 있는 폭풍우를 그런 자세로라도 피하고 싶었다. 뜨거운 체액이 계속 목구멍으로 넘어오려 해서 끊임없이 다시 삼켜야만 했다. 이제 오한이 온몸을 공략하고 있었다. 발, 허리, 목덜미, 머리카락, 몸 구석구석이 동시에 부들부들 떨리기 시작했다. 오한의 물결은 스치는 것마다 헝클어놓으면서 피부 위에서 올라갔다가 내려갔다가 이리저리 방향을 바꾸며 점점 거세졌다.

로슈는 이런 상황에 자신을 내맡겼다. 잠시 숨을 멈춰보기도 하고, 어금니를 악물어보기도 하고, 부들거리는 사지를 힘을 최대한 쥐어짜 억눌러보기도 하면서 그럭저럭 버텼다. 버티기라도 해야만 했다. 그러지 않으면 피부 위 모든 것의 윤곽이 흐릿해지고 그 떨림만 남을 판이었다. 얼굴이 사라져버릴 터였다. 코, 눈, 귀, 머리카락, 모든 것이 무너져 내려 뭉그러지고 거품이 터지듯 그의 몸에서 떠날 터였다. 그의 팔, 다리도 사정은 마찬가지였다. 로슈가 단 한 순간이라도 긴장을 풀면 틀림없이 바닥으로 툭 떨어질 터였다.

　저편으로 행인들이 오가고 있었다. 그들은 무심했다. 육체는 굳건했고, 팔다리는 유연하고 힘차게 움직였다. 그들은 아무 일 없이 온전했다. 그러므로 그들은 한눈을 팔 수 있었다. 여자들을 곁눈질하고, 쇼윈도를 훑어볼 수 있었다. 아무 방해도 받지 않고 보도를 따라 걸어가면서, 텅 빈 머리로, 삶을 감미롭게 음미할 수 있었다. 하지만 잘 생각해보면, 그들 역시 언젠가는 이런 치욕적인 곤경을 맛보게 될 것이다. 인대가 흐물흐물 풀리고, 뼈는 유리처럼 부서지고, 또한 그들의 탱탱한 살은 썩어들 것이다. 지하 납골당에서, 인조대리석 무덤 속에서, 플라스틱 조화에 둘러싸인 채 말이다. 또한 거기 모서리가 비스듬히 깎인 판에는 다음과 같은 글귀가 새겨질 것이다.

　에티엔 알베르 기고니
　1893년 1월 12일 태어나
　1961년 6월 25일 하느님의 부름을 받다.

　이 거리, 내리쬐는 이 햇볕 속을 사람들이 조용히 걸어 다니고 있었다. 그들은 늙은 거죽을 겉에 두른 채, 죽은 자의 머리를 각자 꼿꼿이 치켜세우고, 넓적다리와 팔꿈치 뼈를 유연하게 흔들면서 어슬렁거렸다. 광고판 앞을 지나 상점으로 들어가 옷가지를 만지작거리고 닭고기를 뒤적였다. 눈은 선글라스 뒤에 감춘 채, 버스 정류장에 서서 담배를 피웠다. 그들이 입은 셔츠와 원피스는 겨드랑이가 반달 모양으로 젖어 있었다. 발이 시멘트 보도를 규칙적인 리듬으로 세차게 쳤다. 남자들의 구두창이 박수갈채를 보내고, 여자들의 구두 굽이 빠른 캐스터네츠 소리를 울렸다. 수단 차림의 신부 한 사람이 차도 한가운데를 향해 힘찬 걸음으로 걸어갔다. 도로를 비스듬히 가로질러 건너는 참이었다. 얼마 후 소방차 한 대가 광장 초입에 나타나더니, 보도 가까이 붙어 빠른 속도로 교차로를 돌기 시작했다. 소방차는 자동차들 사이를 갈지자로 휘저으며 사이렌을 울렸다. 산 가까운 쪽 작은 공원에서 불길이 치솟았다. 개구쟁이 아이가 장난으로 잡초를 태우려다가 불을 낸 것이었다. 마침 바람이 다소 센 탓에 불길은 곧바로 공원 노대(露臺) 앞에서, 요란한 소리와 함께 빠른 속도로 반경을 넓히며 퍼져 나갔다. 종려나무가 횃불처럼 타오르기 시작했다. 소방차가 그 거리 끄트머리에 도착할 즈음, 종려나무는 하늘에 엄청난 양의 검은 연기를 뿜어내고 있었다.

로슈는 몸을 일으켜 다시 걷기 시작했다. 화단을 따라 느린 걸음으로 광장을 가로질렀다. 여름 원피스를 입은 나이 든 여인네들이 벤치에 앉아 있었다. 갑상샘종으로 목이 불룩한 여인네 몇 명이 지나가는 그의 모습을 눈으로 좇았다. 보도 끝자락에 목재로 지은 간이매점 안에 아이스크림 장수가 들어앉아 있었다. 매점 위에 글자가 보였다.

에르네스트 빙과점

계산대 위에서 메뉴판이 흔들렸다.

〜 오늘의 맛 〜
파인애플
레몬
오렌지

딸기

바닐라

초콜릿

프랄린

모카

멜론

과일믹스

아니스

매점 안에서 안경을 쓴 민머리 사내가 그를 쳐다보았다. 로슈는 계속 걸어갔다. 차도로 내려서기 전, 보도 가장자리에서 발을 멈췄다. 자동차들이 그의 앞을 내달리며 회색 매연 구름을 내뿜는 동안, 그는 고개를 들어 또다시 해를 바라보았다. 그 하얀 공은 여전히 그 자리, 하늘 한가운데에서, 어느 때보다 세차게 대지를 두드려대고 있었다. 그것을 피해 달아날 방법은 없었다. 숨이 차도록 달린다 한들, 불판처럼 달구어진 도로 위를 구두 밑창이 녹을 지경으로 달린다 한들, 맨발로 달리다가 넘어져 피를 흘린다 한들, 그래봤자 할 수 있는 일은 결국 아무것도 없었다. 해는 여전히 그 자리에 있을 테니까, 허공에 박혀 전구처럼 일정한 조도로 빛을 퍼뜨릴 테니까 말이다. 해는 무자비하게, 무차별적으로 빛을 퍼부어, 모든 것을 백주에 드러낼 터였다. 지하로 내려가 땅속에 숨는 방법을 시도해볼 수도 있었다. 머리를 재와 먼지 속에 파묻는 방법도 가능했다. 하지만 그래봤자 소용없는 시도였을 것이다. 해는 여전히 그 자리를 지킬 테니까. 습기 많은 동굴, 터널 같은 곳에 깊숙이 틀어박힐 수도 있었다. 그런 장소라면 청량하고 어두울 터였다. 아마도 그랬을 것이다. 하지만 그렇다고 해도 해는 여전히 하늘 그 자리에 있을 것이고, 따라서 빛은 그를 쫓아 땅속으로, 뱀처럼 기어들었을 것이다. 빛은 쉼 없이, 몇 시간이든, 며칠이든, 몇 년이든, 그가 땅 위로 나와 항복할 때까지 온 사방으로 쫓아다닐 것이다. 이것은 애초부터 이길 수 없는 게임이었다. 칼날처럼 예리한 빛줄기들이 이미 살 속에 들어와 박혀, 세포들의 생명을 하나하나 끊어놓고 있었다. 세계는 병든 짐승이었다. 진물이 흐르는 거대한 암 덩어리였다. 흰 반점이 피어나고, 고름주머니가 잡혀 있었다. 괴사(壞死)한 피부에서 불가사의한 육종들이 사방으로 돋아나 부풀어 올랐다. 죽은 살이 틔운 그 싹들은 갈수록 곱슬머리를 닮은 모양새였다. 이 꼴이 되기 전에 달아났어야 했다. 영원히 사라져서 저 해와 마주치지 말았어야 했다.

도시에서도, 산간지대에서도 밤이 계속된다고 가정해보자. 상쾌하고 아름다운 밤, 달도 별도 없는, 어떤 것도 어둠 속에서 솟아올라 빛날 리 없는, 사물을 녹아내리게 할 것은 아무것도 없는 밤이다. 완전한 어둠, 푸른 기운도 없고 갈색도 섞여들지 않은 맹인의 어둠이어도 좋다. 빛이 생길 빌미들, 담뱃불, 불이 붙은 성냥개비 같은 것은 모두 없애버렸다고 가정해보자. 유독한 빛은 어느 것도 남아 있지 않다. 야광시계, 반딧불, 자동차 전조등, 이런 것들은 모두 끝장을 냈다. 발로 세게 짓밟아 부수고, 막대기로 짓이겨 죽이고, 솜이불을 덮어씌웠다. 그렇게 몇 달간 가로등을 부수고 고양이 눈알을 뽑았다고 치자. 나무를 갉아먹는, 반짝이는 등껍질을 지닌 작은 벌레들, 자잘한 해충들은 박멸했다. 심지어 거울이란 거울은, 미처 없애지 못한 빛 한 점을 붙잡아 멍청하게도 멀리 반사하는 일이 있어서는 안 되므로, 다 깨버렸을 수도 있다. 그리하여 땅 위에는 검은 장막 말고는 아무것도 남아 있지 않았더라면, 그 장막을 머리에 덮어썼더라면 사정은 좀더 나았을지도 모르겠다.

해를 바라보며 이런 엉뚱한 상상을 이어나가던 로슈는 생각을 그만 멈추고 차도로 발을 내디뎌 길을 건넜다. 건너편 보도에 가닿자 왼쪽으로 방향을 틀어 무척 혼잡한 가로수 길을 따라갔다. 건물 벽에 바싹 붙어 5분 남짓 걸어가자 작은 공원이 나왔다. 공원 한가운데에 정원이 또 하나 자리 잡고 있었다. 로슈는 그 정원 한 귀퉁이에 급수대가 있다는 걸 알고 있었다. 길을 가로지르다가 하마터면 세발자전거에 치일 뻔하며 급수대를 찾아 두리번거렸다. 어쩌다 보니 오솔길로 접어들었다. 길바닥에는 조약돌이 깔려 있었다. 길이 미로처럼 느껴졌다. 시야는 전혀 고려하지 않고, 심지어 이 길을 기웃거린 나이 든 여인네들의 혼을 빼놓으려는 악의를 품고 이리저리 길을 낸 것 같았다. 빽빽이 우거진 월계수, 울타리인 양 도열한 사이프러스가 사방에서 눈앞을 가로막고 있었다. 이따금 모퉁이를 돌아가거나, 계단을 따라가거나, 나무들이 궁륭지붕을 이룬 쉼터를 지나고 보면, 그 끝은 언제나 막다른 길이었다.

열기와 소음의 구름에 에워싸인 느낌으로 로슈는 물을 찾아 발길 닿는 대로 그 정원을 이리저리 돌아다녔다. 벤치들 대부분은 늙은 과부들 차지였다. 그들은 수다를 떨고, 뜨개질을 하고, 책을 읽거나, 혹은 아무것도 하지 않았고, 그러면서 그가 지나가는 것을 바라보았다. 하지만 로슈의 눈에는 그들이 보이지 않았다. 그는 고통으로 일그러진 얼굴로, 맹렬한 기세로, 급수대를 찾기 위해 모든 감각을 곤두세운 채 발을 앞으로 내디뎠다. 나무 궁륭은 꼬리를 물고 이어졌다. 허연 햇빛이 우거진 나무 잎사귀들 틈새로 스며들어 모래가 깔린 오솔길 위로 어른거리는 반점을 만들었다. 잔디밭 가까이 어딘가 감춰진 둥지에서 새들이 비명을 질러댔다. 공원 저편 어느 구석진 곳에서 아이들이 일정한 간격으로 울부

짖었다. 마치 누군가 아이들의 목을 차례차례 베고 있기라도 한 것 같았
다. 저들이 남김없이 목이 베이고 나면 얼마나 평화로우랴! 로슈는 공원
을 가로질러 계속해서 발을 앞으로 내디뎠다. 사실 그는 구불구불 이어
진 이 오솔길에서 계속 맴돌고 있었다. 별안간 물이 졸졸 흐르는 소리
가 들렸다. 발을 멈춰 물소리가 나는 방향을 알아내려 했다. 오른편에서
나는 것 같았다. 로슈는 다른 오솔길로 접어들어 빠르게 걸었다. 계단
몇 개를 올라가 사이프러스 한 그루를 끼고 돌았다. 그 지점에서 오솔길
은 어두컴컴한 나무 궁륭 아래로 들어갔고, 그러면서 길은 끝났다. 로슈
는 그늘 속으로 발을 옮겨놓았다. 이마가 땀으로 젖었다. 그는 쉼터 초입
에서 굳은 듯 멈춰 섰다. 맞은편 구석 어둑한 그늘 속에서 한 남자와 한
여자가 서로 꼭 끌어안고 있었다. 벤치에 앉아 마주 바라보는 모습이었
다. 그들의 팔은 각각 상대방의 옷 안으로 들어가 있었고, 그들의 상반
신, 어깨, 가슴, 얼굴은 빈틈이 없을 만큼 밀착되어 있어서 한 사람씩 따
로 분간할 수 없을 정도였다. 그들은 그런 자세로 오그라들듯 서로에게
달라붙어, 남자의 머리가 여자의 머리카락 속에 파묻힌 채 이따금 끄덕
끄덕 움직이거나 다리가 사방 땅바닥을 긁어대다가 이따금 전기 반응처
럼 제자리걸음을 걷는 것 말고는 거의 미동도 하지 않았다. 로슈는 쉼터
초입에 서서 잠시 그들을 응시했다. 머리 위 지붕처럼 드리워진 나무 잎
사귀의 청량함도, 숨어서 핀 꽃들이 풍기는 달콤한 향기도 느끼지 못했
다. 두 연인의 가쁜 숨소리도, 거기까지 간간이 희미하게 들려오는 도시
의 소음도 알아차리지 못했다. 그에게 이 쉼터는 지옥과도 같은 어떤 공
간, 더럽고 숨 막히는 오두막, 해로운 열을 받아 무엇이든 끓어오르고,
땀 냄새를 피워 올리고, 역겨운 입김을 내뿜는 자리가 되었다. 허공에서
단일한 음정의 어떤 기묘한 소음이 마치 사이렌처럼 그치지 않고 울렸

다. 참기 힘든 파열음이 고막을 뚫고 들어와 온몸으로 퍼져 나가며, 장기들을 자극하고 위산을 분비시키고 심장 박동을 불규칙하게 헝클어놓았다.

로슈는 형언할 수 없는 혐오감이 치밀면서도 서로에게 밀착된 그 두 형상에서 눈길을 돌릴 수 없었다. 말하자면 그는 끈끈이에 들러붙은 파리 같았다. 게다가 공기는 별안간 빽빽해져서 사지를 옴짝달싹 못하게 짓눌렀다.

마침내 남자가 그를 알아차리고 벤치 위에서 몸을 바로 세웠다. 여자가 고개를 돌려 남자를 마주 보더니 입을 열어 뭐라고 말했다.

두 사람은 아주 잠깐, 말없이, 그렇게 마주 보더니 남자가 일어나 로슈 쪽으로 왔다.

"재미있어요?" 남자가 물었다.

"나는―" 하고 로슈가 웅얼거렸다.

이번에는 여자가 일어나 다가와서 남자의 팔을 잡았다.

"가자, 그만 떠나자"라고 여자가 말했다.

"안 될 말이야." 남자가 대꾸했다. 그가 로슈에게 바싹 다가섰다.

"재미있냐고 물었잖아?" 남자가 또다시 말했다.

로슈는 말을 하려고 했다. 남자가 로슈를 한 대 툭 쳤다. 로슈는 휘청거렸다.

"이런 걸 뭐라고 그러지? 이런 식으로 기어들어 사람들을 훔쳐보는 것 말이야."

"제발" 하고 여자가 말했다. "우리 그만 가자니까, 제발."

"응? 내 말 안 들려?" 남자가 소리쳤다. "썩 꺼져, 안 그러면……"

로슈는 한 걸음 뒤로 물러섰다. 그러나 그의 눈은 깊은 그늘 속 뜨거

왔던 장소, 조금 전 남자와 여자가 앉아 있던 그 장소를 떠날 수 없었다. 갑작스레 화가 치밀었다. 광기 같은 분노가 정신을 마비시켰다. 남자는 목소리를 더 높여 또다시 다그쳤다.

"꺼지라니까, 꺼질 거야, 말 거야?"

그러는 동안 여자는 남자의 셔츠 소매를 부여잡고 말렸다.

"그만해, 제발."

로슈가 앞으로 달려들었다. 그의 손이 남자의 목을 움켜잡고 난폭하게 졸라댔다. 그러고는 닥치는 대로, 맹렬하게, 상대의 얼굴, 목, 배를 향해 주먹을 날리기 시작했다. 두 사람은 함께 쓰러져 자갈이 깔린 흙바닥 위에서 엎치락뒤치락 싸웠다. 남자는 힘에서 밀렸고, 코를 연달아 가격당한 끝에 코피를 흘리기 시작했다. 로슈는 계속해서 남자를 사납게 내려쳤다. 그러면서 앙다문 어금니 사이로 횡설수설 소리를 질러댔다. "야잇! 야잇! 보라고! 병이 났다고! 나는 병자야! 병이 났단 말이다! 얏! 알겠지! 너는 이러면 안 되지! 나는 병자니까! 네가 오버한 거야! 야잇! 야잇!" 로슈는 여자가 자신의 머리끄덩이를 잡아당기는 것을 알아차렸다. 여자는 "그만해! 그만해! 그 사람을 놓아줘! 놓아주란 말이야!"라고 발작하듯 소리를 질렀다. 로슈는 여자를 발로 차서 떨어냈다. 잠시 후 격투는 끝났다. 로슈는 몸을 일으켜 세워 땅바닥을 기고 있는 상대방을 망연자실 바라보았다. 남자 셔츠의 목깃 언저리가 찢어져 있었다. 흰 바지는 흙먼지로 더러웠고, 머리카락은 헝클어지고 코에서는 피가 흘렀다. 로슈 자신도 봐줄 수 없는 몰골이었다. 셔츠 단추가 뜯어져 달아난 상태였다. 손을 들어 입을 문지르다가 아랫입술이 찢어진 걸 알아차렸다. 로슈는 그 쉼터를 잠시 한 번 더 응시했다. 그러고 나서 욕설을 퍼붓고 있는 여자를 본체만체하고 그 자리를 떠났다. 왔던 길을 되짚어 내려와 공원 안쪽으로 들어갔다.

조금 떨어진 곳에 급수대가 보였다. 그는 손과 얼굴을 씻고, 이어서 물을 마셨다. 그런 다음 플라타너스 나무 그늘이 드리운 벤치로 가서 앉았다. 잠시 쉬며 담배 한 개비를 꺼내 피웠다.

그리고 얼마쯤 시간이 지난 뒤에야, 대략 4시 30분에서 5시 사이에야, 업무에 생각이 미쳤다. 그는 벤치에서 몸을 일으켜 공원을 나섰다. 다시 시내 쪽으로 방향을 잡았다. 더위는 여전히 맹렬했다. 태양의 위치도 바뀐 것 같지 않았다. 거리는 교통정체 탓에 자동차들이 느리게, 힘겹게, 움직이고 있었다. 경적 소리가 여기저기서 허공으로 날아올랐다. 자동차들이 형형색색의 동체를 번쩍거렸다. 그 금속 갑 안에 들어앉은 운전자들은 저마다 이마가 땀에 젖어 있었다. 계기판 온도계는 대략 33도를 가리키고 있을 것이다. 카페마다 테라스에 사람들이 플라스틱 의자에 널브러져 앉아 맥주를 마시고 있었다. 그 공간에서, 거기 말고도 거의 온 사방에서, 파리들이 땅바닥을 스치다시피 날아다니다가 샌들 안에 갇힌 맨발 위에, 팔 위에 내려앉곤 했다. 호텔 객실에서는 팸플릿을 감아쥔 손이 사냥에 한창이었다. 이따금 팸플릿이 탁자 위 혹은 침대 시트 위로 낙하할 때면 그 작고 가벼운 녀석은 몸통이 납작 뭉그러져 즉사했다. 더 이상은 대머리 위에서 윙윙거릴 수도 없고, 땀이 배어나오는 발등 위를 걸을 수도 없고, 달큼한 카페오레 자국을 찾아다닐 일도 없을 터였다. 천장에 거꾸로 달라붙어 잠을 자는 일도 없을 것이고, 전구에 매달려 바람이 부는 대로 흔들리는 일도 없을 터였다. 다 끝난 일이었다. 파리로서의 일생을 마친 것이다. 녀석은 아무것도, 무덤도, 묘비도, 한 줄 비문조차도 얻지 못할 터였다. 녀석이 비운 자리에 다른 파리들이 재빨리 와서, 진지해 보이고 싶은 사람들의 귀 근처에서 붕붕거릴 터였다. 쓰

레기 더미에서 배를 채우고, 그러고는 거미들의 눈을 갈망으로 빛나게
할 터였다.

그러나 파리들은 외롭지 않았다. 로슈가 딛고 선 발아래 거리가 지
하에서 은밀히 전개되는 기묘한 삶으로 인해 진동하고 있었으니까. 형체
가 드러나지 않는 극미동물, 박테리아와 세균, 기생생물 들이 깊숙이 숨
어서 움직이고 있었다. 허공에서, 땅속에서, 물 위에서 모든 것이 필사적
으로 구물거리는 것 같았다. 그것들은 그렇게 혼란스러운, 수수께끼로
가려진 삶, 파리들의 생애처럼 가볍고 짧은 생애를 살면서 세계의 표면
을 온통 부풀어 오르게 했다. 사물들이 분비물을 쏟아내면서 쉴 새 없
이 뜨거운 액체를 흘리고 있었다. 분비샘은 사방에 있었다. 눈에 보이지
않는 수포들이 물질계의 심층부에서 부글거리며 끓어올랐다. 보도, 건
물 벽, 하늘, 행인들의 피부는 생명체의 기관, 살아 숨 쉬는 것들이었다.
그것들은 희소한 질병을 앓으면서 스스로 살기 위해 펄떡펄떡 뒤척였다.
물론 죽음이 없지는 않았지만, 그러나 죽음이 최종적인 것은 아니었다.
그건 단지 세포의 박리, 마멸일 뿐이었고, 그 과정에서 찌꺼기를 만들어
냈다. 버려진 찌꺼기 더미 아래에서 애벌레들이 계속 생겨났다. 찌는 더
위 속에서 알집은 조용히 숙성되면서 징조를 보이고 또 보이다가, 이윽고
부동(不動)의 껍질을 벗고 다시금 세계 정복에 나서곤 했다. 아주 조금씩
계속해서 물어뜯고, 부지런히 다리를 움직이고, 아래턱을 오물거리며 끝
을 볼 때까지 갉아먹으면서 말이다. 이렇게 먹고 먹히는 포식 중인 세계
를, 사람들은 로슈처럼 느린 걸음으로 배회하고 있었다. 사람들은 생명
에 굶주린 이 하급 존재들의 모든 치명적 무게를 자신도 모르는 사이에
짊어지고 다녔다. 사람이란 풀숲에 죽어 나자빠진 메뚜기였다. 수많은
개미가 그것을 끌고 1밀리미터씩 전진해서 자기네 굴까지 운반하곤 했

다. 그렇다, 사람은 그것들처럼, 그것들 모두가 그렇듯이, 세계에 서식하
다가 운반되어, 뼈까지 갉아먹히는 것이다.

　자신도 거의 의식 못하는 사이 로슈는 탁 트인 대로로 들어섰다. 보
도 양편에는 고층건물들이 들어서 있었다. 어느 건물이나 비슷하게 규격
화된 형태였고, 발코니와 주차장 출입구를 빼곡히 달고 있었다. 건물들
은 도심까지 일직선으로 뻗어 있었고, 그 끝에는 화산 형상의 산 하나
가 솟아 있었다. 로슈는 햇빛이 내리쬐는 왼편 보도를 따라 잠시 걸어가
다가, 이어서 길을 건너 맞은편 그늘 쪽으로 갔다. 66번지에 이르렀을 때
플라타너스 아래 발을 멈췄다. 도로 건너편, 서점과 골동품 상점 사이에
그 대리점이 있었다. 쇼윈도가 거창한, 크고 밝은 사무소였다. 대리점 위
에 네온사인으로 다음과 같이 쓰여 있었다.

트랑스투리즘 여행사

　쇼윈도 안쪽에 컬러로 제작된 광고 포스터들이 나란히 붙어 있었다.
'포르투갈 여행' '열정과 신비의 나라 스페인' '신들의 땅 멕시코' '젊은
스칸디나비아' 같은 종류였다. 출입문이 활짝 열린 터라 사무실 안, 받
침대 위에 세워놓은 비행기 축소 모형이 눈에 들어왔다. 실내에는 책상
들이 반원형으로 배열되어 있었고, 남자와 여자들이 사방에서, 바깥으
로 눈길 한 번 돌리는 일 없이, 바쁘게 움직였다. 로슈는 플라타너스 뒤
에 몸을 반쯤 숨기고 한참 동안 그곳을 지켜보았다. 광고 포스터에 담긴
풍경들, 마음 내키면 찾아가서 현실의 이 세계를 잊을 수 있는 그 아름
다운 산과 바다의 조각난 풍경들을 차례차례 살펴보았다. 이런 방식으
로 그는 푸른 바다에 잇닿은 하얀 모래 해변을 돌아다녔다. 그 해변에서

는 구릿빛 몸에 비키니 수영복을 입은 예쁜 금발의 아가씨가 언제나 같은 동작으로, 보이지 않는 누군가를 향해 빠이빠이를 하듯이 팔을 치켜들어 흔들었다. 이어서 언덕 꼭대기 전나무 검은 숲 속에 자리 잡은 중세의 성을 한 바퀴 돌았다. 흰 안개가 음산한 마을을 휘감았고, 흰 눈에 덮인 영봉들은 지평선에 붙박여 장미색과 회색으로 벽을 이루었다. 하늘에는 검은 글자들이 걸려 있었다. '베르펜(잘츠부르크), 오스트리아'. 다른 포스터로 시선을 옮겼다. 어느 만에 들어박혀 내리쬐는 햇볕에 바싹 마르고 있는 아주 작은 마을이었다. 로슈는 톱니처럼 들쭉날쭉한 해안을 따라 좁은 길을 걸었다. 솔잎을 깔고 누워보았고, 보라색 물빛을 배경으로 시커멓게 솟아 있는 바위들의 형상을 바라보기도 했다. 그런 경험은 그리스, 터키 혹은 유고슬라비아에서 얻을 수 있는 것이었다.

이렇게 로슈는 모든 광고 포스터 속으로 들어가보았다. 물기슭을 따라 바닷가를 산책했고, 카프리 혹은 사르디니아의 쏟아지는 햇빛에 잠긴 마을에 들러 계단을 하나씩 올라가보기도 했다. 피레네 산맥의 협도들, 게르네세의 움푹한 분지 도로를 타보았고, 리비아에서 지프를 타고 사막을 횡단하기도 했다. 콘스탄티노플에 가서 보스포루스 해협을 바라보았고 테네리프 섬에서는 화산을 구경했다. 그러고 나서 그 모든 것, 제방처럼 막아선 거상들과 태양의 신전들에 싫증이 나자, 쇼윈도 가장자리에 놓인 작은 모형 선박과 비행기에 올라탔다. 그는 출입구에 놓인 작은 모형 보잉기를 마지막으로 이 여행을 끝마쳤다.

사람들이 여행사 대리점을 끊임없이 드나들었다. 붉게 그을린 피부에 빛깔이 화려한 원피스를 입은 여자들, 카메라를 멘 남자들이었다. 대리점 안, 열 맞춰 놓인 책상들 뒤편에서 업무가 쉼 없이 돌아가고 있었다. 타자기를 두드리는 소리가 이어지고, 구두 신은 발들이 사무실 안을 이리저리 오갔다. 이따금 전화기가 울렸다. 전화벨 소리가 홀 전체를 뒤흔들며 대여섯 번 반복되었다. 이윽고 손 하나가 수화기를 집어 올리면서 코맹맹이 소리의 통화가 시작되었다. 천장에서 넓적한 선풍기 날개가 공기를 조용히 휘젓다가, 둥글게 말리며 피어오르는 담배 연기를 싹둑 자르곤 했다. 이런 모든 것, 이것이 업무였다. 이 부산스러운 움직임, 아무 소득 없는, 어리석은 소란 말이다. 그것은 참호 속에서 벌이 붕붕거리는 소동을 닮은 서글픈 희극이었다. 사람들이 그곳에서 각자 자기 안에 움츠린 채, 소음에 시달리고 타인들과 부대끼며, 아무 생각 없이 살아가고 있었다. 그들은 자잘한 것은 잊어버렸다. 떠도는 먼지나 날아다니는 파리들은 눈에 담지 않았다. 깊은 내면에서 슬그머니 올라오는, 그래서 자신이 누구인지 환기시키기도 하는 가벼운 불편함에는 관심을 쏟지 않았다. 마찬가지로 그들은 그, 로슈도 잊어버렸다. 이 여행사 사무실에서 로슈가 매일 앉아 있던 자리는 비어 있었지만, 그것은 아무 문제도 되지 않았다. 그들은 계속해서 일하고, 입술을 달싹거려 말하고, 전화번호부와 회계장부를 뒤적이고, 그러면서 아무것도 생각하지 않았고, 어떤 것도 의심해보지 않았다. 그들은 시간이 흐르고 있다는, 빠르게, 아주 빠르게, 시시각각 흘러가고 있다는 사실을, 자신들이 무(無), 죽음으로 서서히 다가가고 있다는 사실을 몰랐다. 그리 길게 볼 것도 없이 시간이 어느 정도 더 지나면 그들 각자는 쓰러져 자신의 낡은 침대 더러운 이불 속에서 마지막 숨을 내쉴 것이다. 그들 모두가, 그랑지에, 미셸, 바노니, 버터워스, 오니에, 아르나시안, 버그, 뒤푸르, 어느 한 사람 예외 없이 모두 그럴 것이다. 그 무엇도, 뿔테안경도, 향내 풍기는 머리카락도, 복부에 쌓인 지방도 그들을 죽음에서 보호해줄 수 없을 것이다. 얼마 지나지 않아 그들의 육체는 쇠락해서 영문도 모른 채 무기력해질 것이다.

그들은 티끌 같은 희망에 매달릴 테지만, 정해진 시간이 되면 모든 것은 동이 날 것이다. 몸뚱이는 그저 암종(癌腫)이나 만들어낼 것이고, 손가락으로는 죽음 덩어리들이나 움켜잡을 수 있을 것이다.

그 여행사 사무실은 말하자면 시체공시장(屍體公示場), 시끄럽고 부산스러운 영안실이 되어 있었다. 그곳은 질식할 것 같은 지하 묘지, 모든 것이 썩어가는 한증막이었다. 로슈는 다시금 치밀어 오르는 증오심을 느꼈다. 고통스러운 예감이 그를 휩쌌다. 사무실 안 어디를 보나 욕설과 저주가 떠올랐다. 그는 소리를 지르고 싶었지만, 마른 목구멍은 가까스로 헐떡거리기만 할 뿐 아무 소리도 만들어낼 수 없었다. 그래서 그는 보도로 몸을 기울여 플라타너스 둥치를 버팀대 삼아 몸을 의지하고는, 나무 밑동 근처에 떨어져 있는 큼직한 돌멩이 하나를 주워 들었다. 돌을 잠시 손에 움켜쥔 채 자동차 두 대가 지나가기를 기다렸다가 다가가서 사무소를 정면으로 마주보고 섰다. 그는 또다시 말을 해보려고 했지만, 소리는 나오지 않았다. 그는 머릿속으로 "병들었어. 병들었다고, 병자란 말이야"라고 되뇌며 쇼윈도 유리창을 거칠게 쏘아보았다. 그러고는 있는 힘을 다해 돌을 던졌다. 유리창이 산산조각 깨어지고 광고 포스터들 위로 트랑스투리즘만 남은 순간, 로슈는 대로를 따라 뛰다시피 그 자리를 떠났다.

그는 또다시 시내를, 고통과 전율로 가득한 그 미궁 속을 가로질렀다. 그 공간은 일종의 밀폐된 토치카였다. 숨 막힐 듯 갑갑하고 더러운 그 공간은 당신을 보다 쉽게 속여 넘기려고 모든 방향으로 통로를 펼쳐놓고 있었다. 그곳의 방들엔 좁다란 총안(銃眼)이 나 있고, 모서리들은 거무스름하니 어느 것이나 비슷했다. 그곳 철근 콘크리트 옆으로는 지린내와 똥냄새가 무겁게 섞여들고 있었다.

로슈는 집을 향해 걸었다. 자신의 아파트 문을 여는 행복한 순간을 떠올리자 심장이 아주 빠르게 뛰었다. 그 문을 여는 순간, 청량함과 평화, 침대, 아내의 얼굴, 주방의 식탁, 커다란 유리컵에 물을 그득히 채울 금속 수도꼭지를 단번에 되찾게 될 터였다.

엘리자베트는 다소 낮게 깔리는 목소리로 말을 걸어올 것이고, 몸을 기울일 때마다 번번이 이마 위로 흘러내리는 앞머리를 쓸어 올릴 터였다. 그는 그녀를, 한참 동안, 눈으로 빨아들일 듯이 바라볼 것이고, 그녀의 살결을 어루만질 터였다. 그렇게만 된다면 이처럼 오한으로 떨며 도시 거리를 헤맨 것은, 그러다가 공원 쉼터 등나무 아치 아래에서 한 멍청이와 격투를 벌이고 자신을 노출하며 트랑스투리즘 대리점 쇼윈도 유리창을 깬 것은, 그래서 결국 해고될 상황을 만든 것은 그럴 만한 가치가, 틀림없이, 있었다.

집이 시야에 들어오자 로슈는 걸음을 재촉했다. 어떤 것에도 곁눈을 주지 않았다. 매일 저녁 쓰레기를 내다버릴 때마다 계단에서 마주치는 노파도, 출입구 옆 뜨끈하게 달아오른 담장에 기대 세워놓은 자전거도 그냥 지나쳤다. 그는 돌진하듯 내달았다. 몇 층 계단을 올라가 집으로 들어섰다.

물론 예상대로 집에는 아무 일도 없었다. 그 좁은 아파트 안은 움직임 없이 적막했고, 그늘이 져서 눅눅했으며, 벽과 천장엔 무엇인가 때가 끼고 낡은 티가 났다. 엘리자베트는 없었다. 침대는 집을 나설 때와 마찬가지로 흐트러진 상태였고, 재떨이에는 꽁초가 수북했다. 신문은 바닥에 떨어져 낱장으로 굴렀다. 주방문이 열려 있었다. 로슈는 물방울이 맺힌 채 개수대에 쌓여 있는 접시와 냄비를 보았다. 사방의 덧창은 닫혀 있었고, 창살 틈마다 햇빛이 굵은 민달팽이처럼 기어들어와 바닥에 점액을 흘렸다. 로슈는 낙심해서 무너지듯 침대에 몸을 눕히고 눈을 감았다. 머리를 죄던 두통이 이제는 목덜미까지 내려와 있었다. 눈뿌리도 지근거렸다. 양쪽 귀에서 윙윙거리는 소리가 났다. 팔과 다리에 묘한 통증이 일었다. 간지러운 것도 같고 쑤시는 것도 같고, 종잡을 수 없었다. 게다가 눈을 감고 있자 머릿속으로 무엇인가 규칙적으로 치밀어 올랐다. 일종의 손 같은 것이었는데, 손가락마다 끄트머리에 수포를 매달고 있었다. 로슈는 모든 것을 포기한 심정이 되었다.

도시 반대편 끝, 엘리자베트는 열기와 소음에 잠겨 보도를 걷고 있었다. 빠른 걸음이었다. 빨강 노랑 줄무늬 천 가방이 그녀의 왼손에 걸려 흔들렸다. 초록색 원피스가 다소 몸에 끼는 탓에, 걸음을 옮겨놓을 때마다 양쪽 엉덩이에 교대로 주름이 잡혔다. 상아 아니면 플라스틱 소재일 팔찌들이 오른쪽 팔목의 움직임에 맞춰 서로 부딪치며 소리를 냈다. 분필이 바닥에 떨어질 때 나는 달그락 소리와 똑같았다. 발에는 금빛 통가죽 샌들을 신고 있었다. 샌들 뒤축이 보도 바닥을 두드렸다. 뒤로 쓸어 넘긴 머리카락이 견갑골 위에서 나풀거렸다. 이런 차림으로 그녀는 내리꽂히는 햇볕의 반사광에 감싸여 보도 위를 빠르게 걸었다. 아무에게도 시선을 돌리지 않았다. 절름발이나 맹인이 이따금 다가와 구걸의 손을 내밀 때만 힐끔 눈길을 줄 뿐이었다. 곧바로, 거의 찰나라고 해야 할 만큼 순식간에 달아나는 그 눈길 속에서도 그녀의 초록 동공은 상대방의 장애와 불구를 몰래, 망설임 없이, 빤히 응시했고, 그러다 눈길을 돌리고 슬쩍 걸음을 바꾸어 그 장애물을 피했다. 발이 빠르게 앞으로 나아갔다. 여러 개의 카페와 주택 차고 문 앞을 지나갔다. 그녀의 두 다리가 박자 맞춰 보도를 쳤다. 살짝 벌어진 입이 숨을 들이쉬고 내쉬었다. 때때로 만나는 대형 쇼윈도 푸르스름한 유리에 그녀가 지나가는 모습이 비쳤다. 길고 날씬한 그녀의 몸이 걸음을 옮겨놓느라 앞으로 기울어 있었다. 쇼윈도를 따라 걸으면서 그녀는 머리를 반쯤 왼쪽으로 돌려 잠깐 시선을 던졌다. 유리창──안쪽에는 이런저런 상품이 잔뜩 놓여 있었다──이 그녀에게 보여주는 것은 투명한, 색깔이 증발해버린 어렴풋한 형체, 일종의 그림자였다. 마치 움직이는 사진 같은 그 그림자에는 그녀의 이름, 엘리자베트 에스테브라는 이름이 달려 있었다. 간혹 진짜 거울이 담뱃가게 옆 기둥에 붙어 있기도 했다. 불그레하게 물든 하늘을 배경으로, 멀찍한 거리에서 점점 다가오는 자신의 모습, 자신의 얼굴, 손, 그리고 백짓장처럼 하얀 두 다리가 눈에 들어왔다. 몇 명의 남자도 그녀가 다가오는 것을 바라보았다. 그들은 건물 출입문에 기댄 자세였다. 얼굴에는 피곤이 깔렸고, 눈은 뭔가 궁리 중인 것 같았다. 그녀는 그들을 쳐다보지 않았다. 하지만 속으로는 자신이 그들을 가로지르고 있다는 것을, 이렇게, 그저 그냥, 아무 일 없이 지나간다는 것을 알았다.

그녀가 지나가는데도 그들은 여전히 그 자리에 있었다. 시선은 그녀의 등을 따라갔지만, 어떤 의도가 있는 것은 아니었다. 다음 순간 그녀는 그들을 잊었다.

엘리자베트는 대로를 거슬러 올라갔다. 상점들이 길게 이어졌다. 대로 거의 끝까지 와서 그녀는 한 포목점으로 들어가 천을 조금 샀다. 그녀는 직물 두루마리를 하나하나 살펴보았다.

"좀더 밝은 색은 없나요? 그러니까, 이것보다 덜 짙은 색깔 말이에요" 하고 그녀가 점원에게 말했다. 점원은 체격이 좋은 60대 여자였다. 머리카락을 다갈색으로 염색한 것 같았다. 여자가 다른 두루마리를 힘들게 꺼냈다.

"이런 색깔요, 마드무아젤?" 여자가 물었다.

"아뇨, 그건 너무 강렬해요." 엘리자베트가 대답했다. "색깔은 무엇이든 큰 상관 없어요. 하지만 밝은 색감이어야 해요. 연두색은 말고요. 그건 싫어요. 조금 더 차분한 색을 보여주세요. 이것과 같은 색깔인데 더 밝은 것은 없나요?"

"같은 무늬 천으로 밝은 청색이 있어요. 그렇지만 합성섬유에요, 마드무아젤."

"블라우스를 만들 건데요." 엘리자베트가 대답했다. "면직물이 나을 것 같아요."

"그럼 이것으로 해요, 마드무아젤, 아주 예쁘고 또 아주 젊어 보이고, 그렇다니까요."

"이것 말고는 또 없어요?"

"나일론 천들도 있어요."

"아뇨, 그건 말고요, 면직물로요."

"아, 면으로는 이것밖에 없네요." 여점원이 말했다.

"그럼 이것은 미터당 얼마죠?"

"8프랑이에요."

"그럼 이쪽은요?"

"이 분홍색 말인가요?"

"네."

"같은 가격이에요, 마드무아젤."

"아, 그럼 저것으로 주세요."

"얼마나 필요하세요?"

"오 글쎄요, 1미터 10센티미터 정도면 충분할 것 같은데."

"목깃을 달 건가요?"

"아뇨, 목깃 없는 모양으로 만들 생각이에요."

"소매도 달지 않고요?"

"네, 물론 민소매로요. 천이 얼마나 필요할까요?"

"1미터하고 10이면 넉넉할 듯싶어요, 목깃 없이 만든다면 말이죠."

"네, 목깃 없이요."

"그럼 1미터 10을 드릴게요."

여자는 직물 두루마리를 펼쳐 자로 재서 잘라냈다. 그러고 나서 그 자리를 떠나며 어깨 너머로 말했다.

"카운터에서 계산하세요, 마드무아젤."

잠시 후 엘리자베트는 종이봉지를 들고 상점을 나왔다. 봉지에 '화원 포목점'이라는 상호가 찍혀 있었다. 봉지 안에는 회색 별 문양이 들어간 담청색의 부드러운 천 조각이 차곡차곡 접혀 마치 해파리처럼 잠들어 있었다. 조금 더 걸음을 옮겨 햄과 소시지를 파는 가게로 들어가 먹을 것을 이것저것 사고 가느다란 소시지도 한 봉지 샀다. 시간이, 그녀 주위에서, 빠르게 흘러가고 있었다. 매 순간이, 연속물처럼 이어지는 몸짓과 말들과 더불어, 이를테면 보도를 따라 걷기―쇼윈도 안에 진열된 구두들을 쳐다보기―가방 든 손을 바꿔 잡기―"실례합니다……"―제과점에 들어가기―보들보들한 빵+프티살레* 100그램 구매―"얼마예요?"― "고마워요, 부인, 안녕히 계세요, 부인"―문에 매단 방울 소리―꾸러미를 가방에 넣기―걸음을 멈추고 오른발 뒤꿈치로 왼발 발목을 긁기―선글라스를 꺼내 쓰기―"실례해요……"―해를 바라보며 재채기하기―신호

---

* 얇게 저며 소금에 절인 돼지고기.

등 빨간불 앞에서 기다리기―『TV가이드』사기―영화 광고 포스터를 들여다보기―「수색자」, 존 포드 감독―걷기, 걷기―약국: 비염약과 아스피린 사기―길을 건너기―균일가 생활용품점: 머리핀, 세안비누, 편지지와 편지봉투 구입 같은 것들과 더불어 별일 없이 떠나갔다.

어느 거리로 접어들든 엘리자베트는, 물결처럼 흘러가는 군중에 섞여들어 빠르게 걸었다. 옆에서는 여자와 아이, 남자, 노인 들이 걷고 있었다. 그녀의 유연한 육체가 초록 원피스 속에서 움직였다. 들이쉬고 내쉬는 호흡에 맞춰 가슴이 규칙적으로 오르내리고, 활처럼 휜 허리가 숨을 쉬었다. 때로 선글라스 뒤에 숨거나 또 때로 드러나는 그녀의 초록색 눈에 도시 풍경이 갖가지 작은 사각형으로 비쳤다. 동공 위로 붉은 자동차들이, 새로 태어난 신선한 눈물로 인해 물렁물렁해지거나 한 듯 동체를 둥글게 말며 지나가고, 깊은 물 같은 검은 그늘이 떠올랐다가 곧바로 사라져갔다. 상점에 들어갈 때마다 그녀의 검은 머리카락이 선풍기 바람에 날렸고, 리놀륨 바닥에는 그녀의 뾰족한 구두 굽에 찍힌 둥근 자국들이 낙관처럼 남겨졌다. 간혹 웬 남자가 그녀를 따라와서 찬찬히 살피고는 몸을 돌려 가버리거나, 가까이 다가오거나 했다. 가까이 다가온 남자는 그녀 곁을 따라 걸으면서 이런저런 말을 붙였다. 낮은 음성으로 다음과 같은 말을 던지는 식이었다.

"산책하러 나왔어요, 아가씨?"

"이름이 뭔가요?"

"나랑 드라이브 할래요?"

"이봐요, 아가씨, 이탈리아인 아니에요? 라가차(아가씨)? 라가차?"

그렇지만 그녀는 남자를 쳐다보지도 않고 계속 앞만 보고 걸었다. 그러자 남자는 다시 그녀 뒤편 어딘가 군중들 속으로 섞여들어서 모습을 감추었다.

한참, 아주 한참 지나서, 쇼핑과 산책을 끝낸 뒤 해가 주택가 뒤편으로 넘어갈 무렵 엘리자베트는 어느 카페테라스에 앉아 남은 돈을 계산했다. 레모네이드를 주문하고 가방에서 지갑을 찾아 지폐와 동전을 꺼냈다. 그것들, 가발을 쓴 남자*가 건물과 강 형상의 도안 앞에서 글을 쓰고 있는 그 더럽고 냄새나는 종잇장들이 그녀의 손바닥에 놓였다. 종잇조각 상단에 BANQUE DE FRANCE(프랑스은행), 0059867112, DIX FRANCS(10프랑)이라고 인쇄되어 있었다. 하단에 67112 B.10-10-1963. B. Z.24.라고 적힌 것이 보였다. 지폐 뒷면에 다음과 같은 글귀가 작은 글자로 인쇄되어 있었다.

형법 139조에 따라, 법이 정한 지폐를 위조 혹은 변조하거나, 위조 혹은 변조된 지폐를 사용할 경우, 종신형에 처해진다. 그것을 프랑스 내에 유통시킬 경우에도 동일한 처벌을 받는다.

그것보다는 더러움이 덜한 다른 지폐에서는 얼굴이 동그란 남자가 불안감이 담긴 눈빛을 던지고 있었다.** 남자는 개선문을 배경으로 삼아 왼편으로 시선을 돌리고, 대성당 앞에서는 오른편으로 시선을 돌린 모습이었다. 지폐의 누르스름한 바탕 위로 월계수 잎, 리라, 원형 장미 문양, 과일과 일종의 꽃들이 거의 사방을 가득 채우고 있었다. 100NF라는 숫자 아래, 세 개의 서명이 보였다. 금융감독원장: 해독 불가능, 재무부 출납국장: 해독 불가능, 프랑스은행 총재: 해독 불가능.

---

* 1960년대 통용되던 10누보프랑 지폐 속의 리슐리외 추기경.
** 100프랑 지폐 속의 나폴레옹.

그들, 그것들, 얼룩덜룩한 그 종잇조각들, 서툰 그림들과 숫자들을 담은 흐릿한 색조의 그 소박한 도안들이 거기, 그녀의 손바닥에 펼쳐져 있었다. 그것은 마음 내키는 대로 처분할 수 있는 것들이었다. 불태울 수도, 찢어버릴 수도 있었다. 혹은 그저 돌돌 말아 공처럼 만들 수도 있었다. 말하자면 별것 아니었다. 그렇지만 어떤 고요한 힘이 그것들로부터 퍼져 나왔다. 그것들은 익숙한, 뭔가 산패한 냄새, 그리고 존중을 요구하는 어떤 표식 같은 것을 지니고 있었다. 에피날 판화 같은 도식적 풍경 앞에서 가발을 쓴 그 늙은이들이 조롱하듯, 교활하게 당신을 바라보았다. 그 늙은이들은 지폐 도안 속 자기네 세계에서 안녕했다. 그들은 따뜻한 곳에 있었고, 배불리 먹었다. 분명 여자에 굶주리지도 않았을 것이다. 게다가 그들은 지식을 갖추었다. 엘리자베트는 지폐 속 늙은이의 얼굴을 햇빛에 비춰보았다. 가발을 포함해 머리카락을 두 꺼풀 뒤집어쓰고 그 위에 나이트캡까지 올린 그 환영의 두상, 비스듬히 옆으로 돌려 4분의 3만 보이는, 늙은 인디언을 닮은 그 얼굴이 지폐를 투과하는 빛 아래 드러났다. 그 얼굴은 배후에 후광이 깔린 자신의 감옥에 들어앉아 가볍게 조롱을 던지고 있었다. 무엇으로도 그 얼굴에 반박할 수는 없었다. 로스트 치킨을 위해, 몇 킬로그램의 감자를 위해 그 얼굴, 완강한, 유능한, 거의 슬픈 얼굴이라고 할 수 있는 그것은 계속해서 그 자리에 있을 터였다.

동전들도 있었다. 다소 밝은 색깔의 금속 조각들, 금빛 구리 동전들이었다. 소매 단추만 한 크기의 니켈 동전도 있었다. 거기 들어 있는 도안들, 양면에 새겨진 작은 표식들과 더불어 여인들*이 떠오르는 것인

---

* 1프랑 주화에 새겨진 씨 뿌리는 마리안. 동전이 여러 개라서 복수형으로 지칭하고 있다.

지 혹은 저무는 중인지 알 수 없는 해 앞에서 머리카락을 물결치듯 흔들며, 바람에 옷자락을 휘날리며, 걷고 있었다. 뒤로 뻗은 손이 여인들에게 어떤 평온한, 무엇으로도 흔들 수 없을 것 같은 균형감을 주었다. 뒷면에는 월계수이거나 올리브나무일 나뭇가지 하나가 FRATERNITÉ(박애)의 끝 글자 É에서 뻗어 나오고 있었다. 다른 동전들, 여인의 측면 두상이 새겨진 큼직한 노란색 동전들이 있었다. 관자놀이, 뺨, 목 앞부분은 금속이 닳아서 밝은 색이었다. 덕분에 일종의 음영이 이제 이 머리를, 눈과 코 주위 윤곽을, 그 피부 아래 정말로 골격이 있는 것처럼 두드러져 보이게 했다. 동전 바깥 어디선가 전구가 비추는 것 같았다. 이 얼굴은 매일 손가락들과 만나고 지갑과 접촉하면서 움푹 들어간 그 굴곡마다 때가 쌓일 게 분명했다. 또 거기에는 무수한 세균들이 제 세상인 양 우글거릴 게 틀림없었다. 다른 동전들도 이것들과 마찬가지로 사람들의 손 안에서 자신들의 세월을 살아왔다. 그 동전들을 만지던 사람들은 이제 죽고 없다. 둥근 금속 조각들도 그들과 함께 사라지고 없다. 어딘가, 땅에 묻혔거나 서랍 구석에 처박혔거나 오래된 누가사탕 상자 속에 쌓여 있을 것이다. 한때 그 동전들은 식사가 끝난 테이블 위에 쟁강거리며 놓였었다. 그것들로 포도주나 옷감을 샀고, 상인에게 값을 치렀고, 교회 문 앞 거지들에게 은혜를 베풀었다. 쟁강거리던 그 소리는 잊혔다. 그리고 동전 속 돋을새김 그림들에는 푸르스름하게 부식된 자국이 생겼다. 털북숭이 왕의 두상 뒤, 투구를 쓴 한 여인이 왼손에 삼지창을 들고 뭔지 알 수 없는 더미 위에 앉아 있었다. 하단의 숫자 1912를 제외한 다른 것은 닳고 지워진 상태였다. 이제 이들은 떠나고 없었다. 동전은 거무스름하게, 허옇게, 흙빛으로 퇴색했다. 양날 도끼, 직립한 반인반신들, 꿀벌, Suomen Tasavalta라는 기이하고 의미 없는 단어가 보였다. 5마르카* 동전이었다. 암퇘지가 새끼들에게 젖을 먹이는 부조 그림이었고, 그 아래에는 Saorstät éireann이라는 단어가 새겨져 있었다. In God We Trust. 1926. In Pluribus Unum.** ONE CENT. United States of America. Umberto I re d'Italia. Juliana Koningin Der Nederlanden. 닳아서 반질반질한 촉감이 기분 좋은 이 큼직한 갈색 동전 위, 마모되어 흐릿해진 부분 바깥쪽에 날개를 활짝 펼친 독수리의 위협적인 형상이 별안간 나타났다. 독수리의 그 큰 두 발은 화재 연기로 뒤덮인 신전을 떠받치는 두 개의 깃털 기둥으로서, 든든하고 장려한 모습을 그대로 간직하고 있었다.

부질없는 것들이었다. 이 동전들은 만들어질 때부터 언젠가는 사라질 운명들이었다. 어딘가로 가져가버리고, 묻히고, 시간이 부식시켜버릴 것들이었다. 그래서 문장이나 그림 한쪽 귀퉁이, 조각난 코와 턱, 숫자 일부가 지워진 연도로만 남을 것들이었다. 살아 있는 자들에게, 이 동전들을 지갑에 담아 다니는 자들에게, 이것은 죽음의 소리와 형태를 가진 것들이었다. 초라하고 망가진 무엇이었다. 그것은 새겨진 숫자로 나이를 세어 보이며 그들 역시 흘러가야 한다고 말하고 있었다. 이 금속 조각들이 부식되기 시작한 것은 오래전부터였다. 한쪽 면에는 두 얼굴을 가진 야누스, 그 뒷면에는 뱃머리가 새겨진 청동 화폐들, 드라크마,*** 막 날아가려는 독수리를 작고 둥근 새장 속에 가두어놓은 60세스테르티우스****

---

* 핀란드 화폐.
** 센트 링컨이라고 지칭되는 1센트 동전 뒷면 상단에 새겨진 문구. 정확히는 E Pluribus Unum이다.
*** 고대 그리스의 은화.
**** 고대 로마의 화폐 단위.

금화, 베시파시아누스* 황제의 초상이 담긴, 키지코스**에서 주조한 고대 화폐들, 미소 짓는 아우구스티누스의 두상이 글자와 함께 새겨진 로마 금화들, 한 면에 아우구스티누스, 다른 면에 카이사르가 새겨진 금화, 브루투스, 카시우스가 새겨진 것들, 오스크***의 리브르 화폐들, 이 모든 것은 아주 오래전에 사라졌다. 이 쇠붙이와 청동 조각과 더불어 사람들은 희망을 이어갔었다. 이것으로 부자가 되었고, 집, 노예, 가축을 샀다. 이것 때문에 전쟁을 벌였고, 사람을 죽였다. 이제 남은 것은 유골, 폐허였다. 분명 거론할 가치가 없는 것들이었다.

카페테라스에서는 사람이 일어나서 나가면 그 빈자리에 또 새로운 사람이 와서 앉곤 했다. 테이블에 새로 자리 잡고 앉은 사람들은 자신의 음료, 맥주, 과일주스, 레모네이드를 조용히 마시면서 이야기를 나누거나 뭔가에 시선을 던졌다. 뒤편 홀 안쪽에서 희미한 음악 소리가 흘러나와 자동차와 행인들이 빚어내는 소음과 뒤섞였다. 담배를 피워 문 남녀가 군데군데 보였다. 담배 연기 냄새가 공기의 흐름을 타고 대기로 퍼져 나갔다. 지나가면서 그것이 어떤 종류의 담배인지 알아맞혀볼 수도 있었을 것이다. 이 자리는 버지니아 담배, 저 자리는 피터 스토이베산트, 아니면 카멜, 또 저기는 지탄 필터담배라는 식으로 말이다. 엘리자베트는 의자에 등을 곧게 펴고 앉아, 가방에서 손거울과 립스틱을 꺼내 화장을 조심스레 고쳤다. 도로 건너, 카페 맞은편, 눈을 들어 올려봐야 하는 위치에 한 남자가 보였다. 남자는 발코니에서 몸을 기울여 아래쪽 바닥을 내

---

* 고대 로마의 황제. 네로 사후에 황제로 추대되었다.
** 오늘날 터키 콘스탄티노플 앞바다인 마르마라 해에 위치한 소도시. 고대 화폐 제작소가 있었다.
*** 이탈리아 고대 민족.

려다보고 있었다. 철제 난간에 두 팔을 괴고 머리를 앞으로 숙인 자세였다. 드러난 목덜미 위로 어느 순간 기와가 떨어져 내릴지도 모른다는 위험은 아랑곳없는 듯했다. 잠시 후 누더기를 걸친 젊은 임신부가 카페 테이블 앞에서 구걸하기 시작했다. 임신부는 엘리자베트가 앉은 테이블로 와서 발을 멈추더니 엘리자베트를 쳐다보았다. 새까만 두 눈이 땟국이 흐르는 얼굴 한가운데에서 빤짝거렸다. 그러더니 여자는 정맥이 두드러진, 앙상하다 싶은 팔을 내밀었다. 팔 끝의 손은 활짝 펼쳐져 있었다. 손바닥에 땀이 고여서 번들거렸다. 여자가 입술을 우물거리듯 뭔가 알아들을 수 없는 말을, 아마도 "딸린 애가 있어요. 한 푼 주세요"라고 하는 듯이 웅얼거리더니 다시 잠자코 기다렸다. 엘리자베트는 조금 전 들여다보던 동전들 가운데 하나를 꺼내 여자의 손바닥에 올려놓았다. 여자는 손바닥을 오므리고 마치 자동인형이 움직이듯 다음 테이블로 갔다. 어떤 사람들은 고개를 저어 거절했고, 또 어떤 사람들은 시선을 딴 데로 돌리거나, 아니면 들고 온 신문을 펼쳐 읽기 시작했다. 얼마 후 임신부는 아무 말 없이 가버렸다. 여자가 떠나자 어떤 불편하고 더러운 균열이 마침내 메워진 것 같았다. 저편, 도시 외곽지대 어디쯤, 가스공장 아니면 하수처리장 부근이 그 균열의 종착지였다. 그것은 아이들과 더러운 개들을 데리고 거기, 함석판을 얽어놓은 오두막에 자리 잡고 있었다. 그곳은 균열이 지배하는, 늘 균열인 곳이었다.

엘리자베트는 유리컵 바닥에 남은 레모네이드를 마저 마셨다. 가라앉은 레몬 씨앗을 삼키지 않으려고 이를 다물어야 했다. 티스푼으로 설탕을 긁어 먹었다. 컵을 다시 내려놓고 계산서를 집어 들어 가격을 확인했다. 봉사료 포함해서 1프랑 50상팀이었다. 그녀는 잠시 그 종잇조각을 손가락 사이에 끼우고는 원통 모양으로 둥글게 말았다. 그러고 나서 다시 펼쳐 테이블에 내려놓고, 날아가지 않도록 재떨이로 눌러놓았다.

엘리자베트가 몸을 일으켜 떠나려는 참에 한 남자가 그녀 오른편 옆 테이블로 와서 앉았다. 남자는 커피를 주문하고 잠시 담배를 피웠다. 그러는 동안 시선은 안경 너머 정면을 향하고 있었다. 그러더니 별안간 엘리자베트를 향해 몸을 돌리고 물었다.

"그림을 좋아하세요?"

엘리자베트는 느닷없는 일을 당했을 때의 표정으로 남자를 쳐다보았다. 남자가 다시 말했다.

"그림을 싫어하시지는 않죠, 그렇죠?"

"어…… 싫어하지는 않아요, 그렇지만—," 하고 엘리자베트는 입을 열었다.

"내 이름은 토비예요." 남자가 말을 이었다. "화가죠. 당신을 그려보고 싶어요."

그러고는 그녀의 대답을 기다리지도 않고 가방에서 종이 묶음과 목탄을 꺼내 선을 그어나가기 시작했다. 엘리자베트는 항의하려 했다.

"아뇨, 난 생각 없어요. 어째서 나를 그리려는 거죠?"

남자는 대답하지 않았다. 종이에 머리를 숙이고 목탄을 든 손을 성큼성큼 놀렸다. 뭔가에 집중할 때 흔히 그렇듯 이마와 눈썹이 좁혀져 있었다. 잠시 후 그가 고개를 들어 엘리자베트의 왼쪽 뺨을 바라보았다.

"금방 끝날 거예요." 그가 말했다.

"나는 그만 가봐야 해요." 엘리자베트가 대꾸했다.

토비가 단호한 표정으로 그녀를 쳐다보았다.

"5분이면 끝마칠 수 있어요. 5분은 내줄 수 있죠?"

남자는 몸을 종이 위로 숙인 자세로 계속 그림을 그려나갔다. 배어

나온 땀 때문에 머리카락이 이마에 달라붙었다. 몸은 그대로 숙인 채 이따금 눈만 들어 올렸다. 그러면 눈썹 위로 마치 칼로 그은 것 같은 선명한 주름이 잡히곤 했다. 그러면서 그는 엘리자베트의 얼굴에서 어떤 부분, 코, 턱, 입, 아니면 두 콧구멍과 윗입술 사이 도랑처럼 오목하게 파인 부분을 골똘히 응시했다. 그런 다음 고개를 종이 쪽으로 다시 숙여 자신이 본 것을 그렸다. 이런 식으로 시선을 뒤집어쓸 때마다 엘리자베트는 몸이 용해되는 느낌이었다. 살과 뼈, 몸 안의 모든 것을 비워내고 속이 훤히 들여다보이는 투명체가 되어 대기 속에 부유하는 것 같았다. 자신에게서 남아 있는 것은 탄산가스를 불어넣어 부풀린 풍선 같은 거죽뿐이었다. 그 풍선이 바람을 타고 이리저리 흔들리고 있었다. 남자가 짤막하게 물었다.

"이러는 것이 싫어요?"

"싫어요." 엘리자베트가 대답했다.

"어째서?"

"왜냐하면, 누가 나를 바라보는 게 싫거든요."

남자가 놀리듯 가벼운 웃음을 띠었다.

"여자들은 눈길을 받는 것을 좋아하죠. 그렇지만 자신을 뚫어져라 쳐다보는 건 좋아하지 않나 봐요."

"이곳 분이세요?" 엘리자베트가 물었다.

"아뇨, 프랑스인은 아닙니다. 영국에서 왔어요"라고 토비가 말했다. "또 유대인이고요."

그가 잠시 그녀를 똑바로 응시했다.

"당신은?"

"나는 이곳 사람이에요." 엘리자베트가 대답했다.

"결혼했나요?"

"네."

"아이는?"

"없어요."

한순간 두 사람은 서로 침묵을 지켰다. 남자는 종이 위로 목탄을 움직였다. 작은 곤충이 움직이는 소리가 났다. 엘리자베트는 몸을 돌려 뒤편을 바라보았다. 사람들이 카페 안을 오가며 토비의 어깨 너머를 슬쩍 건너다보곤 했다.

"나는 눈에 보이는 것은 전부 그려요." 토비가 말했다. "전부요. 그리고 싶어요. 눈에 들어오는 것은 무엇이든 큰 도화지 위에 그려진 느낌이 들거든요. 그래서 그걸 그대로 베끼는 거죠. 별로 어렵지 않은 일이에요."

"그 일로 돈을 벌겠죠?"

"아뇨, 아닙니다. 아버지가 부자거든요. 다행히도 돈을 벌 필요가 없는 팔자죠."

"전시회도 해요?"

"아뇨, 전시회는 그림을 팔기 위한 거예요. 전시회는 열지 않아요. 나는 그림을 그리기만 해요. 그러고는 주죠."

"사람들에게 알려지는 일은 없겠네요." 엘리자베트가 말했다.

"알려지는 일은 없다고요?" 남자가 그녀를 놀리듯 똑바로 쳐다보았다. "아니죠. 이제 당신은 나를 알잖아요."

남자는 도화지를 뒤집어 계속해서 목탄을 놀리기 시작했다. 아마도 머리카락이나 음영이 드리운 턱을 그리고 있는 것 같았다.

"사람들에게 알려져서 좋을 게 뭔가요." 그가 말했다. "그림을 팔 생각이 없는데 말입니다."

"그럼 지금 여행 중인가요?"

"그래요. 돌아다니면서 스케치를 하고 있어요."

그는 또다시 얼마간 침묵했다.

"내가 할 줄 아는 일은 그것뿐이에요." 그가 말했다. "그러니까 이 그림이 내가 하는 일의 전부죠."

그는 목탄으로 그린 선 하나를 검지로 문질러 지웠다. 엘리자베트는 점점 커지는 호기심으로 그의 움직임을 바라보았다.

"만나는 여자마다 이렇게 초상을 그려주나요?" 그녀가 물었다. 그가 웃었다.

"아뇨, 전부는 아니에요. 보이는 여자만, 단지 내 눈에 보이는 여자만 그려요. 그러니까 내 눈에 들어와 박히는 경우만 그렇다는 거지요. 얼굴이라고 해서 다 그려야 할 필요가 있는 것은 아니거든요. 알다시피 그렇죠."

"결혼했어요?"

"홀아비입니다." 토비가 대답했다.

그는 종이를 흔들어 목탄 가루를 털어냈다. 입으로도 불어 날렸다.

"아내가 2년 전에 세상을 떠났어요. 피부결핵이 원인이었죠."

"슬픈 일이군요―"라는 첫마디로 엘리자베트가 입을 열었다.

"슬플 것은 없어요." 토비가 말을 잘랐다. "마지막에 아내가 너무 고통스러워하는 것을 보면서 나는 어서 끝나기를 바랐어요. 그러고는 끝났죠. 아내는―"

그는 커피를 한 모금 마셨다.

"처음 만났을 때 아내가 얼마나 아름다웠는지 나는 오직 그녀만을 그리겠다고 다짐했었죠. 그래서 5년 동안 그렇게 했어요. 매일 아내를 그렸죠. 아내가 떠날 때까지. 집에는, 런던이죠, 아내를 그린 그림 수천 장이 있어요. 게다가 계속해서 그렸어요, 아내가 죽은 뒤에도 말입니다. 하지만 내가 그리고 있었던 것은 그녀의 환영이었어요. 무슨 말인지 이해하실 겁니다. 그러니—"

"그녀가 아름다웠나요?"

"아주 아름다웠죠. 사실은, 잘 모르겠어요. 처음에는 그녀가 아주 아름답다고 생각했어요. 그러다 나중에는, 그녀를 그리느라 내가 그녀를 보지 않고 있더군요. 묘한 일이죠. 하지만 마지막에는 병이 그녀를 망가뜨려놓은 상태였어요. 피부가 종잇장이 되어 있었죠. 우글쭈글 구겨진, 바스락바스락하는 종이 말이에요. 육체가 망가지는 걸 보면 참 놀라워요."

"견디기 힘들었겠군요."

"힘들었죠." 토비가 말했다.

그는 엘리자베트의 오른손에 시선을 던지더니 손의 형상을 그리기 시작했다.

"결혼한 지 오래되었어요?"

"3년" 하고 엘리자베트가 말했다.

"남편은 무슨 일을 하죠?"

"오— 고정된 직업을 가진 건 아니에요. 지금은 여행사에서 일해요."

"당신은요?"

"전에는 약대를 다녔어요. 하지만 지금은 아무 일도 하지 않아요."

남자는 아주 열중해서 계속 그림을 그려나갔다. 작은 땀방울이 관자놀이로 흘러내렸다. 콧잔등에도 땀방울이 맺혔다. 그는 이따금 오른손을 들어 손등으로 땀을 닦곤 했다.

"날이 덥군요." 엘리자베트가 말했다.

"예전에 진짜 화가 한 사람을 만난 적이 있어요." 토비가 말했다. "10여 년 전, 뉴욕에서였죠. 그때 나는 열여섯 살, 대략 그 나이쯤이었을 거예요. 어쩌면 더 어렸을 수도 있고요. 아버지는 나를 미국으로 보내 공부하게 했죠. 그 사람을 만난 것은 그곳, 뉴욕에서였어요. 고벨이라는 사람이었는데, 어디서 왔는지는 물어보지 못했어요. 영어가 무척 서툴렀어요. 내 생각에 아르메니아, 그 언저리 어느 지역 출신일 것 같아요. 그 사람은 말하자면 미치광이였어요. 미국 전역을 떠돌아다니며 부랑자처럼 살고 있었죠. 그는 오직 보도 위에만 그림을 그렸어요. 분필 몽당이로 말입니다. 그렇게 길에서, 분필로, 평범하지 않은 그림들을 그리고, 그러고 나서는 그림 옆에 앉아 행인들이 몇 푼 던져주기를 기다리곤 했어요. 그것이 그가 바라는 전부였죠. 그렇지만 그렇게 해서 세상에서 가장 아름다운 그림들을 그렸거든요. 다음 날이면 그림은 전부 지워졌죠. 사람들이 그림 위를 밟고 지나가고, 비가 뿌리든가, 아니면 청소부가 거리를 쓸고 지나간 거죠. 그러고 나면 아무것도 남지 않는 겁니다. 하지만 그 사람, 고벨은 개의치 않았어요. 어딘가 다른 거리에서 또 다른 그림을 그리기 시작했고, 그러고는 몇 푼 던져주기를 기다렸죠." 토비는 커피를 다시 조금 마셨다.

"그가 어떻게 되었는지는 몰라요. 어딘가에서 살고 있겠죠, 미국이나 아니면 다른 나라에. 뉴욕에서 지내는 동안 나는 그가 그런 식으로 그림을 그리는 모습을 줄곧 지켜보았어요. 그는 말을 거의 하지 않았죠. 짐작건대 그는 내가 귀찮았을 거예요. 자신이 그림을 그리는 것을 매일 바라보고 있었으니까요. 그렇지만 그는 뭐랄까, 천재였어요. 내게도 그와 같은 천재성이 있었으면 얼마나 좋았을까. 가엾은 고벨!"

이제 종이에는 빈 공간이 거의 남지 않았다. 토비는 점을 찍듯이 목탄을 세워 빠른 손놀림으로 그림 몇 군데를 손보았다.

"그는 아주 온화한 사람이었어요." 그가 말했다. "화를 내는 모습을 한 번도 본 적이 없어요. 가끔은 사람들이 그를 약 올리려고 그림 위로 발을 끌면서 지나가기도 했어요. 그는 아무 말이 없었죠. 원래 그러려니 하듯 망가진 부분을 다시 고쳐 그리기만 했어요. 그렇지만 내 생각에 그때 그는 조금 제정신이 아니었던 것 같아요."

마침내 초상화가 완성되었다. 토비는 가방에서 분무기가 달린 병 하나를 꺼내 내용물을 종이 표면에 분사하기 시작했다.

"정착액이에요." 그가 설명했다. "이것을 뿌리면 목탄이 금방 날아가지는 않을 거예요."

그러고 나서 그는 종이를 엘리자베트에게 내밀었다. 그녀가 미처 그림에 시선을 주기도 전에 그는 몸을 일으키며 인사했다.

"시간을 내주어서 고마워요." 담백한 말이었다. "그럼 이만, 부인."

엘리자베트는 그가 멀어져가는 것을 바라보았다. 그러고는 그림을 응시했다. 자신의 형상이 거기, 종이 위에 있었다. 자신의 상반신과 오른손을 마치 거기 갖다놓은 것 같았다. 그 초상화에서 단 한 가지 기묘한 것은 남자가 귀를 그려 넣지 않았다는 점이었다.

자기 집 낡은 더블침대, 금속 프레임의 그 침대 속에 몸을 묻은 채 로슈는 여전히 꼼짝도 하지 않고 있었다. 몸 아래로 땀이 흥건히 고여 시트에 스며들었다. 몸뚱이가 시궁창에 처박혀 있는 것 같았다. 시간이 흘러갔다. 온도계는 여전히 치솟은 상태로, 숫자 29에서 30을 가리켰다. 햇빛은 계속 덧창 틈새로 새어들었지만, 이제는 조금 더 노란 빛을 띠며 뿌옇게 어른거렸다. 바깥은 하늘에 빛이 가득 들어차서 온통 새하얀 색일 게 분명했다. 이 건물의 사방 벽은 군데군데 금이 가고 깨어져나갔어도 아직은 버틸 만하다는 듯 땅을 딛고 폐허의 위엄을 어설프게 흉내 내고 있었다. 위, 아래, 왼쪽, 오른쪽, 온 세상이 숨이 붙어 움직였다. 자동차들이 도로를 달리고, 행인들이 보도를 오가고, 아이들이 뛰어놀고, 여인네들이 코를 훌쩍이며 슬리퍼를 끌고 아파트 안을 이리저리 서성거렸다. 하지만 여기, 로슈의 방에는 아주 작은 움직임조차 없었다. 죽음과도 같은 고요, 절대적인 정적이 방 안을 짓눌렀다. 예외가 있다면 단지 로슈가 찬 손목시계의 몸체 안에서 톱니바퀴가 돌아가는 미세한 소리, 시곗바늘들이 돌면서 일으키는 맹렬한 작은 진동뿐이었다.

로슈는 이제 오한은 멈춘 상태였다. 신열이 그의 전신으로 천천히 파고들었다. 그 열기는 살의 주름진 굴곡마다 똬리를 틀고, 신체 각 기관을 점령하고, 신경을 점차 마비시켰다. 불덩어리 같은 열꽃이 몸 군데군데 피었다. 질병은 아마도 그런 지점, 가랑이나 겨드랑이, 목 뿌리에서 그 고통스러운 작은 태양들의 힘을 빨아들이며 자라난 듯했다. 머리 안쪽에 두통이 들어앉았다. 두 눈 뒤편, 후두부, 양쪽 귀 가까운 지점이었다. 망치로 치는 것 같은 두통은 아니었다. 그것은 거기 자리 잡은 것에 만족하면서 머리 안쪽을 조금, 아주 슬쩍 누르고만 있었다. 흉곽 안쪽에서 심장이 급하게, 불규칙하게, 펄떡거렸다. 양쪽 폐는 쉴 새 없이 공기를 요구했다. 그것이 원하는 것은 새로운 공기였지만, 빨려 들어오는 것은 비강과 목구멍을 통과하며 점막을 후끈하게 달구어놓는 끈적끈적하고 미지근한 기체였다.

잠시 후 엘리자베트가 돌아올 곳은 바로 이런 숨 막히는 동굴이다. 그녀는 아무것도 짐작하지 못하고 있을 게 분명했다. 늘 하던 대로 현관문의 초인종을 두 번 누를 터이고, 그러고 나서는 열쇠를 구멍에 밀어 넣어 아파트로 들어올 터였다. 통로에 장바구니를 내려놓을 것이고, 그러면 바구니 안의 레모네이드 병과 우유병이 서로 부딪치는 소리가 날 터였다. 이어서 주방으로 가서 개수대에서 손을 씻을 것이다. 수도꼭지는 관 속에 공기가 고인 탓에 한두 번 헛구역질을 할 것이다. 그런 다음 그녀는 화장실로 들어갈 것이고, 변기 물을 내릴 것이다. 그녀의 통가죽 샌들이 마룻바닥에 부딪는 소리가 날 것이다. 아마도 주방 찬장 위에 놓인 트랜지스터라디오를 켤 것이고, 그러면 뉴스를 전하는 한 남자의 목소리가 들려올 것이다. 이를 테면,

8월 27일 신원미상의 시신이 발견된 뒤로 이탈리아의 군인 가족들은 불안에 떨고 있습니다.

아니면 인종차별에서 비롯된 폭력들, 쿠르브부아에서 발생한 어느 범죄 사건, 캄보디아 국왕의 기자회견에 대한 뉴스일 것이다. 오후 1시 현재 기온 리옹 31도, 생테티엔 31도, 파리 30도, 아작시오 29도, 리모주 29도, 디종 29도, 발랑스 29도, 니스 28도, 마르세유 28도, 보르도 28도, 모나코 28도, 등등. 롱샹 경마 결과, 파리 증권거래소 주식시세. 이런 뉴스가 이어지는 동안 그녀는 오른쪽으로, 왼쪽으로, 걸음을 옮겨 놓을 것이다. 이 좁은 아파트에 다시 움직임이 생기고, 그것과 더불어 뭔가 덜그럭거리며 부딪치고, 낡은 모터가 소음을 일으키며 돌아갈 것이다. 움직임이 돌아오는 것이다. 움직임은 문 아래를 통과해서 조용히 기어오기 시작할 터였다. 도마뱀처럼, 환자가 누워 있는 침대를 향해서 말이다.

66

별안간 로슈는 자신이 누워 있는, 움직임 없는 이 세상, 이 두꺼운 벽들, 이 뿌연 빛 무리, 마룻바닥에 묘석처럼 서 있는 가구들, 이 모든 것이 속임수라는 것을 깨달았다. 그것은 금방 들통 날 계략, 속이 훤히 들여다보일 만큼 허술한 희극이었다. 가령 모기 한 마리가 덧창 틈새로 들어와 곧장 그에게 달려드는 것으로 충분했다. 그것만으로도 이 계략은 깨어지고, 그는 벌떡 몸을 일으킬 터였다.

사실, 이 방 안에서는 모든 것이 스멀스멀 움직이고 있었다. 벌레, 극미동물, 사방 실처럼 가느다랗게 뻗은 무엇인가가 방 안 가득 우글거렸다. 방 안은 그것들로 온통 뒤덮인 상태였다. 유심히 살펴보기만 해도 알 수 있는 사실이었다. 예를 들어 천장에 붙은 그것들은, 얼핏 보기에, 군데군데 비늘이 벗겨진 듯 일정치 않은 회색빛을 띤 채 납작하게 붙어 꼼짝도 하지 않는 것 같았다. 하지만 천장이 움직이고 있었다. 천장은 로슈를 향해 내려와 이제 막 그를 침대에 짓누르려 들더니, 별안간 다시 까마득한 허공으로 올라가 교회당 궁륭처럼 공기를 들이마셨다. 몸을 떨기도 했다. 그 진동이 파도처럼 사방으로 퍼져 나가면서 표면에 칠한 페인트와 회(灰)를 들뜨게 했다. 갑자기 얼룩이 번졌다. 붉은 반점, 자주색 반점, 초록빛이 도는 반점, 우중충한 금빛 반점 들이었다. 그러다가 그 반점들은 서서히 사라져갔다. 대신 그 자리에 틀로 찍은 것 같은 함몰이 나타났다. 그 오목한 자국은 꽤 깊었다. 코끼리가 밟고 지나간 것 같았다. 천장 한가운데, 전구 줄 둘레에 이유는 알 수 없지만 아름다운 꽃문양이 돋을새김으로 순식간에 생겨났다. 커다란 꽃다발과 아기 천사 무리였다. 몇 마리 비둘기는 날개를 펴고 막 날아가려는 참이었다.

심지어 순간순간 아래위가 뒤바뀌어 천장이 바닥이 되기도 했다. 뒤집혀 거꾸로 붙은 테이블 위에 맛난 식사가 담긴 접시와 루비 빛깔 포도주가 찰랑거리는 크리스털 유리잔, 바구니에 담긴 싱싱한 과일 들이 보였다. 그 과일 중 몇 개는 바구니 밖으로 나와 냅킨 위에 흩어져 있었다.

로슈는 누운 자신의 몸 아래 침대가 흔들리는 것을 느꼈다. 이제는 마룻바닥이, 천장이 그랬던 대로 움직이는 게 분명했다. 곧 바닥이 물결처럼 일렁이고, 가구들은 보이지 않는 소용돌이에 휘말려 어지럽게 흩어질 게 틀림없었다. 그러고 나면 이번에는 벽이 흔들릴 것이고, 이어서 덧창, 커튼, 문이 차례로 흔들릴 터였다. 잠깐 만에 모든 것이 뒤죽박죽 뒤섞여 요동치는 것이다. 공기마저 이 정육면체 방 안에서 춤을 추기 시작할 터였다. 이렇게, 말하자면 유쾌함에 가깝게, 소리와 색채들이 서로 뒤섞일 참이었다. 실제로는 소리도 색채도 없을 테지만, 어떤 충격이 길게 공기를 타고 흘러 그 파장 안에 든 것은 미처 의식할 새도 없이 와해될 참이었다. 물체들이 서로의 속으로 침투해 들어가고, 고운 구름이 형상을 바꾸면서 부풀어 올라 이 방을 가득 채울 터였다. 로슈는 주위의 모든 것이 스러지는 것을 보았다. 자신이 어디론가 신기한 여행에 실려 가는 느낌이었다. 차갑고도 뜨거운 바람이 그를 깃털처럼 들어 올렸다. 피부, 팔다리, 머리카락이 습기를 머금은 흐름을 타고, 마치 잉크 자국이 젖은 종이를 타고 번져나가듯이, 흐름 속으로 풀려나갔다.

그는 절박한 비명을 질렀지만 소리가 제대로 나오지 않았다. 그 소리는 목구멍을 넘어오지도 못했다. 그저 겁에 질린 아 아 아 아……! 이 신음 같은 비명이 머릿속에서 꼬리를 길게 끌며 울렸다. 진땀이 났다. 비명의 메아리가 잦아든 순간, 로슈는 아내의 모습을 알아보았다. 모든 것이 흔들리는 이 공간 속으로 그녀가 막 들어선 참이었다. 그녀를 단번에 알아본 것은 아니었다. 처음에는 그녀의 몸이 보였다. 지나치게 희고 길쭉한 몸이었다. 벌거벗은 그 몸이 허공에 떠다녔다. 이어서 엄청나게 큰 얼굴이 그 몸을 빨아들였다. 얼마나 큰지 그 얼굴만으로 방 안이 가득 채워질 것 같았다. 그 거대한 두상에 활짝 열린 두 눈은 바다가 내다보이는 두 개의 깊숙한 창문처럼 보였다. 홍채는 둥글었고 투명했으며, 에메랄드빛 결정 같았다. 검은 동공에서 발산되는 고운 빛이 별 모양으로 퍼져 나가 황금빛 곡식 낱알을 뿌려놓은 듯했다. 눈동자를 둘러싼 흰자위가 초인간적인 어떤 빛을 내뿜고 있었다. 눈꺼풀 근처에는 푸르스름한 대리석 무늬 같은 뿌연 무리 위로 새빨간 실핏줄들이 뻗어나갔고, 그 가운데는 터진 실핏줄도 군데군데 있었다. 살덩어리에 파묻힌 그 두 개의 둥근 눈알은 움직임이 없었고, 이슬방울로 축축하게 젖어 있었으며, 그 이슬방울은 달궈진 대기 속으로 증발하는 중이었다. 보는 행위에 사용되는 두 개의 기계, 무지갯빛 윤기가 흐르는 두 개의 구체, 그것이 거기 있었다. 외부의 빛이 검은 동공을 통해 그 안으로 들어갔다. 빛은 그 안으로 순식간에 빨려들듯, 망막 그물막을 통해 흡수되어 갇혔다.

눈 아래로 양쪽 뺨의 평평한 표면, 미세하게 주름 잡힌 민감한 살갗이 넓게 펼쳐졌다. 눈꺼풀과 눈썹 가까이 자리 잡은 묘한 지대가 보였다. 움푹 들어간 응달 같은 그 부분은 밑에서 받쳐주는 뼈가 없었다. 그 지대에서 계속 내려오면 코언저리에 도달했다. 곧게 뻗었지만 유연한 그 코는 얼굴 한가운데에 기념비처럼 버티고 서 있었다. 콧구멍이 크게 벌어져 벌름거리며, 뜨겁고 냄새나는 가스를 일정한 간격을 두고 쏟아냈다. 날숨이 콧구멍 내부를 진동시키며 빠져나와 나무 같은 형상을 만들었다가 증발했다. 생명은 그 지점에서 태어나서, 대기 속으로 탐욕스럽게, 완강하고 은밀하며 거침없이 뿌리내리고 있는 게 분명했다. 공기가 게걸스럽게 흡입당하는 지점, 자력으로 움직이지 못하는 요소들을, 폐의 심부에서 규칙적으로 진공을 생성해서 빨아들이는 지점이 거기였으니까. 빨려 들어간 것들은 구불구불한 길을 더듬어 온몸을 돌아다니면서, 피가 가득 담긴 관에 자양분을 흘려 넣고 있었다.

좀더 낮은 쪽, 콧구멍 아래 자리 잡은 입 역시 벌어져 있었다. 퉁퉁한 입술 두 조각이 앞니를 배경으로 하품을 하는 중이었다. 입 양쪽 꼬리에서 출발하는 작은 주름이 턱을 향해 내려오며 입술이 그리던 곡선을 마저 완성했다. 그것은 말을 만드는 기관이었다. 말의 중간 휴지를 위해 마련된, 소리가 말이 되기에 앞서 형태를 갖추는 예민한 지대가 그곳이었다. 막혔던 소리들은 살로 이루어진 그 장벽을 넘어 터져 나오고, 아랫입술과 윗니 사이의 공간에서 공기를 가볍게 흘리며 부드럽게 발음되곤 했다. 횡격막이 내보내는 날숨이 이 장애물에 부딪쳐 양순음으로, 낭랑하거나 중후한 모음으로 바뀌었다. 구강 안에 있는 혀도 역시 움직이고 있었다. 혀는 입천장을 향해 들려 올라가, 거기 기대어 목구멍을 떠받쳤다. 오래전부터 경련과도 같은 이런 운동이 말들을 만들어왔다. 그것은 입의 형태마저 변형시켜, 비음이나 연구개음도 낼 수 있게 했다. 이렇게 해서 문장들이 목구멍, 번개처럼 순식간에 열렸다가 닫히는 이 구조물을 가로질러 서서히 올라오곤 했다. 성대가 근육과 연골조직이 이루는 각각의 굴곡에서 오르간처럼 울리면, 문장이 덩어리를 이루어, 흡착음과 비명의 불분명한 뇌성처럼 바깥으로 튀어나왔다. 혹은 말이 아주 나직한, 가사를 알아들을 수 없는 노랫소리처럼 울릴 경우도 있었다. 그런 말은 움직이는 두 조각 입술 둘레를 후광처럼 떠돌다가, 멀리로 구불구불 달아나 대기 속으로 점차 사라져갔다. 그 언어, 신의 소리 같은 그 감미로운 언어는 머리카락보다 상쾌하고 호숫가의 찰랑거리는 물결 소리보다 아름다웠다. 그 언어는 소진되어 가벼운 연기가 되었다. 밤의 어둠 한가운데에서 반짝이는 빛이 되었다. 그러자 그것이 지나가는 궤적을 따라

밤은 천천히 물러가고, 그늘은 갈라지고 조각조각 흩어졌다. 어둠은 청량한 물에 용해되어 스러져갔다. 그 물은 방울져 점점이 잦아들면서도 어둠을 가시게 할 힘은 지니고 있었다.

벌어진 입술 사이로, 차가운 앞니 틈으로, 목소리가 말을 하고 있었다. 가볍고 섬세한 어떤 것들에 대한 말이었다. 상상 속의 이야기들이었다.

"어젯밤에 말이야, 로슈, 아주 묘한 꿈을 꾸었어. 정말 굉장한, 너무 신기한 꿈이어서, 꿈을 꾸면서도 그것이 사라질 꿈이라는 것을 알았다니까. 그래서 잠을 깨고 싶지 않더라. 일주일 내내 계속 잠들어 있고 싶었어. 꿈이 사라지지 않게 하고 싶어서 말이야. 당신 그 나무 기억나? 어느 날인가 밤중에 그 나무가 창문 앞에서 움직였지. 기억나지, 응? 나는 겁이 났어. 그 나무 뒤에 숨은 도둑을 본 거라고 생각했거든. 당신도 기억할 거야. 그래서 내가 당신에게 가보고 오라고 했지. 별일 아니라고 당신은 대답했어. 분명 바람이 불어 나뭇가지가 흔들렸거나, 아무튼 그럴 거라고 말이야. 나무 꼭대기 쪽에서 썩은 가지 하나가 저절로 떨어져 내렸지. 당신도 전부 생각나지, 그렇지? 그렇지만 자신하건대, 그건 바람 때문이었을 리가 없어. 왜냐하면 창가에 다가갔을 때 분명히 보았거든. 나무가 단번에 움직이는 것을 내 눈으로 보았단 말이야. 마치 누가 잡고 흔드는 것처럼 말이지. 게다가 그것은 아마도 무척이나 육중한 무엇이었을 거야. 당신은 내 말을 웃어넘겼지. 어쨌거나 나무란 살아 있는 생명체라고, 그러니 개들이 누군가 쓰다듬어줄 때 몸을 흔들어대듯이, 나무도 그러지 못할 게 뭐냐고 말했어. 좋아. 그건 그거고. 오늘 밤, 꿈을 꾸었는데, 꿈속에서 내가 밤에 마당을 어슬렁거리고 있었어. 그런데 별안간 그 나무가 또다시 움직이기 시작했어. 그러자 몸집이 아주 큰 새 한 마리가 나무에서 폴짝 뛰어내려 내게 말했어. '저 나무를 흔든 것은 나야. 저번에도 내가 그랬어.' 그래서 나는 마음이 놓여 새에게 이렇게 말했지. '아, 그렇구나, 반가운 말이야. 나는 도둑이 든 줄 알고 겁이 났었어.' 그러자 새가 대답했어. '응, 도둑이 아냐, 매번 내가 나무를 흔드는 거야……' 새는 줄곧 작고 가느다란 목소리로 말했어. 그 소리를 알아들을 수 있다는 게 정말 신기했지. 그러고 나서 새는 강아지처럼 나를 사방으로 쫓아다니기 시작했어. 내가 어디를 가든 말이야. 나를 따라 집 안으로 들어왔지. 그러고는 이 방 저 방 따라오는 거야, 글쎄, 마치 내가 새를 줄에 매어 끌고 다니는 것 같았지. 집 안에는 사람들이 있었는데, 그들 앞을 지날 때마다 나는 말하곤 했어. '이 새가 그랬어요. 저번에 나무를 흔든 것은 바로 이 새예요.' 새는 계속해서 나를 쫓아다녔어. 오, 얼마나 묘한 일이었는지 모를 거야. 그 큰 새가 내 뒤를 졸졸 따라오다니! 정말 신기했어. 당신도 그 녀석을 보았어야 했는데. 그 새를 말이야. 엄청나게 큰 녀석이었어. 몸통이 아주 동그랬어. 진짜 공 같았다고! 깃털은 짧아서 솜털처럼 보였고, 다리는 아주 큰 데다 유난히 길었고, 머리는 아주 작고 둥글었는데, 그 머리에 큰 눈과 속눈썹이 있었지! 특이한 새였어, 정말이라니까! 무엇보다 공처럼 동그란 그 몸통, 그 솜털, 뭐랄까 병아리 같았어. 또 가늘고 긴 그 다리라니. 새는 내 뒤에서 걸음을 크게, 아주 천천히 떼어놓았어. 발가락을 사뿐사뿐 바닥에 내려놓곤 했지. 내가 가는 데마다 따라오면서 그 작은 머리, 긴 속눈썹에 감싸인 그 눈으로 나를 바라보았지. 부리는 참새를 닮았는데, 목은 전혀 그렇지 않았어. 머리가 통통한 몸통에 올라앉은 꼴이었어. 그런 모습으로 점잖게 다리를 내딛는 거야. 길이가 1미터는 되는 그 다리로 말이야! 그 새는 정말 묘했어. 머리는 참새 같은 데다, 무척 큰 눈에 또 무척 긴 눈썹, 병아리 같은 몸통이라니.

글쎄, 날개는 있는 듯 마는 듯 동그란 몸통이 온통 솜털로 덮인 병아리 말이야. 거기에 왜가리처럼 긴 다리를 하고 있잖아. 정말 괴상한 새였다니까! 그런 새가 내 뒤를 졸졸 쫓아오는 것이 재미있어서, 걸으면서 새에게 말을 걸곤 했지. 그러면 새는 가늘고 높은 목소리로 대답했어. 나는 그런 새, 어디를 가든 나를 따라와줄 새를 가지고 싶었어. 사실 정말 묘한 꿈이기는 하지! 그런데 얼마나 신기한지, 그 새 말이야! 그 새를 다시 보고 싶어, 정말이지, 언제 다시 만날 수 있으면 좋을 텐데!"

입 아래쪽에는 둥근 돌처럼 생긴, 둔중하고 투박한 턱이 앞으로 튀어나와 있었다. 이마 역시 조금 튀어나왔고, 단단하고 윤기 없는 모습이 돌을 연상하게 했다. 눈썹 가까이 일직선 주름 두 가닥이 피부를 가로질렀다. 이마와 머리카락 경계 부근에 땀줄기를 따라 자잘한 여드름이 돋은 게 보였다. 이마 뒤편은 두개골이었다. 두껍고 단단한 그 머리뼈는 언제라도 주먹질을 받아들일, 장애물을 들이받을 준비가 되어 있었다. 이 방벽 뒤편에 뇌가 안전하게 자리 잡고 있었다. 뇌는 스스로 아몬드처럼 오므라들어, 아주 작은 생각들이 따뜻하고 물렁한 그 요람 속에서 자유롭게 움직일 수 있게 했다. 무성한 검은 머리카락 아래로 툭 튀어나온 이마가 있었다. 하지만 어디까지가 머리인지 금 그어놓은 경계선은 없는 것 같았다. 이렇게 머리는 사방으로 물결치는 머리카락 숲으로 흩어져 들어갔다. 머리카락은 아주 길었다. 머리 중앙에서 가르마라고 해야 할 이랑이 반원을 그리며 머리카락을 양분했다. 그렇게 양분된 머리카락은 풍성하게 파도치며 각각 윤기 나는 검은 물결을 흘려보내고 있었다. 등 뒤편으로 머리카락이 곤두박질치듯 뻣뻣하게 떨어졌다. 그러면서 정전기를 머금고 서로를 밀어내며 한 올 한 올 흩어졌다. 빗이 머리카락을 타고 내려오자 타닥거리는 묘한 소리가 났다. 바람 한 줄기가 불어와 머리카락을 일으켜 한순간 어깨와 견갑골 위로 나부끼게 했다. 모든 것이 제각 각 움직였다. 그것들은 살아 있기는 해도 무감각했다. 그것들을 주먹으 로 후려칠 수도 있겠지만, 그것들은 원래의 육신을 버린 뒤라서 아무 고 통도 느끼지 못했다. 게다가 엄청난 수로 불어나 있었다! 수천, 수백만, 어쩌면 수억에 이를지도 몰랐다. 그것들이 두개골을 촘촘히 차지하고 식 충식물처럼 곧추서 있었다. 그것들은 따뜻했고, 부들부들했고, 밀짚 냄 새를 머금고 있었다. 기름기와 땀으로 번들번들 윤기가 흘렀고, 지독히도 길었고, 이따금 아래로 느리게 흘러내려 둥글게 파동 치며 퍼져 나가곤 했다. 그것은 끊어지지 않는 실뭉치로 온갖 색깔, 푸른빛이 도는 검은색, 회색, 잿빛이 섞인 금발, 흰색, 적갈색, 새까만 칠흑, 노란빛이 감도는 야 수의 황갈색, 그을린 갈색, 짙은 갈색, 붉은 기가 도는 황토색, 개암나무 열매의 갈색, 떡갈나무의 황갈색이 뒤섞여 있었다. 짧고 굵은 것, 가느다 란 것, 아주 긴 것, 멀쩡한 것, 비듬이 낀 것, 한 갈래, 두 갈래, 심지어 삼지창 모양으로 갈라진 그것들은 갖가지 형태로 서로 뒤엉키고 꼬여 있 어서, 빗이 중간에 걸려 통증을 일으킬 정도였다.

로슈는 부드러운 그 머리카락 속으로 두 손을 찔러 넣었다. 그리고 한동안 머리카락을 만지작거렸다. 머리카락의 숲 한가운데 얼굴을 파묻 고, 피부를 스치는 수많은 작은 촉수의 감각을 음미했다. 촉수들은 그의 숨을 막으려는 듯 콧구멍 속으로 파고들었다. 이어서 머리카락은 그의 입안을 공략했다. 다소 찝찔한, 이상한 맛이 느껴졌다. 그는 머리카락 이 풍기는 독하고도 친숙한 향기를 코로 빨아들였다. 감각을 옭아매는, 중독되게 하는 향기였다.

로슈는 땀에 젖은 채 여전히 침대에 혼자 누워 있었다. 그렇지만 손 가락 사이로 길고 미끈한 여자의 육체가 잡히는 것이 느껴졌다. 몸 전체가, 얼굴, 상반신, 엉덩이, 날씬한 두 다리와 유연한 두 팔, 이 모든 것이 별안간 그에게로 흘러들어 그를 기쁨에 떨게 했다. 그는 손가락을 쫙 펴서 감미로운 그 살을 움켜쥐고, 살갗으로든 신경으로든, 마구잡이로 빨아들였다. 그러고는 은밀한 가로막 안으로 들어갔다. 어깨 사이에, 젖가슴에, 배와 허리의 홈에 그 자신을, 이 조각상에 기거해야 할 영혼이기라도 한 것처럼, 맞춰 넣었다. 사실 여성형의 이 육체는 어쨌거나 여기 속한 것이 아니었으므로 그가 없으면 곧바로 죽을 게 분명했다. 매끄럽고 나긋나긋한 이 피부 자루 속에 담긴 내용물이란 공허뿐이었다. 이 민감한 가슴이 호흡하는 것은 절멸과 파괴뿐이었다. 그 손의 떨리는 긴 손가락들은 벌써부터 기진한 듯이 늘어져 아무것도 껴안지 못했다. 그는 침대에 누워 있는 상태여서 그저 지나가는 한 순간만 그녀를 구할 수 있었다. 그가 그녀에게 일종의 수혈, 뜨겁고 필사적인 수혈을 통해 생명을 주려는 참이었다. 마침내 그녀를 사랑할 참이었다.

숨이 막힐 듯 텅 빈 이 방 안에서 그의 두 눈이 사방을 더듬었다. 눈이 가닿는 곳은 어디나 그녀였다. 엘리자베트의 얼굴 형상이 허공에서 흔들렸다. 방 안이 그 얼굴로 가득 차 있었다. 또한 그녀의 몸, 완전히 닫힌 그 피부덩어리, 밀봉된 그것 또한 사방에 있었다. 그 몸뚱이, 손에 잡히지 않는 그 육체가 걸음을 옮겨놓고, 허리를 굽히고, 드러눕고, 미끄러지듯 바닥을 기어 다니거나, 천장을 스칠 듯이 날아다녔다. 그것이 춤을 추고 둘로 나눠지곤 했다. 그것에서 냄새가 풍겼다. 그것을 감촉할 수 있었다. 소리를 들을 수 있었다. 그것은 빛이었다.

마치 사방 모든 평면에 거울들이 줄 맞춰 부착된 채, 한 여자의 동일한 미태(美態)를 무한히, 계속해서 새로운 각도로, 반사하고 있는 것 같았다. 그렇지만 로슈가 자리 잡은 곳은 이를테면 그 거울들 안쪽이었다. 그랬다. 자기 아내의 육체를 반사하고 있는 것은 사실은, 그였다. 폐 깊숙이 숨을 들이쉴 때마다, 외부에서 신경을 자극할 때마다, 빛이 쏘는 듯 번쩍일 때마다, 몇 집 건너 어딘가에서 날카로운 소리가 날아오기만 해도, 그가 그녀의 몸을 일그러뜨리며 끊임없이 변형시켰다. 그 영상, 영상이기만 한 것은 아닌 그것은 목마른 그에게 스스로를 물처럼 쏟아붓고, 그의 전신을 타고 흐르고, 청량한 빗방울이 되어 그를 부드럽게 적셨다. 이제 그녀가 팔을 한 번씩 움직일 때마다, 하나씩 익숙한 동작을 할 때마다, 커튼을 걷고, 덧창을 열고, 머리카락을 빗고, 흰 원피스의 지퍼를 내릴 때마다, 완벽하고 빛나는 동작 하나하나가 그에게로 와서 젖은 수건으로 그를 감싸고 그의 피부를 닦아주었다.

이 상황은 아주 오래 지속된 게 틀림없었다. 아무것도 이걸 멈추게 할 수 없었다. 그의 피부를 닦아주는 그 성스러운 몸짓은 중단 없이, 지치지도 않고 계속된 게 분명했다. 왜냐하면 그 동작들이 무한히, 마치 시간의 흐름을 거스르기라도 하듯이, 무에서 순간들을 끌어내기라도 하듯이, 이 혼란의 지대에 새로 발을 내디딘 듯이, 둘레에 번쩍이는 새하얀 후광을 천천히 증폭하며 반복되고 있었기 때문이다. 기계적으로 작동하는 것은 아니었다. 그러나 거기에는 일종의 마법이 작용했다. 그 마법이 동작들을 이유 없이 태어나게 하고, 무작정 증식시키고 있었다. 이 방안, 냄새 풍기는 이 질병과 고독에서 로슈를 보살피기 위해, 오직 그만을 위해서 말이다.

그 동작들은 멈추지 않고 계속되었다. 그렇지만 잠시 후 동작 하나하나가 조용해지고 느려지면서 동작들 간의 간격은 당겨졌다. 그러면서 단 하나의 동작이자 영원한 승리의 몸짓이 되었다. 하얀 두 팔과 검은 머리카락이 서로 뒤섞였다. 상상할 수 있는 갖가지 자세를 취하는 빛나는 환영이었다. 그것이 다가와 움직이지 않는 소용돌이로 로슈를 감쌌다. 로슈는 이렇게 엘리자베트의 육체를 받아들였다. 그녀의 육체를 의심 없이, 지극히 자연스럽게, 몸에 둘렀다. 그러자 상쾌함이 밀려왔다.

이제 그는 이 여자가 되어 있었다. 열정이 그를 자루 뒤집듯이 뒤집어, '겉'으로 존재하는 상태와 결별하고 '안'에 자리 잡게 했다. 그렇지만, 이렇게 엘리자베트의 형체에 자리 잡고 있기는 했지만, 자신의 주위가 벽과 가구인 대신 눈에 보이지 않는 무엇, 한 번도 자신의 것이었던 적이 없는 무엇이라는 걸 느낄 수는 있었지만, 여자의 단편들이 흩어져 떠돌고 있으며 그 단편들이 그에게 끊임없이 "나 여기 있어, 나 여기 있어, 당신은 내 속에 있어"라고 말하고 있기는 했지만, 희열로 만들어진 새로운 집에 들어앉아 있기는 했지만, 로슈는 또다시 어떤 욕구, 모호한, 난폭한, 무례한, 지배하고 파괴하고 싶다는 욕구가 차올랐다. 이 여자, 바로 오늘 오후에 온, 무더위와 고독 속으로, 질병 속으로 찾아온 이 여자로 인해 로슈는 깊은 심연, 검으로 두 조각이 난 심연과 맞닥뜨린 꼴이었다. 이 여자가 그를 앞으로 떠밀고, 그래서 로슈는 날이 선 그 검 위로 떨어진 꼴이었다. 말끔하게 두 동강이 난 그의 몸뚱이가 이 여자 밑에 입을 벌리고 있는 심연으로 떨어져내려, 깊숙이 삼켜진 것만 같았다. 결코, 결코 그는 몸뚱이 두 개를 다시 모아 붙일 수 없을 터였다. 이제 그는 반쪽 몸통과 반쪽 머리로, 팔 하나와 다리 하나로, 그 깊은 구덩이 두 군데에서 살아가야만 했다. 오른편 구덩이에서 로슈는 엘리자베트의 세계에서 부유했다. 왼편 구덩이에서 그는 어떤 부드럽고 생생한 물체, 여자의 육체인 척하는 물체의 소유자였다. 그는 그 육체를 손으로 움켜쥐었고, 이제 곧 목을 조를 게, 그것에 마지막 모욕을 가할 게 분명했다.

사실 한 여자 속에서 기거한다는 것은, 결국, 그런 것이었다. 질병의 세계보다 훨씬 더 어처구니없는 한 세계에 함몰된다는 것이었다. 그것은 분노, 감각과 직관뿐 아니라, 질서와 이해를 갈구하는 머릿속의 모든 의지를 부숴버리는 진짜 분노였다. 증오와 애착이 동시에 로슈의 몸을 가로질러 치밀어 올랐다. 또한 두렵게도 이 감정 덩어리들은 그렇게 치밀어 오르면서 마치 둘이 동일한 속성을 지닌 것인 양, 하나로 녹아들었다. 그로부터 만들어진 것은 불처럼 이글거리면서도 얼음처럼 차가운 하나의 운무, 메마른 회오리바람 같은 무엇, 빙빙 도는 공 같은 것, 고통과 환희의 절정, 그것뿐이었다. 그것은 스쳐 지나가는 주위의 모든 것을 밀어내면서 솟구치고, 계속 솟구치고 또 솟구쳤다. 그렇게 그것은 그, 로슈, 이 병든 남자를 질질 끌다가, 파묻을 듯이 휘어 감다가, 위로 쳐들어 올렸다.

침실이라는 이 좁은 틀은, 마침내, 폭발했다. 이제 이 여자, 검은 머리카락을 지닌 이 청량한 여자가 사는 곳은 전 세계였다. 그녀는 대륙에, 아메리카, 오스트레일리아, 그린란드에 있었다. 그녀는 그 대륙들 위로 휘장처럼 펼쳐졌다. 그 대륙들을 부드럽게 뒤덮고, 모든 사람 위로 수의(壽衣) 주름을 드리웠다. 그래서 로슈가 맞서야 할 대상 역시 전 세계였다. 분노로, 오한을 자아내는 일종의 절망으로 그는 무기를 들었다. 소리 없이 울부짖었다. 하늘과 땅의 엄청난 무게를 쳐부수려 온 힘을 다해 무기를 휘둘렀다.

그렇지만 남자와 여자 둘 모두, 조만간, 굴복할 터였다. 그것은 틀림없는 일이었다. 다정하고 온화한 그 얼굴, 그윽한, 에메랄드 색깔의 눈, 입, 유연하고 창백한 육체는 그가 휘두르는 타격에 스러질 터였다. 그것은 일종의 죽음 같은 것이고 그 죽음과 함께 대기를 덮은 휘장도 찢어질 터였다. 그러면 벌어진 틈으로, 이질적 요소들이 몰려들고 엎치락뒤치락 쏟아져 내려, 둘은 그 속에 잠길 터였다. 사실 둘 중 누구도 이런 상황을 피할 수 없을 것이다. 엘리자베트가 구멍 뚫린 몸으로 한순간의 이 끔찍한 모독에 굴복할 때, 로슈 역시 마찬가지로 끝장이 날 것이다. 코에 날아온 한 방이 그를 뒤로 날려 보내, 그로 하여금 이 추락을 거꾸로 거슬러 올라가게 할 것이다. 빠르게, 아주 빠르게, 그리하여 그를 다시금 미지근한 매트리스 위, 침대 위에 납작 눕힐 것이다. 노란 햇살이 덧창 너머로부터 새어 들어오는 이 낡은 침실의 습기 머금은 벽 안에 그를 가둘 것이다. 그것이 전부였다. 별다를 것 없는 하루였다. 고단한, 마지막으로 내쉴 숨, 궁핍, 평범한 낮과 밤을 준비하는 하루였다. 이제 자신의 집으로 돌아온 것이다.

이 모든 일이 지나고 나서, 기묘한 불안감에 이어 열이 들끓어 오르던 일을 겪고 나서, 그런 다음 사랑을 나누던, 혹은 사랑이라기보다 다른 무엇에 사로잡혀 있던 순간이 지나고 나서, 로슈는 침대에서 내려와 주방까지 걸어갔다. 식탁에 잠시 걸터앉았다. 식탁 위에는 음식물이 눌어붙은 접시들이 널려 있었다. 그는 그 상태로 기다렸다. 가스버너 위 선반에 놓인 시계가 7시 30분을 가리키고 있었다. 건물 안 마당에서 개 한 마리가 작정한 듯이 짖기 시작했다. 목구멍에 걸렸다가 다시 뱉어내는 것 같은 괴상한 소리가 결코 멈추지 않을 것처럼 이어졌다. 밤이 오고 있었다. 해가 지면서 산마루 쪽 하늘은 보라색으로 짙게 물들었으리라는 생각이 들었다. 엘리자베트는 그를 만나려고 여행사로 간 게 틀림없었다. 그녀는 그가 정오 이후 벌어진 일 때문에 여행사에서 쫓겨날 처지가 된 것을 알고 놀랐을 것이다. 하지만 로슈가 실업자가 된 것이 이번이 처음은 아니었다. 그는 이번과 같은 사건으로 이직을 거듭해 거의 거치지 않은 직장이 없을 정도였다. 우체국, 철도청, 서점은 물론 은행에서도 일한 적이 있었다. 그녀는 아마 꽤 오래전부터 이런 상황에 익숙해져 있을 것이다.

로슈는 몸을 일으켜 아파트를 나섰다. 밖으로 나와 자전거의 잠금 장치를 풀고 도시를 가로질렀다. 시내 중심도로로 들어서기 전에 잠깐 하늘을 쳐다보았다. 그렇지만 이제 불안감은 가시고 없었다. 해가 어딘가 지평선 너머로 완전히 넘어가 모습을 감춘 것이다. 벌써 박쥐들이 지붕 사이를 빠르게 스쳐 다니기 시작했다. 푸르스름한 가로등 불빛 부근에 나방이 무리지어 붙어 있는 것이 보였다. 거리는 오후로 접어들면서 모든 것이 바짝 말라 있었다. 땅바닥이든 가옥 지붕들 위든, 물 한 방울 맺혀 있지 않았다. 포장도로가 먼지 같은 것으로 뿌옇게 뒤덮여 있었다. 화산 재를 흩뿌려놓은 것 같은 그것은 온종일 이 장소를 덮친 거대한 불더미 의 잔여물이었다. 타고 남은 재, 검게 탄화한 성냥개비들, 뭉개져서 숯 더 미에 파묻힌 담배꽁초들 말이다. 모든 것이 고무 탄내를 풍기고 있었다. 평평한 표면마다 늙은 피부처럼 주름이 자글자글 잡혀 있었다.

로슈는 자전거에 올라타고 재가 된 이 잔해들 사이를 배회했다. 좁 은 골목길을 지나다가 어느 집 담장과 맞닥뜨렸을 때, 누군가 삽으로 퍼 올린 벽토 부스러기가 머리 위로 떨어졌다. 저 멀리에서 어떤 젊은 여자 가 소형 오토바이를 타고 와서 그의 앞을 똑바로 가로질러 갔다. 바람이 여자의 목깃을 타고 들어가 블라우스를 불룩하게 부풀렸다. 그랬다. 온 세상이 바짝 말라붙어 있었다. 사람들은 태양의 공습이 영원히 계속될 도시, 고통을 유발하는 광선이 낮 동안 땅으로 들어왔다가 밤이 되어야 빠져나가는 도시에서 살아가고 있었다. 그사이 휴식은 없었다.

로슈는 바닷가로 나갔다. 하늘도 바다도 불투명한 어두운 장막으로 뒤덮인 것 같았다. 저 멀리 등대 불빛이 암호를 보내듯 단속적으로 깜박이곤 했다. 이 모든 잿빛 잔해, 바싹 말라 암회색으로 눌어붙은 잔해 탓에 엘리자베트의 얼굴은 로슈의 머릿속에서 흐릿하게 잦아들었다. 기억 저 밑바닥에 남아 있는 것이라고는 어떤 눈, 양모 시트 같은 단면마다 하나씩 들어박혀 앞을 바라보고 있던 검푸른 눈이었다. 하지만 이 기억도 태양이 그의 망막에 남겨놓은 맹점일지 몰랐다.

로슈는 자전거를 놓아두고 해변을 걸었다. 그 눈이 그를 집요하게 훔쳐보고 있었지만, 오한으로 떨리는, 여전히 신열이 이는 몸을 바닷물 속에 담그자 무척 강렬한 쾌감이 밀려왔다.

• •

보몽이 자신의 고통과 처음 마주친 날

보몽이 처음 통증과 맞닥뜨린 건 오전 3시 25분 즈음, 침대에 누워 있을 때였다. 매트리스 위에서 돌아누우려는데 잘 되지 않았다. 이불과 시트가 그의 움직임에 간섭하는 느낌, 괘씸하게도 몸을 돌리지 못하도록 가로막는 느낌이었다. 마치 눈에 보이지 않는 어떤 손이 그의 가슴과 허리께를 이불과 시트로 둘둘 감아서 꼼짝도 하지 못하게 움켜쥔 것 같았다. 그는 눈을 감은 채 그 이불 뭉치에서 몸을 빼내려고 몇 분간, 아니면 몇 초간일 수도 있는 시간 동안 파자마 자락을 잡아당겨도 보고, 누에고치가 된 시트를 몸에서 떼어내려고도 해보았다. 하지만 몸이 더 단단히 묶였을 뿐이었다. 그러면서 언짢은 기분이 치밀어 올랐다. 한데 뒤엉켜서 점점 더 구속복을 닮아가는 그 천 뭉치 속에서 그는 발길질을 했다. 두 발이 동시에 섬유 다발에 구멍을 내듯 침대 끄트머리 쪽으로 뚫고 나왔다. 창백하다 못해 푸르스름한 두 발이 싸늘한 공기에 단번에 노출되었다. 찌꺼기처럼 남은 무력감, 아마도 졸음 때문일 무력감으로 인해 그는 그 자세에서 움직임을 멈추었다. 그렇지만 밑바닥에 깔린 불편한 기분, 지극히 지적인 차원의 반응이지만 육체적 증상이기도 한 어떤 거북함이 점점 확대되어 그의 정신을 깨웠다. 뇌가 다시 움직이기 시작했다. 미처 윤곽이 완성될 사이도 없이 스쳐가는 영상들이 마치 네온사인처럼 그의 닫힌 눈꺼풀 안쪽, 망막에 명멸했다. 물안개가 낀 작은 강 위로 나무 보트가 떠내려가는 영상이 떠올랐다. 그는 있는 힘을 다해 노를 젓고 있었다. 그러다가 자신이 그 나무 보트에 타고 있다는 걸 알아차렸다. 그러면서 이야기가 시작되었다. 나무 보트는, 이런 경우 대개 그렇듯이, 뒤집혔다. 섬이 그를 향해 천천히 흘러왔다. 그러고는 백사장 모래, 도기 파편들이 그의 배 밑으로 밀려들어 그를 실어가면서 기분 좋은 간지러움을 불러일으켰다. 혹은 그의 발이 박자 맞춰 보도 위를 사뿐사뿐 내딛는 영상도 있었다. 거기에 다른 사람의 발걸음, 다른 사람의 다리가 끼어들었다. 춤을 추듯이 걷는 어떤 젊은 여자였다. 그는 그 여자의 얼굴을 볼 수 없었지만, 아마도 붉은빛이 도는 금발을 길게 늘어뜨리고, 아주 하얀, 눈부실 정도로 하얀 맨팔을 드러낸 여자일 것 같았다. 도깨비불 같은 단어들이 고요 속에서 태어나, 그의 머릿속 깊숙이, 아마도 목덜미 부근까지 파고들었다. 이 단어들 역시 아직 아무것도 없는 선사시대의 어둠 속에서 네온사인처럼 명멸하면서, 문장이 될, 가정(假定)하고 기원하고 질문하는 문장이 될 준비를 했다. 말줄임표가 그 단어들 사이를 연결하고 있는 것 같았다. 보몽은 이렇게 쳐들어온 단어들 때문에 자신의 발걸음이 느려지기는커녕 한층 빠르게, 쉼 없이 계속되는 느낌에 말려들면서, 더 이상 잠을 청할 수 없다는 사실을 깨달았다. 눈꺼풀이 경련을 일으키며 아직은 간간이 오므라들어 닫히곤 했지만, 우선은 신경작용에 의해, 이어서 별안간, 설명하기도 묘사하기도 어려운 방식으로, 눈이 활짝 떠졌다. 평소 알던 상식과는 달리, 즉 어둠 속에서 사물을 분간하자면 망막이 어둠에 익숙해질 시간이 필요하다는 상식과는 달리, 보몽은 모든 것을, 그것도 단번에, 알아보았다. 그는 모로 누워 있었다. 심장 때문에 오른편으로 몸을 세운 자세였다. 방은 어둠이 별안간 빛으로 대체된 탓에 마치 한낮인 것처럼 보였다. 검은 천장이 높이 올라붙고 사면 벽과 바닥은 회색이어서, 마치 음화(陰畵) 사진 속에 들어앉은 듯했다. 덧창 틈새로 희끄무레한 밤이 새어 들어와 줄무늬를 만들고 있었다. 보몽은 엉키고 꼬여 한 뭉치가 된 이불과 시트 안에 모로 누운 자세를 유지하며 눈을 둥그렇게 뜬 채 꼼짝도 하지 않았다. 이윽고 손목시계 소리가 서서히 의식 속으로 파고들었다. 마치 수도관에서 물이 새듯이, 떨어지는 물방울 하나하나가 앞서 떨어진 물방울에 이어 붙어 일종의 움직이는 종유석이 되어 뇌 회백질을 서서히 적셔 들어오는 것 같았다. "틱-탁, 틱-탁, 틱-탁, 틱-탁, 틱-탁" 하는 소리가 들렸다. 그는 이불을 발치께로 차냈다. 머리맡 램프를 켜고 시간을 보았다. 새벽 3시 32분이었다. 그러므로 처음 통증을 느낀 시각에서 대략 7분이 지난 것이었지만, 그가 그런 사실을 알 리 없었다.

보몽은 몸을 일으켜 복도와 어두운 방들을 거쳐 화장실에 가서 소변을 보고, 냉장고에서 찬물을 꺼내 한 컵 가득 마셨다. 다시 침실로 오는 길에 맨발로 축축한 바닥을 번갈아 디디면서 그는 무슨 문제가 생겼음을 실감했다. 잠에서 깨어난 뒤로 자신에게 아니면 외부에 뭔가 정상적이지 않은 것이 있으며, 그것이 정신을 장악하고 있다는 것을 막연하게나마 알아차리기는 했다. 정확히 무엇인지 알 수는 없었다. 어떤 변화가 있다는 생각, 이를테면 바깥에 별안간 비가 쏟아지고 있다는 생각일 수도 있었다. 아니면, 저기 아래, 교차로 부근에서 자동차 두 대가 충돌한 사고가 기억난 것일 수도 있었다. 다시 침대로 돌아가 몸으로 데워놓은 자리의 온기를 즐기는 대신 그는 식탁으로 걸어갔다. 의자를 빼서 걸터앉았다. 몸이 떨렸다. 융 파자마는 이 계절의 냉기를 막기에는 너무 얇았다. 그렇지만 그 냉기도, 고요함도, 어떤 외부적인 것도 의자에서 몸을 뗄 마음을 불러일으키지 못했다. 그는 어떤 강렬한 공허감에 사로잡혀 있었다. 텅 빈 그 느낌이 지금 그를 온통 차지하고 들어앉아, 이런 사색적인 자세, 머리는 쳐들고, 두 팔은 식탁에 괸 자세를 유지하게 했다. 그는 정면을 똑바로 응시했다. 맞은편 벽이 있는 방향이었다. 호흡이 가빴다. 뇌는, 묘하게도, 일종의 동물, 예컨대 한 마리 벌레가 되어 있었다. 이 벌레가 뭔가 알 수 없는 것을 찾느라 몸뚱이를 뒤집고 있는 것이다. 이 차가운 동물은 아주 느린 움직임으로 기어오다가, 꼼짝도 않고 굳어 있다가, 그 작달막한 몸뚱이를 비틀어 뒤쪽을 보려 하고 있었다. 눈은 없었다. 더듬이와 흡사한 무엇, 혹은 달팽이 뿔이라고 해야 할 것이 연골덩이 바깥으로 조용히 뻗어 나와 두개골 내벽, 붉은빛이 감도는 막으로 뒤덮인 물체 위에 조심스레 놓였다. 보몽은 솜털로 덮인 이 벌레, 자신의 머릿속에서 몸을 뒤척이고 있는 이 벌레가 자신의 두뇌, 지능, 말하자면 자신이라는 사실을 불현듯 깨달았다. 그러자 알 수 없는 공포, 모호하지만 치욕적인, 누구에게도 털어놓을 수 없을 어떤 감정이 엄습해왔다. 그는 식탁 위 신문들 사이에 굴러다니는 깨진 거울 조각을 오른손으로 집어 들고 들여다보았다. 자신이 덮어쓴 익명의 마스크, 밋밋한 윤곽을 지닌, 서른다섯에서 마흔 살가량의 얼굴, 퉁퉁하지도 홀쭉하지도 않은 자신의 양쪽 뺨이 거기 있었다. 뺨에 수염이 거뭇거뭇했다. 죽은 사람의 거무스레한 얼굴 같았다. 그는 입술을 벌려 앞니를 들여다보았다. 잇몸에 깊숙이 박힌 그것들 둘레에는 치석이 엷게 끼어 있었다. 이어서 아마도 푸른색이라고 해야 할 두 눈을 바라보았다. 주름진 살덩어리 속에 움직임 없이 들어박힌 그것들은 인형의 눈을 닮았다. 이제 막 벗겨지기 시작한 이마, 머리카락, 두 귀, 콧구멍, 광대뼈 아래 대칭으로 움푹 들어간 볼을 보았다. 턱, 양쪽 입꼬리, 뾰루지 자국, 그리고 무엇보다 자신의 피부가, 차츰차츰, 눈에 들어왔다. 모공이 파이고 털이 돋은 흰 피부, 탄력 있고 건강한 피부, 생기 없이 거무죽죽한 피부, 자잘한 농포와 열꽃이 번지고 있는 피부, 염증과 습진에 시달리는 피부가 분포된 그 기이한 지도, 그것이 그의 피부 지형도였다. 이 지도에서 그는 길을 잃었다. 어느 인간의 몸뚱이 표면을 더듬거리며 기어가고 있는 작은 각다귀 꼴이었다. 다시 몸을 움직이게 된 것은 담뱃불을 붙여야 했을 때였다. 그는 자신이 담배 피우는 모습을 바라보는 것을 좋아했다. 그래서 그는 식탁 위에 책을 몇 권 쌓아올려 거울을 기대 세워놓고는, 담배 한 개비를 입술 사이에 천천히 피워 물었다. 그렇지만 그날 밤 그는 정해진 순서대로 익숙한 동작들을 수행해나갈 수 없었다. 손이 떨린 것은 아니었다. 그게 아니라 거울을 들여다볼 수 없었다. 모든 일이 너무 빠르게 일어나고 있었다. 그는 그 의식(儀式)을 다시, 다시 시작했어야 했다. 입에 문 담배를 다시 빼내 담뱃갑에 담아 책상 서랍에 넣었어야 했다. 그러고는 담뱃갑을 다시 꺼내, 아주 자연스럽게, 엄지와 검지를 집게 모양으로 만들어 그 속으로 집어넣어 원하는 담배 개비를 골라 집어내는 것이다. 팔꿈치는 식탁 가장자리에 고정하고, 그것을 축으로 팔뚝을 들어 올리는 일련의 분명한 움직임을 통해 담배 개비를 입술 사이로 가져갔어야 했다. 마분지 성냥 첩에서 종이성냥을 하나 뜯어내 위에서 아래로 그었어야 했다. 그렇게 해서 성냥에 불을 붙이는 것이다. 한번 긋는 것만으로 안 되고, 여러 번, 불이 확실히 타오를 때까지. 그러고는 그것을 담배 끄트머리로 가져가 불을 붙인다. 성냥불을 끈다. 담배 연기를 빨아들였다가 내뿜는다. 입으로, 목구멍으로, 그렇게 연극적인 몸짓으로 담배를 피웠어야 했다. 하지만 그는 그런 극적인 동작 대신, 모든 순서를 대충 넘겼다. 담배를 피우는 사람이 자신이 아닌 것 같았다. 담배를 피우려 한 사람도, 피웠던 사람도 자신이 아니고, 누군가 다른 사람, 말하자면 거울 속에 보이는 저 남자인 것 같았다. 보몽은 거울 파편을 들여다보던 시선을 거두었다. 상반신을 뒤로 물려 의자 등받이에 기댔다. 바깥에서, 그 차가움과 무심함 속에서, 거리를 밝힌 전기 조명들 속에서, 어떤 소리가 폭포처럼 쏟아지고 있었다. 소리는 고요를 찢으며 쏟아져서는 펼쳐진 보자기처럼 보도 위를 덮고, 자동차들의 흙받기에 부딪쳐 반향을 만들었다. 소리는 이 벽에서 저 벽으로 튕겨 떠다니다가 광고 게시판의 종잇장들을 떨구어냈다. 빗줄기, 혹은 그런 종류의 무엇이 내는 소리였다. 살수기일 수도 있고, 빗물받이에 고인 물이 떨어지는 것일 수도 있었다. 시선을 식탁 상판에 못 박아놓은 채 보몽은 담배 연기를 빨아들였다. 따끔따끔한 통증이 일었다. 그는 사방에 자리 잡은 물체들을 분간해보려 했다. 담뱃재가 수북한 재떨이, 낡은 깡통에 뒤죽박죽 꽂힌 볼펜들, 뒤집힌 종이컵 두세 개, 그리고 차곡차곡 두껍게 쌓인 신문 더미가 보였다. 맨 위 누런색 신문 지면이 그의 눈길을 끌었다. 그는 신문에 눈을 가까이 갖다 댔다. 그러려고 한 것은 아니었지만 결국 집중해서, 한 글자 한 글자 가까스로 읽어나갔다.

우리에 대해 말하자면, 조국에 등을 돌려 적이 된 자들도 아니고 뜬구름 잡는 이상주의자들도 아닙니다. 우리는 프랑스인이며, 따라서 현실적 가치란 평화의 무기, 즉 진리, 헌신, 박애를 통해 평화에 봉사하는 데 있다고 믿는 사람들입니다.

우리는 마찬가지로, 다른 당파, 다른 계층, 다른 민족, 다른 종교 혹은 다른 인종에 속한 수감자들과는 맞서 싸우지 않을 수 없을 것입니다. 왜냐하면 우리의 행동이 바로 양심을 증명해줄 테니까요.

30인의 지원자

마지막 줄을 읽으면서 그는 이제 위기가 닥쳤음을 알았다. 더 이상 읽어 내려갈 수 없었던 것이다. 머릿속, 붉은색 뇌막 깊숙이 파묻힌 채 조바심치던 그 굵은 벌레가 누런색 신문기사 마지막 행에서 몸을 꿈틀했다. 그러고는 점 같은 글자의 개수를 하나하나 세어나갔다. 그 불투명한 빨판과 몰랑몰랑한 더듬이로 글자를 한 점 한 점 어루만졌다. 벌레는 점의 개수를 헤아린 뒤 지치지도 않고 또다시 헤아렸다. 마치 이 지상에는 연속되는 이 점들, 더 정확히 말해 선들보다 중요한 것은 없는 것처럼, 마치 어떤 신비의 숫자를 찾아 나선 것처럼, 그리하여 매 순간 그 숫자에 다가가고 있는 것처럼, 그 숫자는, 만약 찾게 된다면, 종이 위의 모든 글자들, 글이든 그림이든 모든 것, 모든 고백, 세상의 모든 소설과 편지에 이윽고 하나의 정의를 내릴 수 있을 것처럼, 그것은 어떤 순수하고 위엄 넘치는 숫자라서 외적 가상(假像)의 왕성하고도 지긋지긋한 움직임을 마침내 끝장낼 수 있을 것처럼, 그렇게 글자를 헤아렸다. 멍한 눈으로, 얼 빠진 듯 굳은 얼굴로, 보몽은 머리를 앞으로 내민 그 자세에서, 꺼져 들어가는 담배를, 거울 속의 남자와 흡사한 방식으로 왼손 두 손가락 사이에 끼운 채, 그 숫자의 이름을 큰 소리로 어눌하게 발음했다.

"마흔셋."

그러자 치통이 시작되었다.

이것은, 내가 생각하기에, 아주 신비한, 운명적이라고도 할 만한 과정이었다. 그때까지는 그저 뿌옇고 흔들리고 풍랑이 이는 바다처럼 불안정하던 무엇이었지만, 그것이 요동칠 때, 올라갔다 내려갔다 할 때, 끝없이 넓게 펼쳐진 바닷물과 하늘이 거북하고 견딜 수 없어지는 그런 시각적 울렁증을 느끼는 주체가 그것인지 당신 자신인지 알 수 없었지만, 이제는 모든 것이 분명해졌다. 그러면서 송곳처럼 눈을 찌르는 빛줄기 같은 무엇, 어떤 선명한 통증이 고개를 들었다. 그 통증은 보몽의 얼굴에서 특정 지점에 자리 잡았다. 턱이었다. 입 안쪽, 아마도 왼편, 사랑니 뿌리 쪽이거나 아니면 신경치료를 한 어금니 밑인 것 같았다. 당장은 그리 심각하지 않았다. 그저 소소한 통증, 한군데가 집중적으로 따끔거리는 느낌이었다. 잇몸에 작은 염증이 생겼거나, 일시적으로 신경이 민감해진 것 같았다. 그런 경우는 아스피린을 한 알 삼키는 것만으로도 통증이 해결될 터였다. 보몽은 상반신을 다시 곧추세우고 금속제 재떨이 바닥에 담배를 비벼 불을 껐다. 깨진 거울 조각을 다시 집어 들었다. 이번에는 왼손을 썼다. 입을 벌리고 거울로 입안을 들여다보았다. 입김 때문에 제대로 볼 수가 없었다. 식탁 위에 있던 더러운 손수건을 들어 거울 면을 문질렀다. 그러고는 숨을 참고, 들숨일 때 비강을 닫아 콧구멍으로 가느다란 숨 줄기를 흘려 내보내면서, 전구 불빛이 입안으로 향하게 했다. 그렇지만 이상하게 변한 부위는 찾을 수 없었다. 치아는 분명 대부분 땜질을 한 상태였지만, 잇몸은 건강해 보였다. 보몽은 거울을 다른 손으로 바꾸어 들었다. 그러고는 볼펜으로 왼편 어금니를 하나씩 전부 두드려보면서 통증이 시작되는 정확한 지점을 찾아내려고 했다. 헛일이었다.

볼펜으로 두드리는 치아는 어느 것이나 동일하게 시큰거렸을 뿐 유난하게 아픈 것은 없었다. 그러므로 말하자면 충치 때문은 아니었다. 보몽은 손에 든 볼펜을 잇몸, 신경치료를 한 어금니와 사랑니를 감싼 잇몸에 문질러보았다. 역시 별다른 점은 찾지 못했다. 분명 그 두 개의 치아 주변이 더 예민하기는 했다. 그렇지만 그 감각이 통증이라고 말할 수는 없을 것 같았다. 그것은 치조농루, 치은염과 온갖 유형의 치아신경통을 거친 치아의 정상반응이라고 보아야 했다. 어쨌거나 염증은 없었다. 보몽은 어느 정도 안심하며 거울을 내려놓았다. 잠시 동안은 심지어 몸이 한결 가뿐해진 느낌이었다. 그는 다시 침대에 몸을 누이고 전등을 껐다. 그렇지만 베개 위에 내려놓은 머리 내부에서 통증이 별안간 깨어났다. 아주 강렬한 통증이어서 앓는 소리가 터져 나왔다. 보몽은 미적거리지 않았다. 다시 등을 켜고 침대에서 몸을 벌떡 일으켜 탁자 서랍을 뒤졌다. 아스피린 한 통과 수면제 두 알을 꺼냈다. 그러고는 다시 주방으로 가서 알약들을 삼켰다. 찬물을 한 컵 더 마시고, 한 번 더 소변을 보고 나서 돌아왔다. 약들이 식도를 따라 내려갈 수 있도록 잠시 서서 기다렸다가 다시 누웠다. 그는 이렇게, 시트에 몸을 파묻은 채, 그 신통한 효력이 나타나기를, 유동성을 띤 어떤 공간에 자신이 온통 녹아들기를, 모든 것이 뒤엉켜 힘찬 나팔 소리처럼 흘러넘치기를, 졸음이 의식을 배신하기를, 그리하여 자신의 두 눈을 안구 속에 다시 안착시키고, 멀리, 아주 멀리, 마치 쏟아지는 빗줄기를 가로질러야 할 것 같은 저편에서 푸짐한 상념 보따리를 흔들어 보이기를 기다렸다. 그렇지만 통증은, 사실 지금 그것은 한 부위에 몰려 있는 만큼, 한층 뚜렷하고 강렬하게 감지되었다. 이미 얼굴은 번들거리고 양쪽 손바닥과 발이 땀으로 축축해진 상태에서, 보몽은 자기 앞에 어떤 낯설고 비극적인 세계, 불안이 하나의 아름다움인 세계의

문이 열리는 것을 느꼈다. 그 문을 통과하면, 예민하고 격앙된 어떤 풍경, 여기 아닌 다른 곳을 기억하는 탓에, 즉 평온과 안녕이 감돌고, 맑은 눈빛의 짐승들이 있고, 신경이 물속의 수초처럼 고요하게 가라앉은 다른 나라에 대한 기억을 뿌리치지 못한 탓에 날을 곤두세운 그 풍경 속으로 들어가게 될 터였다. 이미 보몽은 그것이 시종 음울한 여행이 되리라는 것을 감지했다. 예전 보금자리에서 쫓겨나 이제부터 축소형 작은 지옥의 좁은 공간을 향해 길을 떠나야 하는 것이다. 잠 못 들고 지새운 밤들의 기억, 어렴풋이 잊었던 지나간 시간들이 그의 내부에서 향수 어린 탄식을 읊조렸다. 그 소리는 우거진 버드나무 사이로 흐르는 개울, 군데군데 피어오르는 물안개 사이로 물오리들이 낮게 날아오르는 긴 개울 소리 같았다. 바깥에서는 빗물 소리가 보자기처럼 펄럭거리며 교차로 거리들을 여전히 돌아다니고 있었다. 이따금 자동차가 지나가면서 도로 위로 물소리의 이랑을 내곤 했다. 사람 발소리가, 어디서 왔는지 어디로 향하는지 알 수는 없지만, 고요히 울릴 때도 있었다.

보몽은 침대에 몸을 던져 웅크리고 누웠다. 그렇지만 뭔가 희망 같은 것은 있었다. 어떤 것이라고 정확하게는 말할 수 없지만, 아스피린이 혈관 속으로 침투하는 것, 위벽이 진정제를 흡수하는 것, 수면, 평온함, 분명 이런 것들이었다. 실제로 통증이 가라앉았다. 망막 위에 어른거리던 영상들이 점점 잦아들었다. 보몽은 약물의 힘을 빌린, 다소 쓴맛이 나는 마비 상태로 빠져들었다. 아주 높은 건물 한 채가 눈앞을 스쳐가기 시작했다. 어느 창문이나 바깥을 향해 열려 있었다. 추락은 영원히 끝나지 않을 것 같았다. 한없이 떨어져 내릴 것 같았다. 하지만 그렇게 떨어져 내리다가 대략 3,641층에 이르렀다 싶은 순간 보몽은 보도와 맞닥뜨렸다. 왼쪽 다리가 가장 먼저 닿으면서 단번에 부러졌다. 이어서 몸의 나머지 부분이 기우뚱하며 보이지 않는 어떤 축을 중심으로 한 바퀴 굴렀다. 바닥에 오른쪽 옆구리가 부딪치고, 어깨, 머리가 부딪쳤다. 아주 짧게 경련이 일었고, 그러고는 모든 것이 끝났다. 거무죽죽한 피가 두 눈에서, 콧구멍과 귀에서 흘러나와 서서히 거리를 적시고, 경사진 도랑을 따라, 차분하게 흘러갔다.

보몽은 또다시 통증을 느꼈다. 아스피린은 효과가 없었다. 있다 해도 아주 미미했다. 30분 만에 통증은 다섯 곱절로 커진 상태였다. 이제 아픈 부위는 턱의 특정 지점, 사랑니와 신경치료를 받은 어금니 주위가 아니었다. 왼쪽 귀에서 턱 끝으로 이어지는 직선 부위 전체가 아팠다. 그 부위의 모든 것이 경련하듯 떨렸다. 이유를 알 수 없는 파동이 쉴 새 없이 밀려왔다가 다시 밀려가면서, 마치 파도치는 물결처럼, 서로 부딪치는 지점에서 부서져 내리곤 했다. 턱의 반인 이 부위가, 어둠 속에서 별안간 커져서 주변에 위치한 것들을 전부 밀어내고 있는 것 같았다. 시멘트와 철근으로 지어진 괴상한 건물이 이제 보몽의 볼에 달라붙었다. 머리가 흔들릴 때마다 방 안의 공기를 타고 흔들리는 그것은 실제적인 무게감을 갖고 있어서, 여차하면 나머지 몸 전체를 끌고 추락하여 매트리스를 뚫고, 방바닥을 뚫고, 건물의 층, 배관망을 뚫고, 지표면을 뚫고, 바닥을 알 수 없이 떨어져 내릴지도 몰랐다. 그러니 한순간이라도 균형을 놓치지 말아야 했고, 그러자면 이를 더 세게, 으스러지도록, 악물어야만 했다. 보몽은 눈을 떴다. 어둠 속이었지만, 통증이 짓누르고 있었지만, 방은 여전히 분명하게, 구석구석 자잘한 것까지 눈에 들어왔다. 그렇기는 해도 이제 각각의 물체, 가구 하나하나, 플라스틱이거나 목재인 각각의 표면이 새로운 양상을 띠고 있었다. 모서리들은 한층 더 또렷했고, 흑백의 대비는 더욱 선명했다. 그랬다. 모든 것이 전보다 더 분명하게 드러나 있었다. 어느 것이나 이제 다른 물체와 접합되어 있던 면을 지극히 세밀하게 떼어내면서 오로지 그 자체이고자 하는 의지를 내보였다. 책들은 만화 그림 속에서 튀어나온 것처럼 새로 표지를 달고 유난히 번들거리는 제본 이음매를 드러냈다. 테이블은 멍청한 짐승처럼 작달막한 다리 네 개가 나무판을 떠받치느라 필요 이상으로 힘을 쓰고 있었다. 술병은 예전에는 한 번도 무엇인가를 안에 담아 지녀본 적이 없는 것처럼, 술을 담아 지니는 데만 몰두했다. 천장은 하마나 코끼리의 우스꽝스러운 우아함을 지니고 있었다. 네 개의 벽 위에 자신의 푸르스름한 몸집을 가뿐하게 얹어놓고 있는 꼴이 영락없이 DC-8 여객기가 이륙하는 모습이었다. 덧창까지 닫고 창문 뒤편을 지키는 그 신중함과 세심함이란! 유리창은 은행가가 투명하듯이 투명했다. 공기는 공기, 말하자면 산소+오존+탄산가스+질소였다. 또한 방은 방, 다른 어느 것도 아닌, 근엄하고, 진지하고, 자기 일에 열심인 방이었다. 중력의 법칙은 완벽하게 작용하고 있었다. 어느 한 가지도 벗어나는 법이 없었다. 벽 꼭대기 돌출장식에서 석회가루가 떨어져 내렸다. 귓속 유스타키오관 가까이 붙은 세반고리관은 압력을 올려* 뉴턴 이론에 등장하는 돛단배를 닮아가려 했다.** 보몽은 뺨을 대고 누워 모든 것을 바라보고 모든 것을 음미했다. 왼쪽 턱으로는 그 철근 콘크리트 건물, 표준 설계된 그 호화 건축물의 균형을 유지하는 데 전력했다. 마치 그 일에 한 도시 전체의 미래가 달려 있는 것 같았다. 지금은 그의 육체가 그 건물의 거주자였다. 그는 아픈 턱뼈를 소라 껍데기, 거대하고 조화로운 집으로 만들어놓았다. 이제 그 집에 들어가 지내려는 참이었다. 거기서 치과 의사가 올 때까지 기다려야 하는 것이다. 하

---

* 세반고리관의 압력 증가는 심한 어지럼증을 유발한다.
** 돛단배는 뉴턴 운동이론의 제3법칙, 즉 작용 반작용의 법칙을 설명하는 한 예이다.

루, 이틀, 어쩌면 일주일이 걸릴 수도 있었다. 그렇지만 완성의 적정선을 넘어가는 바람에, 완성에서 한 걸음 더 나아가는 바람에, 건축구조상의 어떤 아름다움이 지나치게 비싼 대가를 요구하는 바람에, 그 건물은 무너져 내렸다. 처음에는 완만하게 좌우로 흔들렸다. 그러다가 별안간 고통에 찬 격렬한 비명 속에서 침대 위로 떨어졌다. 이불이 뭉개지고 둥그렇게 솟은 흰 베개는 채찍으로 후려 맞은 듯 두 동강이 났다. 보몽은 몸을 벌떡 일으켜 섰다. 눈에 눈물이 맺혔다. 다시 전등 스위치를 올렸다. 이번에는 방 전체를 밝히는 제일 밝은 전등이었다. 열에 들뜬 상태로 탁자 서랍을 열어 피라미돈*을 찾아 한 알을 꺼내 입안에 떨어뜨리고 술병을, 아마도 자두브랜디나 비슷한 종류의 술이 들었을 술병을 열어 병째로 입에 대고 한 모금 가득 삼켰다. 그러고 나서 침대 가장자리에 걸터앉아 기다렸다. 집 뒤편의 교회 종이 4시를 알렸다. 가늘고 긴 종소리가 온 동네에 퍼져 나갔다. 보몽은 다시 일어나 서성거리다가 담배를 또 한 개비 피워 물었다. 전축에 음반을 걸었다. 엔리코 알비카스트로,** 장 크리소스톰 아리아가,*** 텔로니어스 멍크**** 혹은 비슷한 취향의 음악이었다. 그는 귀를 모았다. 방 안에서 음악이 부풀어 올랐다. 하지만 그 소리는 분명하지 않았다. 악기 소리들이 빚어내는 화음은 떠도는 뿌연 빛 무리와 우울을 가득 모아 버무린 혼합물, 전등 빛과 담배 연기를 잔뜩 머금어 기가 한풀 꺾인 채 가구들 사이를 천천히 어슬렁거리는 소음이었다. 보몽은 잠자코, 갈피를 잡을 수 없는 혼란으로 진이 빠져서, 손바닥으로

---

　　* 해열진통제.
　　** Enrico Albicastro(1661~1730): 18세기 스위스의 작곡가.
　　*** Jean Chrysostome Ariaga(1808~1825): 1824년 짧은 시기에 재능을 발휘하고 요절한 스페인의 천재 작곡가.
**** Thelonious Monk(1917~1982): 미국의 재즈피아노 연주자이자 작곡가.

왼쪽 뺨을 감싼 채 음반을 끝까지 들었다. 소리가 멈추자 몸을 일으켜 전축에서 음반을 꺼낸 뒤 방에서 나왔다. 잠시 빈 아파트 안을 왔다 갔다 하면서 손이 닿는 범위에 들어온 전등 스위치는 전부 켰다. 어떤 두려움이 구불구불 기어올라 와서 그의 머릿속에 둥지를 틀었다. 아주 오래전에 잊었다고 생각한 두려움, 뭔가를 가려놓은 장막, 벽걸이 천, 우중충하고 더러운 휘장 앞에 섰을 때면 엄습하는 은근한 불안이었다. 탁구공이 되어 이 집의 한쪽 끝에서 다른 쪽 끝으로 제멋대로, 번개처럼, 튀어다니고 싶다는 욕구가 별안간 치밀었다. 잡히지 않는, 죽지 않는, 가벼운, 가벼운, 아주 가벼운 공이 되고 싶었다. 그는 이 방에서 저 방으로 빙빙돌아다니기 시작했다. 통증에 쫓긴 발이 점점 더 빨라졌다. 눈은 한 방향에 고정되어 있었다. 아무 생각도 떠오르지 않았다. 다른 어떤 것도 의식할 수 없었다. 하지만 이 염치없는 두려움은 생생해서, 잠에서 깬 파리 한 마리가 스치기만 해도, 목재 쇠시리를 갉아 칠을 벗겨내는 벌레의 희미한 기척만으로도, 머리끝에서 발끝까지 전율이 일었다.

사물의 형상들이 눈앞에서 줄지어 지나갔다. 문은 빗장이 채워져 있었다. 덧창은 닫힌, 눈으로 보기에는 닫힌 상태였다. 어느 방이나 인기척없이 비어 있었고, 옷걸이는 그 모습 그대로였고, 등받이의자들도 말없이 자리 잡고 있었다. 침대 밑에는 아무도 숨어 있지 않았고 마루는 고요했으며, 시야를 막는 것은 없었다. 마침내 더 이상은 견딜 수 없어서, 그는 주방에 장식으로 걸려 있는 인도 단검을 벗겨내 파자마 허리끈 안쪽에 찔러 넣었다. 추위를 느낀 터라 줄무늬 파자마 위에 레인코트 종류의 옷을 걸쳤다. 그러고 나서 복도를 지나는데 전화기가 눈에 들어왔다. 곧바로 전화기에 달려들어 번호를 돌리고 수화기를 귀에 갖다 댔다. 그러면서 입으로는 같은 말을 반복하기 시작했다. 얼빠진 목소리였다.

"여보세요? 여보세요? 여보세요? 여보세요? 여보세요? 여보세요? 여보세요? 여보세요? 여보세요? 여보세요?" 이렇게 웅얼거리는 동안 저쪽 편, 전화선 저편 끝에서는 신호음이 계속 울렸다. 마침내 한 여자의 목소리가 튀어나왔다. 비음이 섞인 목소리였다.

"네?"

"여보세요?"

"말씀하세요. 누구를 찾으세요?"

"여보세요? 당신이야, 폴?"

"네, 그래요, 누구세요?"

"당신이군, 폴?"

"아…… 당신이야? 그런데 무슨 바람이 분 거야? 미쳤어? 이런 시간에 전화를 하다니!"

"폴, 폴, 내가 지금 아프거든. 아주 죽을 지경이야, 진짜로. 견디지 못하겠어. 그래서 전화한 거야."

"무슨 일이 있어? 어디가 아픈데?"

"모르겠어. 그렇지만 통증이 정말 심해. 버틸 수 없을 정도야. 정말이야. 턱뼈가 문제인 것 같아. 턱 안쪽 말이야. 이유는 모르겠어. 거기가 아주 아파. 어떻게 해야 좋을지 모르겠어, 어떻게 해야……"

"뭐라고? 어디가 아프다고?"

"어…… 모르겠다니까, 글쎄. 턱이 몹시 아파, 통증이 멎지 않아."

"이가 아픈 거야?"

"아니, 아니…… 이가 아니야. 정말이지, 이가 아픈 것은 아냐, 아니라고. 그것이라면 차라리 낫지. 뭔지는 모르겠어, 하지만 정말이지 치통은 아냐. 욱신거리는데, 설명하기가 어려워. 끔찍하게 아파, 못 견디겠어."

"잠깐만, 어떡하지, 내가, 내가……"

"자는데 깨워서 미안해, 폴, 하지만 계속 뜬눈으로 있었어. 통증이 너무 심해서 당신한테 연락할 수밖에 없었어, 이해해?"

"괜찮아, 그건 문제가 아냐. 깊이 잠들었던 건 아니니까. 하지만…… 하지만 말이지, 그래도 잠을 청해봐, 일단 누워서 몸을 진정시켜봐. 내일은 치과에 가보는 게 좋겠어."

"치과에 가야 하는 경우라면 바로 지금 가야 돼. 폴, 정말이지, 엄살이 아니라니까. 참을 수 없어서 이러는 거야."

"알았어, 무슨 말인지 알아. 하지만 날이 밝기를 기다려야지. 난들 어떻게 하겠어? 치과 의사들을 깨울 수는 없잖아, 이런 시각에 말이야…… 그런데 지금 몇 시지?"

"분명히 말하지만, 정말 기다릴 수 없어. 더 이상은 버티지 못하겠어. 어떻게든 해봐야 해."

"지금 4시 10분이네…… 그래, 알았어. 그런데 어떻게 할 생각인데?"

"폴……"

"정확히 어떻게 아프냐고 묻는 거야. 곪아서 아픈 거야?"

"모르겠어, 그런데……"

"잇몸을 살펴봤어? 빨갛게 부풀어 있어?"

"아니, 아무렇지도 않아. 물론 살펴봤지. 분명히 말하지만 이유를 모르겠어…… 이유를…… 조금도 빨갛게 되지는 않았어. 턱 안쪽이 아파. 턱 전체가 말이야. 이제는 머리가 온통 지끈거려, 이제는……"

"약은 먹어봤어? 약을 찾아 먹어."

"약은, 빌어먹을 약은 한 움큼이나 먹었지. 아스피린, 도리덴, 피라미

돈. 전혀 효과가 없어."

"좌약은 써보았어?"

"아니, 그건 없어. 하지만 뭔가 아주 센 것이 있어야 할 것 같아. 모르핀이라든가 그런 종류가 말이야. 집에는 아무것도 없어. 미적거릴 계제가 아냐, 폴, 어떻게 해야 할지 모르겠다고."

"잠깐만, 나라고 알 리는 없잖아. 가지고 있는 약을 더 먹어봐. 그리고 힘이 들더라도 잠을 청해봐."

"야간 개점하는 약국에 가볼 수도 있겠지만, 그래 봤자 처방전도 없잖아. 그러니 아편 같은 것이 있어야만 할 것 같아."

"그래, 그걸 구하자면 처방전이 있어야 해. 날이 밝기를 기다리자. 아침 일찍 치과에 가도록 해, 알았지. 그러면 다 괜찮아질 거야."

"더 버틸 수 없다니까, 폴. 정말이야. 미치기 일보 직전이야."

"알았어, 하지만 어쩔 수 없어. 나도 어쩔 수 없잖아? 진작 알았더라면……"

"더군다나 지금 걸을 수도 없는 상태야, 폴, 정말로. 머리통 전체가 지끈거려. 곧 터져버릴 것 같단 말이야. 죽을 지경이야. 그리고 또 다른 문제가 있는데, 폴. 무슨 문제인가 하면…… 내 말 듣고 있어? 여보세요, 폴, 듣고 있는 거야? 폴?"

"응, 듣고 있어. 왜 그래?"

"모르겠어. 이런, 진짜 어처구니가 없지. 그렇지만…… 무서워. 어처구니가 없지. 알아. 하지만 어쩔 수가 없어. 겁이 난다고. 더 이상 혼자서는 견디지 못하겠어. 이유는 모르겠지만 하여간 더는 못 버텨. 왜 이런지는 나도 몰라. 피곤해서거나, 아니면 비슷한 이유 때문이겠지. 이제 곧 끝장이 날 것처럼 무서워, 느닷없이 말이야. 어떤 무서운 일, 어떤 재앙이 곧 일어날 것만 같아. 게다가 나는 아무런 대비책이 없어. 무서워, 폴, 무서워."

"내 말을 들어봐. 가서 자리에 눕도록 해. 날이 밝기를 기다리는 거야. 흥분하지 말고 마음을 가라앉혀. 곧 괜찮아질 거야. 내가 말한 대로 해. 가서 눕는 게 좋겠어. 진정해야 될 것 같아. 날이 밝으면 전부 해결될 거야."

"아니, 그렇지 않아. 해결될 일이 아냐…… 무서워, 폴. 알겠지? 무섭다고. 나도 황당해. 이런 일은 처음 겪어봐. 하지만 무서워. 뭔지는 모르겠어. 아니, 짐작은 간다고 해야 하나. 하지만 이해 못할 일이야. 그러니까, 온 사방, 내 주위에, 사람들이 있는 느낌이 들어. 그들이 나를 죽이려고 해. 집 안으로 들어와서 곳곳에 어슬렁거리고 있어. 커튼 뒤에 숨고, 침대 밑에도 숨고, 복도, 주방에도 숨어 있어. 내가 머리를 휙 돌려서 그들과 눈이 마주치면, 그들은 나를 죽이려고 달려들 거야. 아니면 내가 다시 잠이 들 때를 노리고 있을지도 몰라. 알겠어, 폴? 이제 다시 잠이 들기는 틀렸어. 침대에 눕는다면 그들이 다가올 거야. 칼을 들고 말이야. 그러고는 내 등을 찌를 테지. 폴, 정말이야. 그들이 다가올 거야. 그럴 기회만 노리고 있다니까."

"제발, 어린애 같은 말은 그만둬. 진정하라고. 그럴 리 없다는 거 잘 알잖아. 열이 나서 헛것이 보이는 거야. 아무래도 심한 염증이 있는 것 같아. 자리에 누워야 해. 흥분을 가라앉히려고 해봐. 수면제를 먹어. 그리고 무엇보다도 쉬는 것이 우선이야. 아무 생각도 하지 말고. 알았지?"

"불가능해. 이건 정말이라고. 무서워, 이건 나도 어쩔 수 없이 무서운 거야. 나는 지금 아프고 또 겁이 나."

"이봐, 날이 밝자마자 가줄게. 하지만 당신은 쉬어야 해. 내 말 듣고 있어?"

"오, 폴, 날이 밝을 때까지 못 기다려. 제발, 지금 와줘."

"내가 그럴 수 없다는 걸 잘 알잖아. 부모님이 싫어하실 거야. 당신이 건 전화벨 소리를 듣고 깨셨어. 그래서 기분이 좋지 않으셔. 이제 그만 전화를 끊어야겠어. 미안해. 정말이지 지금 당장 간다는 것은 어림도 없는 일이야. 약속할게. 아침에, 8시나 9시쯤에 갈게."

"지금 올 수 없어?"

"없어. 불가능해. 갈 수 있으면 가지. 하지만 정말로 그럴 수 없어."

"어떡하지. 어떻게 해야 좋을지 모르겠어, 이제."

"자리로 가서 누워, 어서 가."

"어떡하지. 그럴 수는 없어. 혼자 있어서는 안 돼. 내 생각에는……"

잠시 두 사람은 서로 말이 없었다. 보몽은 전화기 옆 의자에 걸터앉았다. 얼굴의 절반이 돌이 되어 있었다. 아마도 화강암 같은, 단단하면서도 부서질 때는 바스러져 가루가 되는 돌이었다. 그 돌에 솟은 정맥은 통통하게 부풀어 푸르스름했다. 정맥 하나하나는 쉬고 갈라진 목소리에 실린 어떤 탄식의 노랫가락, 고통과 분노의 비명을 타고 그 돌 위로 모여든 것 같았다. 젊은 여자의 목소리가 다시 귓속으로 들어왔다. 지금은 목소리의 색깔이 뭔가 바뀌어 있었다. 거리감이 생겨난 것 같았다. 아니면 피곤이 덧붙었거나. 목소리가 말했다.

"나를 이해해줘. 당신은 절대로 불가능한 일을 내게 요구하고 있는 거야. 절대로 불가능한 걸 말이야."

보몽은 몸이 굳은 듯 꼼짝도 하지 않았다. 눈은 눈꺼풀 안에 들어박힌 채, 마치 눈물이 얼어붙은 탓이라는 듯 움직임이 없었다. 그는 턱뼈에서 흘러나오는 날카롭고 음울한 탄식의 노랫가락에 귀를 기울였다. 그 단조로운 노랫소리는 그를 복도 벽의 일부로 만들고 있었다. 오른손은 이미 수화기를 귀에서 떼어내는 참이었다. 망연자실 넋이 나간 채 그는 자신이 떠나가고 있는 것을 느꼈다.

그녀의 목소리가 말을 계속했다. 비음이 많이 섞인 소리였다.

"내 말 들어봐. 절대 불가능해, 정말이야. 하지만 아침 일찍 갈게. 당신은 내가 갈 때까지 기다리면서 쉬고 있으면 돼. 원한다면 내가 치과에 진료를 예약해놓을게. 자, 다 잘될 거야. 걱정하지 말고 그만 쉬어."

전화선의 윙윙대는 잡음 때문에 여자의 말이 끊기면서 들려왔다. 잡음은 망사 커튼과 창문 유리 사이로 기어들어 간 금파리처럼 말마디 사이사이에서 윙윙거렸다.

"저기, 내 말 들려, 응? 듣고 있는 거야? 여보세요? 그러겠다고 해줘. 제발, 이해해달라니까." 이어서 "여보세요? 여보세요? 듣고 있어? 여보세요? 여보세요? 내 말 들리지? 여보세요?"

이제 보몽의 팔은 완전히 아래로 축 처졌다. 전화기 속의 지글거리는 말소리가 멀리서, 아주 멀리서 들려왔다. 그렇지만 전화기를 다시 귀에 대고 싶은 마음도, 무슨 말인지 들어보고 싶은 마음도 없었다. 팔을 들어 올려 전화기를 귀에 다시 댄다는 것은 생각만으로도 역겹고 지긋지긋했다. 그는 복도 벽의 벽지로 시선을 돌렸다. 피로감 때문에 두 눈이 지끈거렸다. 턱뼈에서 흘러나오는 노랫가락은 이제 저음으로 가라앉고 있었다. 노랫가락은 길고 나른하게 소리를 끌면서 물결처럼 척추, 팔, 다리를 타고 내려가서 그 행로의 끝에 이르러서야, 특히 머리 꼭대기, 두개골의 정점에 이르러서야 색깔 없는 희미한 폭발을 일으키며, 투명한 불꽃처럼 퍼져 나가다가 사그라지곤 했다. 보몽은 이 소리의 물결에 빠져들었다. 그 물속에 완전히 잠겼다. 아주 멀리에서 여전히, 아니 벽 너머 어딘가에서 들려온다고 하는 편이 더 정확할지도 모르지만, 통화가 딸각하고 끊어지는 소리가 들려왔다. 그녀가 저편, 자신의 집에서 전화기를 내려놓는 소리였다. 그러고 나서 검은색 나일론 나이트가운을 다시 여미고 침실 쪽으로 걸어가는 소리, 베개에서 몸을 일으킨 어머니에게, 빠끔히 열린 문틈으로, "엄마, 아무 일도 아니에요. 별일 없어요. 안녕히 주무세요"라고 나지막하게 말하는 소리였다.

복도에, 의자에, 우두커니 남아 있던 보몽은 몰려오는 묘한 노여움, 싸늘하고 신랄한 무엇, 이를테면 오른손에서 방전이 일어나는 것을 느꼈다. 그 느낌이 그를 일으켜 세웠다. 전화기를 내려놓고, 홀로, 마룻바닥 위에 서게 했다. 별안간, 파자마와 외투와 인도 담검을 빼앗기고, 그것뿐 아니라 피부까지, 열에 들뜬 채 축 늘어진 자신의 하얀 피부까지도 길게 벗겨져나간 것처럼, 그래서 근육과 힘줄만으로 서 있는 느낌이었다. 턱을 앞으로 내민 채 그는 침실을 향해 바닥을 한 걸음 한 걸음 나아갔다. 벌린 입 안으로 들어온 공기가 폐까지 가늘게 미끄러져 내려갔다가, 미지근한 온기를 품고, 냄새와 가스도 싣고 다시 올라와 허공으로 섞여 들었다. 그럴 때마다 공기의 성분 비율과 온도가 조금씩 바뀌곤 했다. 생명이란 다른 게 아닌 이런 것, 단조롭고 불분명한, 쉽사리 물질로 환원되는 현상이었다. 통증, 진동과 그래프로 바꾸어놓을 수 있는 이 불규칙한 수난(受難)이 공기 통로를 타고 흘러들면서 폐를 근처의 사물들과 이어놓았다. 통증은 두 갈래 뿌리를 지닌 식물이었다. 뿌리 하나는 인간의 육신 속으로 뻗어 내리고, 다른 하나는 벽 장식 융단을 수놓은 꽃처럼 물질에 아로새겨졌다. 새로 얻은 이 신체 기관, 느닷없이 생겨나 몸의 안과 밖에서 커지는 이것을 보몽은 자신의 죽음을 가리키는 표식으로 여겼다. 음흉하게도 돌과 석회 벽, 신문지, 이불 천과 유리가 그에게 제시되고, 그것들을 인식하게 만들고 그것들, 물질계의 그 정적을 향해, 시간이 흐르지 않는 세계를 향해, 운동은 감지할 수 없고 감각은 영원토록 존재하는 그 신비로운 세계를 향해 나아가도록 등 떠밀고 있었다. 이것이 그였다. 벽 밑부분에 붙은 이 굽도리 널이 그였다. 이 너저분한 물체들, 가구, 좀먹은 목재, 우중충하게 도장된 이 판때기들이 그였다. 이제 그는 이 침대 위로, 한데 뭉친 이불과 시트 위로 무너져 내렸다. 이불 뭉치가 몸뚱이의 무게에 말없이 출렁거리며 시소를 탔다. 보몽은 전등을 끄지도 않고 매트리스 위를 기어 베개까지 갔다. 그러고는 머리를 그 푹신한 더미에 내려놓고 눈꺼풀을 닫았다.

어둠 속에서도 통증은, 그보다 더 심해질 수 있다는 게 놀랍지만, 계속해서 심해졌다. 이제 통증은 단 한 가지 형태가 되었다. 그것은 곧추선 형상의 어떤 상징, 또렷한, 밝거나 혹은 어두운 색의 기호, 위풍당당한 I, 그의 처형대, 몸뚱이에 박힌 말뚝이었다. 이제 확립된 이 자세, 이렇게 말뚝에 박힌 자세를 그는 끝까지, 치과 의사, 구강외과 전문의든 무엇이든 의사가 나타날 때까지 유지하면서, 이 말뚝, 수직으로 곧추선 이 폭력을 축으로 삼아 빙빙 돌며 절망해야만 했다. 그가 무엇을 하려고 했는지, 실제 무슨 행동을 했는지는 조금도 중요하지 않았다. 말하자면 다시 몸을 일으키거나, 침대 가장자리에 걸터앉거나, 나이트테이블 위에 놓인 라디오 유리에 비친 자신의 모습을 바라보거나, 담배 한 개비를 집어 들었다가 불을 붙일 용기가 없어 바닥에 내던지거나, 그 어떤 행동을 하든 상관없이 그는 계속해서 '곧추선' 자세일 터였다. 뻣뻣이, 마비된 채, 얼빠진 채 두 다리를 세우고 있을 터였다.

그래서 그는 술병을 집어 들어 마시기 시작했다. 턱뼈가 그를 놓아준 것은 아니었지만, 취기가 그를 뒷걸음치게 했다. 4시 반 즈음이 되자 그와 턱뼈 사이의 거리는 2미터가량이 되었다. 대못이 치조골과 잇몸에 박혀 있는 양상과 대강 흡사했다. 그는 그 못을 온 힘을 다해 빼냈어야만 했다. 그래서 그 상처 부위를 길게 늘려 공간을 확보했어야 했다. 창문 너머에서는 잡다한 소음이 점점 더 빈번해지고 있었다. 쏟아지는 빗줄기 소리가 어느새 그쳤는가 싶더니, 그 소리의 빈자리를 자동차 타이어들이 도로 표면을 스치는 소리, 보행자들의 발소리, 어디선가 철제 셔터를 올리는 소리가 채웠다. 아직 두 시간에서 두 시간 반 정도 더 있어야 날이 밝을 터였다. 보몽은 침대 위에 웅크려 술병에 남은 한 모금의 술을 마저 비웠다. 이따금 혼자 중얼거리기도 했다. 완성된 문장들은 아니었다. 마시는 중간중간 내뱉은 짧은 말들, "아야" "아유, 아유, 아유" "오" "아, 아파 아파" "아이고 아야" "아이고오" 같은 말들이었다. 술이 그의 식도를 타고 흘러들었다. 그는 바싹 마른 상태였다. 침대 주위 각 방향으로 50센티미터 이내에는 습기가 사라지고 없었다. 마룻바닥, 신문지, 벽, 덧창, 담뱃재, 모든 것이 바싹 말라비틀어져 있었다. 황폐했다. 마치 거칠고 잔 먼지가 이는, 바람에 쓸릴 때마다 사포로 문지르는 소리를 내는 큰 슬레이트 판 같았다. 침실이라는 공기 입방체는 진공청소기의 먼지 주머니처럼 잡다한 입자들, 먼지와 비듬, 머리카락, 털 뭉치, 재, 가시, 모종의 부스러기, 녹, 부식성 강한 거친 모래 입자 같은 것으로 가득 차 있었다. 그 입자들이 온 사방으로 헤집고 들어가서 회전하는 볼베어링을 멈추게 하고, 여기저기 틀어막고, 모든 것을 한데 엉겨 붙게 했다.

보몽은 이제 모래언덕에 앉아 있었다. 육체는 노화되어 미라가 된 것 같았다. 상처 입은 그의 턱뼈는 다소 누렇고 더러운, 묘한 뼈였다. 그 뼈에 신경이 풀처럼 돋아나 있었다. 피부조차, 예전에는 생기 넘쳤지만 지금은 땀에 절고 신열이 깊숙이 들어박힌 탓에, 그저 한 겹 양모 덮개,

좀이 슬고 닳아빠진 낡은 포대기, 매듭이 울퉁불퉁 잡히고 올이 미어진 말안장 덮개에 불과했다. 세상은 서서히 묘한 교향곡, 색색가지 천들의 합주가 되어갔다. 어떤 천들은 회색, 또 어떤 것들은 붉은색, 혹은 갈색, 혹은 푸르스름한 색이었다. 그 색색의 천들이 서로 부딪치고 비벼댔다. 벽이라는 모포는 천연색의 대기와 몸을 맞댔다. 전구라는 오렌지색 자수는 홀로 둥근 점을 이루고 있었다. 밤이라는 마포 직물 배낭이 덧창이라는 손뜨개 천, 혹은 기와지붕이라는 융 직물을 스쳐 닳게 하고, 나일론 유리창은 모포 벽에 가서 부딪치고, 대기라는 천연섬유가 컴컴한 바닥을 이룬 면 수자 직물과 마찰했다. 또한 여기저기 널린 덮개, 또 다른 덮개, 시트, 모직물, 스코틀랜드 모, 스웨이드 직물, 두껍고 촘촘한 비로드, 면 직물, 폴리에스테르, 모슬린, 모피, 삼베, 역시 또 삼베가 사방에서 서로 교미하느라 뒤엉켜 미세한 움직임으로 둘레에 구름 같은 털 먼지를 퍼뜨리면서 동시에 마멸의 단조로운 노래, 단음이면서도 비비고, 문지르고, 긁는 소음이 뒤엉킨 어떤 불협화음을 끊임없이, 목적도 없이 흘려, 결국은 이 도시의 다른 모든 소음을 뒤덮었다. 떨리는 아래턱, 그 경련에 붙잡힌 보몽은 벽걸이 천의 아랫단이었다. 하나의 양모 뭉치, 마른 낙엽처럼 가연성을 띤 어떤 것, 줄무늬 파자마라는 면섬유 속에 구겨 넣은 어떤 것이었다. 레인코트 자락에 감싸인, 수의(壽衣)에 감싸이듯 그 방수 천에 둘둘 말린 무엇이었다. 그러면서 그는, 완전히 늘어진 상태였지만, 부서진 재봉틀로 봉합해놓은 무엇이었지만, 살아 있었다. 자기 주위에서 사물이 움직이는 것을 느끼고는 있었다.

이렇게 그는 날이 밝는 것을 알았다. 햇빛이 침실로 들어와 자리 잡는 것이 보였다. 전등의 불빛은 여전히 같은 자리에서, 전선 끝에 매달린 전구 속에서, 그 날벌레 무덤에서 불타고 있었다. 쇠붙이 소리, 구두 굽

소리, 자동차들이 오가는 소리가 빈번해졌다. 이따금 어떤 외침 소리도 들렸다. 역시나 느닷없는 그 소리는 창문들을 향해 활짝 벌린 어느 입에서 터져 나와 '제롬'을 부르곤 했다. 조종(弔鐘)이라고 해야 할 어떤 소리가 꼬리를 길게 끌며 건물 앞을 지나가기도 했다. 새벽 기도 종소리인 것 같았다.

7시 10분경 보몽은 몸을 일으켰다. 턱뼈의 존재감이 사라지고 없었다. 잇몸도, 사랑니도, 신경치료를 한 어금니도, 전부 사라지고 없었다. 이제 수염이 아주 길게, 오른뺨에 조금 더 무성하게 돋아 있었다. 그는 비틀거리며 거실로 나갔다. 입에서 어떤 악취가 퍼져 나오는 것 같았다. 분명 알코올이 섞인 날숨의 냄새였다. 그 기체는 불규칙한 삼각형을 그리며 흩어졌다. 그는 전선 끝에 매달린 수화기를 집어 올려 오른손으로 번호를 돌렸다. 80-10-10. 선 자세 그대로, 말없이, 기다렸다. 신호음이 저편, 바다를 바라보는 원룸아파트에서, 옷가지들이 벗어놓은 허물처럼 나뒹구는 흰 침대 옆에서 대여섯 번 울렸다. 그렇지만 전화를 받는 사람은 없었다. 보몽은 전화를 끊었다. 그 동작을 눈앞이 뿌옇게 된 상태로, 아주 간단히, 미련 없이 했다. 이어서 검지가 전화기 번호판의 숫자 열 개를 향했다. 89-22-81. 신호음이 울렸다. 보몽의 머리 위로 어느 책에서 잘라낸 낡은 사진 한 장이 벽에 핀으로 꽂혀 있었다. 수염을 기른 남자가 흰 신부 복장을 하고 찍은 사진이었다. 사진 아래 적힌 글귀는 다음과 같았다.

푸코 신부
베니아베 은자(隱者)의 집

신호음이 네 번 울렸을 때 목소리 하나가 응답했다.

"여보세요?"

"여보세요?" 보몽이 말했다. 다 꺼져가는 목소리인 탓에 상대방은 알아듣지 못했다.

"여보세요?" 상대방의 목소리가 반복되었다.

"여보세요?" 보몽이 다시 말했다.

"네, 무슨 일이세요?"

"나는 보몽이라고 합니다."

"누구라고요?"

"보몽이요. 내가……"

"누구요, 보몽이요? 누구를 찾으세요?" 목소리가 날아왔다.

"아, 용건을 이야기할게요" 하고 보몽이 말했다. "어젯밤 잠을 설쳤어요. 아주 심한 통증 때문에, 그러니까, 턱이 아팠거든요. 극심한 통증이었죠. 지난밤 잠을 잘 수 없었다고요. 그래서…… 통증을 견디려고 심지어 술을 목구멍에 들이부어야만 했다고요. 알겠어요? 그래서 전화를 했죠…… 여자 친구에게. 그 친구에게 와달라고 부탁했어요. 알겠어요? 겁이 났거든요. 부탁을 해도, 설명을 해도 되지 않았어요. 친구가 거절했어요. 올 수 없다는 핑계를 둘러대더군요. 말하자면, 머릿속에 떠오르는 대로 말이에요. 시간이 너무 늦었다느니, 밤에 집 밖으로 나가면 부모님이 걱정할 거라느니, 어쩌고저쩌고. 그러더니……"

"그래서 어쩌라고요? 대체 누구세요?"

"친구가 거절했다고요. 새벽 4시였고, 친구는 잠을 자고 싶어 했죠. 알겠어요? 자는 게 낫겠다고 생각한 거죠. 친구가 말하기를……"

"이봐요. 누구세요? 무슨 용건으로 전화하신 거예요?"

"나는 보몽이에요, 이건 이미 말한 것이고요. 내가……"

"보몽인지 누군지는 모르고요, 이쪽은요, 그러니까……"

"안 돼요! 전화 끊기 전에 내 말을 들어줘요. 지금 전화 끊지 말아요."

허리춤에 찔러 넣었던 인도 단검이 별안간 보몽의 의식 속으로 뛰어들었다. 그 칼이 쓰일 데가 없었다는 생각, 혹은 그 칼에서 비롯된 다른 어떤 의식, 어떤 낯선 충동이 일었고, 그 바람에 그는 허리춤에서 칼을 빼냈다. 단검이 바닥에, 그의 발 가까이에 떨어졌다. 통화를 끝낼 때까지 그는 그 지점을 지켜야 했다. 보몽은 계속해서 말을 느리게, 가까스로, 이어갔다. 말은 입이라는 악취 지대, 이제 추위 속에서 오그라든 그 지대를 어렵사리 통과했다.

"여보세요? 네. 잠깐만, 사정을 설명할게요. 내가 별안간 두려움을 느꼈다고요. 지난밤에 말입니다. 지금까지 그런 적이 한 번도 없었거든요. 외로워서, 아마 그게 이유일 거예요. 외로워서요. 이 넓은 아파트에 나 혼자 있다는 게 견딜 수 없었죠. 그렇다 보니 입안에 이런 일이, 이 난리법석이 나서 고생을 한 거죠. 이런 일을 상상할 수 있겠어요? 단지 상상만이라도 가능하겠느냐고요. 그래서 조금 전에 말한 그 여자 친구에게 전화를 했거든요. 하지만 그 친구는 와달라는 내 부탁을 거절했어요. 그래서 술병을 집어 들어 마시기 시작한 거죠. 계속 그러고 있었어요, 지금까지요. 취했죠. 완전히 취했죠. 하지만 그건 문제가 아니에요. 내가 이제 가망이 없다는, 그야말로 볼 장 다 봤다는 느낌이 들어요. 더는 아무것도 할 수 없다는, 정말이지, 그게 진실이라는, 무서운, 그런…… 예전에도 아픈 적이 있었어요. 아시겠죠? 네, 아파서 앓는 경험은 살아오며 이미 해본 적이 있다고요. 하지만 이런 건 몰랐어요. 이런 식으로 아플 수 있다는 건 몰랐다는 거죠. 술에 취해본 적도, 역시, 있죠. 하지만 이렇지는 않았거든요. 이런 식으로 취해본 건 처음이죠. 치통을 앓아본 적도 있고요. 하여간 무슨 이유로든 앓았던 적이 있지만 이번 같지는 않았어요. 그렇다고요, 무슨 말인지 아시죠? 오늘 같지는 않았단 거죠. 텅 비어 있다는 느낌, 어떤 고요함, 이런 것, 혼자 내버려진 느낌 말이에요. 그래서 전화기를 들어 번호를, 눈에 띄는 대로, 돌린 거예요. 이제 딱히 뭘 해야 할지 모르겠어요, 하지만……"

"네" 하고 목소리가 말했다. 고민상담소나 잡지 속 독자의 편지 같은 곳에서 접할 수 있는 가식적인 어투, 망설이듯이 말하는 기술, 거의 문학이라고 해야 할 화법에 익숙한 터라 지금 들은 이야기는 시시했다.

"글쎄요…… 어떻게 도와드려야 할지 모르겠네요. 미안합니다. 그럼 이만."

그러고 상대방은 전화를 끊었다. 보몽은 자신의 말이 끊긴 것에 기분이 상하지 않았다. 당황하지도 않았다. 마비된 듯 꼿꼿하게 서서 다른 번호를 돌렸다. 88-88-88. 전화선 저편 수 킬로미터 떨어진 곳에서 녹음테이프가 돌면서 동일한 문장을 반복하기 시작했다. "지금 거신 번호는 없는 번호입니다. 지금 거신 번호는 없는 번호입니다. 지금 거신 번호는 없는 번호입니다. 지금 거신 번호는 없는 번호입니다. 지금 거신 번호는 없는 번호입니다. 지금 거신 번호는 없는 번호입니다. 지금 거신 번호는 없는 번호입니다. 지금 거신 번호는 없는 번호입니다." 보몽은 전화를 끊었다. 이어서 다른 숫자를 차례로 더해나갔다. 8+0+1+0+3+3=

"여보세요?"

"여보세요! 잠시 이야기를 나눠도 될까요?"

"네, 어…… 누구세요?"

보몽이 돌린 번호는 잘못 걸린 전화일 게 분명했지만, 수화기를 통해 들려온 목소리는 풋풋하고 생기 넘치는, 소녀티를 벗지 못한, 아마 열대여섯 살쯤 되었을 듯싶은 여자 목소리였다. 맑은 성조의 그 목소리는 수시로 가늘어지고 높아지는 편이었는데, 그러면서도 이따금 치아 사이로 소리를 낼 때는, 특히 '스'라든가 '슈'를 발음할 때는 부드럽고 나지막이 울리곤 했다. 보몽은 그 목소리가 한 번 더 누구냐고 물어오는 말을 들었다. 고요한 어떤 슬픔이 밀려와서 그의 얼굴, 이 통증의 기념물에 서서히 섞여들었다. 그가 숨을 내쉬었다.

"보몽이라는 사람입니다. 당신을 알지는 못해요. 어쩌다가 이 전화번호를 돌렸거든요. 정말 되는대로 돌린 거예요. 수화기를 들고 손가락이 가는 대로 번호를 돌렸더니 당신이 받은 거죠. 어떤 번호를 돌렸는지도 기억나지 않아요. 하지만 그건 상관없고요, 상관없죠. 왜냐하면, 어쨌거나, 이제 곧 이 통화도 끊어질 테니까요. 당신이 들어준다면 계속 이야기할 수 있겠죠? 내가 하는 이야기를 끝까지 들어줄래요?"

"무슨 말씀인지, 이해가……"

"내키지 않으면 수화기를 내려놓아요. 그래도 괜찮아요. 전화를 끊기만 하면 돼요. 당신이 먼저 말이에요. 그러면 내가 또 다른 번호를 돌릴게요."

"난 괜찮아요. 그런데 이러시는 이유가 뭐죠?"

"이렇게 모르는 사람에게 전화하는 이유가 뭐냐고요?"

"네."

"정확하게 설명할 수는 없어요. 그래요, 설명하기 어려워요. 나 자신도 그 이유를 잘 모르거든요. 하지만, 그럼에도 설명을 해보자면 몇 가지 이유가…… 외롭고, 아프고, 그리고 겁이 나고, 그렇죠, 철저하게 혼

110

자거든요. 나는 완벽히 혼자예요. 그래서 겁이 나요."

"그럼 아저씨는……"

"네, 그래요, 맞아요. 이렇게, 이런 말을 하는 건 우스꽝스러워 보이죠. 하지만 나는 지금 조심할 계제가 아니에요. 우스운 꼴이 될까 봐 조심할 사정이 못 된다고요. 어쨌거나, 당신은 내가 누구인지 모르고, 예전에도 만난 적이 없고, 또 잠시 후면 이 전화도 끊어질 것이고, 그러고는 잊어버리겠죠. 그렇잖아요? 어떻게 말해야 할지 모르겠지만, 나는 아파요. 정말이지 많이 아파요. 말도 간신히 할 수 있을 정도로요. 시작은 어젯밤부터인데, 아니지, 한밤중, 새벽 4시경부터였죠. 치통 때문에 잠이 깼고, 그러고는 점점 심해져서, 점점 심해져서 말이에요. 꼭 여우에 홀린 것 같아요. 그러니까…… 알고 지내는 여자한테 전화해보았죠. 와줄 수 없겠느냐고 부탁하려고요. 치통을 앓으면서 그렇게 혼자 있을 자신이 없었거든요. 그렇지만 그 여자는…… 올 수 없다고 했어요. 그 여자 말이 그럴 상황이 아니다, 왜냐하면 시각이 새벽 4시다, 바로 그거죠. 그러고 나서 내가 무엇을 했는지는 모르겠는데, 하여간 끔찍했어요. 자두브랜디 한 병을 다 마셨지만 조금도 도움이 되지 않았어요. 그렇게, 밤새 침대 위에 앉아 아무것도 못하고 보낸 거예요. 그 여자가 올 수 있어야 했는데, 그 여자는 그렇게 해주었어야 했는데. 왔어야 했어요. 아시겠어요? 정말로 그래야 했어요. 살아오면서 한 번도 그런 것을 바란 적이 없거든요. 그때 단 한 번, 네, 그 여자가 옆에 있어주기를 바랐던 것은 정말이지 살아오는 동안 그때 단 한 번뿐이었어요. 이제는 달라요. 이제는 아무도 필요 없어요. 아시겠죠. 이제는 내가 가고 싶을 때 치과에 갈 수 있을 거고, 치료를 받을 수 있겠죠. 의사는 엑스선 촬영을 하고 나서 이렇게 말할 거예요. 사랑니나 아니면 신경치료를 한 어금니, 아니면 그 근처 어딘가 뿌리 쪽에 염증이 생겼네요, 염증입니다. 단지 염증일 뿐이에요. 엄살이 심하시군요. 여자보다 더 참을성이 없네요,라고 말입니다. 의사는 결코 모를걸요. 지난밤 침대에서 내가 어떤 꼴을 겪었는지 모를 거예요. 내가 설명한다 해도 믿지 않을 테죠. 웃음을 터뜨릴 테죠. 염증이에요, 보세요, 그저 염증일 뿐이라고요,라고 말할 테죠. 이를 뽑아야겠어요. 마취주사를 놓아야만 할 텐데, 주삿바늘이 들어갈 때 참을 수 있겠죠, 그죠?라고 말하겠죠. 알겠어요? 내가 겪은 것은, 실제로 내가 겪은 것은 무시무시해요. 통증이 시작되면 그다음에는 거기서 벗어날 수가 없어요. 그런 상태로 몇 시간이고, 다른 아무 일도 하지 못하고, 침대에 걸터앉아 있게 되는 수도 있다고요. 그래서예요, 그래서 이렇게 이야기를 하고 있는 거예요. 처음에는, 어쨌거나, 그런 텅 빈 느낌에도 불구하고, 뭔가 할 수 있을 거라고 여전히 생각하고 있었죠. 그 기계를, 통증이라는 일종의 기계를 멈추게 할 수 있을 거라고 생각했어요. 소리를 내보고, 몸을 움직여보기도 하고, 술을 마셔보고, 전화를 걸어보고, 아니면 그 비슷한 일들을 하면서 말이에요. 하지만 이제는, 그렇죠, 알아차린 거죠. 어떤 상태에서 결코 넘어서는 안 되는 선이 있는데, 나는 그 선을 넘어버렸거든요. 되돌아 올 수 없는 거죠. 그렇게 되면 통증이 필요해요. 이제는, 통증이 없으면 나는 아무것도 아니니까요. 그래서 나는 통증을 사랑하죠. 알아서는 안 되는 일들이 있는 법인데, 나는, 이제 그런 일들을 알게 되었어요. 지난밤에요. 아시겠죠……"

"그런데 왜, 왜 이런 이야기를 하시는 거죠?"

상대방의 목소리가 잠시 머뭇거렸다. 무엇인가 말을 꺼내려다가 다시 삼키는 것 같았다. 그러더니 다시 말했다.

"왜 저한테? 왜 제게 이런 이야기를 하시는 거예요? 무얼 하실 건데요, 이제?"

보몽은 감정이 조금도 흔들리지 않고 지극히 정확하게 말을 또박또박 헤아리며 대답했다.

"아직은 모르겠어요. 솔직히 말해 그 문제에 대해 생각이 전혀 떠오르지 않아요. 방금 이야기한 대로, 지금은 달라요. 이제 아무도 필요 없어요. 지금 나는 혼자죠. 정말로 혼자예요, 철저하게 혼자라고요. 물론, 아직 통증은 내게 달라붙어 있지만, 이제 느껴지지는 않아요. 조금 약해졌을 수도 있고, 어쩌면 여전할 수도 있어요. 하지만 내가 그걸 잊은 거죠, 이미, 거의 잊었어요. 어떤 평화를 얻은 거예요. 아시죠, 슬프고 고요히 가라앉은 상태 말이에요. 정말로 고통을 겪어보려면 누군가를 사랑해야만 해요. 그런데 나는 세상에 아는 사람이 하나도 없어요. 누구든 내게는 그저 똑같은, 별다를 것 없는 사람일 뿐이에요. 나는 홀로 있으면서, 동시에 이미 어디에나 있어요. 그래요, 어디에나. 사람들이 있는 곳이면, 햇빛이 있고 오가는 사람들이 있는 곳이면 어디에나 있어요. 힘든 일과 고통이 있는 곳이면 어디에나. 나는 지상에서 벌어지는 갖가지 사건이고, 모든 참극이고, 모든 환락이에요. 지상의 모든 말이고, 모든 욕망이에요. 그렇다니까요, 모든 것이라고요. 왜냐하면 나는 텅 비어 있거든요. 텅 빈, 비어 있는 존재거든요. 그래서 무엇이든 와서 내게 자리 잡을 수 있거든요. 아시겠죠? 이를테면 녹음기 같은, 바로 그런 것이거든요. 전화기 같은 것이라고 할 수도 있죠. 사람들의 목소리가 수십, 수백 킬로미터를 달려와서 내게 자리 잡거든요. 알겠어요? 다른 사람들의 목소리가 내게 와서 자리를 잡는다고요. 그럴 때면 나는 차갑게 굳으면서 말을 빼앗길 테지요. 내 머릿속은 하얗게 지워질 거예요. 아무 말도 못 하는 벙어리가 될 것이고요. 백지, 새하얀 백지인 거죠. 내가 당신한테 그 백지를 내준다고 생각해봐요. 당신은 거기에 쓰고 싶은 것을 쓸 수 있어요. 이를테면 내 이름, 보몽, 보몽을 쓰는 거예요. 아니면 공원묘지라고할 수도 있죠. 자갈이 깔리고 풀이 자라는 묘지요. 내가 거기, 대리석 묘석 밑에 묻힌다고 생각해봐요. 묘석 위에 화관, 난초 조화가 놓여 있다고말이에요. 아니면 창문이라고 할 수도 있고요. 아시죠, 당신이 원하는 쪽으로, 눈에 덮인 풍경이든, 청소부가 다니는 우중충한 거리든 원하는 방향으로 열린 창문인 거죠. 창문 너머로 햇빛, 비, 바람, 영화를 보고 나오는 사람들, 밤, 달려가는 버스를 볼 수도 있죠. 이해해요?"

"이름이 보몽이에요?" 소녀가 물었다.

"보몽이요, 그래요" 하고 보몽이 차분히 대답했다.

"그럼, 보몽 아저씨. 내가…… 아저씨를 생각해드릴게요."

"내가 죽으면" 하고 보몽이 덧붙였다.

"네, 아저씨가 죽게 되면." 소녀가 대답했다.

달리 할 일이, 아니 할 말이 없었고, 또 이제 날이 완전히 밝았기 때문에 보몽은 전화를 끊었다. 그러고는 침실로 돌아왔다. 헝클어진 시트와 이불 위에 흩뿌려진 담뱃재가 눈에 들어왔다. 약품 냄새 같은 자두브랜디 냄새가 풍겼다. 그는 잠시 테이블 주위를 거닐었다. 퉁퉁 부은 다리가 피곤으로 무거웠다. 눈이 따끔거렸다. 결국 그는 네다섯 시간 전, 통증이 시작되었을 때 그랬던 것처럼, 의자에 다시 주저앉았다. 아침, 그것은 실제로 존재했다. 아침은 시동을 걸고 출발하는 오토바이 소음, 경적소리, 사람들의 외침 소리를 지녔다. 희끄무레 흐려진 햇빛이 있고, 닫힌창문으로 스며드는 훈향(薰香)이 있었다. 수의(壽衣), 그렇다, 아침은 일종의 수의였다. 명함 한 장이 눈에 들어왔다. 이름과 메모가 적혀 있었다.

피에르 폴 브라코

수요일 같은 시각 가능함

추신—장 르누아르 감독 「늪지의 물」 시네클럽, 내일 저녁 9시.

그는 그 명함 위에 나선형을 서너 번 연이어 그리다가 몇 글자 끼적
거렸다. 다음과 같은 내용이었다.

이 고통을 알게 되어 기쁘며

이제 이것을 사랑한다.

곧 다시 만나기를.

보몽.

그러고 나서 그는 자신의 턱 안쪽으로 들어가 웅크렸다.

저 안쪽, 가슴 깊숙한 곳에서 들려오는 심장의 박동이 리드미컬하
게 그를 실어 동맥을 타고 흘려보냈다. 육신의 가장 깊숙한 곳으로부터
울려 퍼지는 박동 하나하나가 농도 짙은 피의 세찬 흐름을 재촉했고, 이
흐름이 그를 자신 속으로 밀어 넣었다. 그는 알 수 없는 어떤 지점, 턱뼈
연안에 위치한 아주 작은 지점을 향해 떠내려갔다. 생명의 거의 모든 표
징이 있는 곳이었다. 보몽은 아주 작아졌다. 마치 장갑을 뒤집을 때처럼
뒤집히면서 크기가 줄었다. 두 발과 두 손이 법랑질의 갈라진 틈을 통해
치아 안으로 들어가 잠수할 때처럼 숨을 크게 들이마시고 아래쪽으로
깊숙이 스며들었다. 이어서 두 다리, 두 팔, 몸통이 사라졌다. 다음 차
례로 어깨와 목이, 천천히, 질서정연하게 사라졌다. 눈이 자취를 감추고,
귀는 납작하게 눌렸다가 마치 지우개로 지운 것처럼 사라졌다. 머리카락

이 스러지고, 이마, 코, 두꺼운 입술, 광대뼈, 수염이 텁수룩한 뺨, 얼굴 전체가 소멸했다. 이 살과 뼈들은 호리호리한 뱀, 6미터 길이 진짜 보아 뱀, 턱뼈에 숨어 살아온, 숨 쉬는 창자의 인도를 받으며 따라갔다. 얼굴 은 형태 없이 흐물흐물한, 유동적인 무엇일 뿐이었다. 그것이 저 깊은 바 닥, 구멍을 향해 쏟아져 들어갔다. 세면대에 갇힌 더러운 물이 배수 꼭지 를 열자마자 구멍 속으로 한꺼번에 빨려 들어가듯이 말이다.

치아 속, 졸음과 아픔으로 채워진 푹신한 지대 한가운데에 자리 잡 자 보몽은 불행에서 빠져나온 느낌이었다. 그는 멀리 와 있었다. 고정된 형상은 벗어버렸다. 상아색 작은 방에 수인처럼 들어앉은 그는 고통 속 에서 고통에 탐닉했다. 그것은 그가 세상에 태어난 날, 인간과 짐승의 법 정 판결 때문에 잃었던, 그랬다가 별안간, 데면데면하게, 느긋하게, 되찾 은 조화로움이었다. 음울한 백색 겨울 같았지만 거기서는 무엇이나 무 한했고, 아름다웠고, 장엄했다. 또렷한 노랫소리는 이제 그의 귓속에 자 리 잡을 수 없었다. 그에게는 이제 귀가 없었고, 또 그 자신이 노래였으 니까. 그는 새로 얻은 몸뚱이, '치아-안'의 육체에 자부심을 느꼈다. 그 육체를 사방으로 움직여보는 것이 재미있었다. 그렇게도 움직일 수 있다 는 것을 확인하는 즐거움만으로도 충분했다. 그는 쉴 새 없이 다양한 장 르로, 흑인 영가 풍의 오페라코미크opéra comique로 가곤 했다. 그는 약 음기를 붙인 트럼펫, 클라리넷, 알토색소폰이거나 부러진 손톱의 메마른 마찰음이었다. 알비노니*처럼 기골이 장대하면서도 기계적인 소리이거 나, 아니면 셸리 맨**처럼 마르고 땅딸막한 소리였다. 평평한 표면을 난폭

---

* Tomaso Albinoni(1671~1750): 이탈리아의 작곡가, 바이올린 연주자.
** Shelly Manne(1920~1984): 미국의 재즈 연주자, 뮤지컬 「마이 페어 레이디」의 오리 지널 사운드 트랙(OST)을 담당했다.

하게 유린하는 징소리, 배관 소음, 부르릉, 꾸르륵, 딸꾹 소리이기도 했다. 짤막하고 날카로운 휘파람 소리, 한밤중 외따로 우는 귀뚜라미 소리 같은 것이기도 했다. 부드러우면서도 거칠게, 정적을 두 겹의 소리로 쪼개는 찰리 밍거스*의 콘트라베이스 리듬이었다. 포개어놓듯 끊임없이 새로 시작하며, 움직이며, 그렇게 음계를 중첩시키다가 잠시 멈춤에 이어 왈츠가 등장하고, 그러고는 각각 다른 두 개의 현을 타고 동시에 하강하는 음표의 빗줄기였다. 또한 숨소리였다. 폐가 활짝 펼쳐지다가 두 갈래가 서로 맞닿아 하나가 되어 흘려보내는 숨소리였다. 침울하게도 거친, 아주 거친, 고통스러운 그 한 쌍의 으르렁거림은 그 접합지점, A의 꼭짓점에서 단번에 바싹 마른 소리로 변해 묘한 고양이 울음을 울며 샤워 물줄기처럼 갈라졌다. 그가 선택한 이 외침, 이 소음에는 묘한 행복이 있었다. 무한한, 그렇지만 절망적인 어떤 것이 있었다. 그것을 그는 단지 마지못해 자제하고 있을 뿐이었다.

보몽은 자신의 치아 안에 앉아, 그 따뜻한 공간, 통증의 공간에 편안히 들어앉아, 치아 뿌리의 긴 홈 속으로 두 다리를 끼워 넣은 채 또다른 움직임에 몸을 맡겼다. 예를 들면 햇빛의 기억, 혹은 밀려가는 시간의 웅성거림이었다. 묘한 짐승처럼 여러 형상을 띤 그의 노래 한가운데에 다족류 벌레가 한 마리 있었다. 죽을 수 없는 벌레였다. 그는 그 벌레와 더불어 소문과 빛의 세계, 소음과 먼지, 바람 부는 거리, 추위, 쏟아져 나오는 오수를 품어 안았다. 또한 아침마다 레인코트에 몸통을 끼워 넣고 자기네 사무실을 향해 가장 먼저 행군하는 보병대를 품어 안았다.

---

* Charlie Mingus(1922~1979): 미국의 재즈 연주자. 찰스 밍거스 혹은 채즈chazz로 불렸다.

보몽은 자신의 의자, 침대, 재떨이, 자신의 방을 떠났다. 건물 꼭대기 층계참에서 지붕 창문을 통해 바깥으로 나갔다. 창문이 있는 위치는 지붕의 급경사면이었지만, 조금 더 올라가면 경사가 완만해졌다. 거기서 잠시 거닐었다. 빗물받이 홈통을 따라 발을 옮겨 일출의 빛줄기가 모인 지점으로 갔다. 시각은 아마도 8시, 8시 30분 즈음일 것 같았다. 정면으로 불어오는 꽤 싸늘한 바람을 받은 레인코트와 줄무늬 파자마가 몸에 찰싹 달라붙었다. 아래쪽에 펼쳐진 거리가 보몽의 눈에 들어왔다. 맞은편 집이 보였다. 덧창들은 아직은 대부분 닫혀 있었다. 보도 위, 약국 가까이에, 한 여자아이가 고개를 쳐들고 그가 있는 방향을 바라보았다. 보몽은 몸을 숨기려고 지붕 경사면에 등을 바싹 붙였다. 그러고는 피곤이 짓누르는 대로 쪼그려 앉았다. 떨어지지 않으려고 오른손으로는 기와의 홈을 붙잡았다. 그런 자세로 그는 새똥이 널린 지붕 위에, 햇빛을 받으며, 꽤 오랫동안 앉아 있었다.

배는 섬을 향해 가는 것 같다

며칠 전, 집에 있다가 추위를 느낀 나는 잠시 걸으려고 거리로 나갔다. 목적지도 없이 그저 걷기 위해 걷는 일에는 그다지 취미가 없다. 솔직히 말해 직립 자세란 다소 우스꽝스럽다는 생각이다. 두 팔을 몸통과 나란히, 두 다리의 움직임과 역방향으로 흔드는 동작이 나로서는 어색하고 어렵다. 하지만 그렇게 해야 하는 이상 어쨌거나 최선을 다해 그렇게 하고는 있다. 그러면서 몸집 큰 어느 열대 조류를 닮아보려고 애쓴다. 그 새는 깃털이 몸통에 찰싹 달라붙은 모습으로 호수에서 걸어 나오면서 미래를 위해 발자국을 찍어 화석으로 남겨놓을 것이다. 그것이 바로 내가 걷는 방식이다.

내가 사는 거리는 서민 동네와 이어져 있다. 그래서 자연스럽게, 특별한 동기 없이 발걸음을 옮긴 것도 그쪽 방향이었다. 그렇지만 곧바로 가지는 않았다. 마음에 드는 장소에, 그냥 불쑥, 아무 준비 없이 가는 것이 내키지 않기 때문이다. 예를 들어 내 꿈은 도시 성문 밖, 곳곳에 정원이 있고 또 오르내려야 할 계단도 많은 언덕에 사는 것이다. 그러면 시내로 들어가기 전에 도심 바깥 지역을 몇 킬로미터 정도 길을 따라 걸으면서 그곳에 익숙해질 시간을 가질 것이다. 처음에는 행인을 맞닥뜨리는 일도 없고 가옥도 거의 없을 것이다. 있는 것이라고는 푸른 푸성귀 밭, 낡아서 허물어져가는 담벼락들, 비탈길 기슭을 따라 군데군데 쌓인 쓰레기 더미뿐일 것이다. 나는 이 모든 것을 보고, 각각의 냄새를 아직 뒤섞이지 않은 상태로 전부 들이마실 것이다. 그래야 할 경우에는 이따금 걸음을 멈추고 굴러다니는 통조림 깡통을 발로 차서 치우기도 할 것이다. 이어서 고즈넉한 묘지를 지날 것이고, 검은 옷차림의 나이 든 여자 한둘, 또 어쩌면 우편배달부와도 마주칠 것이다. 나는 지름길로 밭을 가로질러 인기척이 들리지 않는 별장 주택들 사이를 지날 것이다. 좀더 걷다 보면 개들이 나의 발소리를 향해 짖기 시작할 것이다.

그러면 나는 낙엽으로 뒤덮인 높은 계단을 내려갈 것이고, 양옆으로 산초나무와 미모사가 자라 울타리를 이룬 지점을 지날 것이다. 223번째 계단에 이를 즈음 검은 개미 떼가 이동하느라 기둥을 이루고 있는 모습을 만나게 될 것이다. 이 개미들이 왼편의 별장 주택을 버리고 오른편 주택으로 달아나야만 하는 이유가 무엇인지, 굶주림 때문인지 살충제 때문인지 나는 알 기회가 없을 것이다. 길가 도랑에는 구겨진 종이도 있을 것이고, 거기에는 초등학생의 손글씨로 다음과 같이 쓰여 있을 것이다.

On the 12th of July 1588 Drake was playing bowls at Plymouth with some of his officers(1588년 7월 12일 드레이크*는 플리머스에서 장교 몇 사람과 공굴리기 놀이를 하고 있었다).

영불해협은 프랑스와 영국 사이에 있다.

배는 그 섬을 향해 가는 것 같다.

그 사고에 대해 들으셨어요?

영국 자동차는 운전대가 대개 오른쪽에 있다.

나폴레옹은 프랑스 해군이 트라팔가르 해전에서 패배한 탓에 영국 땅에 상륙할 수 없었다.

그밖에도 도랑에는 담배꽁초 몇 개가 흩어져 있을 것이다. 계단 끝에서 놀이를 하는 서너 명의 아이를 보게 될 것이고, 주차된 자동차도 몇 대 있을 것이다. 해는 아주 낮게, 바다와 거의 닿을 정도로 낮게 떠서 빛나며 곧 수평선 너머로 사라질 준비를 할 것이다. 하지만 마지막 순간, 8시 저녁 미사를 알리는 종소리가 울리고 아이들이 쏟아져 나오거나 그 비슷한 풍경이 펼쳐지면, 해는 오른편으로 비스듬히 방향을 바꾸어 비행장 활주로 뒤편으로 모습을 감출 것이다. 조금 더, 조금 더 걸어가다 보면, 남자와 여자들이 더 많이 눈에 띄고 별장 주택들 간의 거리가 점점 더 가까워지다가, 집들이 서로 등을 맞대고 층층이 쌓인 주택 구역, 연달아 늘어선 창문과 발코니들, 승강기들, 아주 높아서 기와인지 시멘트인지 확인할 수 없는 지붕들, 차고들, 보도, 사거리, 하수구, 여자들과 유모차들이 있는 놀이터, 길고양이 몇 마리, 이 모든 것 사이의 간격이 점점 더 좁아지면서 시내와 차츰 가까워질 것이다. 그러다가 마침내 나는 미처 의식하지 못한 사이에 흙바닥이 아니라 아스팔트와 포장된 보도 위를 걷고 있을 것이다.

* 영국의 항해가이자 엘리자베스 1세 때 해군제독을 지낸 프랜시스 드레이크Francis Drake(1540년경~1596).

그쪽 동네로 들어선 나는 보도에서 발을 멈추고 자동차들이 달려가
는 것을 바라보았다. 수많은 자동차들이 사방에서 모여들었다가 또 제각
각의 방향으로 달아나고 있었다. 그 교차로는 묘해서 완충지대 격으로
중앙에 있기 마련인 한 뼘만큼의 녹지조차 없었고, 족히 반 다스는 되는
신호등들이 교대로 켜지며 맡은 역할을 수행하고 있었다. 바로 그 순간
독일제 자동차 한 대가 소형 트럭을 추돌했다. 두 운전자가 각자 차에서
내렸다. 그들은 잠시 자기 차의 범퍼를, 말없이, 들여다보았다. 둘은 언쟁
을 벌일 태세였지만 뒤편에서 경적이 울리기 시작했고, 그 바람에 그들
은 입을 다물고 차를 움직여 조금 떨어진 자리로 가서 일을 처리해야만
했다. 그때 나는 담배 한 개비를, 나 역시도 말없이, 피워 물고는 다음에
펼쳐질 장면을 기다렸다. 마치 정오 무렵 창가에서 거리를 내다보는 느낌
이었다. 사방에서 모든 것이 저마다 움직이고 있었다. 주위는 수많은 움
직임으로 가득했다. 하지만 그 모든 움직임이 고요해 보였다. 그 고요는
어떤 리듬일 수도 있고, 아니면 리듬과는 정반대일 수도 있었다. 도로 바
닥은 눈에 걸리적거릴 만한, 걸려 넘어져서 피가 날 만한 요철이 단 한
점도 없이 매끈했다. 코팅한 표면 아래 인쇄된 글자가 비치는 마분지 같
았다. 그런 바닥 위를 자동차들이 소리 내지 않고, 서로 부딪치지도 않
고, 거의 움직임도 없이 달려갔다. 그러고는 유리창에 물방울이 흘러내
리듯 슬그머니 거리에서 모습을 감췄다. 사람들도 마찬가지로 아주 빠르
게 지나갔다. 하지만 그들에게서 연상되는 것은 오히려 텅 빈, 아무것도
비치지 않을 반사면이었다. 무엇이나 유연했다. 사물들은 첩첩이 납작하
게 포개져 있었고, 전체는 균형이 잘 맞았다. 그렇다고 해서 아무 문제없
이 완벽한 것은 아니었다. 그 모든 것에 뭔가 거북하게 느껴지는 것이 있
었다. 그것이 나를 막연히 불안하게 했다. 나는 무엇을 하러 온 것인가?

이 모든 것 속에 와서, 이 맥락 안에 들어와서 무엇을 할 수 있는가? 그 것은 바로 이런 물음이었다.

게다가 추웠다. 나는 피우던 담배를 차도를 향해 던졌다. 담배는 지나가는 트럭 바퀴 아래로 정확하게 떨어졌다. 웃옷 목깃을 세우고 거리를 거슬러 올라가기 시작했다. 상점 쇼윈도에 차례차례 눈길을 던졌다. 구두점 진열대 앞에 한 여자 판매원이 있었다. 무슨 말이든 하려고 그 여자에게 물었다.

"얼마예요, 이 슬리퍼?"

"털 달린 것 말씀이에요?"

"네."

"15프랑이에요."

"고마워요."

이런 식으로 그 블록을 여섯 번 돌았다. 여섯번째 돌 때는 거의 모든 상점을 파악하고 있었다. 카페 두 곳, 그중 한 곳에는 담배 판매대가 있음+잡화점+구두 상점 한 곳+불빛이 푸르스름한 가로등 열 개+파출소 겸 분실물보관소+레투알 도자기 상점 한 군데+앙드레 제화점+주차 중인 자동차 56대+스쿠터 11대+자전거 7대+소형 오토바이 1대+블록 모퉁이의 약국+조합 매장 한 군데+여성용 란제리 상점+신문 판매를 겸하는 서점+광고 포스터들+마세나 시계보석점+블록 남쪽 모퉁이 근처, 한 군데 보도 정비공사 중+중저가 포도주점+미용실+국영복권* 판매소 한 곳+파리의 '피렌체'+저가 생활용품점+안경점+또 다른 이발관 겸 미용실+장 르클레르 치과병원+제과점 한 곳+음침하고 더러운 주차

---

* 1990년부터 발행이 중단되었다.

장 입구+'자동출입문'+싱거 재봉틀 대리점 한 곳+출입문들+건물 1층+격자창문들+그래피티+낙서들+주차금지+초인종들+립톤 홍차+땅바닥에 쭈그려 앉은 걸인 한 명+창문들+창문들+창문들, 사방 벽면에 지표 높이로 뚫려 열리고 닫히는 그 모든 구멍들, 그러다가 여섯번째로 그 블록을 돌 때는 발을 멈췄어야만 했다. 그런 식으로 몇 시간이고, 혹은 그 이상도 계속할 수 있었을 것이다. 하지만 파출소 정문 앞에서 보초를 서고 있는 경찰관들이 나를 수상쩍다는 눈빛으로 주시하기 시작했고, 그제야 그들 앞으로 더 이상 지나가지 않는 편이 낫겠다는 생각이 들었다.

나는 가던 방향으로 똑바로 중심도로를 따라 걸어갔다. 차가웠던 몸이 한결 따뜻해졌다. 도로 끝에 겨울해가 아주 낮게 떠서 꼼짝도 하지 않는 것 같았다. 걸음을 옮겨놓으면서 해를 힐끗 쳐다보았고, 5천 킬로미터 떨어진 곳에 사는 사람들 앞에는 지금 어떤 풍경이 펼쳐지고 있을지 별안간 궁금해졌다. 그들 눈에 보이는 해는 아직은 하늘 저 높이 떠 있을 게 분명했다. 아니면 구름층이 태양의 열기를 덮어 가리면서, 수그러든 빛살을 빗방울에 버무려 넣고 있을지도 몰랐다. 그렇지만 내가 있는 곳에서, 겨울에, 그런 것을 알기란 아주 어려웠다. 지평선 가까이로 기울어가는 허연색 둥근 물체에 두 눈을 고정한 채 나는 아스팔트 위에 뒤꿈치를 먼저 내려놓는 방식으로, 조용히, 다시 걷기 시작했다. 기분을 건드리는 묘한 느낌이 있었다. 내가, 지극히 자명하게도, 살아 있다는 느낌이었다. 동시에 그 자명한 사실이 밝은 빛 아래 놓이는 바람에 투명해져서 보이지 않게 된 것 같았다. 파들거리는 빛 입자들이 공기 블록을 투과하듯이 나를 투과하면서, 나를 아래위로 완만하게 흔들어놓았다. 나의 온몸, 살아 있는 몸 전체가 그 빛의 원천에 저항할 수 없이 끌려가, 결국 열린 하늘로 길게 꼬리를 끌며 빠져들었다. 그 공간이 보란 듯이 나를 들이마셨다. 어떤 것도 내 몸이 떠오르는 것을 막을 수 없었다. 나는 마치 블록을 차곡차곡 쌓아 높이 올린 건축물, 하늘 꼭대기까지 우뚝 솟아오른 원형의 벽이 된 것 같았다. 나의 살은 세계 위로 돋은 이 건축물에 시멘트로 접합되어 있었다. 그런 살, 움칠거리고 이완되고 축 늘어진 살이 하늘을 향해, 유칼리나무처럼 움직이고 자라는 것이 느껴졌다. 그것은 자유 혹은 그 비슷한 무엇이었다. 나는 길에서 마주 오는 남자 여자들과 엇갈려 지나갔다. 하얀 지평선을 배경으로 그림자 연극처럼 도드라진 그들을 또렷이 알아볼 수 있었다. 걸어가는 동안 이런저런 장애물, 동물, 가로등, 보도 옆 쉼터로 향하는 노인 들이 내 눈앞에 다가오기도 했지만, 마지막 순간에는 나뭇가지가 갈라지듯 비켜나면서 모습을 감추고, 나는 텅 빈 하늘 속으로 여전히 걸어 들어가고 있었다.

이런 식으로 꽤 오랫동안, 왜 걷는지도 모르고 걸었다. 길이 모퉁이에서 꺾이면서 불빛이 사라졌다. 옆에는 콘크리트 벽이 서 있었다. 공터를 둘러친 울타리, 철거구역을 가리는 방책 같은 벽이었다. 나는 느닷없이 어두컴컴한 곳에, 걸친 것 없이, 추위에 내던져진 상황이었다. 몇몇 물체, 그리고 몇 사람을 골똘히 쳐다본 다음에야 나는 다시 익명의 작은 존재로 되돌아올 수 있었다.

얼마 후 해가 졌다. 해가 사라지는 모습을 보지는 못했다. 그렇지만 주위의 몇 가지 풍경으로 일몰의 순간은 아주 간단하게 끝났다는 걸 알아차렸다. 거리에, 건물 정면에, 저마다 어느 정도 흐릿하게 누그러져 있던 색채들이 달라졌다. 어스름하던 주위가 어느 사이엔가 검은 어둠으로 바뀌었다. 나는 가로등을 잠시 바라보았다. 전구 안의 파르스름한 불빛이 점점 커져갔다. 파르스름한 불빛은 초록으로 바뀌었다가 희끄무레해졌다가 다시 파란색으로, 한층 노골적인 색으로 자리 잡았다. 도시

의 거리에서 불빛들이 이렇게 서서히 다른 색조로 바뀌는 것이 흥미로
우면서도 친숙했다. 나는 곧장 헬리콥터를 타고 하늘 높이, 혹은 산꼭
대기로 올라가서, 낮게 깔린 채로 하얗게 빛나는 점들을 훑으면서 따라
가고 싶었다. 그러면 이 도시가 내 앞에 모형도처럼 전개될 터였다. 삶
이 빚어지는 모든 집과 모든 거리가 펼쳐질 터였다. 일련의 점들을 볼펜
으로 짚어가며, 그릴 수 있는 온갖 그림들을 떠올려볼 수 있을 것이다.
침대, 따뜻한 방, 테이블, 의자, 자동차, 채소를 실어 나르는 달구지를 생
각할 수도 있었다. 매번 불빛 하나를 이정표 삼아 여기, 저기, 혹은 다
른 어딘가로 자리를 옮겨 가볼 수도 있었다. 아니면 내가 이 도시 자체
가 되어볼 수도 있었다. 내 육체가 평면이 되어 그 위로 우둘투둘 온 사
방 부풀어 오르고 물집이 잡히는 것을, 마치 보이지 않는 재봉틀로 박
음질하듯 반짝이는 저 불빛들 탓에 타는 듯이 따끔거리는 것을 느껴볼
수도 있었다.

온 사방이, 흰 점처럼 뿌려진 창문과 가로등까지도 어둠에 잠기자
나는 다시 차가 다니는 큰길로 나섰다. 담배 한 개비를 꺼내 불을 붙였
다. 담배를 피워 물고 길을 걸었다. 거리에서 마주치는, 내가 스쳐 지나가
거나 나를 스쳐 지나가는 사람들의 얼굴을 바라보았다. 거리의 빛은 매
번 각도를 바꾸며 그들의 얼굴을 비추었다. 눈꺼풀 아래가 무겁게 처진
눈이 조명 아래 드러날 때도 있었고, 머리카락이 후광처럼 빛날 때도 있
었다. 흔들리는 손, 혹은 옮겨놓는 발, 네온사인 조명을 받아 얼룩덜룩해
진 옷, 벽 근처 어두운 구석에 모여 있는 검은 형체들이 드러날 때도 있
었다. 나는 그렇게 오랫동안 걸으며 큰 포물선의 궤적으로 도시를 가로
질렀다. 바다에서 멀리 떨어져, 시 외곽 지대, 가스 공장과 공터가 있는
지역을 지났다. 인적 없이 황량했고, 날은 추웠다. 이윽고 발길이 가닿은

곳은 어떤 광장, 복개한 개울을 끼고 휘돌아간, 아주 너른 광장 같은 곳이었다. 그곳에는 주차된 자동차들 말고는 아무것도 없었다. 나무 한 그루, 아이스크림 가게나 신문 판매소 한 곳 없었다. 나는 그 주차장을 길게 가로질러 걸어갔다. 수백 개의 어두운 유리창, 굽이굽이 이어진 검정, 파랑, 회색, 빨강, 초록, 흰색 자동차들, 타이어, 범퍼, 전조등, 와이퍼의 물결이 눈앞을 스쳐갔다. 그곳 역시 황량했다. 이 자동차의 바다 한가운데, 더러운 빗줄기 같은 이 가로등 불빛을 맞으며 이따금 한 사람이 레인코트 차림으로, 아니면 커플이 자동차 보닛을 배경으로 마주 균형을 이루어 등장하곤 했다. 주차된 차량들에서 더 이상 소란스럽지는 않지만 아직은 고요하다고 할 수도 없는 어떤 잡다한 웅성거림이 새어나오고 있었다. 주차장을 가운데 끼고 강처럼 나란히 흐르는 두 개의 도로에서 끊임없이 새어나오는 사나운 신음 소리가 얼어붙은 이 쇳덩이 무더기에 스며들어, 기름때가 묻어 둔해지고 거리감 때문에 흐릿해진 음악으로, 이 쇳덩이들의 은밀한 반향을 일으키고 있는 것 같았다.

나는 어떤 의미로는 이 웅성거림에서 힘을 얻고 있었다. 그 소리는 두 귀를 통해, 피부를 통해 내 속으로 스며들어 몸 내부에 자리 잡고, 알 수 없는 어떤 기제, 톱니바퀴의 회전을 촉발했다. 얼마 후 나 역시 일종의 자동차, 물론 중고품인 어떤 기계가 되었다. 피부는 딱딱하게 굳고 금속 질감을 띠었다. 신체 장기 깊숙한 곳에서 기계장치 하나가 좌, 우, 좌, 우로 불쑥불쑥 요동치고 있었다. 피스톤의 왕복운동에 따라 크랭크 암이 움직였다. 고체가 된 살 안쪽, 실린더 머리에 해당하는 부분에서 강한 열풍이 순간적으로 뿜어져 나와 폭발하며 사그라졌고, 그때마다 그을음을 잔뜩 품은 연기의 파도, 출렁이는 혈액의 무겁고 큰 파도가 일곤 했다. 그렇게 해서 나는 이 기계적 운동과 자동장치에 휩쓸려 번들거리는 자동차들의 미로 한가운데에서 길을 잃었다. 크롬 범퍼에 부딪치고 발사된 전조등 불빛에 피격당해 바닥에 쓰러졌다. 수많은 바퀴가 지나가며 나를 깔아뭉갰고, 내 피부 위에 타이어 무늬를 찍었다. 나는 쉼 없이 허우적거렸다. 그렇게 줄지어 선 자동차들 사이를 헤맸다. 도중에 이름들이 달려들어 망막에 들러붙었다. 데 소토, 폰티악, 르노, 옹딘, 파나르, 시트로엥, 포드. 걸음을 재촉하지는 않았다. 포장도로 위를 갈지자로 걸어가면서, 자동차의 퉁퉁한 동체, 흙받기, 앞 유리창, 트렁크, 스페어타이어의 윤곽을 더듬었다. 화물트럭 밑으로 기어들어가 휘발유 냄새와 기름때 가득한 그 어스름 속을 더듬으며, 차 전동축을 등으로 더듬어 훑기도 했다. 미끈거리는 어둠 속, 타이어 한가운데로 들어가기도 했다. 그곳은 내게는 작은 방, 고무 벽으로 둘러싸인 숨이 턱턱 막히는 방이었다. 천장은 아주 낮았고 배관과 배선이 빼곡하게 얽혀 있었다. 나는 땅과 밀착된 그 방에 자리를 잡았다. 그 방에 들어앉은 네발 달린 짐승이 되었다. 그랬다. 나는 소음과 전조등에 겁먹은 도둑고양이였고, 그래서 줄곧 자동차 밑으로 기어 다니고 있었다.

큰 화물트럭 아래를 통과해서 마침내 주차장을 빠져나오자, 눈앞은 공원이었다. 뒤편은 큰 광장이었고, 광장을 둘러 아치형의 통로가 나 있었다. 그 통로를 따라 20분간 걸었다. 사람들이 나를 이상하다는 듯 쳐다보기 시작했다. 자동차 밑으로 기어 다니느라 옷에 기름때가 묻은 데다 바지 오른쪽 무릎이 찢어져 있었던 것이다. 할 수 없이 사람들이 많은 곳으로 가서 그 군중의 흐름에 묵묵히 나를 내맡겼다. 피로를 느끼게 되자 보도 옆의 벤치로 가서 앉았다. 담배를 피우며 지나가는 차들을 바라보았다. 잠시 후, 딱히 무엇을 해야 좋을지 몰랐고, 또 눈앞에 놓인 사물들을 한참 바라보고 있는 일에도 취미가 없었으므로, 나는 뾰족한 자갈을 집어 벤치 등받이에 글자를 연달아 새기기 시작했다. 해놓고 보니 다음과 같은 모양이었다.

AXEIANAXAGORASEIRA

여자아이 하나가 보였다. 아이는 롤러스케이트를 한쪽 발로만 타보려고 애쓰는 중이었다. 아이가 발을 굴러 앞으로 나아갔다. 두 팔은 허공으로 치켜든 자세였다. 그렇게 아이는 한 발로 달려갔다. 하지만 그러다가 곧바로 균형을 잃었고, 그때마다 비틀거렸다. 심지어 두세 번은 넘어지기도 했다. 그렇지만 그런 것으로 아이가 기가 죽은 것 같지는 않았다. 아이는 계속해서 다시, 지치지도 않고 발을 굴렀다. 한순간, 아이가 벤치 바로 옆을 스쳐가면서 멈추려고 벤치에 손을 짚었다. 나는 아이를 쳐다보았고, 그러면서 물었다.

"넘어질까 봐 겁나지 않니?"

하지만 여자아이는 내가 묻는 말에 대답하지 않았다. 잠시 후 아이가 다시 벤치 가까이 왔으므로 나는 똑같은 말을 물었다. 아이가 말했다.

"롤러스케이트를 양쪽 발에 다 신어야 하는데. 그러면 넘어지지 않을 텐데."

나는 아이에게 어째서 롤러스케이트를 한쪽 발에만 신었는지 이유를 물었다. 아이는 잠시 생각하더니 대답했다.

"이반 때문이죠. 남동생이에요. 롤러스케이트 다른 한 짝은 이반이 갖고 있어요. 왜냐하면 스케이트가 동생 것이거든요. 동생은 한 번에 한 짝씩만 내게 빌려줘요."

아이는 이렇게 한 발로, 부딪히지 않게 행인들을 피하면서 두세 번 왕복한 다음 다시 벤치 가까이로 왔다.

"그리고 말이죠. 오른쪽을 빌려주면 더 쉽게 탈 수 있을걸요. 그렇지만 걔는 꼭 왼쪽만 빌려줘요, 그래서……"

나는 여자아이에게 롤러스케이트에도 오른발 왼발 구분이 있는지 몰랐다고 말했다. 나는 그것을 구분 없이 신을 수 있다고 생각하고 있었다.

"대개는 그렇죠. 하지만 이것은 전문가용 스케이트예요. 자 보세요" 라고 말하며 아이는 자신의 발을 내 쪽으로 내밀었다. "보세요, 위쪽이 구두처럼 생겼죠. 보통 롤러스케이트는 여기가 끈으로만 되어 있잖아요. 하지만 이 스케이트는 구두처럼 발에 신는 거예요. 전문가용이라니까요. 그래서 다칠 염려가 없어요."

나는 대답하기를, 롤러스케이트를 왼발 오른발 구분해서 신어야 한다는 건 멍청한 일이라고, 그렇게 왼발로 서서 균형을 잡는다는 건, 물론 왼발잡이라면 사정이 다르지만, 아주 어려울 거라고 했다. 아이는 나를 다소 불쌍히 여기듯이 쳐다보더니 설명하듯 또박또박 말했다.

"왼발잡이는 없어요. 그건 손에만 쓰는 말이에요. 아이참, 왼손잡이밖에 없다고요. 이건 누구나 아는 것인데."

나는 여자아이에게 손을 쓰는 일에서와 마찬가지로 발을 쓰는 데도 왼발잡이가 있다고 말했지만 별로 먹혀들지 않았다. 아이는 내 말을 믿지 않으려 했다. 내가 멍청하다고, 완전히 밥통이라고 했다. 그래서 나는 왼발로 롤러스케이트를 탄다는 건 어쨌거나 아주 어려운 일이 분명하다는 말만 한 번 더 중얼거리고 말았다. 여자아이가 쏘아붙이듯이 말했다.

"자꾸 하다 보면 쉬워져요."

그러고는 다시 달리기 시작했다. 이번에는 아주 멀어져서 지나가는 한 무리의 사람들에 가려 내 눈에 보이지 않게 되었다. 나는 아이가 다시 나타나기를 잠시 기다렸다. 롤러스케이트를 빌려 타고 한 바퀴 돌고 싶어서 아이에게 부탁해볼 생각이었다. 그렇지만 아이는 되돌아오지 않았다. 게다가 다시 추워지기 시작했기 때문에 나 역시 그 자리를 떠났다.

역 근처에 왔을 때 어릴 적 여자 친구와 마주쳤다. 제르멘이라는 친구였다. 제르멘 살바도리. 마지막으로 만난 것은 내가 불가리아로 떠나기 전이었고, 그 뒤로 친구와 나는 아주 오랫동안 서로 연락 없이 지냈다. 우리는 금방 말문이 트이지는 않았다. 보도에 선 채로 오랜만에 만난 사람들이 으레 하는 몇 마디를 주고받은 게 다였다. 친구는 자신이, 지금은 결혼했으며 어린 딸이 있고, 이름은 엘로디라고 말했다. 흔하지 않은 이름이고 어떻고 등등 나는 이름을 칭찬해주었다. 하지만 사실은 거짓말이었다. 나는 그 이름이 지나치게 멋을 부린 데다 허세가 잔뜩 끼어 있다고 생각했다. 그녀는 어디 들어가서 한잔하자고 제안했다. 아마도 나와 그녀가 데이트를 하던 시절의 추억 때문인 것 같았다. 나는 갈증이 나던 참이어서 그러자고 했다. 그녀가 늘어놓는 말을 나는 전부 들었다. 스페인으로 여행 갔던 일, 자신의 결혼, 남편 이름, 아이 교육, 자신이 하는 일, 이 모든 것을 그녀는 열심히, 마치 내가 모르는 진실을 알려준다는 듯이 이야기했다. 그 모든 말 뒤에는 무엇인가 나로서는 이해되지 않는 것, 내게 숨기려고 하는 어떤 사건이 있었다. 그것이 무엇인지 몹시 알고 싶었다. 그것을 겹겹이 둘러싼 벽을 부수고, 엉켜 있는 이 미로의 모든 길을 체계적으로 하나하나 풀고, 망각이라는 이 장애물에 나의 머리로 구멍을 뚫어보려 했다. 그것은 피곤한 일이었다. 한 시간이 지나자 두통을 느꼈다. 눈뿌리 쪽이 아팠다. 카페의 조명과 소음이 나를 둘러싸고 군중이 웅성거리듯이 계속 일렁였다. 나는 갑옷 같은 것을 껴입은 느낌을 떠올렸다. 알 수 없는 무엇인가를 방어하기 위해 나를 완전히 밀봉했다는, 그래서 다른 사람들, 그리고 맞은편에 앉은 여자가 쏘아 올리는 폭죽을 피하고 있다는 생각을 했다. 그녀가 내게 말했다.

"네가 희곡을 써서 상을 받은 것은 알고 있어. 있잖아, 신문 기사를 봤거든. 그걸 보면서 우리가 대학 초년생일 때가 생각나더라. 그런데 그 작품 제목이 뭐더라, 네가 쓴 희곡 제목이? 내 기억력이 이렇다니까……"

"서문(序文)."

"아 맞다, 서문이었지. 두 글자라는 것은 기억이 났는데, 서장이던가, 아니면 서훈, 아니면 소문, 아니면 그 비슷한 것들만 생각나지 뭐야. 어쨌거나 그 작품은 많이 팔렸더라, 너도 좋지?"

"그래, 어쨌든, 좋기는 하지" 하고 나는 말했다.

"그걸 읽지는 못했어. 응, 그렇지만 책으로 나왔을 때 신문에서 많이 이야기하더라. 열정의 문제를 다룬 거야, 그렇지?"

"응, 그래. 열정*의 문제에 대한 거지."

"그건 그렇고, 이제 무엇을 할 생각이야?"

"네 말은, 극작가로서의 계획이 무엇이냐고 묻는 거야?"

"응."

"오, 잘 모르겠어. 기다려봐야지."

"솔깃한 제안들을 받았나 보구나, 그렇지?"

"그래, 하지만 조금 더 기다려보고 싶어."

---

* '열정'을 뜻하는 단어 'passion'은 종교적 '수난'을 뜻하기도 한다. 과거에는 '고통'을 의미하기도 했다.

"아 그렇구나, 영감이 떠오르기를 기다리는 거지."

"맞아, 그거야, 조금 더 기다리는 게 좋겠다는 생각이 들어."

"그런데 말이지, 네가 쓴 글, 대학 초년생일 때 쓴 글이 생각나. 기억해? 「취한 배」*에 대한 감상문이었지? 너는 조금 지나치게 엉뚱한 생각을 하곤 했었는데, 그 시절에 말이야, 느낌이 그랬어. 너는 우리 친구들과는 아주 동떨어진 차원에 있었지, 그랬잖아? 게다가 베르티에는 그해에 시험에서 너를 확실히 눌러버렸어. 모두들 네가 진지하지 못하다고 생각했었지. 하지만 나는, 나는 네가 독창적인 아이라는 걸 알고 있었어. 정말이지, 그렇다니까, 진짜로, 네가 뭔가 해낼 줄 알았어."

나는 쑥스러운 웃음을 지었다. 맥주잔을 비우고 나서 이제 그만 가봐야겠다고 말했다. 중요한 약속이 있다는 핑계를 댔다. 만약 내가 별안간 그녀에게, 이 자리에 앉아 있는 것을 더 이상 참지 못하겠다고, 이 테이블, 이 카페, 이 사람들 속에서, 너와 마주 앉아 있는 것이 지긋지긋하다고 말했다면, 그녀는 내 말을 이해하지 못했을 것이다. 하지만 중요한 약속을 구실로 내세우면 그녀는 아무 이의 없이 수긍하리라는 것을 나는 확신하고 있었다. 그녀는 웨이터를 불러 맥주 값을 계산하고 자리에서 일어섰다. 우리는 함께 밖으로 나왔다. 입구 앞에서 우리는 작별 인사를 나누었다. 나는 그녀가 왼쪽으로 걸어가는 것을 바라보았다. 그녀는 신문 가판대와 네온 불빛이 요란한 보석상점 쇼윈도 사이로 들어가서는, 군중 속으로 모습을 감췄다.

그때 시각이 9시 혹은 10시쯤, 밤이 깊어지고 있었다. 이 도시에 얼마 후면 찾아올 정적의 징후가 이미 감지되고 있었다. 졸음이 모든 것에

---

* 「le Bateau ivre」(1871): 랭보(Rimbaud, 1854~1891)의 시.

침투하여 그 안에 사뿐히 똬리를 틀었다. 그것은 얼음처럼 차갑고 고요한 어떤 것이었다. 그것이 어디에서 오는 것인지는 알 수 없었다. 어쩌면 하늘 깊숙한 곳에서부터, 아니면 지평선의, 해가 사라진 자리 맞은편, 바닥을 알 수 없이 검게 얼룩진 지점에서부터 오는 것일 수도 있었다. 기이한 불안감에 길들여진 짐승처럼, 후드득 날아오르는 비둘기 떼 혹은 파리들처럼, 영락없이 그런 모습으로 남자와 여자들이 보도 위를 배회하고 있었다. 보도는 군데군데 어두워졌다가 또 이따금 상점의 희끄무레한 불빛을 만나기도 했다. 밤의 두꺼운 어둠 속에서 가로등들이 유일하게 불을 켜기 시작했다.

나는 사방에서 펼쳐지는 이 모든 것을 바라보았다. 그러다가 투명하고 순수한 어떤 슬픔이 머릿속에 들어앉는 것을 느꼈다. 어느 것 하나 자명하지 않은 게 없었다. 모든 것이 얼음처럼 순수하고 투명했다. 그렇게 그것들은 허공의 별들처럼 끝없이 스러져가고 있었다. 그런 사실을 이제 알 것 같았다. 시간은 흐른다는 것, 나는 땅 위에 있다는 것, 또한 매일 조금씩 소진되고 있다는 것을 이제 알 수 있었다. 거기에는 희망도 없지만, 그렇다고 절망도 없었다. 가을은 주기적으로 돌아온다고 해도 나는 그럴 수 없다는 사실을 나는 이해했다.

다시 걸음을 옮겨놓았다. 강으로 통하는 대로로 접어들었다. 강에 이르러 좁은 계단을 내려가 지천의 마른 바닥을 따라갔다. 자갈을 밟고 가시덤불과 썩은 물웅덩이 사이로 걸었다. 왼쪽으로 한참 들어가자 조용히 흐르는 탁한 물줄기가 있었다. 돌무더기 사이로 이따금 더러운 개울이 보였다. 물 위로 잔가지들이 떠다녔다. 공기가 거무레한 색을 띠었고, 점점이 연기 냄새를 풍겼다. 오물 더미 옆에 보이는 화톳불, 뚜껑 열린 상자가 사람이 숨어 살고 있다는 걸 드러냈다. 좀더 가면 강은 복개된 광장 아래를 통과해서 시내 쪽으로 흘렀는데, 그 광장 밑에 거지들이 함께 모여 살고 있었다. 겨울이 오면 추워지는 날씨만큼 그들은 그 은신처 안쪽으로 점점 더 깊숙이 들어갔다. 때때로 수량이 갑자기 늘어 강물 수위가 올라갈 경우 모두 물에 잠기거나 거의 그런 지경에 처하기도 했다.

쓰레기가 쌓인 강가를 한동안 이렇게 발길 닿는 대로 돌아다녔다. 목이 몹시 말라서 더러운 웅덩이의 물을 퍼마셨다. 장티푸스에 걸린다 해도 그건 꽤 괜찮은 셈이었다. 여느 죽음과 별다를 것 없는 죽음이 될 테니까. 이어서 자갈 무더기 위에 걸터앉아 담배를 한 개비 피웠다. 도시를 다시 한 번 바라보았다. 재미난 농담을 주고받는 기분이었다. 손에 자갈을 가득 모아 쓰레기 더미 위를 굴러다니는 통조림 깡통을 향해 던졌다. 손바닥 가득하던 조약돌을 다 비우고 나서 차가운 자갈 위에 등을 대고 누웠다. 어두운 하늘을 바라보았다. 이유는 알 수 없었지만 언뜻 시 한 편이 떠올랐다. 형 에디가 6, 7년 전쯤, 죽기 전에 쓴 시였다. 나는 큰 소리로 그 시를 읊었다. 나 자신을 위해, 주위의 거지들을 위해.

쓰라리든 어떻든
내 욕망을 거두어들이고
자랑은 흘려버리고
문을 열어 '아니요'를 받아들이고
새들이 날아가는 것은 상관하지 않는다.
나는 이제는 붉게 달아오른 것이 싫으니
운명은 생동의 소실을 향해 가는 계단이다.

내일 열차를 타고

기포들의 수도를 향해 떠날 것이다.

그런 뒤에도 나는 아주 오래 자갈 위에 누워 있었다. 이제 추위도, 쓰레기 냄새도 느껴지지 않았다. 남은 것은 내가 남긴 자리, 낙엽 한 잎처럼 가볍게 내려앉은 어떤 흔적뿐이었다. 그러고는 아무 일도 없었다. 이제, 나는 매일 밤, 난간 위에 와서, 물이 말라버린 개울 바닥, 자갈과 풀과 오물이 널려 있는 한가운데, 내가 사라진 그 지점을 바라본다.

뒤로 가기

오늘, 4월 15일, 내가 태어난 지 25년이 된 날이다. 이전에 내가 한 일은 앞으로 나아가는 일이었다. 지금은 밤이고 나는 혼자 있다. 기차가 나를 향해 달려온다. 유리창이 떨리며 덜컹거린다. 속도가 아마도 바퀴 하나하나, 때가 낀 강철판 하나하나에 침투한 것 같다. 모든 것이 미친 듯이 진동한다. 마찬가지로 나도, 내 몸속 어딘가가 움직이고 진동한다. 그러면서 진동이 장기의 구조물을, 전류처럼 꿈틀꿈틀 파동을 일으키며, 영락없는 세균의 침공처럼 거슬러 올라온다. 나는 단지 이것, 진동일 뿐이다. 짧고 메마른 파장이 내 신체의 분절들, 뼈, 신경다발을 타고 흐른다. 이것은 생생한 속도다. 정상을 벗어난, 순정하고 차가운, 칼의 긴 날을 닮은 무엇이다. 이 속도가 내게서 튀어나오고 있다. 그래서 나는 기다린다. 이러기 전에는 계속해서 앞으로 나아가고 있었다. 내 얼굴이 아무래도 더 물렁물렁해지는 것 같다. 이미 물렁거릴 것이다. 나는 대퇴골과 정골이 무감각해진 걸 느낀다. 뱃가죽에 주름이 잡힌다. 아직까지는 아무 일도 없다…… 나는 좀더 멀리 나아간다. 이제는 심장이다. 심장이 분명히 느껴질 만큼 더 가쁘게 뛰고, 또 분명히 느껴질 만큼 힘이 떨어져 있다. 허파가 별안간 수축한다. 그러면서 속도가, 여전히 그 속도가 내게서 튀어나온다. 복잡한, 헛된 영상들이 구축된다. 아주 긴 소리가 들린다. 크르릉 소리, 아마도 화재 현장에서 공기가 빠져나가는 소리가 이럴 것이다. 그렇다, 나는 엄청난 불꽃과 마주하고 있다. 이 화재가 도시의 절반을 태운다. 화재는 지나가고, 다시 지나가고, 그리고 나는 움직이지 않는다. 나는, 물론, 여전히 일종의 기차 안에 있다. 20, 19, 18, 17, 16, 15…… 무엇인가 줄어든다. 빠르게 줄어든다. 나는 그것을 막을 수 없다. 마치 뭔가에 흡입당한 것처럼, 게걸스러운 소화운동에 빨려 들어간 것처럼 나를 방어할 수 없다. 거의 그렇다. 그 어떤 방어도 가능성이 없다. 기차, 그것은 나다. 이제, 알겠다. 난들 별 수 있는가? 기차와 싸울 수 있겠는가? 힘차게 호흡하는 엔진, 무시무시하게 긴, 직선으로 뻗은, 난폭하게 내 안으로 들어와 모든 것을 갈래갈래 찢어놓는 레일, 삐걱거리는 굴대, 객차 사이의 연결 포장, 밤과 대기를 담은 사각의 어둠을 향해, 얼어붙은 대지를 향해 열린 창문들, 부동의 하늘, 자신의 짐을, 헐벗은 들판을 가로질러, 곧바로, 곧게 끌어당기는, 수월하게 잡아당기는, 이 기계장치, 이 모든 것이 바로 나다. 돌진하는 나, 격앙된 나, 흉포한 나, 사나운 물소인 나. 나는 도시들, 불빛이 자리를 바꾸며 빛나는 도시들을 지나간다. 전선들이 내 눈앞을 달린다. 올라왔다가 내려갔다가 올라왔다가 내려간다. 그렇게 계속된다. 한기가 떨림을 데리고 내 몸속으로 들어왔다. 그래서 나는 수평으로, 땅 위에 평평하게, 쏟아진 물처럼 땅 위로, 퍼진다. 나는 사방으로 흐른다. 아무것도 나를 붙잡아두지 못한다. 나는 구멍들을 침범하고, 돌출물에 부딪치고 그것을 덮는다. 나는 펼쳐지고 떠다닌다. 나는 파도친다.

여전히 동일한 숫자들, 거꾸로 헤아려나가는 숫자들이 내게서 달아난다. 이건 틀림없이 1초 1초의 시간들, 모든 것을 분할하는 순간들, 선을 그렸다가는 곧이어 지우는 순간들, 풍경을 잘게 자르는, 문장, 단어, 글자를 조각내는, 우스꽝스럽고 무의미한 순간들이다. 그러므로 이제는 아무것도 없다. 귀에 들리지만, 그러나 누군지 알 수 없는 목소리 하나가 다음과 같이 내 이름을 또박또박 말하고, 그러고는 이름을 일그러뜨리고 줄이고 뭉뚱그린다. 이 목소리가 나의 하나뿐인 이름을 말하는 동안, 나는 어디론가 가고 있는 느낌이다. 그곳이 어디인지는 모르지만, 어떤 특정한, 저편에 있는 지점이다. 그곳이 나를 엄청난, 저항할 수 없는 힘으로 끌어당긴다. 빨아들여, 삼킨다.

"앙리 피에르 투쌩"

"앙리 피에르 투쌩"

"앙리 피에르 투쌩"

" 리   ㅜ쌩"

" 리에 투쌩"

" 에 투ㅆ"

"투쌩"

"투ㅆ"

"투ㅆ"

"ㅜㅆ"

"ㅆ"

．．．．．

이 모습이 나다. 나는, 또한, 젤라틴 덩어리처럼 흔들린다. 그러자 많은 것들이 내게서 빠져나간다. 내게서 튀어나가서, 나를 비운다. 내가 대형 여객선 선체가 된 느낌이다. 그래서 승객들과 쥐들이 공포에 사로잡혀 내게서 탈출해서 뿔뿔이 멀리 흩어지고, 나는 심해로 무겁게 가라앉고 있는 것이다. 나는 어떤 버려진 땅, 지상 갱도의 도관, 어디에서 시작되는지는 몰라도 어떤 나락으로 인도하는 통로가 될 참이다.

이제 나의 육체는 많은 것을 잃었다. 이 육체가 말라붙어 얇어지고, 작아지는 것을 보았다. 이미 근육은 없다. 거의 그렇다. 내 손은 뭉툭하고 각이 졌다. 정맥이 손으로 들어갔다가 나온다. 핏줄이 흰 피부 아래로 비쳐 보인다. 모든 것이 더 빨리 움직인다. 모든 것이 매끄럽고 편하다. 숫자가 감소하면서, 감소하는 만큼 내게서 더 많이 빼앗아간다. 나는 물러서고, 물러서고, 물러서고, 물러서고, 한층 더 물러선다, 뒤로, 뒤로, 수평선 위에서 이루어지는 추락이다. 비명, 내가 알지 못하는 비명들이 나를 둘러싼다. 형체들 역시도 한데 뭉뚱그려진, 차갑고 예민한 무엇이 된다. 수분 증발이 완만하게, 열과 힘을 가하지 않고 이루어진다. 그래서 내게서 나오는 땀은 각진 데 없는, 치아처럼 둥글고 반들거리는 입자들만을 적나라하게 남겨놓는다. 속도, 이것이 아직도 나의 움직임일까? 이제는 기차가 보이지 않는다. 레일도 운전대도 보이지 않는다. 기차는커녕, 나는 정지된 느낌이다. 개펄 속에 허리까지 파묻힌 느낌이다. 내가 아래로 가라앉는다. 허리께에 이어 주먹 쥔 두 손이 묻힌다. 옆구리, 가슴, 어깨, 목 아래 언저리, 목 뿌리, 목덜미, 목젖까지 묻힌다. 이어서 턱이다. 입이 묻히기 시작한다. 입은 끝났다. 콧구멍이 흙 속으로 빠져든다. 두 개의 덫이 다시 닫히는 것 같다. 모든 것이 나를 짓누른다. 그래서 나는 더 깊이 가라앉는다. 이 더러운 늪, 분뇨정화조 속으로 빠져들어 간다. 정화조는 그 긴 철제 창자를 거쳐 내려가는 동안 총천연색으로 살아 숨 쉬는 유기성 퇴비 덩어리, 자양분 많은 생명체를 이용해서, 후끈하게, 차갑게, 나를 점진적으로 용해시킨다. 두 뺨, 두 눈, 나의 눈이 이 진흙의 세계에서 닫힌다.

그리하여 나는 망각을 시작한다. 시간은 여전히 흘러 내게서 시계추 운동을 끌어낸다. 목소리는 아직도 숫자를, 거꾸로, 세고 있다. 15, 14, 13, 12, 11…… 세상 모든 것이 아주 좁아든다. 모든 것이 새하얗다. 나는 밀짚 의자에 앉아 있다. 사방은 내리비치는 햇살로 가득하다. 소리가 내 입속으로 들어온다. 잡다한, 혼란스러운 소리들이 입안에서 뒤섞인다. 단어가 만들어지고, 해체되고, 반으로 접히고, 녹아서 뭉뚱그려진다.

"담배. 해칩니. 달아나. 가시. 끈. 야유. 랑하다. 름다운. 운.ᄄ

아프간. 스탄. 이아. 아메리칸. 5 캐럿. 15 %. 문학. 가짜. ㅁ, 거움."
이 단어들은 불청객들이다. 그렇지만 이들은 온다. 들어와 여기 자리 잡는다. 이것들은 바깥에서, 광활하고 어두운 영역에서 온 것들이다. 세계, 질척거리는 표면, 쓰레기장이 된 공터에서 온 것들이다. 나도 분명 거기서 왔을 것이다. 거기서 자양분을 얻어 자랐을 것이다. 내게 만약 부모가 있다면 그 쓰레기 더미에 묻혀 있을 테니, 거기 가서 찾아야 할 것이다.

뒤로 물러선다. 더 뒤로 간다. 이제 나의 눈 위에 얇은 불투명막이 덮여 있다. 그것이, 돋보기안경처럼, 눈앞을 확대해준다.

내 이름의 마지막 변신을 지켜보고 있다. "앙리! 앙리!" "리!" "리! 리! 리!" 이것이 내 이름, 사람들이 부르는 이름이다. 입이 열리고, 걷잡을 수 없는 웃음이 목구멍에서 터져 나와 천둥처럼 굴러다니다가, 가라 앉았다가 다시 일어나 입술을 넘어 허공에서 노래하다가, 허공에 드리운 보이지 않는 장막을 펄럭이게 한다. 그러다가 웃음은 통증이 된다. 압축 된 폐포(肺胞)에서 생겨난 통증이다. 횡격막의 마비, 일종의 지속성 내부 경련에서 비롯된 극심한 통증이다. 이 통증이 나의 영혼을 쫓아낸다. 밀 어낸다. 몰아낸다. 내 육체에서 영혼을 떼어낸다.

자! 나는 한층 더 작아졌다. 얼마만큼 작아졌는지 측정할 수는 없 지만 사물이 별안간 거대하게 보인다. 나는 키가 큰 편이었는데, 지금은 탁자가 코 높이에 있다. 그렇지만 놀라지 않는다. 그러기보다는 그저 시 간에 나를 맡긴다. 숲 속을 거닐듯이 사물들 속에서 어슬렁거릴 뿐이다. 탁자, 의자, 서랍장, 침대, 기도대(祈禱臺)는 숲의 나무들이다. 이 나무들 밑동은 아주 크고, 나는 아주 작다.

이어서 아주 오래된 것들의 늪이 나타난다. 이제 나는 더 이상 내가 아니다. 이미 그렇게 되었다. 나는 말하는 법을 모른다. 그렇지만 마음껏 소리 지르고 외친다. 두 손이 있다. 사방이 혼란스럽다. 텅 빈 무엇이 눈, 입, 귀, 콧구멍을 통해 내 두개골 속으로 들어와 온몸으로 흐른다. 마치 물처럼, 물처럼. 10, 9, 8, 7…… 나는 어느 기둥, 대리석 기둥을 통해 땅 에 이어진다. 나는 땅에 속해 있다. 혹은 어느 사진 위에 배를 깔고 엎드 린 자세로 얼어붙은 것일지도 모른다. 그렇다, 나는 거기, 즉 강둑 위, 한 여자 옆, 강가에서, 팔꿈치를 제방 위에 올려놓고 있다. 등 뒤로 산악 지 대가 펼쳐지고 머리 위로는 구름 한 점 없는, 완벽한 장방형의 하늘이 있 다. 이제, 온통 번들거리는 얼굴, 짧은 머리카락, 그리고 둘레에 거무스레 한 무리가 진 눈이 있다. 나는 숨을 쉬지 않는다. 혹은 숨을 쉬는 듯 마 는 듯하는 상태이다. 이것은 내가 나의 세계, 말하자면 화석화된 이 풍경 속에, 움직이지 않는 자동차들, 다리를 옮겨놓지 못하는 행인들, 날다가 그대로 박제가 된 새들, 평면 위, 정해진 자리에 놓인, 균일한, 굳은, 반들거리는, 멈춘, 불가침을 구가하는 이 모든 것 속에 들어와 있다는 의미이다.

　그렇지만 동일한 그것이, 여전히, 달아난다. 도망친다. 녀석이 간다, 내뺀다. 달아나며 다시 힘을 낸다. 아무래도 나는 더 이상 뒤로 가지 못하는 것 같다. 그렇다. 도주가 멈췄다. 조금 전까지 행해지던 움직임이 거꾸로 행해진다. 잠시 멈춤 뒤에 방향을 돌려 거슬러 올라간다. 잠시 멈춘 사이 자신을 추스르고, 어둠 속에 엎드렸다가 별안간 튀어 올라 출발한다. 다시 시작한다. 이번에는 나를 정말로 데려간다. 어느 것도 그것을 막지 못한다. 나는 자유롭다. 완벽히 자유롭다. 나는 더 이상 아무것도 기다리지 않는다. 나의 살들은 나를 가로막는 장애가 되지 못한다. 나는 구르듯이 달려간다. 맹렬한 속도로 새로운 도로를, 직선으로 뻗은, 누구의 발길도 닿지 않은 그 길 위를, 아주 희고 아주 조용한 그 대로를 굴러간다. 자, 진정한 속도란 이런 것이다. 아무것도 나를 멈추지 못할 것이다. 초 단위로 흘러가는 시간의 규칙적인 재깍재깍 소리, 내 심장 폭탄의 멍멍한 폭발음이 들린다. 그러면서 숫자가 지나간다. 숫자들이 위로 기어 올라 사다리처럼 쌓인다.

101　102　103　104　105　106　107　108　109　110
111　112　113　114　115　116　117

　여기, 내가 있는 곳은 낮도 없고 밤도 없고 아무것도 없다. 이곳은 사진들, 연이어 늘어선 사진들, 날짜 없는, 고요한, 아무것도 보여주지 않는, 그 누구도 담지 않은 사진들이다. 이곳에는 사람도 보이지 않고, 물체도 없고, 그 어떤 풍경도 없다. 커다란 회색 마분지들, 그 속으로 나는 아주 빠르게 들어갔다가 그보다 더 빠르게 빠져나온다. 천 개의 문이 달린, 그야말로 통로이다. 이곳에서 나는 위풍당당하게 앞으로 나아간다.

이제 좀더 아래로 내려간다. 그렇다, 아주 많이 낮아진다. 다리가 네 개다. 사방에 소용돌이가 있다. 나도 그 소용돌이 가운데 하나다. 뜨겁다. 차갑다. 통증이 온다. 따끔거리고 간지럽다. 입안에서 혀가 똬리를 틀듯 돌돌 말린다. 숨이 약하게 지나간다. 단어들은 어디에 있는 걸까? 단어들이 사라지고 없다. 빛 무리 같은 것만 남았다. 그렇다. 그것이다. 사물을 둘러싼 후광 같은 것이다. 추진력이 온몸을 잡아 흔들어 표적들을 향해 미끄러지듯 돌진하게 한다. 그렇게 질료 한가운데로 던져 넣어 전체를 뒤섞어 반죽한다.

나는 난쟁이다. 이제 힘이 없다. 사지가 떨린다. 두려움이 인다. 여기 버려질지도 모른다는, 내가 여기 있다는 것을 아무도 모를 거라는 두려움이다. 내가 누군가에게 기억될 자격이 없다는 두려움이다. 누군가 나를 향해 몸을 기울여줄 만큼, 바라봐줄 만큼 내가 가치 있는 존재가 아니라는 두려움이다. 나를 잊어주시오. 모든 것이 아주 크고 모난 형태를 띠고 있다. 빛이 날카롭게 눈을 찌른다. 이따금 아주 빠르게, 이따금 아주 길게 내 망막 위로, 영원한 흰 옷, 그 진줏빛 드레스 위로 스쳐간다. 번개가 친다. 전기를 품은 태양들이다. 왼쪽으로, 오른쪽으로, 삐걱거린다. 나무판자처럼 쪼개지는 소리다. 나는 잉크를 흡수하는 압지 위에 놓여 있다. 독한 잉크 냄새 한복판에 먼지가 인다. 그러면서 내 속에서 울렁증이 인다.

배 속에서 신물이 솟구쳐 점막을 긁고 올라온다, 올라온다, 올라온다. 나는 세상을 온 사방으로 게워낸다. 거기 파묻혀 잠긴다. 그러고는 이름이 불리고, 뭔가가 나를 들어 올려 흔든다. 무엇인가 나를 어르고 흔든다. 그러자 얇은 막이 또다시 휘날린다. 가스층 같은, 정신을 몽롱하게 만드는 베일들이다. 그것들이 하늘거리며 내 머리 위에 한 장 한 장, 화산재처럼 내려앉는다. 그렇게 머리를 뒤덮는다.

지금 숫자는 무엇인가??? 2? 1? 더 작은 숫자가 있는가?……

이 늪지는 정말로 아주 넓다. 여기저기, 거의 온 사방에서 연무가 피어오른다. 달고도 시큼한 냄새가 떠돈다. 냄새가 맴돈다. 몹시 굼뜬 짐승들이 진창에서 솟아오른다. 그것들의 거무스름한 등껍질이 빛을 받아 번들거린다. 오돌토돌한 돌기 위에 맺힌 물방울들이 진주처럼 반짝인다. 이 짐승들이 척추를 활짝 펴며 늪에서 목을 쳐든다. 그러고는 비스듬히 바라본다. 그것들의 열린 눈이 진흙 갑옷에 뚫린 구멍 같다. 증기가 자욱한 하늘에 짙은 기호가 그려진다. 두꺼운, 숯 검댕 같은 횡선들이다. 바람이 그 선들을 점차 흩뜨린다. 군데군데 기온이 몹시 낮아서 대기층에 수정 같은 얼음이, 유리창에 성에가 끼듯 서리는 게 보인다. 또 다른 곳은, 반대로, 기온이 몹시 높다. 후덥지근하고 숨 막히게 뜨거운 여름이다. 흙바닥이 소용돌이를 그리며 녹아내린다. 거품들이 서로 엉기고 부딪치고 터지면서, 둘레에 더러운 흙탕물을 튀긴다. 모든 것이 부글거리며 서로 충돌한다. 드러나지 않는 물결이 수 킬로미터 심층에서 흐르고, 그 여정을 지각에 잡힌 미세한 주름들을 통해 드러낸다. 배고픔이 밀려온다. 목이 마르다. 땀에 젖은 채 몸을 웅크린다. 열이 난다. 왜 열이 나는 걸까? 목구멍을 열어, 목구멍을 활짝 펼쳐 공기와 생명을, 자양액을, 청량함을 빨아들인다. 그래서 몸속 장기에서 타고 있는 이 불길을 가라앉힌다. 이 홍반, 갈라진 살갗을 진정시킨다. 주름 잡힌 마른 피부 위로 이 자양액을 흘려보낸다. 그래서 숨을 쉰다. 물을 준다. 살아서 대기 속으로 들어가 유영하고, 날아오르고, 기어가고, 떠돌고, 옆으로 팽창하고, 위로 자라난다. 산다, 살아가는 것이다! 그래서 거친, 날카로운 이 외침, 여기에 또 다른 외침, 채석장 인부의 기합 소리 같은 '영차!'가 함께 따라붙어, 이 두 겹의 외침이 함께 올라간다. 계속 올라가 천장에 가닿는다.

그러고 나서, 죽음을 향해 출발. 0년.

걷는 남자

　　사람은 앞으로 나아가느라, 그렇다고 잘 나아가는 것도 아니면서 그저 전진하느라 인생의 중요한 것을 놓칠 수 있다. 이건 분명한 사실이다. 반대로, 요컨대 그다지 잘 나아간 것도 없고, 전진하려는 욕구도 그리 크지 않았고, 그러기 위해 필요한 요령조차 없었는데, 그럼에도 불구하고 누가 보더라도 '잘 나아가는 사람'일 수도 있다. 이것이 오묘한 삶의 법칙이다. 이 법칙에 따르면 존재와 사물은 각각 정해진 밑그림을 극한적으로, 절대적으로 완성할 뿐이고, 또한 이것은 돌이킬 수 없다. 아래 J.-F. 파올리의 이야기가 그것을 증명해준다.

　　오전 11시, 파올리는 숨이 턱턱 막히고 무더운, 찌는 듯이 뜨거운 잠에서 벗어났다. 아홉 시간 전 약효가 아주 강한 수면제를 먹은 탓에 아주 오래 이어진 잠이었다. 몸을 일으켜 덧창을 열고 파자마 차림으로 원룸아파트 안을 돌아다녔다. 해는 벌써 중천에 떠서 건물 동쪽 벽을 달구고 있었다. 파올리는 샤워를 하고 옷을 찾아 입은 다음, 물을 끓여 네스카페를 한 잔 탔다. 그러고 나서 주방 보조의자에 걸터앉아 마셨다. 잠시 아무것도 하지 않고, 멍하게, 무엇인지는 모르지만 기다리면서, 그렇게 앉아 있었다. 개수대 위 고리못에 걸어놓은 스펀지 수세미가 엎어놓은 스테인리스 냄비 위로 기계가 작동하듯 물방울을 떨어뜨렸다. 물방울은 한 방울 한 방울 규칙적으로, 이따금 두 방울이 동시에, 어떤 리듬에 맞춰 떨어지곤 했다. 그는 그 리듬을 파악하려고 주의를 모았다. 고개를 돌려 쳐다보다가 수세미가 두 지점에서 물방울을 떨어뜨리고 있다는 것을 알았다. 하나는 오른쪽 귀퉁이, 다른 하나는 중앙이었다. 중앙에서는 물이 더 많이 모이는 덕분에 물방울이 더 빠른 속도로 떨어졌다. 오른쪽에서 물방울이 다섯 개 정도 떨어지는 동안, 중앙에서는 열하나에서 열두 개가량의 물방울이 떨어졌다. 게다가 두 곳에서 떨어진 물방울들이 가닿는 지점 역시 달랐다. 수세미 중앙에서 떨어진 물방울들은 냄비 가장자리, 손잡이 용접 부위 근처에 떨어지면서 날카롭고 선명한 소리를 냈다. 오른쪽에서 떨어지는 물방울들은 냄비 한복판을 두드렸고, 그렇게 한 번 두드릴 때마다 격투기 시합의 공 소리 같은, 억눌러 가라앉힌 어떤 소리, 깊숙한 데서 올라오는 소리를 냈다. 그 무거운 소리는 대략 날카로운 소리 두 번당 한 번 울렸다. 그렇지만 물방울이 떨어지는 속도가 알 수 없이 점점 빨라지고, 공기의 진동이 바뀌고, 물이 모이는 방향이 바뀌고, 수세미 꼭지에서 그 두 갈래의 작은 개울이 별안간 합쳐지기도 한 결과, 두 지점의 물방울 리듬도 각각 바뀌곤 했다. '퉁!' 소리가 별안간, 느닷없이, 연속으로 세 번 이어지는 사이, '틱!' 소리는 단 한 번도 끼어들지 않을 경우도 있었다. 아니면 그 반대로, 연속 발사되는 딱총

소리처럼 '틱!'만 여남은 번 연속되면서, 그사이 단 한 번도 '퉁!'이 들리지 않을 수도 있었다. 그러나 이런 변화가 있기는 해도 그 리듬은 여전히 명확한, 지극히 틀 잡힌 것이었다. 그것을 글자로 옮겨놓는다면 다음과 같은 도식이 되었을 것이다.

틱 틱 틱 틱 틱 틱 틱 틱 틱 틱 틱 틱 틱
퉁   퉁   퉁   퉁   퉁   퉁

파올리는 의자에 쪼그려 앉은 채 물방울이 떨어지는 소리를 들었다. 그 소리는 점점 더 요란해졌다. 온 신경이 귀로 쏠렸다. 그 소리는 그렇게 귀를 통해 들어와서는, 이제 거기, 머릿속에 자리 잡았다. 그것은 물이 새는 수도꼭지, 한 방울 한 방울 흘려 음험하게도 그를 물로 채워가고 있는 진짜 수도꼭지였다. 그 소리를 떨어버릴 수 없었다. 물방울들은 한 번씩 내리칠 때마다 1밀리미터씩 깊이 박아 넣는 소리의 쐐기처럼 그를 어둠 속으로 밀어 넣었다. 아니면 아주 작은 짐승, 쥐와 같은 종류에 속하는 동물처럼 뛰어다니다가, 튀어 오르다가, 그에게서 멀찍이 벗어났다가, 그를 끌고 폴짝거리며, 반사적 행동처럼 자신의 은신처, 벽 귀퉁이의 구멍 속으로 들어가는 것 같았다. 그는 그 구멍 속으로 끌려들어 가 내팽개쳐질 참이었다. 그렇게 모두에게서 잊힌 채, 고요 속에, 너무 큰 그의 육체라는 옥에 갇히게 될 터였다.

J.-F. 파올리는 기계처럼 움직이는 그 작은 짐승이 자신을 버리고 갈까 봐 겁이 났다. 애써 그 해로운 짐승의 존재를 의식에서 지웠다. 그러나 회색의 그 작은 형체를 간신히 지우자마자 다른 무엇인가가 떠올랐다. 이번에는 음악이었다. 어떤 음악인지는 문제가 아니었다. '퉁'과 '틱'

의 교차가 만들어내는 리듬이 그저, 자연스럽게, 그 선율을 떠오르게 했다. 그러나 그 선율은, 어쨌거나 자연스러운 것이기는 해도 훨씬 일찍 자리 잡고 있었던 것인지, 벌써부터 다양하게 변주되고, 나눠지고, 끝없이 구성되고, 반복되고, 처음부터 다시 시작되면서, 온갖 의미로, 갖가지 속도로 이어졌다. 스펀지에서 떨어지는 물방울 각각이, 이제 천, 2천 개의 물방울, 헤아릴 수 없이 많은 다른 물방울들로 분할되었다. 모두가 닮은 꼴인 그 물방울들이 혼란스럽게 서로 뒤섞여 비처럼 쏟아져 내렸다. '틱' '틱' '퉁' '퉁'의 모호하고도 날카로운 변주를 펼치며 무한히 귀를 두드려 댔다. 모든 것이 엉켜 있었고, 또한 끝이 없었다. 엎어놓은 냄비 위에 물방울이 새로 하나 떨어질 때마다 그것은 제각각 생명을 얻어 그 '틱'과 '퉁'의 변주를 이어가고, 그러면서 또 그 자체가 수많은 조각으로 분할되며, 각각 다른 작은 물방울, 이어서 다른 이슬비, 그러다가 비, 샤워기 물줄기, 물보라, 수증기, 안개, 안개 같은 소음이 되는 탓이었다. 그것들 모두가 귀에 선명하게 들어왔다. 분명하고, 정확하고, 불가피하게 들렸다. 그것들은 나름의 화음을 만들며 파올리의 귓속에서 도취의 기묘한 교향곡을 울렸다. 빠져들 수밖에 없는, 벗어날 수 없는 깊은 구렁이었다. 그런 것이 당신을 광기의 영역으로 실어가는 것이었다. 덮개가 있는 가마에 앉혀, 천천히, 장려하게, 광기를 향해 나아가게 하는 것이었다.

J.-F. 파올리를 벌떡 일으켜 세워, 뚜벅뚜벅 정처 없이 발을 옮겨놓게 한 것은 다름 아닌 바로 이 음악이었다. 이 음악 때문에 J.-F. 파올리는, 말하자면, 자기 근육이 고수하는 침묵을 깬 것이다. 그러고는 허리를 펴고, 두 팔을 흔들고, 호흡의 박자를 맞추며, 두 발을 움직여 더 앞으로, 새로운 공간 속으로 더 깊이 나아간 것이다.

그는 앞으로 나아갔다. 자신의 원룸아파트, 흰색 벽으로 이루어진 그 평행육면체, 무력감이 지배하는, 운동능력이 홀로 쭈그려 앉아 질식하는 그 직육면체 공간을 나섰다. 계단을 내려왔다. 처음에는 한 계단 한 계단, 이어서 더 빨리, 두 계단씩, 또 더 빨리, 네 계단씩, 다섯 계단씩, 손으로 난간을 움켜잡은 채, 여섯 계단씩 내려왔고, 그렇게 해서 거리로 나서기 직전의 마지막 층계참에 도달했다. 거기서 그는 남은 계단을 한꺼번에, 14개의 작은 계단을 단번에, 단 한 번 몸을 날려 뛰어내렸다. 단 한 번의 충격, 그러자 하늘을 향해 열린 거리가 나타났다.

그는 거리에 발을 내디뎠다. 어디로 갈지는 자신도 몰랐다. 이제 보게 될 모든 것, 이 여정에서 보아야만 할 모든 것, 길에서 마주치게 될 아가씨, 야수처럼 유연하고 조용히 움직이는 여인들, 절름거리는, 몸이 성하지 않은 노인들, 아마도 그와 스치게 될, 그러면서 그를 함부로 다룰 군중들을 예상하며 심장이 조금 죄어들었다.

그는 마음을 다졌다. 모든 것을 잊었다. 자신의 이름, 가족, 살아온 이야기까지 잊었다. 어떤 것도 중요하지 않았다. 이야기할 만큼 의미 있는 것도 없었다. 그 일, 그러니까 잔과 함께 보낸 날들도 잊었다. 그녀는 어제 오후, 대수롭지 않은 일로 언쟁을 벌인 뒤 떠나버렸다. 그 일 역시도 잊었다. 또한 그녀가 붉은 펜을 빠르게 놀려 일력에 적어놓은 다음과 같은 문장도 잊었다.

1964년 3월 16일 토요일   생토노레

일출: 4시 09분
일몰: 19시 25분

월출: 8시 23분
월몰: 23시 49분

아침:
　11시 30분 조나스와 미팅
　시트로앵 사에 보낼 송장 작성

오후:
　나를 원망하지 마. 잠시 떨어져 지내는 게 좋겠어. 이런 식으로 관계를 지속하는 건 아무 도움도 되지 않아. 그럼 나중에 봐.

　　　　　　　　　　　　　　　　　　　　　잔.

　어느 것도 그리 심각한 일은 아니었다. 걸어야 했다. 그 위로 걸어서, 발로 밟아서, 지난 흔적을 전부 지울 필요가 있었다. 발 딛고 선 이 자리, 이 보도 위가 J.-F. 파올리가 경험할 사건, 그의 진짜 사연이었다. 그는 혼자가 아니었다. 자신을 위해 앞에 펼쳐진 수 킬로미터, 수십 킬로미터가 있었고, 건물, 상점, 거리, 가로수, 자동차, 다른 행인 들이 있었다. 파올리는 맞은편에서 손가방을 흔들며 똑바로 걸어오는 한 아가씨와 스치며 지나갔다. 이어서 밝은 밤색 머리카락이 어깨 부근에서 찰랑거리는, 나비 모양 선글라스로 눈을 가린 또 다른 아가씨와 마주쳤다. 블루진을 입은 남자와 동행하는 두 여자도 있었다. 그 여자들은 아주 큰 소리로 이야기를 나누며 목청껏 웃었다. 만사 오케이. 좋아요, 계속해요. 파올리는 혼자가 아니었다. 그는 다른 사람들과 함께 걸어가고 있었다. 그는 살아 있었다. 그와 마찬가지로 걷고 있는 많은 젊은 여자와 마주쳤다. 조금 더 걸어 사거리에 이르면, 어쩌면 같은 방향으로 가는 젊은 여자를 만날지도 모른다. 그 여자는 알아차릴 수 있을 만큼 그와 동일한 보폭으로, 그렇지만 약간 더 느린 걸음으로 걸을지도 모른다. 그래서 그는 예의 바르게 다가가서, 기분 좋게 말을 붙일 수 있을지도 모른다. "실례합니다. 잠시 옆에서 걸어도 될까요? 함께 걷는 게 폐가 되지는 않겠지요? 어디로 가세요? 이 길로 자주 다니시나요? 혹시 이 동네에 사세요? 어쩌고저쩌고." 그러고 나서는 슬쩍 달아날 터였다.

이런 식으로 파올리는 이어진 길들을 따라 걸었다. 어떤 길들은 그늘이 졌고, 어떤 길들은 해가 내리비쳤다. 어떤 묘한 힘이 그의 내부에 자리 잡고, 근육과 힘줄을 부풀려놓았다. 그렇게 해서 그로 하여금 보도를 울리며 앞으로 나아가도록 떼밀었다. 어떤 것도 되는대로 움직이는 법이 없이, 모든 운동이 자연스럽게 연계되는 어떤 완벽한 기계장치가 속에 들어앉은 것 같았다. 크랭크 암의 왕복으로 축을 회전시키는 장치, 톱니바퀴, 매끄럽거나 요철을 새긴 도르래, 볼, 강철 브레이크, 수없이 많은 나사들의 복잡하면서도 어김없는 작동 체계를 통해 밸브를 여닫는 장치 말이다. 머릿속은 그 어느 것도 명확하지 않았다. 어떤 생각도, 아주 간단하고 사소한 생각조차 제대로 형태를 갖추지 못했다. 머리 한쪽 끝에서부터 반대쪽 끝까지 안개가 넓게 깔린 것 같았다. 그 안개의 평원에서는 바위가 비죽 솟은 것 말고는, 생각하고 싶다는 의지의 그 팽팽한 외침이 솟아 있는 것 말고는, 아무것도 보이지 않았다. 꺾어질 만큼 뻣뻣한 밧줄 같은 것이 그의 앞에서 곧바로 뻗어나가 지평선에, 그보다 더 먼 곳에, 닿아 있었다. 그는 어리둥절한 채로 그 밧줄을 따라갔다. 외침 소리, 그렇다. 미끄럽고 단조로운 어떤 외침 소리, 도로처럼 쭉 뻗은 소리, 길고 날카로운 '이이이이이이이'가 앞에서 그를 빨아들였다. 그러고는 그의 몸을 공기의 저항이 적은 타원형으로 만들어서는 가속장치에 실어 쏘아 보냈다. 시선이 모이는 지평선의 한 지점을 향해 똑바로 발사했다. 그는 소실점을 향해 날아가는 초음속기였다.

이 초음속기는 시내 중심부에 완만하게 착륙했다. 동물 형상의 엷은 구름이 둥근 태양 앞을 흘러갔다. 구름을 뚫고 나오는 빛이 더 하얘져서, 눈이 부시도록 하얘져서, 온 사방이 구름으로 보였다. 파르르 흔들리지도 않고, 열기를 감지할 노란 기운도 없는 빛이었다. 모든 것이 빛의 샘이 되어 있었다. 가옥의 벽면들, 사각 지붕들, 유리창들, 사람의 살갗까지 마치 거울처럼 반사광을 뿜어냈다. 칼날 같은 빛이 온 사방에 번쩍거렸다. 모든 것에서 빛이 나왔다. 빛의 포화 상태였다. 그러면서 동시에 축축하고 숨을 턱턱 막는 열기가 도시를 지배하기 시작했다. 파올리는 땀방울이 옆구리를 타고 흐르는 것을 느꼈다.

이 열기, 이 빛이 그의 주변에 있는 많은 눈, 사람들의 눈에 강한 힘을 심어준 게 분명했다. 그 눈들은 이제 반짝이지 않았다. 대신 공격성을 띤 빛이 눈꺼풀을 자극하여 대상을 향해 타격을, 끊임없이, 가하게 했다. 그래서 눈들이 한 번씩 깜박일 때마다 그 표적이 된 사람은 열등감, 수치심에 빠져들 가능성이 있었다. 그 눈들로부터 자신을 숨기려고, 그렇다기보다 그 눈들에 맞서 싸우려고, J.-F. 파올리는 셔츠 윗주머니에서 선글라스를 꺼내 썼다.

이제 도시는 신경을 건드리는 시선들, 염탐꾼들의 시선으로 넘쳐났다. 그 눈길들은 신문을 판다는 구실로 보도 가장자리, 초소 안에 몸을 은폐하고 있었다. 검은 구멍 안쪽에 숨은 그들의 날카로운 눈이 이편을 감시했다. 한순간도 놓치지 않고 감시했다. 다른 눈들은 건물 위층 반쯤 내린 블라인드 뒤편에 숨어 당신이 지나가는 것을 내려다보며, 각자의 어둡고 뜨거운 머릿속에 당신의 모든 움직임을 담은 필름을 감아 넣었다. 개들이 지나가면서 당신을 힐끔힐끔 관찰했다. 고양이들, 새장 속의 새들, 유모차에 등을 세워 앉은 아이들, 불손한 파리들, 무거운 날개를 요란하게 퍼덕이며 머리 위를 선회하는 비둘기들도 그랬다. 쇼윈도 뒤에 숨은 상인들은 당신이 누구인지 식별하고, 지켜보며, 탐색하고 있었다. 그런데 당신은, 정작 당신은 아무것도 보지 못하고 지나간다. 당신은 그냥 걸어갈 뿐이다. 당신 편에서 보는 유리는 불투명하다. 좀더 걸어가다 보면 또다시 아이들이 있고, 경찰관들이 있고, 몇 명의 나이 든 여인네들이 있다. 그 나이 든 여인네들의 눈은 피곤으로 처져 있지만 눈길은 살아 있다. 담벼락 아래, 더러운 낡은 벽 모퉁이에서 거지들이 잠을 잔다. 잠들어 있는 것처럼 보인다. 하지만 속임수다. 잠든 척하는 것뿐이다. 그들은 보고 있다. 부어오른 눈꺼풀 사이로 가느다란 눈빛이 새어나와 당신을 찌른다. 그 눈빛에 찔린 데가 따끔하다. 거지들이 길을 가로막고 누워 있다. 당신이 다가갔을 때, 이제 거지는 당신이다. 당신은 뻣뻣이 굳은, 어색하고 서툰 걸음으로, 발밑에 널린 모욕을 건너, 앞에 드리운 오물을 걷어내며 길을 내는 자신을 본다. 이렇게 쉼 없이, 지치지도 않고, 행인들이, 모든 것이, 남자, 여자, 아이, 개, 그림자 들이 왔다가 멀어져간다. 그것들이 빙글빙글 맴을 돈다. 그것은 현기증이다. 두려움이고 분노이다. 말끔한, 견고한 도시에는 이렇게 수백, 수천 개 구멍들이 사방에 뚫려 있고, 그 구멍들마다 흥분한 눈들이 박혀 구슬처럼 반짝인다. 파올리는 숨을 가쁘게 몰아쉬며 이 눈길들 한가운데, 이 벌떼 한가운데 붙들려 오도 가도 못했다. 어떤 기묘한 무력감이 덮쳐오는 것을 느꼈다. 다리 근육은 여전히 단단했고, 신경은 의지를 전기적 파장으로 바꾸어 계속 실어 날랐지만, 이제 몸 어딘가 느슨하고 유약해져 있었다. 흠씬 두드려 맞고 움츠러든 기분이었다. 그런 기분이 그를 맥 빠지게 했다.

걸음은 얼마 전부터 느려졌다. 말하자면 리듬이 늘어지면서 동시에 헝클어졌다. 처음 걷기 시작할 때의 음악을 잃은 것이다. 그렇다, 뒤집힌 냄비 바닥 위로 떨어지는 물방울 소리, 아파트를 나서기 전 가득히 챙겨온 그 소리의 구조물, 그에게 부적 같은 무엇을 놓쳐버렸다. 그는 자신의 움직임, 걸음의 질서를 놓쳐버렸다.

염탐꾼들이 그를 붙잡았다. 그들, 기괴한 형상의 존재들, 조롱하는 표정의 뚱뚱한 남자들, 의심 많은 말라깽이들, 아이들, 으르렁거리는 개들, 장바구니를 든 중년 여성들이 그를 차지했다. 그들이 그를 손아귀에 넣었다. 그는 이 거리, 대로에, 출입문, 차고, 술집 들이 있는 이 공간에 묶였다. 그들의 것이 되었다. 그들의 노예였다. 그들의 명령에 따라 걷는 노예였다. 몸을 건들거리는 그 군중들, 보도 옆에 자리 잡고 길게 늘어서 있는 그 사람들의 하인이었다. 그 모든 이들의 시중꾼, 하찮은, 가장 비루한 존재, 그들이 장난삼아 손가락 사이로 흘려보는 환영이었다. 이 환영은 그들이 쏘는 눈초리에 찔릴 때마다 움칠했다. 그들이 던지는 말 한마디 한마디에 윤곽이 지워지곤 했다. 사라지곤 했다. 달아나곤 했다. 그들의 눈길과 말에 휘감겨, 스러지고, 삼켜지고, 밟히고, 짓이겨지곤 했다. 그는 흙과 먼지로 된 보도블록이었다.

그의 등은 이제 곧게 펴지지 않았다. 이 도시 전체의 무게, 열기를 먹고 사는 괴물 같은 이 도시, 고인 물에 진드기와 모기가 우글거리는 이 육중한 저수통의 무게가 그의 어깨를 짓누르는 듯했다. J.-F. 파올리는 한 발 한 발 앞으로 떼어놓았다. 심장이 옥죄이고, 폐가 짓눌리고, 목덜미는 접혔다. 두 어깨가 앞으로 쏠리고, 팔들은 몸통 양옆에서 나사가 풀린 것처럼 덜렁거렸다. 이렇게 그는 점점 더 빽빽해지는 군중 속을 걸어갔다. 멈춰 서고 싶었다. 그 자신 역시 한 자리에 발을 붙이고 싶었다. 길가에 늘어서 있고 싶었다. 다른 무엇인 척, 말하자면 자신이 아닌 척하고 싶었다. 구경꾼이 되어 햇볕 아래에서 담배를 피우고 싶었다. 하지만 이건 그가 할 수 없는 일이었다. 그에게는 엄청나게 무거운 짐이 딸려 있었다. 뒤편에 고철을 잔뜩 실은 손수레가 있어서 그를 앞으로 밀어댔다. 그는 손수레에 떠밀려 급하게 치달리고, 내리막길을 구르듯 내려갔다. 이곳, 골목길이 휘어져 돌아가는 모퉁이에 다섯 노인이 매복하고 있다가 그를 왼쪽으로 밀쳤다. 할아버지 하나와 할머니 넷, 온화한 다섯 노인들이었다. 그들은 검은색 옷차림이었고, 지팡이를 들었고, 서로 귓속말로 숙덕거렸지만 그 소리가 아주 컸다. 파올리는 그들 한가운데에 있었다. 그들을 가로질러 건너갈 참이었다. 흥얼거리는 늙은 목소리들이 그의 앞을 가로막았다. 그 목소리들은 번개와 굵은 빗방울을 후드득 흘리는 먹구름 같았다. 그들이 흘린 단어들이 그의 발 앞에서 기어 다녔다. 그 단어들이 사방으로 퍼져 나가 넓은 보도 위를 온통 뒤덮었다.

"그래요, 그렇다니까요" 하는 소리가 들렸다. "아 네, 아주 덥네요. 아주 더운 날이에요, 부인" 하고 그들이 말하고 있었다. "시골로 돌아갈 생각이에요— 듣자 하니— 네 네 그러네요— 토마 씨가 세상을 떠난 것 같아요, 네, 네." 문장들이 방울져 떨어지고, 길게 끌다가 다시 떨어져 납작해졌다. 그러면서 파올리는 자신이 혼자라는 것을, 벌거벗고 있다는 것을, 거의 그런 상태라는 것을 깨달았다. 노인들이 무리지어 어정거리고 어슬렁대는 이 시멘트 바닥에서 그는 어쩔 줄 몰랐다. 저쪽 편에 다른 노인들이 모여들었다. 그 무리가 점점 촘촘해졌다. 형상들이 비틀거리고, 퉁퉁한 구둣발을 아스팔트 바닥에 문지르고, 벽을 지팡이로 두드리고, 얼굴을 양 손바닥에 묻은 채 기침을 길게 했다. 맹인 한 사람이 느린 걸음으로 그를 향해 오고 있었다. 얼굴은 오래전에 입은 화상 흔적으로 진홍빛이었고, 텅 빈 두 눈은 큼직한 불투명 안경 뒤에 숨어 있었다. 그는 오른손에 흰 지팡이, 왼손에 국영복권을 들고 조용하면서도 위협적인 모습으로 다가왔다. 파올리는 그 맹인이 지팡이를 툭툭 치며 자신과 마주치려는 순간 선박(船舶)이 눈앞에 솟구치는 것처럼 기계적이고 강력한 힘을 느꼈다. 그러고는 맹인이 겨우 몇 센티미터 거리에서 자신을 스치며 지나가는 것이 느껴졌다. 이어서 다른 단어들이 콧소리를 내면서 다가왔다. 처량하고 맥 빠진 타령조 노래 같은 것이었다.

"남은 복권은…… 추첨이 오늘 저녁…… 마지막 복권 당첨은…… 오늘 저녁 추첨에서……"

파올리는 계속해서 중심 도로를, 이런 식으로, 자신의 짐에 떼밀려 내려갔다. 이제 몸에 열이 나면서 팔다리가 떨렸다. 이따금 그의 선글라스 안쪽, 경솔하게도 눈이 자유롭게 움직일 수 있는 그 지대에 빛 무리가 내려앉아, 희끄무레한, 이 거리와 저 하늘보다도 더 창백한, 묘한 얼룩들을 만들고 뺨 아래로 사라졌다.

두 손은 몸통 양옆에서 제멋대로 덜렁거리면서 그의 의사와는 상관없이 손가락을 활짝 펼쳤다가 다시 오므리곤 했다. 엄청난 노력 끝에 마침내 그는 한쪽 손을 바지주머니 속으로 찔러 넣었다. 다른 쪽 손이 남아 있었다. 그 손도 호주머니에 넣었다. 하지만 그 손은 어깨의 왕복운동에 따라 곧바로 호주머니에서 빠져나왔다. 다행히도 파올리는 그 과정에서 잠깐의 틈을 얻어 호주머니 속의 라이터를 그 손에 쥐어주었다. 이제 손은 그 금속 물체를 중심으로 둥글게 오므라들었다. 손은 그것을 움켜잡을 수 있었다. 무게중심이 될 추가 생긴 것이다!

파올리의 목구멍 속도 마찬가지로 불편했다. 대기의 열기, 도보, 들고 나는 공기의 흐름, 긴장한 호흡으로 목구멍은 바싹 말라 있었다. 어떤 노끈이 목젖 부근에서 작은 매듭을 짓는 바람에 걸려서 내려가지 않았다. 매듭이 목구멍 안쪽을 긁어댔다. 파올리는 매듭을 삼키려 했지만 허사였다. 아마도 침샘이 말라버린 것 같았다. 매듭은 목구멍 안쪽에 낮게 달라붙었다가 다시 올라와 기도를 가로막곤 했다. 숨이 그 사이로 간신히 들락거리며 휘파람 소리를 냈다. 파올리는 걸으면서도 그 소리를 들었다. 그 소리를 잠시만이라도 멈추어보려고 했다. 그만큼 그 숨소리가 신경을 건드렸다. 주변 사람들도 그 소리가 듣기 괴로울 거라는 생각이 들었다. 40초가량은 숨을 쉬지 않고 버틸 수 있었고, 또 이미 그러는 데 성공하고는 있었다. 그러면서 어쨌거나 아무도 이런 시도를 해본 적이 없을 거라고, 호흡이라는 이 피치 못할 수고를 거를 수도 있는 거라고, 약간의 의지만 있으면 이 가소로운 습관에서 쉽게 벗어날 수 있다고 머릿속으로 웅얼거리기 시작했다. 그때 그의 거부로 잠시 받아들여지지 않던 공기가 막힌 비강, 맞붙여 닫아놓은 입술을 터뜨리더니, 창으로 찌르듯이 거칠게 폐 속으로 밀고 들어왔다. 그는 한순간 비틀거렸다. 취한 듯이 몽롱했다. 고통으로 눈가에 눈물이 맺혔다. 그러고는 처음부터 다시 시작했다. 앞서와 마찬가지로 숨을 참아야 했다. 들이마시기, 내쉬기, 들이마시기, 내쉬기를 참아야 했다. 그러다가 마지막 순간, 한 발을 다른 발 앞에 놓으면서 익숙한 소리, 르르르르 크크크크 같은 괴상한 기관차 소리를 내는 것이었다.

길은 그를 향해 나 있어서 길을 아무리 따라가도 어디로도 갈 수 없었다. 비탈이 진 메마른 보도와 벽들, 우툴두툴한 시멘트 단면, 가루가 바스락거리는 보도블록, 석유 냄새, 사방이 바싹 말라 있었다. 햇빛이 그의 머리 위를, 그리고 땅바닥을 수직으로 내리쳤다. 햇빛이 두드려대는 소리가 들리는 것 같았다. 빛은 땅에 직각으로 쑤셔 박히며 꼿꼿하게 웃자란 잡초들처럼 빽빽이 펼쳐졌다. 파올리는 그 빛들 사이로 나아가고 있었다. 그것들을 걷어낼 엄두가 나지 않았다. 발길에 차이는 느낌도 없었다. 하지만 그것들, 빛의 굵직한 줄기들이 떨어지는 소리, 기관총 세례처럼, 150,000,000킬로미터 상공에서 발사되어 엄청난 속도가 붙은 묵직한 빛의 총탄들이 발 앞에서 작지만 세차게 폭발하는 소리는 들렸다.

이제 그는 철제 울타리가 늘어선 주택가를 따라 걸었다. 집 문지방마다 나이 든 여자들이 앉거나 서서 뭔가를 바라보거나 말을 나누었다. 심술궂어 보이는 개들이 잔디밭에 몸을 말고 엎드려 있었다. 새장에서 앵무새들, 검은머리방울새들이 소리를 냈다. 새들의 지저귐이 소리의 남은 여백을 뚫고 올라갔다가 또 내려오고, 서로를 떼밀며 지치지도 않고 밀려들었다. 걷고 있는 파올리의 눈에 새장의 모습이 들어왔다. 새장은 여기저기 열린 덧창에 걸려 있었다. 새장 안쪽에 자그마한 회색 혹은 노란색 깃털 뭉치들, 날카로운 소리를 질러대는 작은 괴물들이 있었다. 몇 미터 더 떨어진 곳에서 라디오 수신기가 음악과 사람의 음성을 큰 소리로 쏟아냈다. 열린 창문 틈으로 짐작해볼 수 있는 방 안쪽에서는 텔레비전 불빛이 어둠 속에 숨어 있다가 솟아오르곤 했다. 전구들이 열기로 달아오른 불그스레한 점으로 빛났다. 전구들을 생각해볼 필요가 있었다. 그것들이 거기 있었다. 그것들을 상상하면서 어슴푸레한 여명에 잠긴 방으로 들어가야 했다. 그러고는 침대에 눕는다. 놀이를 한다. 있다없다 놀이를 아무튼 해보는 것이다. 예를 들어 성냥갑을 갖고 놀 경우,

a) 성냥갑 안에 있다.

b) 성냥갑 위에 있다.

c) 성냥갑 아래 있다.

d) 성냥갑 좌우에 있다.

e) 성냥갑을 품고 있다.

f) 성냥갑이다.

g) 성냥갑 안이면서 성냥갑을 품고 있다.

h) 성냥갑 안이면서 좌우에서 성냥갑을 품고 있다.

i) 성냥갑이면서 성냥갑을 품고 있고, 성냥갑 위, 아래, 좌, 우에 있고, 그러면서 성냥갑을 통과한다.

j) 성냥갑이 없다.

그게 아니면 집 안에서 걸어 다니는 것처럼, 거리를 집의 복도처럼, 가로수 대로를 식당처럼 여기며 걸어야 했다. 광장을 건널 때는 침실을 가로지른다고 생각하고, 막다른 골목은 욕조로, 강둑은 주방, 집 둘레는 테이블, 집은 침대, 건물들은 소파, 작은 공원은 카펫, 분수는 화장실, 신문판매소는 트렁크라고 상상해야 했다. 그것이 자신의 도시를 돌아다닐 수 있는 유일한 방법이니까 말이다.

주택가를 벗어나자 도로가 나왔다. 다른 많은 도로와 마찬가지로 건너야 할 도로였다. 파올리는 그곳을 건너갔다. 달려오는 자동차들이 잠시 드물어진 틈을 타 차도에 들어서서 가운데로 걸어 나아갔다. 아스팔트는 가운데가 다소 불룩하게 솟아 있었다. 이어서 바닥이 움푹 파인 부분을 피하면서 마저 건너갔다. 도로 가장자리에 도랑이 있었다. 왼쪽 다리를 들어 올려 몸을 보도 위로 끌어올린 뒤 계속해서 길을 갔다. 또 다른 주택가를 따라 걸으면서 손을 울타리에 올려 표면을 스쳤다. 촉감을 느끼고 싶었고, 또 소리를 만들고 싶었다. 손가락이 열두 개가량의 말뚝을 두드리며 건너뛰었다. 그다음은 담장이었다. 살갗이 벗겨졌다. 파올리는 아무 소리도 내지 않았다. 찡그리지도 않았다. 하지만 통증이 느껴졌다. 자신의 손을 살펴보았다. 둘째손가락과 가운뎃손가락 마디에 넓게 난 상처에 흙먼지가 들러붙은 상태였고, 피가 배어나고 있었다. 발은 계속 옮겨놓으면서 손수건을 꺼내 한쪽 귀퉁이로 찰과상을 입은 부위를 감쌌다. 남은 손수건 자락은 손바닥에 뭉쳐 쥐었다.

갈색머리 아가씨가 무엇인가를 기다리는지 울타리에 등을 기댔다. 파올리는 그 여자가 어딘가에서 와서 그 자리에 멈춰 서는 것을 보고는, 그 장애물을 피하기 위해 걸음을 몇십 센티미터 옆으로 옮겨 걸어갔다. 그가 가까이 갔을 때 여자는 얼굴을 돌려 그를 쳐다보았다. 여자의 얼굴은 창백했고, 피곤한 기색이었다. 검은 두 눈이 무기력하게, 무관심하게 그를 향해 놓였다. 그런 중에도 파올리는 계속 걸으면서 처음에는 여자의 두 다리를, 이어서 엉덩이, 배, 가슴, 목, 턱, 입, 코, 눈, 눈썹, 이마, 머리카락으로 시선을 옮겼다. 그녀는 그가 다가오는 것을 아무 동요 없이, 피곤하고 무기력한 눈으로 바라보았다. 그가 그녀 옆을 스쳐 지나가는 순간, 여자도 따라서 고개를 돌려 그를 계속 관찰했다. 이번에는 여자의 시선이 그의 등에 놓였다. 그러고 난 뒤 여자는 그를 버려두고, 화물트럭이 다가오는 것을 바라보았다.

파올리는 어떤 건물의 철거 현장을 따라 걸었다. 부주의하게도 그는 보도 위에 흩어진 골조 잔해들과 판자들을 밟고 지나갔다. 한 무리의 작업 인부가 보도 한가운데에 모여 서서 꽤 격하게 떠들었다. 파올리는 그들 가까이로 지나가면서 수치심을 느꼈다. 그들을 쳐다보지도 않았다. 떠드는 말소리만 들렸다. 하지만 단 한 마디도 알아들을 수 없었다.

그의 앞에서 젊은 여자가 유모차를 밀며 걸어갔다. 여자의 붉은 두 손이 유모차 손잡이를 움켜잡고 있었다. 앞으로 미는 동작에서 여자의 허리가 규칙적이고도 부드럽게 움직였고, 동시에 머리도 닭 모가지처럼 까닥거렸다. 검은색 유모차 안에 아기가 웅크리고 잠들어 있었다. 파올리는 그 젖먹이 아기를 쳐다보았다. 퉁퉁하고 주름 잡힌 그 이상한 얼굴이 마치 어떤 기억이 떠오르듯 그의 머릿속으로 들어왔다. 그는 유모차를 지나 점점 더 앞으로 나아갔다. 그러면서 자신을 향해 혹은 다른 사람들을 향해, 큰 소리로, 다음과 같이 중얼거렸다.

"세상은 정말 늙었어. 이 세상은 늙은이야."

그러고 나서 그는 길을 또 하나 건넜다. 이제 바다가 가까웠다. 대기는 간간이 미풍이 일었고, 한결 더 상쾌했고, 또 어떻게 표현해야 할까? 바닷가 특유의 느낌이 있었다. 잠든 듯이 평온하게 펼쳐진 수면, 밀물과 썰물의 교차, 육지가 끝나는 지점에서 출렁거리는 물, 실체가 비어 있는 그 액체, 덧없이 흘러가고 증기로 사라지며, 걸리적거리는 것 없이 둥근, 어떻게 보면 완벽한 그 원소가 자아내는 느낌이었다.

J.-F. 파올리가 의식적으로 바닷가를 택해서 온 것은 아니었다. 한때 바닷가에서 즐거웠던 적이 있었다 하더라도, 그 후 오랫동안 그런 즐거움을 더는 누리지 못했다. 오래전부터 그는 도시에 파묻혀 도시인들과 뒤섞여 살아왔고, 도시인들에 의해서만 만족을 얻을 수 있었으며, 그들의 의사, 거역할 수 없는 그 의사에 따라 행동해왔다. 자율성을 포기하면 싸울 일이 없었다. 그들에게 실려, 그들의 어깨에 실려 앞으로 나아가야 했고, 하수구 물처럼 바닥을 타고 흘러야 했다. 그를 이 바닷가, 일종의 국경선으로 이끌어온 것에 우연 말고 다른 무엇이 있다면, 그것은 경사진 지면, 내리막 도로들, '최하위'를 향해 완만하게 기운 보도들일 뿐이었다. 이제 그는 그 경계가 거기, 아주 가까이 있다는 것을 알고 있었다. 한두 블록 떨어져 있는 터라 아직 시야에 들어오지는 않았지만, 그 존재는 너무나 생생해서 벗어날 수 없었다. 그는 그 경계선을 향해 나아

갔다. 발을 떼어 눈에 보이지 않는 큰 계단을 내려가, 알 수 없는 그 끝을 향해 걸었다.

파올리는 어느 카페테라스 앞을 걸어갔다. 테이블에 앉아 있는 사람들이 많았다. 오른편의 둥근 테이블들이 눈에 들어왔다. 맥주 컵, 커피 잔, 냅킨 위에 올려놓은 흰 손, 통통한 손목, 금줄이 반짝이는 손목시계 들이 있었다. 그곳에는 또한 많은 소리가 있었다. 와글거리고 웅성거리는 갖가지 소리였다. 그 소리들은 허공으로 날아가지 못하고 카페 앞에 널려 있었다. 의미를 알아들을 수 있는 말소리는 없었다. 그것들은 말이 아닌 외침들, 중간에 튀어나오는 소리들일 뿐이었다. "아" "오" "우!" "아하?" "허우." 하지만 군중이 다시 빽빽해지고 있어서 파올리는 발을 떼어놓을 공간을 찾느라 신경을 집중해야 했다. 얼굴들도 쳐다보았다. 팔들도 보았다. 모인 무리들 사이로 끼어들었고, 그들을 헤쳐 나왔고, 잠시 멈췄다가 다시 걸음을 옮겨놓았다. 때때로 앞으로 나아가는 것은 포기하고 제자리걸음을 걸었다. 아니면 물결처럼 밀려오는 행인들을 피하려고 보도에서 내려와 어느 구석에 숨어 잠시 기다리기도 했다. 길 끝에 벌써 바다, 지평선을 대신하는 우중충한 푸른 얼룩이 보였다.

바 한 곳을 더 지났다. 이번에는 테라스가 없었다. 컴컴한 실내가 눈에 들어왔다. 자주색 인조가죽을 씌운 긴 의자들, 뿌연 갓을 씌운 조명, 계산대 옆에 서 있는 어렴풋한 형체들이 보였다. 바 안쪽에 주크박스가 반쯤 감춰지다시피 놓여 있었다. 머리만 내놓고 망을 보는 문어 같은 모습으로, 무지개 색 살덩어리로, 해파리, 말미잘 같은 모습으로 놓여 있었다. 벌어져 내장이 보이는 배, 그렇게 피 흘리는 기계가 음악을 만들어냈다. 지나가는 파올리에게 음악이 왔다. 더 낮은 곳에서 나오는 무겁고 느릿한 선율, 기어 다니는 그 우울한 짐승이 왔다. 그에게 왔을 뿐 뒤따라

온 것은 아니었다.

파올리는 길이 끝나는 지점을 향해 걸었다. 일종의 기쁨이 강렬하게 솟구쳤다. 자유로워져야 했다. 분명 그래야 했다. 그런 축복을 이 불균형한 풍경, 한편은 육지, 모래사장, 야자수가 늘어선 산책로이고, 다른 편은 넓게 펼쳐진 바다인 이 풍경이 곧 그에게 내려줄 참이었다. 이제 약 5분 뒤면 그는 물가에 가닿을 수 있었다. 단번에 시야가 탁 트이면서 군중과 자동차들이 빚어내던 혼잡에서 빠져나왔다. 마치 승강기에 올라탄 것 같았다. 이제 자신이 더 커진 느낌이었다. 척추가 곧게 펴지고, 머리는 나무 꼭대기에 닿을 것 같았다. 중앙선과 보행로를 건너 맞은편 해안 난간에 가닿았다. 눈은 이미 바다에 못 박혀 있었다. 오른쪽으로 방향을 틀어 해안을 따라 걷기 시작했다. 언제 걸음을 멈추게 될지는 자신도 몰랐다.

산책로 위로 꽤 거센 바람이 불어왔다. 파올리의 셔츠가 바람을 받아 등에 밀착되더니 땀 때문에 계속 달라붙어 있었다. 해가 정면에 있었고, 저 멀리 보랏빛이 도는 산마루, 비행장의 착륙대가 보였다. 가옥들도 들쭉날쭉, 작은 크기로 눈에 잡혔다. 파올리는 비행장 방향으로 걷기 시작했다. 두 팔을 흔들며 빠르게 걸음을 옮겨놓았다. 잠시 그는 모든 것이 다시 맑고 평온해졌다는 환상에 빠져들었다. 보도는 폭이 넓어서, 마음 내키는 구석을 택해서 걸을 수 있었다. 맞은편에서 걸어오는 사람들과의 거리가 아주 가까워지면, 마주치면서 스쳐 지나갈 것인지, 아니면 비껴갈 것인지 정하곤 했다. 심지어 어떤 경우에는 모든 것을 잊을 수도 있었다. 그리고는 발이 움직이는 대로 앞으로 나아가는 것이다. 몸의 힘을 빼고, 긴장을 풀고, 사지가 멋대로 움직이도록 하면서 레일 위를 미끄러져 가는 것이다. 멈추지 않고, 그러면서 가고 있다는 의식조차 지우는 것이다. 그는 물결이었다. 아니 그보다는 어떤 리듬, 물결 모양의 곡선이었다. 밋밋하고 평온하게 오르내리는 그 곡선이 무한한 즐거움을 주었다. 그는 그 즐거움에 흠뻑 빠져들었다. 단지 살아 있다는 감각만 있는, 막힘없이 부드럽게, 생기 있게, 안정감 있게, 뿜어냈다가 빨아들이는 규칙적인 호흡으로만 존재하는 즐거움이었다. 파올리는 이런 방식으로 얼마간 더 걸었다. 앞으로 두 걸음, 뒤로 한 걸음, 자신을 둘러싸고 거대한 춤판을 벌인 주위 모든 것과 어우러져, 그것들과 함께 춤을 추며 걸었다. 집, 사람, 자동차, 바람, 나무, 무엇보다 바다와 함께 흔들리며 걸었다.

하지만 점차 자신도 알지 못할 이유로, 아마도 관성 때문에, 물결은 진폭을 좁혔고, 사물들이 흔들리는 속도도 한층 빨라졌다. 그러면서 모든 것이 혼란스럽게 엉켰다. 순식간에 파올리는 선과 면이 우거진 밀림에 빠져들었다. 한 무리의 사람들이 맞은편에서 그를 향해 다가오고 있었다. 그들은 적의를 풍겼고, 흥분해서 예민해진 상태였고, 몸짓이 부산스러웠다. 보도 위에 그려진 선들이 파올리의 발 앞에서 교차되고 다리 주위에서 뒤엉키면서, 그를 비틀거리게 했다. 보도의 선들이 그를 넘어뜨리려고 다리를 걸어왔다. 자동차들이 뿜어내는 반사광의 파편들이 그의 눈 속으로 파고들었다. 외침 소리, 사람의 것이 아닌 사나운 울부짖음이 새들처럼 대기를 가로지르며 그의 뺨을 후려쳤다. 바다 반대편으로는 멀리 새하얀 고층건물들이 끝없이 이어졌다. 그 건물들이 좌우로 흔들리고 기지개를 폈다가, 접히듯 구부러지면서 속을 울렁거리게 했다.

파올리는 공격받고 있었다. 겁이 났다. 산책로를 거슬러 올라갈수록 뜨거운 해가 코앞으로 바짝 다가왔고, 남자와 여자들 무리가 길에 점점 빽빽하게 들어찼다. 역광을 받은 희미한 윤곽들, 피둥피둥한 형체들이 그를 향해 갈지자걸음으로 걸어왔다. 그들은 그림자 색깔 인종이었고,

검은 선글라스로 눈을 감추고 있었고, 빈손이었고, 어깨는 각이 져 있었다. 보도 좌우에 세 줄로 놓인 긴 의자는 수많은 사람들로 빈자리가 없었다. 그들의 얼굴은 둥글넓적했고, 가면을 쓴 듯 얼굴의 반만 빛을 받아 하얬고, 가슴은 숨을 쉴 때마다 들썩거렸다. 그들은 굵고 무거운, 아마도 정맥류가 있을 다리를 뻗어 보도에 걸쳐놓고 있었다. 땀을 흘리면서 시끄럽게 떠들어대는 그 얼룩덜룩한 고깃덩어리 한가운데 눈들이 살아 있었다. 그 눈들은 거의 독립적인 생명체, 불길하고 탐욕스러운 작은 짐승들이었다. J.-F. 파올리는 이 산책로 한가운데에서 그것들을 하나하나 훑어보았다. 그러자 조금 전 지나온 지옥이 다시 시작되었다. 하지만 이번에는 탈출구가 없었다. 그는 살아 있는 벽들에 둘러싸였다. 보도 한가운데 꼼짝없이 묶였다. 사방에서 그를 공격해왔다. 그는 갖가지 유형의 사람들, 걷는 사람들, 앉아 있는 사람들, 웃는 사람들, 말하는 사람들, 그의 뒤에 있는 사람들, 쳐다보는 사람들, 자는 사람들의 포로였다.

그들 앞에서 J.-F. 파올리는 달아났다. 열을 지어 선 그들 사이를 우스꽝스러운 키다리 꼭두각시처럼 빠져나갔다. 나일론 셔츠가 앙상한 견갑골에 들러붙고, 두 다리는 군복 색깔 면바지 아래에서 바삐 움직였다. 얼굴이 땀에 젖었다. 눈은 선글라스 뒤에서 쉴 새 없이 사방을 살피고, 두 팔은 제멋대로 덜렁거렸다. 한 손은 빈손이고, 다른 한 손은 피가 배어난 손수건을 움켜쥔 상태였다. 걸음을 떼어놓을 때마다 호주머니 속에서 라이터, 열쇠들, 동전들이 맞부딪치며 철그렁 쇳소리를 냈다.

그는 걸어갔다. 분명, 계속해서 걸었다. 그러나 환영들이, 현기증이 그의 시야를 흐리게 했다. 고막에서 회오리바람 소리가 났다. 그 리듬 때문이었다. 이 모든 게 처음 시작될 때의 그 리듬, 아파트 주방에서 뒤집힌 냄비 위로 떨어지던 그 물방울들, 그가 조심성 없이 그냥 내버려둔 그것들 때문이었다. 그의 호흡은 걷잡을 수 없이 흐트러지더니 역시 탈이 나고 말았다. 정상적으로 숨을 쉬기가 어려웠다. 공기가 한꺼번에 폐로 밀려들어서 10여 초나 그대로 갇혀 있다가 가까스로 빠져나가기도 했다. 횡격막이 이유 없이 수축하고, 그 여파로 모든 통로가 막히는 경우도 있었다. 목구멍, 목젖, 콧구멍, 입이 모두 닫히는, 수축되는 바람에 이산화탄소가 흉곽에 쌓여 심장이 미친 듯이 요동쳤다. 호흡곤란 증상이 닥쳤다. 망막에 오렌지색 미세한 거품이 부글거리며 피어올랐다. 잠시 멈춰 쉬었어야 했다. 그도 바다 맞은편, 사람들이 앉아 있는 그 의자들로 가서 앉았어야 했다. 그래서 이번에는 그가 바라보았어야 했다. 머리를 젖히고 입을 벌리고 숨을 쉬었어야, 공기를 잔뜩 빨아들였어야, 청량한, 평온한 공기를 게걸스레 빨아들였어야 했다. 하지만 그는 발을 멈출 수 없었다. 그를 지켜보고 있는 사람들의 수는 눈에 들어오는 만큼만 헤아려도 그를 몇 겹이나 둘러쌀 만큼 많았다. 그들은 자신들의 포로가 달아나게 내버려두지 않을 터였다. 그건 분명했다. 그들은 그를 무자비하게, 가차 없이, 붙잡아놓고 있었다.

좀더 나아가자 산책로는 폭이 다시 좁아들었다. 의자가 놓인 이 산책로에서 그곳이 중간 지점이자 구경꾼들의 약속 장소였다. 의자들이 산책로 면적을 거의 다 차지하고 있었다. 통로라고는 보도 한가운데 아주 좁은 공간뿐이었다. 구불구불한 오솔길 같은 그 공간을 그는 혼자 통과해야만 했다. 고통스럽게 걸어가 자신을 제물로 바쳐야만 했다. 걸어가야 할 길이 저만큼 거리를 띄운 채 파올리의 눈에 들어왔다. 그 역경을 앞에 놓고 그는 한순간 멈칫거렸다. 발을 되돌려 돌아가려는 생각까지 했다. 그렇지만 주위에 목격자들이 있었다. 그자들에게 한 남자가 몸을 돌려서 오던 길을 되돌아가는 수치스러운 광경을 구경거리로 제공할 수는 없었다. 그의 두 다리 역시 그를 앞으로, 그 역겨운 통로 쪽으로, 우글거리며 앉아 있는 한 무리 몸뚱이들 쪽으로 내보냈다. 그들은 아주 오랫동안 그를 기다리고 있었다. 그들은 그를 때리려고, 더럽히려고, 분명 신체한 부분을 영영 불구로 만들어놓으려 하고 있었다. 그는 그 사이로 들어갔다.

　얼굴들이 서로 닿을 듯이 간격을 촘촘히 좁혀 눈앞을 지나갔다. 그 얼굴들은 안구가 돌출되었고, 입은 웃고 있었다. 그들은 손을 내뻗은 채 번들거리는 이마와 머리카락을 내보였다. 사방이 그들의 얼굴이었다. 단 1초도 그들을 보지 않기란 불가능했다. 그 얼굴들이 거기, 온 공간을 점령한 상태였다. 위, 아래, 오른쪽, 왼쪽, 뒤, 앞에 얼굴들이 고개를 치켜들고 있었다. 눈들이 바라보고 있었다. 눈꺼풀들이 깜박거리고 있었다. 파올리는 달음박질치려고 했다. 달아나려고 했다. 형상들이 그가 가는 방향에 나타나 길을 가로막았다. 사방에서 상반신이 솟아올라, 슬그머니, 아무 내색도 없이, 그의 몸에 손을 대는 일도 없이, 모든 출구를 봉쇄했다. 때때로 긴 의자에 드러누운 인간의 몸뚱이가 통로를 막는 바람에 별수 없이 건너뛰거나, 아니면 비켜서 돌아가야 했다. 해가 정면에서 땡볕을 쏟아부었다. 파올리는 마치 알몸이 된 것 같았다. 옷가지가 한 올 남김없이 벗겨져, 살아 있는 조각상이 되어, 강렬한 빛을 쏘아대는 무수한 조명 아래 속수무책으로 놓인 것 같았다. 숨이 막혔다. 끓어오르는 머리를 이고 눈을 감은 채로, 그는 발길 가는 대로 몇 걸음 더 옮겨놓았다. 다시 눈꺼풀을 열면 사람들이 사라지고 고요해진 어떤 공간에 자신이 홀로 있을지도 모른다는 덧없는 희망이 생겼는지도 몰랐다. 그렇게 통로를 지나가다가 누군가와 부딪쳤다. 그러자 모든 것이 다시 원점이었다. 산책로의 폭이 조금 더 넓어진 상태이긴 했다. 그렇더라도 그는 정말이지 잊을 수 없는 지옥을 지나가고 있었다.

양편에 대략 2미터 간격으로 구경꾼들이 열을 지어 모여 있었다. J.-F. 파올리는 그 정중앙, 일종의 중심축 위에서, 등을 구부리고, 간신히 숨을 쉬면서, 온몸이 땀범벅이 된 채, 계속해서 걸음을, 그 대단한 걸음을, 지금까지 그래왔듯이, 옮겨놓았다.

이제 어떤 냉기가 끼쳐왔다. 그는 양편에 늘어선 얼굴들을 바라보았다. 그러면서도 걸음은 멈추지 않았다. 꽤 나이가 든 여자들의 얼굴이 보였다. 볕에 그을린 피부, 반짝이는 눈, 붉은색의 메마른 머리카락들이었다. 퉁퉁하고, 볼이 늘어지고, 주름이 잡힌, 좀더 늙은 남자들의 얼굴도 있었다. 그들의 코는 만화 속 인물처럼 굽어 있었고, 머리카락 한 올 없는 민머리였다. 젊은이들의 얼굴에서는 벌름거리는 콧구멍, 검은 콧수염, 각진 턱이 눈에 들어왔다. 팔에는 문신이 새겨져 있었다. 여자의 얼굴은 그를 취조하듯 싸늘했고 조롱을 품고 있었다. 그들의 자세는 유연하고 동물적이었고, 얼굴에는 웃음이 흘렀다. 머리카락이 희끗희끗한 늙은 여자들의 얼굴도 보였다. 그 얼굴들은 입을 계속 우물거렸다. 중년 남자들은 얼굴을 뒤로 젖히고 있었다. 눈썹이 짙었고, 웃고 있었지만 웃음소리는 들리지 않았다. 이렇게 머리, 팔, 몸통 들이 끊이지 않고 이어졌다. 파올리는 그들을 한 사람 한 사람 응시하면서 자동인형처럼 앞으로 걸어갔다. 아무 생각도 떠오르지 않았다. 그는 자신이 무엇인가 마음대로 할 수 있는 처지가 아니라는 사실을 알고 있었다. 그렇기는커녕 그는, 그의 육체와 영혼은, 이 사람들에게, 마주치는 순서대로 한 사람 한 사람에게 묶여 있었다. 보도를 따라 걸어가면서 그가 맞닥뜨리는 눈길, 얼굴 주름, 뺨, 귀 들이 저마다 그를 향해 밧줄을 던졌다. 그렇다기보다 원생동물처럼 발을 뻗어 그를 포박했다. 그 아메바 다리들은 그의 몸속으로 파고들어 그의 내용물, 그의 생명을 파냈다. 촉수 하나가 그를 붙잡았다가 다시 다른 촉수에게 넘겨주곤 했고, 이런 식으로 그는 촉수들을 거쳐 앞으로 내보내졌다. 그 촉수들은 그를 더듬고 갉아먹고 소화시켰다. 그는 형장으로 가는 사형수였다. 자양분 있는 어떤 것, 바로 고깃덩어리 같은 것이었다. 지금 그 고깃덩어리가 식도를 따라, 융단처럼 깔린 섬모세포들을 스쳐 천천히 내려가고 있었다.

이처럼 삶이란 무(無)를 향한 지속적 하강, 어두운 도관을 따라 흘러가는 물결, 비탈길을 굴러가다가 결국 어딘가 알 수 없는 데로 떨어지고 마는 공(球)이었다. 삶이란 그렇게 흐르고 굴러, 결국 달아나고 사라지는 것이었다. 모든 것이 굴러 떨어지고 세상은 그것을 삼키는 거대한, 황홀한 소화기관일 뿐이었다. 사물들이란 그 자체의 소실이었고, 모든 것은 제각각 자신에게서, 천천히, 가차 없이, 점진적으로 철수했다. 마치 한때 어딘가에, 그것에 대해서는 오래전부터 아무도 모르지만, 아주 높은 지점, 정상, 마천루 꼭대기가 어딘가에 있어서, 거기서 사물들이 분리되어 나와서, 알 수 없는 폭발로 떨어져 나와서, 까마득한 하강, 끝없는 소멸을 시작한 것 같았다. 그 후로 이 세상은 소멸을 향해 추락 중이었다. 끝없이 비어가는 중이었다. 짐작도 못했고, 알 수도 없었다. 하지만 세상은 흐르고 있었다. 끊임없이 방울져 떨어지고 있었다. 그렇게 흩어져 사라지고 있었다. 이 소멸의 바깥에는 아무것도 없었다. 사물들과 생명 있는 것들은 각각 그것이 세상을 통과하는 과정으로서만, 길고 점진적인 그 하강으로서만 존재할 수 있었다. 그러므로 승리는 부패의 몫이었다. 땅속에서 이루어지는 분해 작용, 유기체의 내장을 갉아먹는 벌레들이 승리를 차지하는 것이다. 질병이 승리자가 되어 모든 것을 허물어뜨리고 부수는 것이다. 그렇게 모든 것은 땅속 깊이 묻힌 썩은 살덩어리, 시체가 되어 사라졌다.

  걸으면서, 예를 들어 J.-F. 파올리처럼, 걸으면서 그럴 수도 있었다. 마음먹은 대로 아주 커질 수도, 산처럼 큰 거인이 될 수도 있었다. 그러면 모든 대륙을 걸어 다닐 수 있을 것이다. 대양(大洋)도 수심이 무릎 높이 정도일 테니 걸어서 건널 수 있을 것이다. 지중해는 회색 작은 웅덩이, 작은 얼룩이어서 손바닥에 쓸어 담아 다른 곳에 쏟아버릴 수 있을 것이다. 시베니크,* 혹은 안티팍소스**의 주민들은, 다른 곳도 그렇겠지만 이 사람들에 대해서만 이야기해보자면, 닥쳐오는 무시무시한 공포의 날들을 겪어야 할 것이다. 불분명하면서도 꼭대기가 구름을 뚫고 올라갈 만큼 거대한 형상이 지평선 너머로 건들거리며 나타나고, 이어서 대재앙이 일어나는 것이다. 이를테면 소용돌이, 거대한 물기둥이 하늘로 솟구쳐 태양을 가리는 것이다. 어두운 밤하늘이 뒤집어져 땅 위로 쏟아져 내리고, 거기에 이따금 번개의 날카로운 흰 섬광이 번쩍이다가 다시 잦아들고, 그러다 또다시 번쩍일 것이다. 흙과 물이 뒤섞인 비가 머리 위로 억수같이 퍼붓기 시작하고, 나무들이 뿌리째 뽑히고, 눈 깜짝할 사이에 무시무시한 구렁이 사방에서 입을 벌리고 위협할 것이다. 핏빛을 품은 짙고 무거운 구름이 한순간에 하늘을 뒤덮고, 사물들이 기우뚱거리며 균형을 잃을 것이다. 화산처럼 큰 것들, 나라 전체만큼이나 넓은 것들이 말이다. 이어서 바람이 불기 시작하고, 폭풍, 분노한 대기가 발정기의 짐승들처럼 서로 치받을 것이다. 때로는 느닷없이 하늘 한가운데 거대한 진공이 생겨나 지상의 모든 것이 이 구렁으로 빨려 들어가며, 드넓은 공간의 모든 것이 엄청난 굉음 속에서 파괴될 것이다. 말로 형용할 수 없는

---

  * 크로아티아의 도시.
 ** 그리스의 섬.

폭발들이 온 세상을 뒤덮을 것이다. 그 폭발은 아주 거세서, 그 음파가 지구 전역으로 퍼져 나가며 지각이 마치 수면처럼 출렁거리게 할 것이다. 점점 더 빠르게, 점점 더 멀리, 점점 더 깊이 파도치게 만들 것이다. 그래서 마침내 지구는, 음파의 상호 간섭 여파로 부서져, 중심에서부터, 심장에서부터 무너져 내리고 산산조각 나면서, 너울거리는 불꽃, 붉은 섬광, 영원히 녹아내리는 진홍색 눈부신 마그마의 화관(花冠)이 거대한 교향악을 울릴 것이다. 하지만 그는 더 커질 수 있었다. 커지고 커져서 이 행성, 티끌 같아진 지구는 버리고 우뚝 솟아, 우주 전체를 채울 수 있었다. 성운을 건너뛰어 더 솟구칠 수 있었다. 끝없이 팽창할 수 있었다. 필사의 도주가 되어, 더욱 광대한 시간이 되어, 속도에서, 창조에서, 완벽에 근접할 수 있었다. 또한 도주 그 자체의 한계를 넘어, 우주의 팽창 지대, 가장 먼 성운들, 신성, 준성(準星)을 정복할 수 있었다. 그렇게 되면 속도가 완전히 소실되고, 모든 움직임이 사라진 공간, 모든 것이 완전히 비워진, 아무것도 존재하지 않는, 무한(無限)조차 존재하지 않는, 싸늘하고 삭막한 영역으로 들어갈 것이다. 그러면 이렇게 계속 앞으로 나아가면서 자신의 공간과 시간을 창조하게 될 것이다. 진정으로 지배자가 될 수 있을 것이다. 그리하여 그를 둘러싸고 조용히, 미처 감지할 수 없는 사이에, 물질이 탄생할 것이다. 그래도 여전히 도주는 멈추지 않을 것이다. 자신의 구름을 뚫고, 배광(背光)을 가로질러…… 무한이라는 것은 없다. 무한이란 한계에 맞닥뜨린 것에 대해서만 존재한다. 그렇다면 저 너머에는? 더 멀리에는 무엇이 있는가? 더 멀리란 존재하지 않는다. 더 멀리란 당신이 존재하지 않는 곳에는 존재하지 않는다. 심지어 아무것도 없으며, 없으므로 생각할 필요도 없다.

하지만 마찬가지로 정반대 방향으로 걸어갈 수도 있었다. 난쟁이가 되는 것이다. 처음에는 어린아이만 한 크기로 줄어드는 것이다. 이런 크기가 되면 사는 일이 고단해진다. 이어서 인형 크기가 된다. 그러면 이미 세상은 위험천만한 곳이 된다. 촉감이 아주 부드러운, 비단 같은 속옷도 강판이 되고, 가장 고운 여자의 피부도 거칠고 털이 덮인 코뿔소 가죽이 된다. 여기서 더 줄어들어 성냥개비만 한, 그것보다도 더 작은, 날벌레만 한 크기도 될 수 있다. 그럴 때 지구란 얼마나 경이로운 곳인가! 어느 험한 지형을 걷고 있다고, 아주 빠른 속도로 걷는다고 생각해보라. 머리 위로 떨어져 내리는 먼지 알갱이는 집채만 하고, 땅 위에 뚫린 아주 작은 구멍, 아주 작은 틈마다 더듬이와 아래턱, 수북한 다리가 달린 기이한, 기겁할 만큼 흉한 짐승들이 우글거린다. 어렴풋하지만 분노를 품은 굉음이 끊임없이 울리는 이 거대한 평원, 달 표면처럼 우툴두툴한 지표 위로 이따금 공처럼 생긴 신기한 것들이 보인다. 반짝이는 그 공들은 금속 혹은 유리처럼 단단하고 매끄럽다. 그것들은 바탕에 고정되어 있고, 살짝 눌려 찌부러진 모습들이다. 그것들은 때때로 부르르 몸을 떤다. 곧장 구르기 시작할 것처럼 몸을 흔들어댄다. 바로 물방울들이다. 세상 경험 없는 풋내기 각다귀가 이 반짝거리는 미녀들에게 집적거리다가는 낭패를 보고 만다. 기를 쓰고 버둥거려야 간신히 이들에게서 벗어날 수 있을 테니까 말이다. 그만큼 이 괴물들은 힘이 세다. 작은 물체만 보면 먹어 치울 만큼 식욕도 아주 왕성하다. 세계는 엄청나게 부풀어 있다. 거대하다. 거기서는 아무것도 보이지 않는다. 왼쪽, 오른쪽, 아래쪽, 위쪽, 어디나 광막하게 펼쳐진 표면, 깊이를 잴 수 없는 구렁, 아니면 아찔하게 치솟은 꼭대기일 뿐이다. 그 광막한 면과 무시무시한 요철에 기죽지 않으려면, 공포에 사로잡히지 않으려면, 이런 세계는 쳐다보지도 말아야 한다. 이 세계에서는 절망도 아주 쉬운 일이 될 것이다. 모든 것을 포기하고,

울퉁불퉁한 바닥 위로 걸어가면서 종말을 기다리면 될 것이다. 우글거리는 곤충 떼가 사방에서 고개를 쳐들어 당신을 삼키거나, 아니면 한 도시만 한 크기의 거무스름한 덩어리가 하늘에서 느닷없이 떨어져 당신을 납작하게 으깨버릴 테니까. 아니다, 살아남으려고, 발버둥이라도 쳐봐야 할 것 같았다. 언제라도 달아날 수 있도록, 뿌연 입자들로 가득한 대기를 가로질러, 날쌔게, 도망칠 수 있도록, 다리를 움직여 기운을 모으고, 날개를 털어 펴놓아야 할 것 같았다.

그보다 더 작아지자 그 자신이 사라져버렸다. 넓은 동굴이 보였고, 안으로 들어가자 자신이 어느 피부 모공 속에 있다는 것을 알았다. 혹은 아무것도 보이지 않아서 어딘지 알 수 없는 상태로, 갖가지 색을 띤 기이한 강물 속에서, 아메바와 세균 속에서 부유하고 있었다. 그 혼돈의 공간에서는 시간이 아주 짧아져서 시간의 흐름을 거의 인지하지도 못할 정도였다. 시간의 단위는 $1/1,000,000,000$초, 혹은 유사한 무엇이었다. 완전한 고요. 무한한 공간. 미세한 요동, 작은 경련으로 감지되는 시간. 액체, 세포, 백혈구가 뒤엉킨 늪. 그 늪에서는 모든 것이 명확하게, 분명한 경계선으로 분리되어 있으면서도, 그 어느 것도 형체가 또렷이 드러나지 않았다. 평지를 떠돌고 있었고, 사물들은 제각각 달랐고, 그렇지만 마치 종잇장 위의 그림처럼 모두 비슷했다. 평지를 벗어나 조금 더 아래를 보면, 뭐라고 말할 수 없는 어떤 북적임, 불안한 흥분 상태가 느껴졌다. 떠들썩한 소음 같기도 한 그것이 자신을 포함한 모든 것에서 올라와 전류처럼 퍼져 나갔다. 그도 그럴 것이 아래쪽, 얼어붙어 접근을 불허하는 그 영역에서는 우주, 에너지 구(球), 최초의 물질이 또다시 소용돌이치고, 달아나고, 사라지고, 무한을 빚어내고 있었던 것이다. 이 우주 안으로 발을 들여놓는 것은 메마른 추상(抽象)으로 환원되어 사라지곤 했다. 다시

말해 갖가지 에너지의 뭉치, 하나의 파장(波長), 어떤 상(相), 물결, 환영과
도 같은 순간적 빛 무리에 불과해져서, 그 자체가 해체되고, 지워지고,
시간과 공간 바깥으로 사라졌다. 존재하지 않는 그 지점, 결코 입에 올
려서는 안 될 지점, 볼 장 다 본, 최종적인 멈춤인 '신(神)'이라고 추정되는
지점을 향해 가느라고 말이다.

그러는 동안 파올리는 구경꾼 무리에서 빠져나왔다. 긴 의자와 등받
이 의자들이 여전히 여기저기 눈에 띄었지만, 이제 보도의 전체 폭은 다
시 넓어져서 여유가 있었다. 너르고 평평한 시멘트 포장 길이었다. 길 가
장자리에 감색으로 칠한 난간이 설치되어 있었다. 산책로는 완만하게 휘
어지며 파올리 앞으로 계속 이어졌다. 그러다가 저 멀리 길이 휘어진 끝
자락에 비행장 착륙대가 보였다. 자동차 몇 대가 보도 옆으로 아주 빠르
게 지나갔다. 자동차들은 거기 탄 사람들이 보이지 않는다는 점에서 모
두 비슷했다. 그들은 금속 등껍질 속에 움츠려 몸을 숨기고, 차 유리를
통해 바깥을 슬그머니 내다보았다. 차 소음은 짙게 뭉쳐져 있었고, 그러
면서도 지극히 단조로워서 금방 잊을 수 있었다. 소음이 지나가자 아무
것도 남아 있지 않았다. 그저 훤히 트인, 넓게 펼쳐진 풍경뿐이었다. 풍
경 속에서 사물들이 보여주는 일련의 움직임은, 풍경이 큰 만큼, 지극히
미미했다. 마치 7층 발코니에서, 생각에 잠긴 채, 담배를 피우며 내려다
보는 세상 같았다.

저 멀리 산책로 끝에서 비행기 한 대가 별안간 파열음을 내며 이륙
했다. 이어서 비행기는 하늘로 날아올라 둔하게 방향을 선회해 파올리
의 머리 위로 지나갔다. 한순간 그는 비행기를 눈으로 좇으며, 어쩌면 그
것에 불이 붙어 바다에 추락할 수도 있을 거라는 은밀한 희망을 품었다.
하지만 비행기는 계속 날아가서 금세 대기 한가운데로, 빛으로 마비된

망막이 만들어내는 회색과 흰색의 무수한 점들 속으로 뒤섞여 들어가 모습을 감췄다. 구름이 자리를 바꾸면서 해가 또다시 나타났다. 이제 해는 낮게 걸려 파올리와 거의 수평에 가까운 위치에서 빛을 던져 보내며 텅 빈, 망연자실한 느낌을 한 겹 더 끼얹고 있었다.

아직도 이따금 사람들이 보였다. 그들은 파올리 앞을 가로질러 가거나 옆으로 지나갔다. 하지만 모든 것이 말하자면 담담하게, 무심하게 다가왔다. 파올리는 이제, 그들에 대해 아무것도 기대하지 않았다. 들끓었던 감정이 어느새 가라앉아 있었다. 치솟았던 신열이 사라진 탓에 마치 벌거벗겨진 기분으로, 그는 인적 드문 보도를 걸어갔다.

드물기는 했지만 아직은 사람들의 얼굴을 알아볼 수 있었다. 일부러 쳐다본 것이 아닌 어쩌다 시선에 잡힌 그 얼굴들은 사진에서 보는 그것, 간략히 제시되는 견본사진들 같았다. 살아 있는 사람의 얼굴이 아닌, 생명을 한순간의 섬광으로 제시하는, 깨어진, 얼어붙은, 연장될 수 없는 단 1초의 섬광으로 제시하는 사진 속의 얼굴 말이다. 여러 얼굴이 이런 모습으로 파올리의 눈에 들어왔다. 아가씨들의 얼굴이었다. 모두 모르는 사람이었고, 얼굴의 반쯤은 어스름한 그늘로 가려져 있었다. 한 여자가 바다를 향해 얼굴을 돌리고 벤치에 앉아 있었다. 여자의 몸은 석양빛에 둘러싸여 굳은 듯 미동도 하지 않았다. 금빛 석양이 그녀가 입은 흰 원피스에 스며들었다. 여자의 헝클어진 머리카락, 팔짱을 껴서 가슴 언저리에 밀착한 두 팔, 큰 엉덩이가 차례로 파올리의 눈에 들어왔다. 긴 두 다리는 저녁 어스름과 석양빛에 잠겨 윤곽이 흐릿했다. 조금 떨어진 곳에는 한 남자가 난간에 한쪽 발을 걸치고 서서, 담배를 피워 물고 해변 쪽을 쳐다보고 있었다. 해변에서는 두 여자가 옷을 다시 찾아 입는 중이었다. 한 여자는 웅크린 자세였고, 또 한 여자는 한쪽 다리를 들고 남은 다리 하나로 몸의 균형을 잡고 있었다. 조금 더 떨어진 곳에서는 사내아이 하나가 바다에 등을 돌린 채 난간 가장자리에 걸터앉아 여자아이에게 말을 건네고 있었다. 파올리는 걸음을 옮겨놓으며 여자아이의 얼굴을 쳐다보았다. 햇볕에 그을린 얼굴, 귀여운 코와 섬세한 콧구멍, 헤프게 벌어진 윤곽이 흐릿한 입, 깊은 눈을 무뚝뚝하게 응시했다. 물기를 머금은 눈길은 초점 없이 떠돌고 있었다. 이렇게 얼굴의 모든 것이 불과 2, 3초간 일 짧은 순간 그의 시선에 들어왔고, 그러면서 그의 가슴에서 묘한 감동이 솟구쳤다. 이 얼굴을 결코 다시 볼 수 없을 거라는 생각, 쓰라리면서도 달콤한 회의(懷疑), 거슬리기보다는 위안이 되는 복합적인 감정이었다. 그 감동은 평온했고, 그 자신만의 것이었다. 그 순간의 그에게 어울리는, 눈앞의 풍경과도 완벽히 어울려 보이는, 미세한 어떤 움직임이었다. 그것은 미학적인 감흥과 닮은 무엇, 이를테면 어느 정원에서, 인공폭포의 물소리, 넝쿨장미 우거진 정자, 화단, 새소리, 오렌지꽃 향기에서, 심지어 통통한 볼로 웃고 있는 작은 천사 석고상에서 발견한 어떤 조화로움이 불러일으키는 진부한 감동 같은 것이었다. 하지만 그 감동은 보다 묵직하게 다가왔다. 그것은 잃어버린 것이 불러일으키는 우수였다.

파올리는 비행장을 향해 걸어갔다. 그러나 걸음을 옮겨놓는 일은 이미 관심 밖이었다. 그보다는 여자아이의 얼굴로 인해 가슴속에서 조용히 차오르는 감정이 그를 사로잡았다. 예닐곱 사람이 또다시 눈에 들어왔다. 개를 끌고 나온 노인, 두 명의 여자와 그들을 따라가는 아이 하나, 노파, 그리고 소형 오토바이를 모는, 아마도 사내아이일 두 사람이었다. 그들이 다 지나가고 난 다음부터는 아무도 보이지 않았다. 사람의 형체, 가옥의 윤곽, 이 모든 것이, 자동차, 보트, 구름, 언덕 능선 들이 마법처럼 사라졌다. 주머니 속 같은, 무엇이라고 규명하기 어려운 공간 속으로 빨려들어가 버렸다.

　J.-F. 파올리에게 남은 것이라고는 그가 걷고 있는 길, 그리고 빗방울처럼 얼굴을 적시는 그 끈질긴 빛 말고는 아무것도 없었다. 분명 그는 바로 그 지점, 애써 자신을 부추길 필요 없이, 갈등할 필요 없이, 움직이려는 욕구 없이도 움직임이 저절로 이루어지는 신기한 지점에 도달해 있었다. 모든 장애물을 넘어, 즉 모든 개인적 욕망을 잊고 스스로 자신의 바깥에 존재하게 되는 지점, 현실 세계가 위태롭게 흔들릴 그 궁극적 모순의 지점, 물질과 진정으로 조우하게 되는 지점 말이다. 그 지점에 이르면 감각이란 더 이상 해석의 대상이 아니다. 거기서는 이제 세상이 모습을 드러내지 않지만, 그럼에도 모든 것이 존재한다. 아니 그 지점에서는 그 자신이, 어쩔 수 없이, 어쨌거나, 전부가 된다. 그는 걸음을 내딛고 있었다. 이제 서두르지는 않았다. 눈은 선글라스라는 차양 뒤에서 어두웠고 호흡은 최소한으로 잦아들어, 머리카락처럼 가느다란 공기 한 줄기가 입 속에서, 목구멍에서 똬리를 틀었다가 폐로 내려간 뒤까지도 돌돌 말리곤 했다. 그가 앞으로 옮겨놓는 한 걸음 한 걸음은 신체 기관의 경련과 흡사했다. 바닥이 별안간 팽창해서 그의 발바닥을 신경질적으로 올려쳤다. 시멘트 보도가 살아 있는 염통, 열이 펄펄 끓는 장기가 되어 그의 구두창 아래서 쉴 새 없이 펄떡거렸다. 그것으로부터 묵직하고 강력하게 분출되는 피가 그를 끈질기게 밀어냈다. 그는 이제 사물들과 실제로 연결되어 있었다. 그가 사물들의 일부가 된 덕분에, 그것들을 감각하려 하거나 이해하려 할 필요도 없었다. 그렇지만 그는 여전히 살아 있는 한 생명체, 어디에선가 태어나 정기적으로 자양분을 섭취하고 간혹 자신의 종을 번식시키기도 하는 한 인간 J.-F. 파올리였다. 사실 그의 뇌를 좀더 깊이 파헤쳐보았더라면 무엇인가 위험한 것, 어떤 종류의 사고방식, 서로 달라

붙은 채 미처 꺼지지 않은 불씨처럼 남아 있는 생각과 이미지들을 찾아
낼 수 있었을 것이다. 맥박을 재보았다면 그의 심장이 여전히, 물론 약하
지만, 그래도 뛰고 있음을 확인했을 것이다. 몸 한가운데에서 일어나는
거친 진동이 계속해서 짙은 액체를 신체 장기의 네 귀퉁이 구석구석까지
끌어올렸다. 신경망을 타고 일종의 전기적 파장, 숨은 전류 같은 흐름이
이어지고 있었다. 실체, 구체적 물질로 보자면 그는 여전히 동일한 J.-F.
파올리, 죽은 상태와는 거리가 먼 인간이었다.

그런데, 무엇일까? 간단히 말해 J.-F. 파올리는 이 산책길에서, 다른
멀쩡하고 건강한 보행자들이 한가롭게 오가는 이 길에서 점차, 거의 부
지불식간에, '작동하는 사람'이 되어 있었다. 길은 그의 앞에 놓여 있었
고, 삶은 움직임, 끊임없는 움직임, 영원한 움직임으로 바뀌어 있었다. 한
없이 펼쳐진 희끄무레한 포장도로, 발뒤꿈치가 둔탁하게 땅바닥을 두드
리고, 힘이 들어간 발가락들이 박차고 나아가며 몸이 기우뚱, 무릎 관
절이 접히고, 대퇴부가 반사 신경으로 튀어 오르며 슬개골이 미끄러지듯
회전하고, 앞으로, 뒤로, 척추가 흔들리고, 그러면서 몸이 자동적으로 균
형, 두발 동물의 그 멋진 균형을 회복한다. 왼발, 오른발, 왼발, 오른발,
왼발, 오른발, 왼발, 오른발, 몸의 중심을 유지해야 한다. 왼발, 오른발,
중심 유지, 몸을 곧게 펴야 한다. 그러면서 발을 내딛는다. 앞으로 나아
간다. 활기 없이 정체된 공기를, 앞을 막아선 장애물을 뚫고, 대기의 장
벽에 구멍을 내고, 장벽을 부수고, 터널을 뚫는다. 아주 길고 정결한 통
로를 낸다. 언젠가는 천국 같은 곳으로 통할 길을 말이다.

파올리는 비행장을 지나갔다. 그의 앞에는 여전히 길이 놓여 있었
다. 흰색 길, 해가 영원히 군림하는 빛나는 길이었다. 이제 자동차들이
바로 옆을 스쳐 달려갔다. 달리면서 경적을 울려 그를 슬쩍 건드려보곤

했다. 하지만 파올리에게는 그 소리가 들리지 않았다. 발밑에 펼쳐진 그 화려한, 빛나는 융단 말고는 아무것도 눈에 들어오지 않았다. 별안간 폭음이 들려왔다. 머릿속 어딘가에서 나오는 소리였다. 그것은 머리 바깥으로 느리게 빠져나와, 규칙적으로, 무거운 소리와 날카로운 소리를 번갈아 울리며 떨어졌다. 그 소리를 듣자 파올리는 기쁨에 휩싸였다. 그러면서 열에 들떠서 외쳤다. 오직 자신을 향해, 다른 누구도 아닌 오직 자신만을 향해 소리쳤다.

"그 리듬이야! 이것이 그 리듬이라고! 그 리듬을 되찾았어!"

그것은 정말이지 그날 아침에 들은 리듬, 그의 아파트 안에서 뒤집힌 냄비 바닥을 규칙적으로 두드리던 물소리였다. 그 소리를 지금 길 위에서 다시 찾은 것이다. 그는 물방울들이 떨어지는 그 박자에 맞춰 걸음을 옮겨놓았다. 기쁨이 점점 더 부풀어 올랐다. 그렇게 그는 순백의 빛나는 길, 아무도 없이 텅 빈 그 통로를 따라 걸어갔다. 자동차들이 속도를 늦추어 그를 피했다. 그러는 사이에도 그는 도로 한가운데에서 홀로 앞으로 나아가고 있었다. 경적 소리와 욕설들도 그를 피해 갔다. 그것들은 마치 일반적인, 하찮은 현실, 소음과 색채의 그 거대한 연주회, 세계에 내동댕이쳐진 진실이 연주하는, 영원히 고요할, 영원히 살아 있을 교향악에 여전히 속해 있는 것만 같았다. 그가 그렇듯이, 다른 사람들도 그렇듯이, 그것들 역시 움직이는 작은 파편, 무한히 섬세한 물질 속에서 떠도는 아주 작은 먼지에 불과한 것 같았다.

마르탱

아들이 세상에 태어난 뒤로, 토르주만 부부는 그를 일종의 천재로 키우기 위해 돈과 노력을 아낌없이 쏟아부어왔다. 그 노력이 어떠했던 간에, 오늘, 열두 살의 마르탱 토르주만은 머리통이 비대한 뇌수종 환자의 표본처럼 보였다. 하지만 이 점과 관련해서는 할 이야기가 아주 많다. 온갖 종류의 수많은 사건들이 만족할 만큼이든 아니든 조화롭게 얽혀, 우묵한 냄비 같은 이 도시 안에서 뭉근히 익어온 참이었다. 특히 찌는 더위, 엄청난 열기가 오랫동안 이 도시를 짓누르면서, 나이 든 사람들의 말에 따르면 사람이건 짐승이건 기질이 딴판으로 바뀌고 말았다. 이전에는 매몰스럽던 성격들이 점차 굼뜨고 무던해졌다. 이제 아가씨들은 광대뼈가 솟은 태평한 얼굴을 하고 있었다. 그들의 피부는 윤기라고는 없이 묘하게 가무잡잡했고, 어쩌다 닿으면 축축한 느낌을 주었다. 아이들은 왠지 모르게 사나웠고, 동시에 온순하기도 했다. 또 남정네들은 도박을 철저히 멀리했다. 사람들은 이런 변화가 다른 어떤 나라, 이탈리아 혹은 북아프리카에서 이주해온 사람들이 암암리에 정착한 결과라고 주장했다. 하지만 이런 현상은 기후 변화, 자연 그 자체의 변화에 가까운 것이었다. 간혹 비가 왔고, 날은 더웠다. 불어오는 바람은 남동풍이었다. 말하자면 대기가 얌전한 비구름을 머금고 먼 거리를 부드럽게 단숨에 이동해오곤 했다.

자, 이야기를 시작하자. 그 서민아파트는 도시 외곽, 콘크리트로 덮인 지대 한가운데에 반원형으로 둘러서 있었다. 그 지역에서는 이따금 더러운 회색 먼지가 작은 구름처럼 지나갔다. 햇볕은 아파트 건물 남쪽 면을 골고루 두드려주었다. 시멘트벽은 무엇인가 희끄무레하고 기름진 물체인 양 번들거려서 마치 땀을 흘리고 있는 것처럼 보였다. 오후 햇살을 받은 이 벽면에 규격이 일정한 창문들이 무수히 나 있었다. 열린 창문들 각각에서 일련의 소리들이 빠져나와 인근 고속도로의 소음과 삐뚤빼뚤하게 뒤섞이곤 했다. 누군가 아파트 건물 아래 황량한 공터에 서 있었다면, 그가 느끼기에 그 소리는 일종의 커다란 별, 뻣뻣이 고정된 단조로운 빛줄기를 사방으로 비죽비죽 내뻗은 별 같았을 것이다. 아무것도 움직이지 않았을 것이고, 바뀐 것도 없었을 것이다. 모든 것이 정적인 어떤 파열, 중력의 중심을 이루어, 세상이 그것을 둘러싸고 구축되어 있었을 것이다.

라디오에서 흘러나오는 아코디언 연주 소리, 마늘과 튀김 기름 냄새, 반짝거리고 어른거리는 것들, 이런 모든 것이 거기, 서민아파트 단지 한가운데, 맨땅을 드러낸 공터 위에 서 있는 그 점에 모이고, 그리하여 마치 강렬한 햇빛에 두개골 속을 강타당한 듯 그것에 짓눌려 죽을 수도 있었을 것이다. 혹은 큰 비명, 벌린 입에서 튀어나온, 외마디 찢어지는 비명으로 모든 게 끝날 수도 있었을 것이다. 그러고 나서도 그 비명은 이 복도 저 복도를 건너 무한히 메아리를 만들며 칸막이벽에 부딪치고, 쓰레기 배출구와 승강기 축을 따라 아래위로 번져나갔을 것이다. 테라스와 지붕 위에 펼쳐지며, 낮게 깔리며, 사방으로 기어들어가, 건물 배관과 하수구에 고였을 것이다. 그 비명은 철근콘크리트 덩어리 깊숙이, 반향 물질로 이루어진 심장에까지, 겉으로 드러나지 않는, 바싹 메말랐지만 쉴새 없이 진동하는 그 기관에까지 스며들어, 고요히 잦아들었을 것이다.

마르탱은 이곳에 살았다. 그는 창문을 마주보는 자리를 차지한 채, 등나무 안락의자에 앉은 자세로 꼼짝도 하지 않고 있었다. 그의 양편에 감청색 면바지를 입고 셔츠 소매는 팔뚝 위로 걷어 올린 아버지와 뚱뚱한 몸에 회색 앞치마를 두른 어머니가 있었다. 아버지는 서서 담배를 피우며 이따금 몸을 돌려, 조금 구석진 곳에 앉은 아내에게 몇 마디 말을 건네곤 했다. 이 삼인조 가운데 유일하게 마르탱만 창 쪽으로 시선을 고정한 채 바깥을 내다보고 있었다. 미동도 없이, 말 한마디 없이, 그는 태양이 이글거리는 하늘을 응시했다. 땀방울이 그의 목을 타고, 또한 넓은 이마 양쪽 측면에서도, 천천히 흘러내렸다. 트랜지스터라디오 소리가 벌집 구멍 같은 이 아파트 건물의 모든 집에서 새어나와 그와 가까운 어느 지점에서, 어쩌면 그에게서 하나로 모여 고통스럽게 펄떡이는 어떤 결절을 만들었다. 만약 누군가 마르탱을 정면에서 찬찬히 들여다보았더라면, 살이 물러 보이는 허연 얼굴, 좁다란 콧잔등과 좁은 콧구멍, 기름기 도는 무성한 검은 머리카락을 뒤로 쓸어 넘긴 모양새, 눈앞에 걸쳐놓아서 정체불명의 위선적 보호막으로 보이게 하는 커다란 근시 안경에도 불구하고 그를 거부감 없이 쳐다보았더라면, 소리가 모여든 그 지점, 그의 머

184

리 한가운데에 묻힌 그 지점이 얼마나 비참한 상황인지 아마도 감지했을 것이다. 라디오 음악 소리가 농축되어 박자 맞춰 울릴 때마다 그의 동공이 미미하게 확장되는 것도 알아차렸을 것이다. 풍성한 고음, 느린 물결 같은 저음, 그리고 격렬한, 관능적인, 일정한 리듬, 이 모든 수난곡이 외부에서 흘러와 그 안에 단단히 들어박혔다. 어떤 눈물도 어떤 분노도 그것을 밖으로 끌어낼 수 없었다. 마침 다소 돌출된 마르탱의 눈은 핏줄들이 눈물샘을 향해 달려가는 것으로 보아 그 반투명 유리질 뒤편에서 분명 살아 있었다. 그 눈은 고통으로 인해 크고 둥그렇게 열렸고, 초점 없이 완벽하게 공허했고, 태양이 쏟아내는 빛과 그 음악이 밀어 보내는 박동에 거듭 타격을 받은 결과 거의 초주검이 되어 있었다.

"마르트" 하고 아버지 토르주만이 입을 열었다. "뒤로 미뤄야만 할 것 같아. 마르탱의 강연회를 미루어야만 해. 그러는 편이 아이에게나 우리에게, 또 모두를 위해서도 좋을 것 같아. 당신 생각은 어때, 마르트?"

그는 이렇게 물으면서 아내 쪽으로 얼굴을 돌리지도 않았다. 조금 전 테이블에서 몸을 일으키면서 취한 자세가 몹시 마음에 든 터라 그걸 흩뜨리고 싶지 않았던 것이다. 곧게 편 한쪽 다리로 몸무게를 지탱하고 다른 쪽 다리는 앞으로 내민 상태에서 상체를 숙여 한 팔로는 마르탱이 앉은 의자 등받이를 짚고, 다른 팔은 들어 올려 반쯤 꺼져가는 담배꽁초를 입 높이로 계속 유지하는 자세였다. 그의 아내는 남편이 하는 말을 들었지만 대답하지 않았다. 토르주만이 말을 이어가야 했다.

"요 근래 마르탱의 건강이 좋지 않아." 그가 말했다. "몇 달째 많은 일을 해야 했어. 이번 일은 나중으로 미루는 편이 낫겠어. 그래야 마르탱이 얼마간 쉴 수 있지."

"하지만 그럴 수는 없어. 당신도 잘 알잖아." 마르탱의 어머니가 대답했다.

"어째서? 어째서 그럴 수 없다는 거지? 응? 텔레비전, 라디오, 『라이프』지 기자가 뉴스를 써주어야만 한다는 거야? 그래서 그럴 수 없다고 말하는 거야?"

"맞아."

"당신은 정말이지 이렇게 피곤한데도 일을 미뤄서는 안 된다고 생각하는 거야?"

"그럼 어쩌려고? 2주일 뒤에는 마르탱이 미국으로 떠나야 한다는 걸, 거기 가서 꼬박 두 달은 머물러야 한다는 걸 알잖아. 연구 발표를 하지 않으면 미국에서 어떻게 환영받을 수 있겠어?"

"알아, 안다고." 아버지가 말했다. "하지만 이런 일들로 이 아이가 건강을 잃게 해서는 안 되잖아? 보다시피 지금 애는 지쳐 있어. 바싹 여윈데다, 아무것도 먹지를 않아. 그러니 이번 강연회를 하고 나면 우리에게 말을 건넬 기운도 남지 않을걸. 이렇게 말 한마디 없이, 자기 자리만 지키고 앉아 몇 시간이고 앞만 멀거니 바라보고 있잖아. 보통 때는 이러지 않아. 내가 알아."

어머니는 어깨를 으쓱해 보였다. 그녀는 피로와 나이의 무게로 축 처진 왕방울 눈으로 토르주만을 쳐다보았다. 그녀가 다시 말을 시작했다.

"당신 말이 맞아. 마르탱은 지쳐 있어. 이 아이가 이렇게 사는 건 나도 달갑지 않아. 그렇지만 이건 이 아이의 인생이야. 이 아이가 선택한 삶이란 말이지. 오늘 못한 일은 내일 해야만 하는 것이고……"

"잠깐, 마르트" 하고 아버지가 말을 끊었다. "이번 강연회 날짜를 일주일 뒤로 미루도록 해봐야 할 것 같아. 며칠간 마르탱을 데리고 시골에 가서 지내다가 오자. 그렇게 해서 마르탱이 쉬고 난 다음 다시 강연회를 열고 정식으로 미국으로 떠나는 거야, 응? 당신 의견은 어때?"

"애가 그러려고 하지 않을걸." 어머니가 말했다.

"어째서?" 토르주만이 물었다. "그렇지만 장담하는데, 내 생각이 옳아……" 그는 등받이의자 옆을 떠나 아내 쪽으로 갔다. 지나는 길에 담뱃불을 끄고 꽁초는 개수대 아래 쓰레기통에 던져 넣었다. "내가 말한 방법이 제일 좋은 해결책인 건 분명해. 마르탱은 쉴 수 있을 것이고, 우리도 마찬가지지. 당신도 역시 쉬는 게 급선무야. 게다가 마르탱은 지금 같은 건강 상태로는 지난 5월 10일의 강연회와 같은 성과를 내기는 어려워. 헤르츠 교수가 바로 얼마 전에 내게 이런 이야기를 했어. 마르탱이 대답하지 못하는 것을 보고, 그러니까 교수가 파스칼에 대해 물었을 때 말이야. 또 마르탱이 뻔질나게 물을 갖다달라고 부탁할 때 말고는 입이 얼어붙은 채 자리만 지키는 것을 보고 내게 했던 이야기야. 교수는 모든 계획을 잠시 중단하는 게 좋을 것 같다고 하더군. 내가 생각하기에도 그의 말이 옳아, 마르트."

"헤르츠 교수가 마르탱의 실험을 어떻게 평가하는지 알기는 하는 거야?"

"그럼, 알아. 하지만 중요한 건 그게 아냐. 이번에는 그가 맞는 말을 했어."

"헤르츠가 바라는 건 마르탱이 어느 여름캠프에나 들어가는 일일걸! 그는 걸핏하면 말했잖아, 마르탱이, 자기 생각에는 사기꾼일 뿐이라고, 엉터리라고……"

"알아, 안다고! 그렇지만 휴식을 취해야 한다는 점에서는 교수의 말이 옳다고 생각해."

"우리 아들이 아주 이상해졌어, 얼마 전부터 그래." 어머니가 한숨을 내쉬었다.

"건강이 좋지 않은 탓이야." 토르주만이 말했다. "어쨌거나 텔레비전 한 번을 포함해서 일주일에 세 번 방송에 출연했고, 강연회를 했고, 토론회에 참석했고, 인터뷰를, 그것도 온갖 언어로 했고, 그러고도 또 강론, 사인회를 했고, 헤르츠 교수, 메종뇌브, 메르시에 박사와, 스테팡 셰페르, 만초니, 티유아와 토론을 했지. 하루도 거르지 않고 하는 공부는 제쳐놓더라도, 중국어 교습, 루이스브뢰크*의 논설에 대한 묵상, 성서와 문다카 우파니샤드 해석, 심령수련, 이 모든 것들로 인해 마르탱은 진이 빠진 거야. 조용히 쉴 수 있게 해줘야 해."

어머니는 생각에 잠긴 것 같았다. 잠시 후 그녀가 말했다.

"마르탱이 그러지 않으려고 할 거야. 틀림없어. 게다가…… 당신은 이 아이가…… 이 아이가 정말로 조용히 쉴 수 있다고 생각해?"

"뭐라고, 내가 그렇게 생각하느냐고……?"

"그래. 우리 아들이 지금 정말로 휴식을 취할 수 있다고 생각하는 거야? 내가 보기에는 말이지, 그건 불가능해. 우리 아들은 이렇게, 지금보다시피 몸을 꼼짝도 하지 않고, 의자에 앉아 시간만 때우고 있어. 아무것도 보이지 않고 아무 소리도 들리지 않는다는 듯이 말이야. 그런데 정말 그럴까? 얘가 쉬고 있는 걸까? 내 느낌에는 모든 것을 보고, 모든 소리를 듣는 것 같아. 그러면서 머릿속은 계속 움직이고 있어. 머릿속이 어느 때보다 더 활발하게 돌아가고 있다는 말이지. 많은 일에 대해, 우리로서는 결코 이해 못할 수많은 일들에 대해 생각하고 있을 거야. 아무래도 그런 것 같아, 알겠지, 내 느낌에는 우리 아이가 달라진 것 같아. 달

---

* Jan van Ruysbroek(1293~1381): 14세기 플랑드르에서 활동한 신비주의 신학자.

라졌다고. 애는 이제 마르탱이 아니라 다른 누구, 내가 모르는 어떤 사람이야. 애도 이제 우리를 몰라. 게다가 자신이 마르탱이었다는 것도 모르는 것 같아. 애는 우리를 원망할지 몰라. 그게 아니더라도 뭔가 그 비슷하게, 우리를 원망할 거라는 느낌이 들어…… 어쨌거나 애는 정말이지 몇 달 전부터 달라졌어. 이제 우리와 이야기를 나누지 않아. 전에는 식사를 하면서 우리에게 많은 이야기를 하곤 했잖아. 그날 하루 무슨 생각을 했는지, 무엇을 배웠는지, 무슨 발견을 했는지 우리에게 말하곤 했어. 모든 것을 우리에게 이야기해주었지. 애가 언어의 신성한 특질을 발견했던 날을 기억해? 그날 저녁 내내 기쁨에 넘쳐 고함을 지르면서 우리에게 그걸 설명해주었지. 애는 행복해했어. 우리가 자랑스러워하는 것에 어깨가 으쓱해져서 정말 행복해했어. 말을 그치지 않았지. 요즘, 요즘 마르탱은 메르시에 박사나 신문기자들과 약속 시간을 정할 때만 입을 열곤 해. 적성검사 결과나 헤르츠와 나눈 이야기에 대해서는 겨우 한두 마디 할 뿐이야. 11월 22일 그날 하루치 일에 대해서는 아예 입을 다물고 있어. 마치 뭔가 부끄러운 것처럼 말이야. 무슨 이유일까? 아무래도 무슨 일이 있었던 것 같아……"

"그건 망상이야." 토르주만이 짧게 대꾸했다. "마르탱은 지쳐 있어. 그뿐이라고." 그렇지만 이번에는 그의 마음속에도 같은 의심이 고개를 들었다. 그는 창가에서 쏟아지는 햇빛을 받고 있는 등나무의자로 다시 다가갔다. 그러고는 몸을 숙여 아들 가까이에 갖다 댔다.

"마르탱? 애야, 마르탱? 내 말이 들리니? 그건 공연한 생각이라고 네 엄마를 안심시켜야 하지 않겠니?"

어머니는 육중한 몸을 아들의 의자 팔걸이 위로 기울이고 다시 희망을 심어줄 대답을 기다렸다. 하지만 허사였다. 마르탱은 여전히 입을 다문 채 미동도 없이 앉아 있었다. 아버지가 채근하는 데도 반응이 없었고, 자신의 코앞에 입김을 불어대는 그 근심 가득한 얼굴을 쳐다보지도 않았다. 땀방울이 계속해서 그의 목을 타고 흘러내렸다. 넓은 이마 양옆도 땀에 젖었고, 안경 렌즈에는 뿌옇게 김이 서렸다. 바깥에서는 태양이 이글거리며 더 바싹 다가와 붙었다.

아버지와 어머니는 마르탱을 주방에 내버려두었다. 계속 명상에 몰두하도록 혼자 있을 필요가 있다는 것이었는데, 이것은 외부에서, 이를테면 이 서민아파트 모든 집 창문으로부터 온 명령이었다. 명확한 말로 표현되지는 않은 불분명한 명령이었지만, 두 사람은 거의 본능적으로, 생각할 필요도 없이, 그것에 따랐다. 어머니는 집을 나서서 동네 모퉁이 슈퍼마켓에 장을 보러 갔다. 아버지는 거실에 남아 신문기자들을 맞이할 준비를 했다. 녹음기 작동 상태를 점검하고, 마이크를 테이블 한가운데에 설치해서 아들이 매번 앉곤 하는 등나무의자 쪽을 향하게 했다. 그러고 나서 책들을 공들여 쌓아놓고, 테이블 맨 끝에는 서류철 두 개를 배치했다. 서류철 하나에는 마르탱의 노트가, 다른 하나에는 백지가 끼워져 있었다. 그 둘의 중간쯤에 금속제 삼색 볼펜을 갖다놓았다.

잠시 후, 어머니가 돌아와 초인종을 네 번 눌렀다. 남편이 나가서 문을 열고 아내가 든 장바구니를 받아 들어 복도 구석에 내려놓았다. 어머니는 조심스레 주방 쪽으로 다가가 문을 빠끔히 열고 안쪽으로 시선을 힐끗 던졌다. 그러고는 소리 나지 않게 문을 다시 닫고는, 거실로 돌아와 토르주만 옆에 앉았다.

"얘는 뭘 하고 있어?" 아버지가 물었다.

"여전히 명상 중이야" 하고 어머니가 대답했다. "곁에 종이가 있어. 뭔가 기록해놓았을 게 틀림없어."

"기자들은 늦지 않게 도착할 거야." 토르주만이 말했다.

"벌써 와 있어야 하는데. 30분이 지났잖아."

그로부터 5분 뒤, 처음으로 초인종이 울렸다. 어머니가 현관문을 열어 한 남자를 집 안으로 맞아들였다. 왜소한 체구에 탈모 증세가 완연한 마흔 살가량의 사내로 가죽 서류가방을 들고 있었다. 사내가 자기소개를 했다. 조르주 조프레. 이어서 다른 두 남자, 시몬 베랑스, 베르나르 라토가 왔고, 그 뒤를 이어 에디트 슈미트라는 여자가 도착했다. 네 사람 모두 테이블 주위에 자리 잡고 앉자 어머니는 주방 쪽으로 가서 문을 노크하고 안으로 들어갔다. 그녀가 아들에게 다가갔다.

"그들이 왔단다, 마르탱." 그녀가 부드럽게 말했다.

마르탱은 처음에는 몸을 움찔하지도 않았다. 천천히 고개를 들더니 하품을 하고 몸을 일으키면서 기지개를 켰다.

"모두요?" 그가 물었다.

"그래, 모두" 하고 어머니가 대답했다.

두 사람은 함께 거실로 갔다.

인사가 끝나고 각자 자신의 자리에 앉았다. 마르탱은 앞서와 마찬가지로 테이블 오른편 등나무의자에 앉았다. 기자들은 왼편에 자리 잡았다. 가장 먼저 도착한 남자가 사진을 찍겠다며 허락을 구했다. 마르탱이 고개를 끄덕이자 이번에는 여기자도 사진기를 꺼내들었다. 두 사람이 마르탱의 사진을, 테이블 앞에 혼자 앉은 모습으로, 몇 장 찍었다. 그런 다음 여기자가 마르탱의 부모에게 아들 뒤로 와서 서달라고 요청했고, 그런 모습으로 또다시 사진을 찍었다. 어머니의 손을 아들의 어깨에 올려놓게 했고, 이어서 아버지의 손도 같은 자세로 놓게 했다. 하지만 마르탱에게 짧은 바지 차림이 사진에서 보이도록 의자에서 일어나달라고 요청하자, 그는 화를 내며 거절했다. 사진기를 든 두 사람은 잠시 몇 장의 사진을 더 찍은 다음 감사의 말을 하고 자리에 앉았다. 부모가 거실 구석, 자신들의 자리로 돌아가 앉은 뒤 대담이 시작되었다.

열두 살에 바칼로레아에 응시하다.

"지금 열두 살이죠, 그렇죠?"

"네, 열두 살이에요" 하고 마르탱이 대답했다.

"학업은 어느 단계에 와 있는지 말해주겠어요?"

"석 달 전에 중단했어요." 마르탱이 대답했다. "학기 중에 몸이 아팠어요. 그래서 방법을 찾아보았죠. 특혜를 받을 자격은 갖췄기 때문에 곧바로 초등학교 졸업장을 받게 해달라고 요청했죠."

"그래서 졸업장을 받았나요?"

"물론이죠. 큰 어려움 없이 받았어요…… 지금은 1차 대학입학자격시험을 준비하고 있어요. 중고등학교 이수과정을 면제해달라고 교육부에 요청해놓은 상태이고, 그 대답을 기다리는 중이에요."

"허가를 얻을 거라고 예상하는 건가요? 열두 살에 대학입학자격시험을 치를 수 있다고요?"

"안 될 이유가 뭐죠?" 마르탱이 짧게 반문했다. "초등학교 졸업도 면제해주었잖아요. 게다가 당시는 열두 살이 채 되지 않았을 때였는데……"

"그렇게 되면 정말 예외적인 경우가 되겠군요" 하고 베르나르 라토가 말했다. "교육에서 이런 일은 역사상 전례가 없었던 것 같아요."

"저는 그다지 예외적이라고 생각하지 않는데요." 마르탱이 말했다.

192

"그렇기는커녕, 학교 공부는 인간 두뇌에 예외적인 것을 전혀 제공해주지 못해요. 어떻게 공부해야 하는지, 어떤 방식으로 이해해야 하는지 알려주는 게 전부죠. 제가 생각하기에, 인간에게 가르쳐줄 수 있는 모든 것은 실제로 한 2년이면 배울 수 있는 것 같아요. 교육자들이 교수법을 잘 활용하고, 학생들이 발전하려는 욕구를, 유년의 느린 성장 속도를 벗어나서 주변에서 모든 것을 빠르게, 아주 빠르게 이해하려는 강한 욕구를 가질 경우에 그렇다는 말이죠. 물론 어느 정도의 정신적 성숙이 필요해요. 그렇지만 열 살, 열두 살이면 그런 성숙에 완벽하게 도달할 수 있다는 게 제 생각이에요. 남은 문제는 학습법을 찾아내는 일이죠."

"그렇다면 본인은—"

"게다가 이런 식으로 생각했을 때 저는 공부가 뒤처진 셈이죠. 하지만 이것은 우리 교육이 진부한 데다 융통성도 없는 탓이에요. 학교는 제 공부를 진척시키는 데 도움이 되는 대신 끊임없이 제동을 걸곤 했어요."

"공부하는 목적이 무엇이냐고요?—없어요. 그냥 하는 거예요."

"그렇다면 나중에 무엇을 할 계획인가요?"

"나중이라는 말은 무슨 의미죠?"

"에, 나중에, 그러니까, 끝마친 뒤에 말입니다."

"무엇을 끝마친다는 건가요?"

"에, 이를테면 공부를 끝마친 뒤에요."

"끝마치는 일은 결코 없을걸요! 이미 말씀드렸지만 저에게 공부란 시간을 버는 한 방법, 제가 누구인지 공식적으로 내보이는 방법이에요. 제가 존중받을 수 있는 방법이죠. 공부해서 무엇을 할 거냐고요? 아무것도 할 생각이 없어요. 게다가 이곳, 유럽에서 통용되는 의미의 지식으로 할 수 있는 일은 전혀 없지요. 아마 다른 곳에서도 그럴걸요. 아, 혹시 그 질문의 의미, 나중에 무엇을 할 생각이냐는 말이 혹시 제가 '어른이 되면' 무엇을 할 거냐는 의미인가요?"

"아뇨, 그 질문은—"

"맞아요, 그런 의미예요. 어째서 부인하세요? 그것이 열두 살짜리 아이에게 던져야 할 정상적인 질문이 아닌가요? 어이, 애야, 너는 커서 무엇을 하고 싶으냐? 푸줏간 주인, 건축가, 비행사, 카레이서. 자, 그런 대답이 나오면 사람들은 어린애가 자신이 무엇을 원하는지 안다는 것을, 노동을 통해 사회에 참여할 열의가 있다는 것을 대견하게 여기죠. 기특할 수밖에요. 그 아이는 다른 사람들에게 배워서 그것을 또다시 되풀이할 것이고, 그렇게 해서 소위 '적성에 맞는 직업'이라는 것을 통해 사회를 유지해나갈 테지요. 물질적인, 빈틈없는, 아주 잘 돌아가는 우리 사회를 말입니다! 하시고 싶었던 말이 이런 거죠? 그런데, 아니거든요. 실망시킬까 봐 걱정이네요. 저는 결코 '더 크지' 않을 작정이에요. 쌓은 지식으로 뭔가를 하는 경우는 절대 없을 거예요. 이 지상의 그 어떤 일에도 쓸모가 없으려는 것이 제 계획이죠. 자, 아시겠지만, 제 생각에 열두 살이면 이미 한 사람의 성인이에요. 이미 완성되어서 더 이상 배울 것이 없는 사람이라는 말이죠."

"적성에 맞는 일이 없다는 말인가요? 희망하는 것도 없어요?"

"이 지상의 일과 연관해서 희망하는 것은 없어요. 제게 어떤 소명이 있다 해도 그것은 신적인 차원의 의미예요. 기도하고, 설교하고, 고행을 견디는 일과 같은 것들이죠."

"하지만 우리가 살아갈 사회가 있잖아요?"

"사회는 고려하지 않아요. 제가 보기에 인간이란 일종의 중간 단계예요."

왕자처럼

"반항을 의도하는 건가요?"

"그것 역시 하나의 관념이죠. 반항자란 자신이 속아 살아왔다는 걸 알아차릴 때 느끼는 불만족 상태를 규정해줌으로써 대다수의 사람들에게 봉사해요. 그렇지만—"

"누가 본인을 속였나요?"

"실제로 저를 속인 사람은 없죠. 반대로 모든 사람이 저에게 아주 잘 대해주었다고 말씀드리고 싶어요. 저를 환영해주고, 초대해주고, 박수를 보내주었죠. 저는 왕자 같은, 때로는 심지어 어린 예언자 같은 대접을 받아왔어요. 하지만 그건 전부 자기기만, 스스로에게 하는 거짓말이죠. 속부터 썩어 들어가는 과일처럼 말이에요. 알다시피 이 문제는 하나의 전체, 구성체 전반, 사회에 대한 거예요. 그리고 썩은 것에 대해 말하자면, 이것은 사회와는 별개이면서 동시에 사회 속에 놓고 생각해볼 필요가 있어요. 이를테면 불안정한 요소들로 구성된 안정된 전체 같은 것이죠. 그럴 경우 그 속에서 살기란 불가능해요. 그럼요, 이 불안정성, 축적된 이 거짓 덩어리에 고통스러워하지 않고 살아간다는 것은 불가능합니다. 그렇게 되면 자신이 이 불안정성에 참여하는 것에 두려움이 밀려옵니다. 이렇게 해서 반항이 고개를 드는 거예요. 사용하는 어휘, 몸짓의 의미를 되돌아보게 되고, 언어로 표현되는 것들, 이념, 견해, 소신 들, 이상에 대해 의심을 품게 되는 거죠. 심지어 현실에 대해서도, 선명하고 강

렬한 감각들에 대해서도 말입니다. 자신의 의심까지도, 그 의심의 형성
과정, 성격까지도 의심하죠. 그래서 아무것도 남지 않게 됩니다. 무가 되
는 거예요. 자신도 아무것도 아닌 것이죠. 그저 수시로 변하는 카멜레온,
실체 없이 무한한 반향인 메아리, 무엇인가의 그림자일 뿐인 거죠. 이것
이 바로 사회가 빚어낸 결과입니다. 이해하시겠어요?"

"염세주의자인가요?"

"아니요. 염세주의자가 될 이유가 없잖아요? 사실, 이건 염세주의보
다 더 심각한 문제죠. 인간이기를 받아들인 이상 말이에요."

"정치에 대해 생각해본 적이 있어요? 정치란 인간을 사회에 참여시
키는 하나의 방법이죠."

"하나의 방법, 그렇죠…… 또한 실현 가능한 가장 순수한 방법이기
도 하죠. 그렇지만 이 점에서 저는 아직 밟아가야 할 길이 있다는 생각
이 들어요. 사실, 신을 믿는다는 것이 이미 정치적 태도일 테지요. 그렇
지만 그러자면 잊어야 할 것들이 있거든요……"

"잊어야 할 것들이라고요?"

"네, 이를테면 멀쩡한 의식도 잊어야 할 것이죠."

"본인이 유년시절을 잃었다고 느끼나요?"

"네, 기자님은 유년시절을, 음, 낭비했다는 생각을 조금이라도 해보
신 적이 없나요?"

"유년시절이요? 글쎄요."

"몇 살에 공부를 시작했죠?"

"두 살에요."

"그 당시 공부하던 내용은 무엇이었나요?"

"라틴어, 그리스어, 그밖에 다른 몇 개 국어였어요."

"그리고 또?"

"그게 전부예요."

"그 후에는?"

"세 살에 그리스 철학 문헌들, 독일 철학서들을 읽기 시작했어요. 문학 공부도 시작했죠. 그렇지만 저는 막연하나마 그런 공부들이 맛보기, 단지 맛보기에 불과하다고 느꼈어요. 여러 영역의 학문들, 화학, 대수, 회화는 그로부터 한참 후에 접했어요. 제가— 네, 예닐곱 살이었을 때였죠."

엘멘

"그러고는 한 번도 중단한 적 없이—"

"일곱 살, 그때가 저로서는 위기였어요. 아시겠지만, 저는 너무 많은 것을, 너무 빨리 빨아들이고 있었죠. 그렇게 받아들인 지식을 걸러내야 할, 그러니까 제 것으로 만들 필요가 있었어요. 게다가 실제 경험을 쌓을 기회가 전혀 없었죠. 비판적 방법론을 얻지 못한 것이죠. 저는 오직 지식을 빨아들이기만 했어요. 새로운 것들을 쉴 새 없이 학습하고 지식을 섭취했죠. 하지만 일곱 살부터는 제대로 이해하기 시작했어요. 제가 행하는 모든 것이 삶, 나 자신의 삶, 나의 행복이라는 걸 알았어요. 그러면서 깊이 생각하기 시작했어요. 글을 쓰기 시작한 거죠."

"무엇을 썼나요?"

"모든 것이면서 그 무엇도 아닌 것을 썼죠. 종이를, 되도록 가장 큰 종이를 앞에 놓고 글자로 채워나가는 거예요. 되도록 종이를 의식하지 않으면서, 내키는 대로 아무렇게나 말이지요. 그건 어떤 문학 장르라고도 할 수 없는, 그저 글쓰기였어요."

"그렇게 쓴 글은 어떻게 했어요?"

"언젠가는 소용이 될 거라는 생각으로 꽤 오랫동안 보관하고 있었어요. 그러다가 휴지통에 던져버렸죠. 그게 2년 전 일이에요. 말씀드렸듯이 시도 아니고, 에세이도 아니고, 소설도 아니고, 단지 날것 그대로의 글이었어요. 즐거워서 쓰는, 아니 그보다는 즐거움을 얻기 위해 쓰는 글이었죠. 사실 저는 글쓰기를 시작하자마자 실망감을 느꼈어요. 하지만 그 시기, 일곱 살에서 아홉 살이 될 때까지의 시기는 저에게 가장 중요한 시간이었어요. 저로서는 그것이 최초의 사유였거든요. 말하자면 순수한 사유, 아직은 사유하기라는 행위와 분리되지 않은 사유, 고통이자 엄청난 쾌락이기도 한 무엇 말이에요. 그것은 하나의 모색, 저의 내부에 있는 뭔가를 명확히 포착하고자 하는 의지였죠. 게다가 그것은 글쓰기보다는 그림 그리기를 닮은 일이었어요. 단어들은 아직은 서로 연계되어 있지 않은 상태였죠. 다른 단어로 오염되지 않은 순수 개념들이었던 거죠. 그 단어들은 자유로웠어요. 떼를 지어 몰려왔지만, 서로 얽혀서 고정된 것들이 아니었죠. 무질서 속에서 움직였어요. 삶과 물질의 우연하고 불규칙한 리듬을 닮아서 말입니다. 문장들은 문법 구조라는 것이 거의 없었어요."

"일종의 자동기술 같은 것인가요?"

"아뇨, 정반대예요. 자동기술이란 단어들을 통해 의미 너머에 있는 어떤 세계를 되찾으려는 노력이라고 할 수 있죠. 언어 대신 이미지를 이용하는 겁니다. 반면 저의 글쓰기는 읽기의 영역에서 글쓰기의 영역으로 옮겨가려는 시도였어요. 그 후 저는 동일한 시도를 했는데, 그 방법은 언어를 창안하는 것이었어요. 그렇게 만든 언어에 엘멘이라는 이름을 붙였죠. 엘멘은 어떤 단어든 동일한 의미로 반복해서 사용되지 않는 언어였어요. 사람이나 테이블이라는 단어는 스루, 스티미, 엑스, 플란티, 아즈아즈, 윌라오토스게린 등등이 될 수 있고, 이런 식으로 상황과 문맥에 따라 무한히 바뀔 수 있었죠. 그것도 하나의 언어였어요. 세상에서 최소한 한 사람에게는 하나의 기표(記票)와 하나의 기의(記意)가 있었으니까요. 그 언어에서는 두 단어가 유사한 경우란 없었고, 따라서 두 단어가 동일한 것을 의미하는 경우도 없었죠. 하나의 테이블은 결코 하나의 테이블이 아니었던 거예요. 실제로 어떤 한 테이블이 다른 한 테이블이 아니듯이 말입니다. 저는 엘멘으로도 많은 글을 썼어요. 하지만 그 글을 다시 읽는다는 것은 불가능했기 때문에 곧바로 접어버리고 말았죠. 그것은 순수한 글쓰기, 글을 쓴다는 순수한 행위의 결과에 불과했으니까 말이에요. 하지만 글쓰기가 아무것도 의미하지 않기, 단지 일련의 어림잡기였던 그 시절이 저는 늘 그리워요. 지금은 인간의 언어가 아주 빈약하다는 생각이 들어요."

"그 철학서들을 몇 살까지 읽었나요?"

"여전히 읽고 있어요."

"그러면 형이상학은?"

"여덟아홉 살 무렵, 저는 자연과학 분야로도 눈을 돌렸어요. 말하자면 숫자의 세계를 들여다본 거죠. 숫자들이란 표의문자였고, 그런 의미에서 그것들은 무척 흥미를 끌었어요. 대수의 추상적 개념과 삼각함수는 저에게 무엇인가 중요한 것, 저를 충족시켜줄 수 있는 것으로 다가왔어요. 몇 달 동안 그렇게 수학 정리들을 공부하며, 또 그것들을 응용해보며 지냈죠. 하지만 결국 저는 그것이 단순한 기계론에 불과하다는 사실을 깨달았고, 곧바로 싫증이 났죠. 그렇더라도 추상, 일반적 방법론에 대한 흥미는 식지 않고 남아 있어요."

"실천과학 쪽은 어떤가요? 그쪽 분야에 대해서는—"

"그런 학문들에도 흥미를 느꼈어요. 화학, 동물학, 물리학. 그러나 제게는 실험이라는 접근 수단이 없었어요. 2, 3년 전만 해도 저를 실험실에 받아줄 사람은 없었을 걸요. 지금은 너무 늦었죠. 이제는 그런 실험에 뛰어들고 싶은 마음이 없으니까요. 그쪽 분야의 연구에 저까지 참여하고 싶지는 않아요. 발전이라는 것은 절대적으로 과학과 연관되어 있음을 뼈저리게 느끼지만 말이에요. 그래도 저는 옆으로 한 걸음 떨어져 지켜보는 입장이 좋아요. 관찰자의 입장에 머무는 것이죠. 움직이되 휘말리지는 말자, 이런 것 말입니다."

"그러면 지금은 어느 쪽으로 방향을 잡고 있나요?"

"뭐라고요, 방향을 잡는다고요?"

"네, 앞으로의 계획은 무엇인가요?"

"그 질문에는 이미 대답했는데요. 아무 계획도 없다고 말이에요. 지켜보는 일은 공짜로 누릴 수 있어요. 제가 어떤 전문 직종을 갖기를 바라시는 이유가 뭔가요?"

"그렇다면 이제까지 공부에 매달려온 이유는 무엇이죠?"

"오, 그건— 그건 끝난 지 한참 된 이야기예요. 실수였지요. 하지만 그 당시는 서커스 관객을 즐겁게 해주기 위해 두뇌를 쓰는 일이 얼마나 타락할 수 있는지, 얼마나 천박해질 수 있는지 몰랐어요. 게다가 부모님은 돈이 필요했죠. 부모님을 생각해서 그냥 따를 수밖에 없었어요. 그렇지만 후회스러워요."

"하지만 그 덕분에 본인은 얻은 것이—"

"덕분에 제가 무엇을 얻었다는 거죠? 유명해졌다는 말씀인가요? 강연회를 여는 것으로요? 그런 것이 저에게 가장 중요하다고 정말 생각하세요? 아뇨, 아니에요, 이제까지 그랬으니, 낭패이긴 하지만, 저로서는 할 말이 없어요. 하지만 명예나 금전이 없었었도 저는 상관없었을 거예요."

"자신 있게 말할 수 있나요?"

"……"

"나는 태어날 때부터 신을 믿었다."

"종교를 갖게 된 것은 언제인가요?"

"어떤 계기로 종교를 갖게 된 것은 아니에요…… 감히 말하자면 저는 기억이 나는 한 언제나 신앙을 갖고 있었어요. 태어날 때부터 신을 믿었지요."

"그동안 신앙에 기복을 겪었던, 회의를 품었던 시기가 있었나요?"

"전혀 없었어요. 저는 종교에 대한 분명한 의식을 지니고 있었고, 또한 여덟아홉 살 무렵에는 제가 종교를 버릴 수도 있다는 걸 자각했거든요. 무엇인가 제게 영향을 끼쳤어요. 당시 저는 분위기가 좋은 어떤 성당에 자주 갔어요. 미사를 올릴 때면 성가대 노랫소리가 무척 아름다웠죠. 또한, 묘한 일이지만 제가 반종교적 정신의 실체를 깨닫게 된 것은 어떤 부당함을 느껴서가 아닌, 완성, 아름다움, 숭고함에 대한 감각 때문이에요. 저는 현세에 발을 붙인 채로 신의 세계에 빠져들었어요. 천상의 기쁨 속에 잠겨 있었죠. 그러면서 여전히 이곳, 지상에 발붙인 한 인간이었어요. 그저 작고 보잘것없고 유한한 하나의 인간 말입니다! 이 명백한 모순이 무엇보다 저를 힘들게 했죠. 신의 존재를 이처럼 온전히 느끼면서 어떻게 여전히 이 지상의 한 인간일 수 있을까, 라는 고민이었어요. 그렇지만 이런 고민에도 불구하고 결코 신의 존재를 의심하지 않았죠. 그때까지는 성서, 그리고 종교 서적을 읽는 것에 만족했어요. 그런데 특히 루이스브뢰크의 사상이 저를 사로잡았어요. 스코투스 에리우게나에게도 끌렸고요. 하지만 저의 종교관은 무엇보다 루이스브뢰크를 통해 형성된 것이죠."

"신비주의 말인가요?"

"네, 신앙이 취할 수 있는 유일한 형태로서의 신비주의죠. 당연한 일이지만, 저는 곧 파스칼과 마주쳤어요. 돌이켜보면 이렇게 저는 성 아우구스티누스 혹은 토마스 아퀴나스의 신학과 대비해볼 때 순수하고 소박한 이교에 머물렀죠. 제가 뭔가 위기라는 것을 겪었다면 그것은 그 시기의 일이에요. 하지만 그것은 여전히 믿음을 지닌 상태에서의 문제였지, 신의 존재를 의심한 것은 결코 아니었어요. 데카르트나 말브랑슈 같은 철학자들은 제게 계속해서 낯선 세계들을 제시해 보였죠. 추론과 변증법의 세계 말이에요. 저는 그들의 저술을 읽었고 이해했어요. 그러나 뭔가를 의심해야 한다면 그것은 바로 그들, 세상 만물을 놀랍게도 전부 동일한 법칙으로 설명할 수 있다고 주장하는 그들의 철학이에요. 그것은 인간의 언어, 지극히 빈약하고 결함 많은 그 언어를 토대로 삼아 하나의 세계를 구축할 수 있다고 주장하지요. 알다시피 그런 언어 위에 구축된 사상은 두 동강이 나 있어요. 문장이 두 부분으로 나뉘어 있으니까요. 원인이 있으므로 결과가 있고, 주어가 있으므로 서술어가 있고, 주절이 있으므로 종속절이 있다는 것이니까요. 그야말로 신이 있으므로 선이 있다, 라는 주장이에요. 그건 제가 보기에 유치하고, 빈약하고, 맹목적입니다. 다른 것이 필요했어요. 무엇인가 경계를 넘어서는 것, 빠져나가서 스스로를 비우는 것, 어떤 완전한 정적, 현실과 대비되는 완전한 순수가 있어야 했어요."

"그것을 루이스브뢰크에게서 얻었나요?"

"천만에요! 루이스브뢰크 역시 논리를 만들어냈죠. 하지만 그는 신학자였고, 그가 활동하던 시기인 14세기에는 순수하게 신비주의적인 경험을 바탕으로 영적인 고양에 이를 수 있다는 걸 인정할 사람은 아무도 없었을 거예요. 당시 신비주의자라는 사실은 신변에 위험을 초래할 수도 있었죠. 종교적 몰아 상태는 비난받을 일에 가까웠고요. 그런 터라 생각을 어떤 틀 안에 담을 필요가 있었어요. 부연설명이 있어야 했고, 확실하고 분명한 논증을 곁들여야 했어요. 그렇게 되자 언어는 여전히 그 언어가 아닌, 다른 것이 되었어요. 달라진 그 언어로는 자신의 생각을 자유롭게 표현할 수 없었던 거죠. 사실 우리 시대는 신비적 황홀경을 경험하기에 이상적인 것 같아요. 심지어 그런 도취 상태를 언어로 표현하려고 시도하기도 하죠!"

"그렇지만 본인은 루이스브뢰크의 신학에, 더 일반화해서 신비주의에 종교적 미덕의 핵심이 있다고 생각하지요? 그 이유는 무엇인가요?"

"합리적인 이유를 댈 수는 없어요. 차라리 선험적으로 접근하고 싶어요. 즉 신앙은 일종의 몰아지경이며, 따라서 이런 도취 상태에 근접한 것은 무엇이든 신앙이다, 라고 말이에요."

"그렇지만 그것은 위험한 말인데요. 어떤 몰아지경이든지 상관없이—"

"어떤 몰아지경이든 상관없이 그렇다는 말은 아니에요."

"그렇다면 거기에 해당되는 어떤 범주가 있나요?"

"전혀 없죠. 몰아란 말하자면 인간이 경험할 수 있는 어떤 정상적인 상태예요. 그 상태를 촉발하는 데 그리 많은 것이 필요하지도 않아요. 지극히 사소한 무엇, 혈관을 타고 흐르는 약간의 알코올 기운, 약간의 마약, 과도한 산소 공급, 분노, 피로, 이런 것들로도 가능하죠. 하지만 이 상태는 그것이 어떤 방향으로든 통제가 가능한 한에서만 흥미로워요. 그것은 머릿속에서 일어나는 어떤 큰 변화에 대한 것이지만, 그 변화가 우리 정신의 미지의 영역들을 깨어나게 하지요. 사실 고주망태가 된 사람과 법열에 든 성자 사이에는 근본적으로 아무 차이가 없어요. 그렇지만 한 가지 다른 점은 있는데, 즉 해석의 차이지요. 이성이 무기력해지는 그 몰아의 순간을 맞이하자면, 그 전 단계로 주체의 의식이 일종의 동요 상태에 빠져들어야 합니다. 뇌가 극도의 흥분 상태가 되어야 한다는 것이죠. 바로 그런 순간이 진정으로 몰아의 도취를 촉발하고, 방향을 부여해주죠. 그에 반해 도취 그 자체는 지향하는 데가 없는, 맹목적인 것입니다. 그건 완전히 텅 빈 상태예요. 비상도 추락도 없어요. 그저 고요할 뿐이죠. 그러므로 말할 수 있는 것은, 성인(聖人)은 신을 결코 알 수 없을 거라는 거예요. 신에게 다가갔다가 되돌아오니까요. 다가가기와 되돌아오기라는 이 두 단계는 있어요. 경험할 수 있고 기억할 수 있죠. 이 두 단계 사이는 없어요. 텅 비었어요. 기억 속에서 완전히 지워진 거죠. 몰아적 도취의 어떤 순간, 성자와 약물중독자는 동일한 증상을 보여요. 둘은 동일한 지점에 있거든요. 동일한 낙원에요. 텅 비어 있는 엄청난 낙원이죠."

"신이 존재하지 않는다는 것이 중요한 문제인가요?"

"본인의 종교는 무엇이죠?"
"저는 정말로 종교가 없어요. 종교의 기본 원리에 반박하는 건 아니에요. 그것만이 종교적 감정이 왜 생겨나는지 설명해줄 수 있으니까요. 그렇지만 제가 생각하기에 종교심이란 대개 종교라는 형식이 갖춰지기 이전에 생겨나는 거예요. 말하자면 신을 향한 순수하고 진실한 승화의 정신은 본질이고, 반면에 가톨릭 같은 한 종교를 구성하는 규범의 총화는 부수적이라는 것이지요. 기독교든 불교든 여러 종교들이 못마땅한 것은 이런 의례가 개인이 신을 통해 완전한 성숙에 도달하는 일을 방해한다는 사실입니다. 신이란 개개인이 전유해야 할 대상인데 말이에요. 종교는 감시자가 되어 금기를 만들어내죠. 그 자신이 도덕이 되는 거예요. 그렇지만 신이 모든 도덕을 넘어선다는 건 분명하거든요."

"신은 도덕적 선이 아니라는 건가요?"

"엄밀히 말해 아니에요. 신은 선이 아니죠. 신은 그냥 존재할 뿐이니까요. 선, 악이란 규범에나 적용될 만한 한심한 단어들이죠. 우리의 물질적 삶의 세부사항과 연관된 어떤 규범 체계 안에서나 성립한다는 의미예요. 신이 인간의 보잘것없는 단어들과 보잘것없는 가치에 관여할 이유가 없잖아요? 그러니 신은 선이 아닌 거죠. 선 이상의 무엇이에요. 어떻게 보면 존재의 가장 풍요한, 완전무결한, 가장 강력한 형식이라고 할 수 있죠. 그러므로 존재에 대한 고찰이란 신이 그 자신의 존재를 우선 내보이지 않는 한 불가능하다고 생각해요. 신은 창조된 것이지요. 따라서 신은 영원한, 목적이 정해지지 않은 원리, 삶 그 자체라고 할 수 있어요. 이 말을 생각해보세요. '나는 존재자이다'. 인간이 쓰는 언어로 신의 존재 형식을 이보다 더 잘 이해하고 표현한 말은 없어요. 시간을 초월한 존재, 아니, 시간을 초월해서 영원하다는 형용조차도 해당되지 않는 존재예요. 원리죠. 말하자면 아무것도 없다,가 아니라, 무엇인가 있다,라는 것입니다."

"그렇지만, 신은 굳이—"

"신은 말로 표현할 수 있는 영역을 넘어서지요. 이를테면, 나는 신이다,라고 말한들 상관없어요. 의심할 것도 질문할 것도 없어요. 당신도 존재해요. 따라서 당신은 신이에요. 당신이 신이 아니고 달리 어떠할 수는 없어요. 신이 아니라면, 존재하는 것이 아니니까요."

"일종의 범신론인가요?"

"아뇨, 만물에 깃든 신을 찬양하자는 이야기가 아니거든요. 신은 무언가에 깃들어 있는 것이 아니라 외부에 있어요. 그러므로 당신이 신이라고, 내가 신이라고 말했다 해도, 제 말을 신은 어떤 종류의 육신이라는 의미로, 그 육신 안에서 우리가 살아간다는 의미로 받아들여서는 안 된다는 것입니다. 그런 의미는 아니에요. 저는 단지 신은 있다,라는 문장의 두 단어 사이의 어떤 아날로지를 이야기하고 싶었어요. 주어가 '신'이라고 할 때의 '있다'를 살펴보려 한 것이죠. 그 '있다'는 말하자면 어떤 고유의 범주, 상대적이지만 시간과 공간만큼이나 실재적인 범주예요. 신은 이 범주에서 절대인 것이죠. 마치 무한이 공간에서 절대이듯이, 영원이 시간에서 절대이듯이 말입니다. 정신이 빈약한 인간들은 신을 상상할 수 없는 이유가 바로 이것이죠."

"그렇지만 신이 인간을 조종하는 게 아닌가요? 인간이 자신의 의지로 움직인다는 건가요?"

"네, 인간은 자유로운 존재예요. 하지만 성인(聖人)의 삶에서는 이 자유가 별로 빛을 보지 못하지요. 중요한 것은 신성이란 무엇인지 되도록 완전히 파악하는 일입니다. 인간은 살아 있는 존재인 한, 각자 신의 속성을 지니고 있지요. 선, 악, 이런 것들은 인간으로서의 우발적 속성에 불과합니다. 이런 우발성을 감시하고 통제하기 위해 경찰이 있는 것이지요.

그런데 인간이라면 누구나 바라는, 바라지만 의무는 결코 아닌 일이 있습니다. 바로 신을 향해 올라가려는 것이지요. 더 높이 올라가려는, 의지와 욕망을 자신의 존재 양태에 맞춰놓고, 중심으로, 핵심으로 바싹 다가가려는, 밀착하려는, 간격을 점점 더 좁혀가려는 것입니다. 열광적 숭배와 성스러움의 힘을 빌려 생명의 특별한 힘을 증대시키고, 그 힘을, 말하자면 눈으로 확인하는 과정 없이, 이성의 힘을 빌리지 않고, 신념과 집중력, 계속해서 더 강해지려는 의지를 통해 확대하려는 것입니다. 이렇게 끊임없이, 어떤 매개물 없이 곧바로, 지극정성으로 올라가서 마침내 첫번째 진리, 최초의 의지, 빛과 열의 중심, 완전한 존재에 대한 구체적인, 행위와 유사한 사유에 다가서려는 것입니다."

여기까지 말한 마르탱은 처음으로 조금 머뭇거렸다. 그러더니 단지 녹음기만을 의식한, 조금 낮은 목소리로 다음과 같이 말했다.

"자, 지금까지 이야기한 것에 비춰볼 때, 그렇죠, 신이 존재하지 않는다는 것이 중요한가요? 묻고 싶습니다. 그 점이, 실제로, 중요한 문제인가요?"

다음 날, 더위와 집집마다 흘려보내는 트랜지스터라디오 음악 소리를 견디다 못해 마르탱은 아파트 건물을 내려와 공동마당으로 나섰다. 오후 3시 30분쯤 된 시각이었다. 공터에 인기척은 없었다. 건물 10층에 박힌, 네모 상자를 닮은 그의 집 안에서 부모가 벌레처럼 구물거리고 있었다. 하늘은 찢어질 듯이 푸르렀고, 태양은 제자리에서 허우적거리며, 마치 뒷걸음쳐서 그 푸른 공간에, 무한히, 파묻히려는 듯이, 땅 위 허공에 흰 구멍을 내는 중이었다. 마르탱은 줄지어 늘어선 주차장 입구를 따라 걸음을 옮겼다. 공터 한가운데에 아이들 놀이터인 모래밭이 있었다.

마르탱은 그 모래밭을 중심으로 원을 그리며 돌았다. 원이 점점 더 좁혀졌다. 마침내 모래밭 가장자리 시멘트 경계석 위로 올라서야 했고, 이어서 그 둥근 터 안쪽, 모래 위를 걸어야 했다. 모래밭에서 발을 옮겨놓으면서도 계속해서 원을 점점 더 좁게 그려나갔다. 걸음을 옮겨놓을 때마다 발목까지 모래흙 속으로 빠졌다. 한가운데에 이르자 그는 잠시 꼼짝하지 않고 서 있었다. 이윽고 하늘을 향해 고개를 들어 둘러선 아파트 건물을 쳐다보았다. 어느 창문에든 사람은 그림자도 보이지 않았다. 벽에 뚫린 그 무수한 구멍들은 거무끄름하게 텅 비어 있었다. 이따금 여자 속옷, 셔츠, 코르셋 나부랭이가 빨랫줄에 걸려 바람에 나부꼈다. 어떤 정적이 사방을 짓눌렀다. 그것은 깊은 물 밑바닥으로 가라앉을 때 들리는 소리, 높은 압력으로 멍해진 귓속의 윙윙거림과 비슷했다.

하늘이 그의 이마로 내려와 거대한 망치가 되어 내리친 것 같았다. 단번에 온 세상이 뒤집혔다. 그는 돌덩이처럼 쓰러져 있었다. 정신이 멍했다. 자신이 속도 그 자체가 된 느낌이었다. 그는 중력에 붙잡혀 그 공간 속을 부유했다. 무엇인가 넓적하고 편편한 것이 적의를 풍기며 접근해 오고 있었다. 도시와 숲으로 뒤덮이고 사방으로 도로와 철길이 뻗어 있는 그것은 엄청나게 부푼 크기였다. 그것이 던지는 묘한 그림자들이 어슷하게 비껴 먼저 다가왔다. 시간이 지날수록 거리는 점점 더 가까워졌다. 그는 그것과 일직선에 놓여 완벽한 수직을 이루었다. 그 자리에 휘몰아치는 센 바람이 미풍을 몰아냈다. 그는 하늘을 향해 마치 땅속으로 꺼지듯이 떨어져 들어갔다. 그 충격이 휘몰아치는 동안 그는 모래 속에 쓰러져 뒹굴다가 그대로 엎어져 있었다.

이렇게 30분이 흐르는 동안 손가락 하나 움직이지 못했다. 이윽고 뜨거운 햇볕, 아파트 건물 양편에서 빠르게 달려가는 자동차들의 소음,

약한 바람에 실려 희미하게 떠도는 모래먼지, 이 모든 것들이 점차 그를 다시 깨어나게 했다. 그는 얼굴을 더러운 흙바닥에 처박은 채 배로 기어 조금씩 앞으로 나아갔다. 두 손이 모래 속으로 파고들어 헤집고, 허우적 거리고 움켜잡으면서, 거북이 다리가 그러듯이 나머지 몸뚱이를 그럭저 럭 끌고 갔다. 앞을 더듬어나가던 손은 이따금 엉뚱한 물체에 걸리기도 했다. 오래전에 버려진 물체들, 오렌지 껍질, 반쯤 빨아먹다가 뱉은 사탕, 머리빗, 굽은 갈퀴와 구멍 난 양동이, 모래가 가득 든 성냥갑, 기름 먹은 종이, 사탕이나 아이스바를 먹고 버린 막대 같은 것들이었다. 모래에 쓸 려 닳아버린 유아용 샌들도 있었다.

　이런 식으로 모래를 헤집어 나아가면서 마르탱은 숨을 거칠게, 짧은 비명처럼, '아-아', '아-아' 하며 몰아쉬었다. 모래흙이 옷 속으로 밀려들 었다. 두피와 콧구멍에도 모래가 쌓였다. 덕분에 그는 기어 다니는 한 마 리 괴상한 짐승이 되었다. 흙속의 지렁이 혹은 달팽이가 되었다. 달아나 려고 진이 빠지도록 버둥거려야 하는, 그느라 빈약한 몸뚱이에 달라붙 은 끈끈한 물질을 한 점 한 점 털어내고 있는 두더지였다. 모래가 안경알 을 잿빛 증기 같은 것으로 뒤덮는 바람에 그는 어림짐작으로 방향을 잡 아야 했다. 어디로 가야 할지 제대로 아는 것은 두 손뿐이었다. 손은 이 따금 손가락들을 더듬이처럼 세우고 사방으로 땅바닥을 더듬어나갔다. 이런 움직임 속에서 모래자갈의 생생한 질감에 닿는 것만으로도 손바닥 한가운데에 어떤 격렬한 환희가 파들거리며 고개를 들었다. 짜릿하고 찰 나적인 환희였다. 그 감각이 모아 쥔 손을 거쳐 팔꿈치, 어깨로 퍼져나가 온몸을 가득 채웠다. 두 손은 독자적인 생명체가 되었다. 뒤에 무력하게 매달려 있는 살덩어리 한 짐을 다섯 개의 다리를 능란하게 써서 끌고 나 가는 짐승들이었다.

모래밭 테두리에 가닿자 마르탱은 몸을 일으켰다. 먼저 머리를 숙이고 등을 굽힌 자세에서 무릎으로 몸을 세웠다. 이어서 모래 위에 앉아 두 손을 뒤로 짚어 몸을 지탱한 채, 잠시 두 눈을 멍하게 뜬 상태로 꼼짝도 하지 않았다.

아파트 건물 위쪽으로 고개를 들다가 발코니에 몸을 기울인, 아주 작은, 파리만 한 크기의 아버지와 어머니의 모습을 보았다. 그들은 그를 바라보고 있었다. 어머니가 손을 흔들었다. 그는 어머니의 입술에서 어떤 단어들이 만들어지고 있는지 짐작이 갔다. 정확하면서 무미건조한 그 단어들이 빽빽한 제라늄 화분에서 비어져 나온 잎사귀들처럼 그에게로 떨어져 내리고 있었다.

"놀이를 하네! 마르탱을 봐! 저 아이는 지금 놀이를 하는 중이야! 저기, 모래더미에서, 즐거워하고 있어. 아이처럼 장난을 치네. 우리 아들이 모래장난을 한다니까!"

아파트 건물 앞터에는 자주색 그림자가 태양과 반대 방향으로 서서히 길어지고 있었다.

마르탱은 다가오는 그 그림자를 응시하느라 높은 발코니에서 몸을 기울인 가느다란 윤곽들을 잊어버렸다. 그늘은 옅은 안개처럼 공터 바닥에 깔려 천천히 기어왔다. 그것은 점차 작은 덩어리들로 나뉜 뒤 몇 덩어리씩 서로 뭉쳐 공터를 가득 채우더니 배수로로 스며들고, 가로막은 벽체들을 타고 올라갔다가 별 까닭 없이 단번에 미끄러져 내려오곤 했다. 그것은 구멍들을 눈 깜짝할 사이에 채우고, 마치 뱀처럼 환기구와 하수구 속으로 기어들었고, 지상의 갖가지 선들을 타넘으며 주위의 모든 것을 융해시켰다. 자갈, 모래, 포석 들이 한꺼번에 그 그늘 속으로 녹아들면서 투과성 있는 무엇이 되었다. 그것은 마치 물 같은 것, 넘실거리는 푸르스름한 밀물 같은 것이었다. 그 물결이 사물의 경계를 무너뜨렸다. 쇳빛 너울을 펼쳐 물체의 윤곽을 급작스레 지워버렸다. 태양이 새하얗게 표백해놓았던, 빛을 받아 제각각 반짝이는 사물들로 가득 차 있던 공터 위로 이제 이 그림자가 덮쳤다. 그림자는 물체들을 하나씩 하나씩 부숴나갔다. 어느 것 하나도 봐주는 법이 없었다. 사물들의 테두리가 터져 내용물이 흘러나와 땅바닥에 깔렸다. 파편이 부유하는 청록색의 묘한 액체가 마당 분수대와 아파트 건물을 채워나가고 있었다.

마르탱은 모래밭에 올라앉은 채 그 그림자 바다에서 난파된 꼴이었다. 외딴섬에 올라와 있는 것 같았다. 어떤 의미에서는 피신해 있었다. 그 자리는 아파트 건물 서쪽 출입구를 통해 들어와 비스듬하게 비추는 한 줄기 햇살 덕분에, 사방에 넘실대는 그늘의 물결이 아직까지는 와 닿지 않았다. 그렇지만 그늘은 계속 밀려왔고, 태양은 점점 기울어갔다. 이제 곧 일몰의 마지막 순간에 이를 터였다. 두 건물 사이로 난 수직 통로를 따라 몇 분 더 시간을 끌다가 떨어질 터였다. 햇살을 받아 옅은 빛을 머금은 그의 얼굴을 가로로 비껴 새들이 날아갈 터였다. 커다란 검은 새들은 허공의 왼쪽에서 오른쪽으로, 오른쪽에서 왼쪽으로 몰려왔다가 몰려갈 터였다. 그리고 얼마 지나면 별 문제 없이, 정말이지 아주 자연스럽게, 하늘이 사라질 것이다. 남은 것이라고는 돌과 금속이 뒤덮은 땅, 아직 열기로 들끓는, 긴 거울처럼 평평한 대지, 그리고 수은 색깔의 바다뿐일 것이다. 빛은 미립자들 가운데에서 계속 떠돌 것이다. 눈에 잡히지 않는 대기 속에서 계속해서 불어날 것이다. 그러면서 희끄무레한 섬광의 미미한 소용돌이를 일으켜 알 수 없는 곳으로, 망막에 남은 잔상처럼 흩뜨릴 것이다. 이 모든 과정이 끝나면 지상에 홀로 있는 느낌이 고개를 들 것이다. 어디론가 숨어드는 일 말고 다른 할 일은 없어질 것이다. 아마도 몸을 떨면서 얼굴을 땅에 처박은 채 숨을 죽이고, 생명을 마지막으로 호흡하느라, 감미로운 온기를 마지막으로 들이마시느라, 어느 구멍, 엉킨 뿌리 틈새에 입을 쑤셔 넣고서 말이다.

건물 그림자는 여전히 마르탱을 향해 다가왔다. 그는 안경알 뒤편에서 활짝 벌어진 눈으로 그 그림자가 가까워지는 것을 계속 지켜보았다. 태양의 고도가 낮아질수록 그림자가 다가오는 속도는 빨라졌다. 그림자의 행진은 이제 거의 막바지에 이르렀지만 아직까지는 눈으로 볼 수 있었다. 땅은 매번 수십 센티미터씩, 거의 1미터씩 마치 액체처럼 녹아들며 사라졌다. 놀라운 사실은 그림자가 비록 빠르게 다가오고는 있지만 아무런 흔적도 남겨놓지 않는다는 것이었다. 이 모든 과정을 보면 빛이 어둠으로 바뀌는 이 단계란 일시적인 과정이 아니라, 어떤 피할 수 없는 불가사의한 변신이기나 한 것 같았다. 시멘트 바닥은 저쪽은 희었고, 이쪽은 검었다. 마치 바둑판 같은 모습이었다. 영락없는 바둑판. 그 거대한 놀이판의 무늬 한 칸 한 칸이 차례차례 뒤집히고, 뒤집힌 자리에는 균질의 검은 이면만이 드러날 뿐이었다.

그렇지만 밤이 내려앉은, 무(無)가 내려앉은 그 자리는 얼마나 풍요했는지! 거기에는 짙은 향기와 단단한 골격이 있었다. 사물들이 검은 것을 몸에 묻힌 채 우글거리고, 서로 뒤엉킨 무엇, 빛나는 것들이 흘러 다녔다. 사람들은 눈에 보이지 않는 배에 흔들리며 실려 갔다. 물결이 단단한 지지대가 되어 당신을 편안히 받쳐주고 손발이 되어주었다. 그랬다. 경이로운 어떤 풍경 속으로 별안간 빠져든 것이다. 밤을 그린 어떤 그림, 우물처럼 깊은, 매혹적인 그림 속으로 들어간 것이다. 호리병 속으로 머리부터 먼저 빨려 들어간 것이다. 그러자 어떤 은신처, 행위로 축소된 삶의 이면, 문화라고 하는 왕성한 거품, 어떤 발효 지대가 눈앞에 펼쳐졌다.

발효 지대에는 증기처럼 기화된 희미한 입자들이 천천히 올라오고 있었다. 입자들은 무겁게 깔린 구름의 형상으로 퍼져 올라오면서, 그 안에서 끊임없이 서로 뒤섞였다. 그것은 밤의 어떤 유형, 평화롭지도 않고 고요하지도 않은 성격의 어둠이었다. 그 어둠 속에서는 모든 것이 잔혹함을 품고 있었다. 잔혹한 분노가 과거로부터 고개를 들어, 느리게, 위험하게 시간의 흐름을 거슬러 올라왔다. 그곳은 완전한 부재의 영역, 태양도 지평선도 없이 이루어지는 일몰 같은 곳이었다. 평온한 정적과 파괴가 교차되며 마르탱의 뇌 깊숙한 곳을 흔들기 시작했다. 그 움직임은 차츰 확산되어 피부와 장기를 통해 퍼져 나갔고, 그러고도 더 확산되어 마치 인간의 피처럼 땅 위로 흘렀다. 하지만 그 피는 신경을 마비시키는 사막 뱀의 맹독을 품은, 차갑고 탁한 피였다.

마르탱은 이제 어둠에 묻혔다. 그는 머리를 몸에 바싹 끌어당겨 붙였다. 안쪽을 향해 뒤집어놓은 사람처럼 머리가 목 안으로 잠겨 들어갔다. 그렇게 해서 그는 자기 몸 깊숙한 안쪽, 신체 장기 속에서 흘러 다니는 그 기이한 어둠을 바라보았다. 오래전부터 그가 품어온 욕망은 이것이었다. 자신의 육체 속에서 살아가는 것, 오로지 자신으로, 자기 안에서만 살아가는 것, 스스로 집이 되어 그 안에서 안전하게 살아가는 것 말이다. 모래밭 위에서 그는 두 팔을 뒤로 뻗어 마치 말뚝처럼 손목까지 모래 속에 찔러 넣은 자세로 앉아 있었다. 그의 몸은 서서히 잿빛 고운 먼지로 뒤덮였다. 비듬처럼 미세한 모래 입자가 바람에 쓸려 올라갔다가 다시 빗물처럼 그에게로 떨어져 내렸다. 다가오던 그림자는 그를 스쳐 지나갔고, 그러면서 그의 형체는 한층 더 흐릿해졌다. 이제 어느 부분에도 빛의 흔적은 없었다. 옷, 머리카락, 피부, 눈, 안경, 셔츠 단추, 목에 건 금목걸이까지, 모든 것이 잿빛이었다. 그렇지만 눈으로 식별할 수는 있었다. 그는 여전히 뭔가를 생각하는 중이었다. 아파트 건물 아래 이 시멘트 바닥에 직선으로 길게 뻗은 길들을 상상해보았다. 몸속에 들어앉은 이 세계의 완전한 소실인 죽음이란 자신의 뒤편에서, 주위에서, 이 아파트 건물 담장 너머에서 이루어지는 생명과 빛의 특별한 폭발이 있어야만 가능한 것 같았다. 그것은 태양과 그 열기의 기억이 아니라, 대지 위에서 여전히 벌어지는 치열하고 결사적인 전투 같은 것이었다. 사방 윤곽선들은 지치지도 않고 새로 생겨났고, 벽들은 어둠 속으로 부서져 들어간 만큼 새로 세워지고 있었다. 선들이 생겼다가 지워지고 또다시 나타났다. 이 세계는 한 꺼풀 벗겨지자 새로 얇은 껍질을 뒤집어썼고, 그림자는 모든 것 위로 지나가면서 우툴두툴한 요철, 굳은 표면에 새겨진 기호들을 부드럽게 밀려왔다 밀려가는 물결처럼 사방으로 흘러넘치며 쉼 없이 씻어냈다. 눈에 보이지 않는 손처럼, 아니 닿지 않는 지우개처럼 지면 전체를 문지르며 모든 것을 지우고, 그 자리에 푹신한 흙이 깔린 긴 물가, 끝없는 하늘이 반사되어 희미한 윤기가 비치는 개펄을 빚어냈다.

마르탱은 다시 몸을 움직였다. 모래흙을 만지작거리며 놀이를 했다. 양동이와 삽이 있으면 좋겠다는 생각이 들었다. 모래로 성을 쌓고 어떤 형체를 빚고 싶었다. 그는 이 사소한 놀이에 빠져들었다. 뇌 속에서 어떤 공 같은 것, 일종의 전구에 빛이 들어오듯 다음과 같은 문장, "땅속으로 아주 깊이 구덩이를 파야 해"라는 문장이 반짝였다.

땅을 파기 시작했다. 그렇지만 손가락들이 흙을 파 올려 구덩이가 만들어지면, 동시에 구덩이 속의 단면들이 무너져 내려 파놓은 부분을 다시 메우곤 했다. 그렇다 보니 10센티미터 깊이 이상으로 파기란 어려웠다. 하지만 마르탱의 손은 이것이 놀이, 그저 놀이일 뿐이라고 여기지 않았다. 땅속으로 아주 깊이 파 들어가야만 했다. 게다가 얼마 후 마르탱

214

은 작업의 요령을 터득하기 시작했다. 몇 센티미터 정도는 다른 문제를 살필 필요 없이 빠르게 파내기만 하면 됐다. 그러고 나서 손가락으로 조심스럽게 모래를 집어 들어내는 방식으로 1센티미터 1센티미터 파 내려가는 것이다. 그렇게 해서 앞서의 경험으로 알게 된 어느 지점, 더 나아가면 전부 무너져 내릴 바로 그 지점에 이르면 신경을 극도로 집중해야 했다. 숨을 참고 바람의 방향과 세기를 내심 살피면서 손가락 끝을 살금살금 놀렸다. 구덩이 한가운데에서 모래 알갱이를 한 알 한 알 집어냈다. 구덩이의 깊이가 1밀리미터, 2밀리미터, 3, 4, 5, 6, 7밀리미터 더 내려갔다. 벽면이 조금 움직였다. 가파른 벽면을 따라 미세하게 흙이 무너져 내리기 시작했다. 모래 알갱이들이 위에서 아래로 굴러 떨어지면서 그 뒤로 그것보다 더 작은 입자들이 고랑을 만들며 따라왔다. 가벼운 바람이 스쳐갔거나 아니면 로드롤러 한 대가 옆 도로로 지나가면서 그 진동으로 벽면 전체가 흘러내렸다. 그렇지만 구덩이는 여전히 거기, 주위 모래밭을 경계하고 위협하면서, 온전한 원추형을 유지하고 있었다. 구덩이가 무사하다는 것에 안도하며 한참 들여다보다가 다시 조심스럽게 흙을 파기 시작했다. 집게손가락을 세워 다시 1밀리미터, 2밀리미터 파내려갔다. 모래알을 얼마간 구멍 바깥으로 집어냈다. 그러자 단번에, 미처 살펴볼 겨를도 없이, 재앙이 일어났다. 모래가 함몰되면서 마치 덫처럼 마르탱의 손을 가둔 것이다. 구덩이가 있던 자리에는 아무것도 없었다. 미동도 없는 흙바닥 위에 단지 희미한 요철이 남았을 뿐이었다. 무너져 내릴 때의 그 둔한 소음마저 들리지 않았다.

마르탱은 이 놀이를 몇 번 더 반복했다. 나쁘지는 않았다. 실질적으로 움직여야 하는 일은 없었으니까 말이다. 단지 손만 꼼지락거리면 됐다. 모래를 파고, 내키는 대로 흙 알갱이를 집어 구덩이 바깥으로 퍼내고, 손에 걸리는 것들, 작은 나뭇가지 같은 것들을 집어내면서 곤충처럼 민첩하고 정확하게 움직이기만 하면 됐다. 이 놀이 동작은 점점 더 세밀해졌다. 움직임이 눈에 띄지 않을 정도로 작아지면서 영원히 멈추지 않을 것처럼 이어졌다. 그때였다. 구덩이 위아래를 오르내리는 마르탱의 손가락에 어떤 작고 둥근, 딱딱한 물체의 감촉이 느껴졌다. 마르탱은 그 물체를 오른손 엄지와 검지로 잡아 구덩이 바깥으로 꺼내 살펴보았다. 검은 씨앗 같은 것으로, 아주 잘게 부숴놓은 자갈만 한 크기였다. 광택은 없었고 구형에 가까웠다. 그 물체를 왼손바닥에 올려놓으면서 마르탱은 그것이 살아 있는 무엇, 어떤 벌레라는 것을 확인했다. 아마도 바구미이거나 비슷한 종류인 것 같았다. 바구미가 밀가루 포대 속이 아니면 거의 찾아보기 어렵다는 점을 고려해보면, 그건 작은 풍뎅이일 수도 있었다. 길 잃은 바구미, 모래 알갱이를 곡식알로 착각한 바구미가 아니라면 말이다. 마르탱은 고개를 숙여 손바닥에서 꼼짝도 하지 않고 있는 그 벌레를 한참 동안 찬찬히 들여다보았다. 거무스름한 둥근 몸통, 접힌 두 앞날개 사이의 가느다란 홈, 머리와 잔뜩 움츠린 더듬이가 눈에 들어왔다. 손을 퉁겨 벌레를 뒤집어놓고 그것의 회색 배를 살폈다. 오그라든 가느다란 다리들이 보였고, 그 다리마다 솜털이 난 미세한 갈고리 같은 것이 달려 있었다. 벌레는 움직이지 않았다. 죽은 지 이미 며칠이 되었다고, 그래서 그런 모습으로 말라버렸다고 생각할 수도 있었다. 하지만 마르탱은 속지 않았다. 바구미가 살아 있다는 사실을, 손에서 무사히 놓여나려고 죽은 체하고 있다는 사실을 곧바로 알아차렸다. 그건 이 작은 벌레가 한사코 몸을 둥글게 말고 있는 것만 봐도, 또한 접힌 더듬이가 미미하게 움칠거리는 것만 봐도 금방 알 수 있었다. 이 작은 먼지 알갱이, 새까만 과일 씨앗은 바로 공포 때문에 몸통을 뒤집어 스스로 죽은 것이었다. 팔딱거리는 생명이 숨어 있는 배에 다리를 바싹 오그려 붙이고 생의 시간을 정지시킨 것이었다.

마르탱은 벌레를 빤히 지켜보느라 손을 한참 동안 안경 높이로 들어 올린 자세였다. 이제 놀라운 생각들이 그의 뇌 속에서 태어나고 있었다. 가장 먼저 어떤 강렬한 욕구가 치밀었다. 벌레를 움직이게 하고 싶다는 욕구였다. 이것이 달아나도록, 생명을 연장하도록, 손바닥 근육의 요철을 타넘어 손목 쪽으로 기어오도록, 셔츠 소맷부리의 짙은 어둠 속으로 몸을 감추도록 하고 싶었다. 마르탱은 자신의 눈과 안경이 칼날이 된 느낌이 들었다. 그래서 속에서 치미는 욕구가 그 칼날에 담겨, 바싹 마른 검은 벌레를 무자비하게 난도질하고 있는 것 같았다. 단어들, 낱말로 떠도는 동사 같은 것들이 튀어나왔다. 움직이다 움직이다 움직이다 움직이다. 자신이 발사한 이 단어들이 벌레 배때기 한가운데로, 오그라든 다리들 사이로 쏟아져 내려, 벌레 몸뚱이에 생명을 불어넣고 표면의 죽음을 깨어버릴 거라고 느꼈다. 그러면 벌레는 정신없이 달아날 것 같았다. 공포에 사로잡혀 버둥거릴 것 같았다. 하지만 아무 일도 일어나지 않았다. 벌레의 딱딱한 껍질 속에서 시간은 여전히 멈춰 있었다. 어쩌면 벌레는 마비되어버린 것일지도, 별안간 정말로 죽은 것일지도 몰랐다. 무엇으로도 부술 수 없고, 꼼지락거리게 할 수도 없는 작은 돌조각이 되어버린 것일지 몰랐다. 그렇다면 그것은 어디에 있는가? 한때 '벌레'였던 그것은 어디로 사라진 것인가? 마르탱은 어떻게든 이 상황을 이해하려 해보았다. 한순간이었지만 그는 신이라는 존재에 아주 근접했었다. 숭고함의 어떤 극점에 도달했었다. 그런데 이제 어떻게도 손써볼 수 없었다. 싸움에서 패배한 것이다. 자신의 정신이 큰 계단을 다시, 점점 더 빠른 속도로 내려오고 있는 것 같았다. 아무것도 보이지 않고 보고 싶지도 않은 상태로 급하게 내려왔다. 한걸음 내디딜 때마다 더 깊이 추락하는 느낌이었다. 바닥으로 떨어져서, 산산이 부서져 부스러기 하나 남지 않을 것 같았다. 그것도 한 작은 벌레, 자신의 손바닥에서 한사코 웅크리고 있는 바구미인지 뭔지 알 수 없는 벌레 때문에 말이다. 너무 늦기 전에 뭔가 대책을 세워야 했다. 마르탱은 비통한 심정이었다. 밤이 오는 게 느껴졌다. 어둠이 걸음을 옮겨 다가왔다. 무엇인가 차갑고 불투명한 것이 그의 내부에서 퍼져 나갔다. 불안정한 검은 물결이 찰랑거렸다. 몸속 곳곳에서, 모래성이 소리 없이 가라앉듯이, 모든 것이 가루가 되어 무너져 내리고 있었다. 어떤 큰 불안감이 층층이 내리덮였다. 바람을 타고 번지는 검은 불길 같은 것이 닿는 자리마다 폐허로 만들며 계속 반경을 넓혀나갔다. 자신의 생명이 빠져나가는 느낌이 들 정도였다. 근근이 붙어 있던 생명이 빠져나가면서 남겨진 자리는 텅 비어가고 있었다. 모든 움직임이 사라진 정적이 되기 전에, 조각상처럼 굳어버리기 전에 어떻게든 해봐야 했다.

마르탱은 머리를 조금 더 숙여 왼쪽 손바닥에 바싹 갖다 댔다. 안경과 바구미의 거리가 너무 좁혀져서 이 벌레의 형체가 또렷이 보이지 않았다. 움직임이 없는 이 생명체는 불그레한 살덩이 한가운데에 찍힌 불분명한 검은 얼룩 같았다. 얼굴을 벌레로부터 10여 센티미터 거리에 들이대고 마르탱은 입술을 천천히 오므려 입바람을 불었다. 악취 섞인 날숨이 벌레를 단번에 뒤덮었다. 벌레는 몇 초간 버티더니 뒤집힌 몸통을 바로 세워 기어가기 시작했다. 마르탱이 이긴 것이다. 본능적인 혐오감에서 그는 벌레를 모래 위로 떨구고 그것이 꼼지락거리는 모습을 지켜보았다. 저속하고 고통스러운 뭔가가 피어올라 머릿속에 자리 잡았다. 마르탱은 중얼거렸다. "생명이란…… 생명이란……" 그러면서 그는 웃음을 터뜨렸다.

잠시 후 마르탱은 그 벌레를 손가락으로 다시 집어 들고 모래에 구덩이를 파서 그 안에 내려놓았다. 바구미는 즉시 다시 기어오르려고 했다. 그렇지만 모래알이 다리 밑에서 끊임없이 흘러내리는 바람에 다시 구덩이 바닥으로 떨어졌다. 벌레는 바닥으로 다시 굴러 떨어졌다는 사실에 어리둥절한 건지, 아니면 이유 없이 죽은 체하는 것인지는 모르겠지만, 잠시 가만히 있다가 다시 모래벽을 기어오르기 시작했다. 작은 다리들이 빠르게 움직였다. 머리를 모래 알갱이 사이에 밀어 넣고 더듬이로 사방을 요란스레 두드렸다. 마르탱은 벌레의 그런 움직임을 골똘히 응시했다. 벌레는 그 검은 몸뚱이를 벗어버릴 수 없었다. 마찬가지로 이 지상에서 벌레의 모든 삶은 이 구덩이 바닥에 놓여 있었고, 거기서 벗어날 희망도 없었다. 모래벽을 기어오르다 보면 이따금 위에서도 모래가 무너져 내리곤 했다. 묵직한 모래 덩어리가 쏟아져 벌레를 흙먼지로 완전히 뒤덮었다. 그러면 벌레는 다리로 자갈을 단단히 거머잡고 몇 초간 꼼짝도 하지 않았다. 그러다가 모래 사태가 잠잠해지면 또다시 위로 기어 올라갔다. 다리를 바르작거리며 위로 올라가고, 올라가고, 올라갔다. 다리 아래 모래 덩어리가 흔들리면 어김없이 뒤로 미끄러지면서 비틀거렸다. 그렇지만 벌레는 아랑곳하지 않았다. 어떤 난관에도 움직임을 멈추지 않았다. 올라가고, 또다시 올라갔다. 이윽고 구덩이를 3분의 1쯤 올라왔을 때였다. 별안간 모래벽이 버티지 못하고 무너지기 시작했다. 바구미는 계속해서 필사적으로 다리를 움직였다. 하지만 다리 아래에는 이미 아무것도 없었다. 모래벽 전체가 허물어지더니, 순식간에 모래가 급류처럼 흘러내리면서 바구미도 함께 쓸려 내려갔다. 그렇게 무너져 내릴 때마다 마르탱은 매번 바구미가 포기할 거라고, 이 불운에 몸뚱이를 내맡길 거라고 생각했다. 허약하고 가벼운, 죽음 앞에서 분명 속수무책인 몸뚱이였다. 그렇지만 벌레는 포기하지 않았다. 모래 더미와 함께 바닥까지 무너져 내린 다음 그것은 즉시, 앞서와 거의 동일한 방향의 벽면을 택해 다시 기어오르기 시작했다. 그러므로 벌레들에게도 역시 신은 있는 것이었다. 딱정벌레에게든 지네에게든 어떤 메시아가 있는 것이었다. 더듬이와 많은 다리를 달고 딱딱한 껍질을 뒤집어쓴 어떤 새까만 구원자, 그런 무엇이 계속해서 어떤 불가해한 지시를 내렸던 것이다! 이 흉측한 벌레들에게도 각각의 신이 있다. 뿔쇠똥구리에게도 신이 있고, 장수풍뎅이, 사슴벌레, 명충나방, 밤나방, 지네에게도 신이 있다! 마찬가지로 이 작은 세계, 이 모래 구덩이를 위한 신은 없겠는가? 지구 전체가 마르탱이 앉아 있는 이 모래밭과 같았다. 작은 사하라 사막이냐, 큰 사하라 사막이냐의 차이일 뿐이었다. 어디나 흙구덩이, 붕괴의 현장들이었다. 다리를 버둥거리고 더듬이로 사방을 두드린다. 그러면서 딱딱한 등껍질 내부, 촘촘히 모인 장기, 몸속은 이해할 수 없는 분노로 부들부들 떨며 그런대로 굴러간다.

마르탱은 264번째로 모래벽에 도전 중인 바구미에게서 시선을 거두고 앞에 펼쳐 든 자신의 손을 바라보았다. 손가락을 하나씩 차례차례 꼼지락거려보았다. 엄지, 검지, 약지, 중지, 다시 엄지. 주먹을 쥐었다가 다시 폈다. 모래 속에 손을 찔러 넣었다. 손가락뼈들을 오므린 다음 손을 모래에서 빼냈다. 모래가 손 안에 갇혀 남아 있었다. 마르탱은 오므려 붙인 손가락들을 풀었다. 모래가 천천히 흘러내렸다. 몸을 일으켰다가 모래밭 위에 무릎을 꿇었다. 밤이 다가오고 있었다. 빛이란 빛은 모두 하늘에 쌓인 두터운 반투명 구름들 속으로 흡수되어 버린 것 같았다.

삶이란 이런 것이었다. 살아 있어야, 살아 있음을 느껴야 했다. 그래서 결국에는 이 어스름, 이 도시에 갇혀, 이 공동 마당에서, 서민아파트라는 일종의 동굴 거주자로서 잊혀야 했다. 육체와 영혼을 잘 간직해서 이 콘크리트 사막 한가운데에 홀로, 또한 이 세계의 나머지 모든 것과 함께 천천히 흘러가도록 해야 했다. 육체는 하나지만 주변으로 퍼져 나가는 샘물, 동일한 벽체로 지어진 공간 몇 개, 주방, 욕실, 벽장, 문과 창문들로 분할된 아파트였다. 그때 밤이 왔다. 가로등과 전조등들이 하나둘씩 조용히 켜지고 있었다. 군중이 집으로 돌아가기 위해 거리로 쏟아져 나왔다. 술집마다 조명이 들어오고 상점들의 불빛이 점멸하면서, 스피커마다 천편일률적인 음악을 흘리기 시작할 터였다. 무엇인가 묘한 것, 익숙한 졸음 같은 것이 사방으로 흘러가고, 짐승들도 각자의 구석으로 돌아가 잠을 청할 터였다. 이 모든 일이 이제 곧 일어날 참이었다. 잠들다, 잠들다, 이 말이 눈에 보이지 않는 작은 십자가처럼, 생명의 증표처럼, 육체, 신경, 근육, 살 속에 새겨져 있었다. 온 사방, 보도 위에, 벽면에, 전구 속에 그려져 있었다.

마르탱은 모래밭에 무릎을 꿇고 앉아 주위에서 점점 더 높아져가는 소리를 들었다. 누군가를 불러대는 소리가 허공을 이리저리 가로지르고 있었다. 아이들의 거친 외침 소리, 자동차들이 울리는 경적음, 열차의 소음, 둔탁한 타격 소리가 지표를 흔들었다. TV의 묵직한 소음, 무엇인가 찢어지는 소리, 부딪는 소리, 알아들을 수 없이 잦아드는 소리들, 여기저기서 터져 나오는 그 모든 목소리를 들었다. 그 소리들은 도시 한쪽 끝에서 반대편 끝으로 메아리처럼 끝없이 울리고 있었다. 그것은 어떤 분명한 의미도 없었다. 다만 몸속 어딘가에서 오는, 말로 표현하기 어려운 가벼운 오한이 전신을 천천히 감싸고 고조되고 사방으로 퍼져 나가, 차츰 기쁨을, 선명한 기쁨을 자아냈다. 감미로움, 터져 나오는 환희의 칸타타였다.

하늘이 구름에 덮여 완전히 어두워지자 비가 쏟아지기 시작했지만, 마르탱은 아랑곳하지 않았다. 그는 놀이터 모래밭에 무릎을 꿇고 두 팔을 아래로 내려뜨리고 있었다. 손가락 끝이 모래를 스쳤다. 비가 굵은 방울을 이루어 그의 머리 위로, 어깨, 다리 위로 떨어졌다. 빗방울 하나하나가 피부에 닿아 세차게 파열하며, 뿌옇고 상쾌한 물 입자를 주위에 뿌렸다. 마르탱은 꼼짝도 하지 않았다. 이제 그의 시선은 멀찍이, 건물 벽과 주차장 입구를 응시하고 있었다. 주차장 입구 오른편, 쓰레기통 옆이 이 아파트 건물로 출입하는 현관의 위치였다. 거리의 소음이나 경적 소리도 그 출입구를 통해 밀려들곤 했다.

그곳에서 나오는 여자의 육중한 몸집이 그의 눈에 들어왔다. 레인코트를 입고 우산을 쓴 여자가 그를 향해 걸어왔다. 어머니였다. 어머니는 놀이터로 다가와서 1미터 정도의 거리를 두고 멈춰 섰다. 옆구리에 옷가지 하나를 끼고 있었다. 마르탱은 빗물이 흘러내리기 시작한 안경 너머로 어머니의 얼굴을 정면으로 마주 보았다. 어머니 역시 그의 얼굴을 잠시 응시했다. 그녀의 눈에 담긴 것은 소심함이거나 아니면 일종의 슬픔이었다. 어머니가 앞으로 몇 걸음 내디뎠다.

"마르탱, 괜찮니?" 그녀가 입을 열었다.

마르탱은 어머니에게서 눈을 떼지 않았다. 그녀가 그의 이름을 한 번 더 불렀다.

"마르탱?"

그녀가 옷을 내밀었다. 레인코트였다.

"마르탱, 이걸 갖고 왔어. 비가 오잖니."

"네" 하고 마르탱이 대답했다. "고마워요." 그는 레인코트를 받아 옆의 모래 위에 내려놓았다.

어머니가 조금 더 다가왔다. 마르탱은 어머니의 얼굴에 자리 잡은 피로를 보았다. 부은 얼굴이었다. 머리카락은 희끗희끗했고, 허리께는 둔중하게 퍼진 체구였다. 회청색 레인코트를 입고 우산을 받쳐 들고 있었다. 어머니의 머리 위에서 천천히 흔들리는 그 검은색 큰 우산 위로 빗방울들이 빠른 속도로 떨어져 튕겨나갔다. 마르탱은 어머니의 그 모습에 뭔가 유치한, 연극적인 것이 있다는 생각을 했다. 입가에 잡힌 주름, 탁한 두 눈, 붉은 코, 끝없이 나열할 수 있을 추함과 늙음의 특징들, 그것은 구경거리에 대한 호기심이 아니라면 기꺼이 눈길을 주기는 힘든 모습이었다.

그녀는 한 걸음 더 앞으로 옮겨 모래밭 경계석까지 왔다.

"마르탱" 하고 그녀가 머뭇거리며 말을 시작했다. "마르탱─ 이러고 있어서는 안 될 것 같다─ 비가 많이 오잖니. 이러다가 감기에 걸릴 거야. 내가 준 그 외투를 입으렴."

마르탱은 대답하지 않았다. 옷을 집어 들어 빠르게 몸을 꿰어 넣었다. 단추를 채우지도 않았다. 그러고 나서 모래밭 가장자리에 앉아 손으로 모래를 만지작거렸다. 의미 없는 동작이었다.

"지금까지 뭘 하고 있었니?" 어머니가 물었다. "이 모래 더미에 앉아 있은 지 두 시간이 넘었어. 이제 그만 집으로 들어가자."

어머니는 머뭇거리다가 우산을 쥔 손을 바꿔 들었다.

"들어가자" 하고 그녀가 말했다. "저녁 식사는 벌써 다 준비되었어. 먹을 생각이 없는 거니?"

마르탱은 머리를 끄덕였다.

"네, 아직 배고프지 않아요."

"이제 어두워졌어. 집에 들어가야 해."

"당장은 들어갈 수 없어요." 마르탱이 대답했다.

"어째서? 비가 오잖아, 이러다 감기 걸릴 텐데."

"아뇨, 춥지 않아요. 여기— 여기 조금 더 있어야 해요."

"배고프지 않아?"

"네" 하고 마르탱은 말했다. "여기서— 더 생각해봐야 할 게 있어요. 나는 괜찮아요. 춥지 않아요. 문제없어요."

"들어가고 싶지 않은 거니? 공부는 집으로 올라가서도 할 수 있잖아."

"아뇨, 집에서는 할 수 없어요. 이곳에 있어야만 해요."

"그건 무리야" 하고 어머니가 대답했다. "틀림없어. 집에 들어가면 공부가 더 잘될 거야. 빗줄기가 이제 곧 아주 거세질걸. 게다가 시간도 늦었어. 지금 몇 시인지는 아니?"

"그건 상관없어요." 마르탱이 말했다. "여기 있어야 해요."

"몸이 다 젖을 거야."

마르탱은 손바닥에 올려놓은 모래를 바라보았다. 모래는 벌써 빗물에 흠뻑 젖어 거무스름한 빛을 띠고 있었다. 모래알들이 서로 엉겨 붙어 진창이 된 형상이었다.

"줄곧 무엇을 하고 있었니?" 어머니가 물었다.

"오— 아무것도 하지 않았어요."

"여기 있은 지 한참 되었어. 정말 아주 한참 동안이었다니까." 어머니는 꿈을 꾸는 사람 같은 말투로 중얼거렸다. "네가 뭘 하고 있을까 생각했는데, 그러니까, 무슨 생각을 하고 있을까, 하고 말이야. 그러니까…… 그러니까, 조금 전에 창문으로 너를 보았거든. 너도 나를 보았지,

응?"

마르탱은 대답하지 않았다.

"그래, 조금 전에 너를 봤어. 네게 손을 흔들기까지 했지. 내가 보기에는 네가— 놀이를 하는 것 같았거든?"

"네, 놀이를 했어요." 마르탱이 말했다.

"정말? 그렇다면 뭔가를 생각하고 있었던 것은 아니구나?"

"네, 아무 생각도 하지 않았어요."

어머니는 이마로 흘러내린 희끗한 머리카락을 쓸어 올렸다.

"내가 바라는 건—" 하고 그녀는 말을 시작하다가 곧 멈췄다. 잠시 머뭇거리다가 그녀는 다시 입을 열었다. 하지만 이번에는 다른 말이었다.

"너— 피곤하지 않니?"

"괜찮아요."

"춥지 않은 게 확실해?"

"네."

"그럼, 나는—"

어머니는 잠시 아무 말이 없었다. 두 사람 모두 입을 다문 채 꼼짝도 하지 않았다. 우산 위로 떨어지는 빗방울 소리만 들렸다. 빗줄기는 마르탱 뒤편 모래밭에도 떨어지고 있었지만 그 소리는 땅속으로 흡수되어 사라졌다. 빗물이 스며들면서 땅에서 묘한 냄새가 피어올랐다. 식물 뿌리, 퇴비, 썩은 낙엽 냄새였다.

"젖은 종이 냄새가 나요." 마르탱이 말했다.

어머니가 선 자세에서 몸을 좌우로 흔들었다. 아파트 건물 위쪽을 쳐다보았다. 창문마다 불빛이 있었다. 이따금 창틀 너머로 그림자 연극 같은 형상들이 스쳐갔다. 사람들이 외치는 소리가 들렸다. 그릇 부딪는 소리, 주방에서 나는 소리도 들렸다. 저곳, 질식할 것 같은 벌집들에서는 식사가 끝나가고 있었다.

"이제 들어가지 않을래?" 어머니가 말했다.

마르탱은 고개를 저었다.

"내 말대로 해, 들어가자."

"싫어요. 말했잖아요, 여기 좀더 있겠어요. 그래야 해요. 많은 생각이 떠올랐어요. 오늘 오후에요……"

"조금 후에 우리에게 이야기해줄 거지—"

"네, 물론— 말씀드릴게요— 그럴 만한 가치가 있다면."

"그럴 만한 가치라니, 무슨 말이니? 어떤 것이든—"

"아뇨, 더구나 아직 결론을 내리지도 못한걸요. 그것 때문이에요. 여기에 잠시 더 머물러 있어야 해요. 생각을 마무리 지을 때까지 말이에요. 그리 오래 걸리지 않아요. 곧 들어갈게요."

어머니는 또다시 머뭇거렸다. 그녀가 한 걸음 떼어놓자 마르탱 앞에 발자국 하나가 찍혔다. 그녀가 신은 커다란 가죽구두는 굽이 없고 바닥이 고무창이어서 젖은 시멘트 바닥에 들러붙어 쩍쩍 소리를 냈다. 이어서 그녀는 목청을 돋워 말했다.

"좋아, 그렇다면 나 먼저 들어갈게, 네가 여기 더 있겠다고 하니까 말이야. 그렇지만 너무 오래 있지는 말아라."

마르탱이 대답했다. "오, 그럼요. 그저— 그저 5분에서 10분 정도, 더 오래 걸리지는 않을 거예요."

어머니는 몸을 돌려 몇 걸음 옮겨놓더니 다시 돌아와 자신의 우산을 마르탱에게 내밀었다.

"자, 이 우산을 쓰렴. 그럼 아주 많이 젖지는 않을 테니까."

"고마워요" 하고 마르탱은 말했다. 그러고는 우산을 썼다.

저 멀리, 도시 외곽 너머에서 천둥소리가 울렸다. 어머니가 고개를 꼿꼿이 세워 들었다.

"보렴." 그녀가 말했다. "몰려오고 있잖아."

마르탱이 자신의 말을 귓등으로 흘려버리고 있다는 것을 알아차린 어머니는 정말로 자리를 떠났다. 마지막으로 외치기는 했다.

"기다릴게!─ 곧 들어와야 해! 꼭!"

그러고 나서 아파트 건물 안으로 사라졌다. 마르탱은 공터에 혼자, 빗방울이 둔탁하게 두드려대는 우산을 쓰고 앉아 있었다.

그로부터 12일 후 마르탱은 강연회를 성황리에 마쳤다. 강연회는 엄청난 성공을 거두었고, 그에 따라 많은 신문이 벌써부터 마르탱 토르주만을 종교학계의 중요 학자로 언급했다. 세계 각국에서 특파원들이 찾아왔다. 인터뷰 횟수가 늘어났고, '토르주만이론'이라는 단어까지 등장했다. 하지만 마르탱에게 가장 놀라웠던 사건은 엄청난 군중이 강연장 출입구에 모여들어 그에게 환호를 보낸 일이었다. 확성기가 서둘러 마련된 덕분에 마르탱은 즉석연설로 이 명예로운 대우에 보답할 수 있었다. 이 연설을 통해 그는 인종, 종교, 국적에 상관없이 사람들을 신성(神聖) 속에서 하나가 되게 했다. 연설은 인류를 위한 기도로 마무리되었는데, 그 기도에는 오귀스트 콩트와 스베덴보리의 이름이 언급되는 감사의 인사가 들어 있었다. 근세(近世)란, 그의 말에 따르면, 엄밀히 말해 두 개의 순진성 중간에 위치하고 있으며, 그것은 휴머니즘과 신비주의라는 것이었다. 미국으로 떠나기 직전에 거둔 이러한 대중적 인기는 분명 고무적이었다.

이 강연회 다음 날, 마르탱은 또다시 서민아파트 아래 그 공터로 내려가보고 싶었다. 오후 3시쯤 된 시각이어서 전날 내린 비의 흔적은 조금도 남아 있지 않았다. 태양이 하늘을 당당히 차지하고 있었고, 열기가 물결처럼 지상으로 쏟아졌다. 마르탱은 시멘트 바닥 위로 걸음을 옮겨놓기 시작했다. 바닥을 자세히, 아주 세세한 것까지 살펴보았다. 갈라진 틈 속에 들어찬 먼지, 분필로 그린 다소 음란한 낙서들, 갖가지 종류의 얼룩, 종이 갑, 깨진 조각, 쓰레기 들이 널려 있었다. 주차장 입구 가까이 기름 얼룩이 묻은, 구겨진 종잇장 하나가 나뒹구는 것이 눈에 들어왔다. 종이에는 자동차 바퀴가 깔아뭉개고 지나간 자국이 나 있었다. 얼룩 아래로 다음과 같은 글이 보였다.

한니발이 크레타인의 탐욕으로부터 재산을 지키다.

안티오쿠스*가 전쟁에서 패한 뒤, 한니발은 크레타 섬의 고르티나로 도망쳤다. 주도면밀함에는 누구에게도 뒤지지 않는 이 인물은 자신이 크레타인의 탐욕으로 큰 위험에 직면했다는 것을 알아차렸다. 사실 그는 상당한 재물을 챙겨온 참이었다. 그래서 그는 여러 개의 단지를 납으로 채운 뒤 윗부분만 금과 은으로 덮었다. 그러고 나서 이 섬의 유력자들이 보는 앞에서 디아나 신전에 그 항아리들을 내려놓고는 그들을 믿고 재산을 맡기는 척했다. 그들이 자신의 말에 속아 넘어가자 가져온 청동 조각상들 속에 금은보화를 넣어 집 앞에 아무렇게나 늘어놓았다. 그러는 동안 고르티나의 주민들은 한니발이 자신들 모르게 재물을 빼내갈까 봐 신전을 철통같이 지켰다. 이런 술책으로 한니발은 자신의

* 시리아의 안티오쿠스 3세(기원전 223~기원전 187).

재산을 지키고 크레타인 전부를 따돌린 뒤, 흑해로 떠나 프루시아스 왕의 궁전에 도착할 수 있었다.

마르탱은 종이를 공들여 접어 호주머니에 넣었다. 그러고는 앞서와 마찬가지로 둥글게 원을 그리면서 공터를 돌았다. 볕이 드는 구역과 그늘이 진 구역을 가로질렀고, 아파트 건물 벽을 따라 걸으면서 1층의 열린 창문들 안쪽을 바라보았다. 15분 뒤 뜰 한가운데에 도착해서 모래밭 가장자리에 걸터앉았다. 등 뒤로 펼쳐진 모래는 바싹 말라서 먼지가 일었다. 마르탱은 왼손으로 모래를 한 줌 쥐어 올려 주의 깊게 살폈다. 모래 결정들을 하나하나 들여다보았다. 그것들을 모두 세어보았어야 했다. 몇 시간, 며칠, 몇 년을 들여서라도, 하나도 빠짐없이 세었어야 했다. 그것들 각각에 이름 하나, 숫자 이름, 334 652라든가, 8 075 241 같은, 소리 내어 부를 수 있는, 그래서 그것을 존재하는 것으로 만들어줄 이름을 붙였어야 했다. 이렇게 나지막이 이름을 불러서 불확정성이라는 그 불쾌한 혼란에서 구제했어야만 했다. 그것들을 삶으로 불러들였어야, 인식의 대상으로 만들어주었어야 했다. 이름 없이 떠돌아야 하는 그 영원한 밤에서 건져내서 말이다. 그렇지만 이미 너무 늦었다. 오래전부터 마르탱에게 세계는 구체성 없이 그저 광대하게 펼쳐져 무정형으로 부유하고 있었다. 그것은 바다, 음울하고 빽빽한 대양이었고, 그 안의 모든 것은 한없이 뒤엉켰다. 거기서는 어느 것도 붙잡아둘 수 없었고, 틀에 가둘 수 없었고, 정의할 수 없었다. 마르탱은 반쯤 몸을 돌려 모래 더미를 눈으로 더듬었다. 자신이 열이틀 전 바구미를 놓아준 자리를 찾는 것이었다. 그러나 그 지점을 알아볼 수는 없었다. 일종의 작은 지진이 일어나 이 모래 더미의 외형을 바꾸어놓은 뒤였다. 그 작은, 가루 같은 벌레 역시 분명 이 흙더미 어딘가에, 어느 모래층 사이에 묻혀 있을 터였다. 그렇게 해서 결국에는 죽을 터였다. 그 작은 육체를 완전히 떠나 생명 없는 것들의 견고한 침묵과 뒤섞일 터였다.

마르탱이 다시 머리를 쳐들었을 때 아이들 무리가 눈에 들어왔다. 아이들은 이 아파트 단지 안으로 들어서고 있었다. 사내아이와 계집아이 예닐곱 명이었는데, 모두 처음 보는 얼굴이었다. 마르탱의 눈길이 가장 먼저 가닿은 아이는 무리의 대장으로 보이는 사내아이였다. 열두 살 정도 되어 보이는 그 소년은 청바지와 흰색 스웨터 차림이었다. 다소 파리한 얼굴에 다갈색 반점이 있었고, 머리카락은 붉은색이었다. 소년은 발을 땅에 끌면서 느릿느릿 다가왔다. 그러면서 주위의 어떤 것도 정말로 자신의 관심을 끌 수는 없다는 듯이 눈길은 옆으로 던져놓고 있었다. 소년의 뒤를 따라 나머지 아이들도 아무 말 없이 다가왔다. 그중에서 가장 어려 보이는 아이가 무리에서 잠깐씩 벗어나 공터를 갈지자로 뛰어다니며 입으로 모터 소리를 내곤 했다. 이렇게 아이들은 어슬렁거리며 공터 한가운데 마르탱이 앉아 있는 곳을 향해 왔다. 놀이터에 이르러서도 처음에는 모래밭에서 노는 척하면서 마르탱의 존재를 완전히 무시했다. 몇 명은 괴성을 내지르며 모래밭에서 뒹굴었다. 다른 아이들은 모래밭 경계석에 둥글게 모여 앉았다. 마르탱에게서 멀지 않은 위치였다. 앞장서서 무리를 이끌던 소년은 등을 보인 채 계속 서서 발로 땅바닥을 문지르고 있었다. 때때로 무심하게 아파트 창문들을 바라보기도 했다. 별안간 마르탱은 등 뒤에서 날아오는 모래 한 무더기를 뒤집어썼다. 몸을 돌려 쳐다보자 무리 중 하나인 열 살가량의 사내아이가 서 있었다. 아이는 한쪽 신발을 모래밭에 찔러 넣어 반복해서 앞으로 모래를 차내는 장난을 치고 있었다. 마르탱이 아이를 불렀다. 그 순간 무리 전부가 모래밭에서 튀어나와 마르탱을 둘러쌌다. 마르탱은 어리둥절했다. 대장 아이가 시큰둥한 태도로 몸을 돌려 마르탱과 마주 보며 섰다. 잠깐 동안 누구 하나도 소리를 내지 않았다. 대장이 입을 열었다. 두 손은 호주머니 속에 찔러 넣은 채 여전히 발끝으로 시멘트 바닥을 긁고 있었다.

"네 이름이 뭐냐?" 대장이 물었다.

"마르탱." 마르탱이 대답했다.

"마르탱 뭐?"

"마르탱 토르주만."

상대방은 잠시 머뭇거렸다. 그러더니 창문이 다닥다닥 붙은 서민아파트를 턱으로 가리켰다.

"여기 살아?"

"응. 왜 묻는데?"

소년은 마르탱의 질문을 못 들은 척했다.

"나는 피에르야." 그가 느릿느릿 말했다. 그러고는 이번에는 턱으로 반원을 그려 무리들 쪽을 가리켰다. "애들도 우리 편이야." 그가 말했다. "모래를 퍼부은 애는 보보야. 쟤는 프레데리크, 보보의 동생이고. 그 옆의 애는 소피인데, 아버지가 경찰이야. 로제, 막스, 아니, 필리프, 그리고 저기, 제일 꼬맹이는 내 동생. 에두아르. 그렇지만 다들 쟤를 도날드라고 불러, 도날드 덕 말이야. 오리처럼 걷거든. 알아들었어? 그런데 너, 멍청이, 네 이름이 뭔지 말했었냐?"

"나는 멍청이가 아냐" 하고 마르탱이 말했다. "마르탱 토르주만이야."

소년은 무리를 향해 반쯤 몸을 돌렸다.

"너희들 들었냐, 저 이름?"

즉시 야단법석이 벌어졌다. 모두가 갑자기 웃음을 터뜨리면서 제자리에서 껑충껑충 뛰는가 하면 뜻도 모를 야비한 함성을 질러댔다. 마르탱은 몸을 일으켜 그 자리를 떠나려 했다. 하지만 사내아이들 가운데 머리카락을 짧게 깎은 아이 하나가 마르탱을 뒤로 떠밀었다.

"그대로 앉아 있어, 멍청아." 사내아이가 말했다.

그들은 계속해서 킬킬거리며 그 자리에서 춤을 추었다. 이윽고 조금 전 피에르라고 이름을 밝힌 소년이 신호를 보내자 모두들 동작을 멈추고 조용해졌다. 피에르가 마르탱에게 다가왔다.

"어이, 사팔뜨기." 그가 천천히 입을 열었다. "너보고 머리가 크다*고 말하지 않던? 네 거드름이 그 대두에서 나오는 거 같은데?"

또 한 번 왁자지껄한 웃음이 터졌다. 마르탱은 일어나려고 다시 몸을 일으켰다. 이번에는 피에르가 발로 그를 밀쳤다. 마르탱은 그대로 모래밭에 나자빠질 뻔했다. 마르탱이 안경을 고쳐 썼다.

"그만 가게 길을 비켜줘." 그가 말했다.

"그망 가겡 길을 비켜줭." 사내아이들이 코맹맹이 소리로 그의 말을 흉내 냈다.

"아, 내 말이 안 들려?" 피에르가 말을 이었다. "머리가 크다는 말을 들어본 적 없냐고 물었잖아."

"자기 엄마한테는 들어본 적이 있다는 데 한 표 던질게." 보보가 끼어들었다.

"비켜줘, 바보들아." 마르탱이 말했다. 그는 슬슬 겁이 나기 시작했다. 한편으로는 화가 점점 솟구쳐 올랐다. 그는 또다시 그 자리를 뜨려

---

* '대두(grosse tête)'라는 표현은 자만심이 강한 사람을 가리키기도 한다.

했다. 사내아이 둘이 즉시 그를 둘러싸서 모래밭 턱에 주저앉혔다. 대장은 마르탱의 발 바로 옆의 바닥을 신발 끝으로 계속해서 긁어댔다.

"쟤한테 대답을 듣기는 글렀지." 대장이 말했다. "거울을 들여다본 적이 없을 테니까. 그렇잖아, 사팔뜨기?"

"난 이렇게 큰 머리를 본 적이 없다니까, 정말로." 로제가 거들었다. "서커스에서도 본 적이 없어."

"진짜 카니발 인형 머리라니까" 하고 프레데리크가 맞장구쳤다.

"그만둬." 마르탱이 말했다. "계속 이러면 아버지를 부를 테야."

"어디, 불러봐" 하고 피에르가 대답했다. "그래준다면 우리야 더 바랄 게 없지, 그렇지 않냐, 얘들아? 애 아버지의 머리가 더 클 수도 있으니까!"

아이들이 둘러선 원을 좁혀 들어오면서 한층 더 요란하게 웃고 소리질렀다. 마르탱은 빠져나가려고 했지만 사내아이들이 그의 팔을 붙잡고 있었다. 그들은 그보다 힘이 더 셌다.

"안경 좋네, 와" 하고 피에르가 말했다. 그러고는 마르탱의 코에서 안경을 벗겼다. 사내아이는 오른손으로 안경을 빙글빙글 돌렸다.

"이제 더 잘 보이지, 거드름쟁이?"

"돌려줘! 안경을 돌려줘!" 마르탱이 화가 나서 어쩔 줄 모르며 소리쳤다.

"입 닥쳐!" 피에르가 말했다. "소리 지르면 네 안경을 박살내버릴 거야, 알았어?"

"이리 줘, 내가 갖고 있을게." 보보가 말했다.

아이는 안경을 건네받아 자기 코에 걸쳤다. 그러고는 등이 구부정하고 안짱다리를 한 책벌레 흉내를 내며 공터를 걸어 다녔다. 다른 아이들이 웃음을 터뜨렸다. 그들은 돌아가며 안경을 걸쳐보았고, 그러면서 매번 더욱 과장해서 얼굴을 일그러뜨렸다. 마르탱은 뿌옇게 흐려진 시야로 그 장면을 지켜보았다. 비틀리고 흐릿한 형체들이 눈앞에서 도깨비 잔치를 벌이듯 법석을 떨었다. 그는 눈이 둥그렇게 벌어진 채 모래밭 테두리에 주저앉아 있었다. 가슴이 조여와서 말이 제대로 나오지 않았다. 도깨비들이 한바탕 놀이판을 벌이고 나자, 대장이 안경을 되받아 마르탱의 코앞에서 빙글빙글 돌렸다.

"돌려받고 싶지, 이 안경 말이야, 어때, 거드름쟁이?"

"깨어버려, 피에르" 하고 계집아이 하나가 말했다. "꼴좋게 말이야."

"아냐, 좋은 생각이 있어." 도널드 덕이 끼어들었다. "뭘 할 생각인지 아냐? 이걸 모래 속에 숨긴 다음에 쟤가 어떻게 찾아내는지 구경하자."

모두가 깔깔대고 웃기 시작했다.

"그래, 그래, 바로 그거야, 안경을 모래 속에 숨기자!"

대장이 승낙했다. "좋아. 모래 속에 안경을 파묻자. 묻은 자리를 저 아이가 보게 해서는 안 돼."

"이쪽으로 돌려세워서 붙들고 있을게" 하고 보보가 말했다.

"어쨌든 애는 안경이 없으면 아무것도 보이지 않아." 도널드 덕이 덧붙였다.

마르탱은 버둥거리며 몸을 빼내려 했다.

"안 돼, 안 돼, 안경을 돌려줘! 멍청이들! 내 안경 도로 내놔!"

그렇지만 두 소년은 그를 단단히 붙잡고 있었다. 그래도 마음이 놓이지 않았던지 계집아이 하나가 가세해서 마르탱의 두 다리를 붙들었다.

"자, 구덩이를 파라!" 피에르가 말했다. 그리고 자신은 모래밭 턱 위로 껑충 올라섰다.

나머지 아이들이 전부 달려들어 모래밭 한가운데쯤을 파기 시작했다. 잠깐 사이에 그들은 꽤 깊은 구덩이를 하나 만들어놓았다. 구덩이 안으로 안경을 던져 넣으려는 순간 피에르가 생각을 바꾸었다. 그가 신호를 보내 아이들을 가까이 불러 모으더니 낮은 소리로 속삭였다.

"더 좋은 생각이 있어. 안경을 파묻었다고 저 거드름쟁이가 믿게 만들고 내 호주머니 속에 숨겨놓자. 그러면 아무리 땅을 파도 허탕이지." 아이들이 웃음을 터뜨렸다. 그들은 구덩이를 다시 메우고 모래밭을 빠져나와서는 마치 구경꾼들이 싸움판을 에워싸듯이 둘러섰다.

피에르가 모래밭 턱 위에 서서 마르탱을 향해 몸을 돌리더니 부드럽게 말했다.

"어서 파봐!"

마르탱은 대답하지 않았다. 아이들이 그를 놓아준 뒤 달아나지 못하게 앞을 가로막고 서서 위협적인 표정을 짓고 있었다. 마르탱은 아파트 창문 쪽을 쳐다보았지만, 근시인 탓에 눈에 들어오는 것이라고는 뿌옇게 한 덩어리가 된 하늘과 시멘트 건물뿐이었다.

무리의 대장이 신발창을 바닥에 문질렀다.

"뭐 해? 뭘 기다리고 있는 거야, 거드름쟁이? 가서 찾으라니까, 네 안경 말이야!"

마르탱은 움직이지 않았다. 조금 전 그를 밀어 주저앉혔던 사내아이가 별안간 달려들어 그를 뒤로 밀쳤다. 마르탱이 모래밭에 벌러덩 나자빠졌다. 아이들이 모두 웃음을 터뜨렸다. 이 난쟁이 무리로부터 한꺼번에 터져 나온 조롱과 야유가 그에게, 모래밭 사방에 쏟아져 내리면서 그를 기어가게 만들었다. 마르탱은 네 발로 엎드려 모래밭 한가운데를 향해 나아갔다. 눈빛이 어두워지고 목이 잠겼다. 가슴이 조여왔다. 분노와 공포가 그를 채우고, 놀이터 모래밭, 불량배 무리, 서민아파트 단지 안 공동 마당이라는 이 좁은 공간을 점령했다. 모든 것이 고요하고 창백하고 비극적이었다. 온 땅바닥을 뒤덮을 듯 거칠게 뛰는 그의 심장 소리만이 둔하게 울렸다. 그 소리는 마치 지하광산에서 올라오는 소리처럼, 파묻은 다이너마이트가 폭발하는 소리처럼, 깊은 곳에서 터져 나오고 있었다. 그는 힘겹게 앞으로 기어갔다. 무릎에 모래자갈이 박히고, 두 손은 이 불안정하고 거친 물질 속으로 손목까지 빠져 들어갔다. 머리가 별안간 육중하게 부풀어 올라 땅 위로 쳐들고 있기가 버거울 지경이었다. 아이들이 지르는 고함 소리가 점점 더 빠른 속도로 그의 몸을 관통하면서, 화살처럼, 정말로 화살처럼, 그의 살에 상처를 입혔다. 그는 쫓기는 짐승, 숲에서 포위당해 잡힌 큰 코끼리였다. 난쟁이들이 저마다 창을 찔러 넣어 그 코끼리의 피를 뽑아내고 있었다.

"자, 계속해!"

"모래를 파! 파보라고!"

"어서! 어서!"

"어서! 찾아봐, 똥개야, 찾아보라고! 멍멍! 멍멍!"

"더 깊이! 더 깊이!"

"더 파헤쳐! 모래를 파보라고! 어서!"

"멍멍! 멍멍! 찾아! 찾아봐! 쿵쿵! 쿵쿵! 멍멍! 멍멍!"

"어서 해 거드름쟁이!"

"거기 말고, 왼쪽으로! 왼쪽으로! 더 힘껏 파봐!"

"영차, 힘을 써!"

"영차! 영차! 계속 파 들어가!"

"더 빨리, 거드름쟁이! 더 빨리!"

"너의 코를 써, 거드름쟁이! 이제 코로 파봐!"

"자, 빨리! 빨리!"

"계속해, 똥개야!"

"어이, 거의 다 됐어. 조금만 더 파면 돼!"

"그렇지! 자! 거기를 파봐!"

"어서, 두더지야! 계속해! 파! 파헤쳐! 파헤치라고!"

"멍멍! 멍멍!"

마르탱은 이제 모래밭에 배를 깔고 엎어져 있었다. 그런 자세로 그는 흙을 팠다. 처음에는 느릿느릿하게, 푸슬푸슬한 이 유동물질 속에서 잔잔히 노를 젓듯이 두 손을 움직였다. 이어서 좀더 빠르게, 팔 전체를 써서 모래를 파헤쳤다. 모래가 냄새를 풍기며 얼굴로 튀어 올랐다. 그러다가 결국에는 미친 듯이, 마치 몸이 포클레인이 된 듯, 버둥거리는 곤충이 된 듯, 이 모래밭 한가운데에서 두 팔로, 두 다리로, 어깨, 엉덩이, 심지어 머리까지 동원해서 온 사방을 파헤쳐 구덩이들을 만들었다. 모래에 턱을 박고, 이어서 입이 파묻혔다. 모래를 먹었다. 멧돼지처럼 주둥이로 더듬으며, 모래를 들이마시고, 숨이 막혀 헐떡거리고, 꾸르륵거리며 모래에 묻혔다. 그는 모래에 빠져 죽어가고 있었다! 착란과 도취가 그를 사로잡았다. 바닥없는 수렁으로 빠져드는 것 같았다. 그것은 떨어져 내릴수록 더욱더 깊어지는 우물이었다. 그는 추락 속에, 심연으로 내려가는 그 통로에 자리 잡았다. 스스로가 자신의 구덩이, 점점 더 견고해지는 자신의 은신처였다. 그 추락을 멈출 수 있는 것은 아무것도 없었다. 시간이 흘러갔다. 시간의 흐름에 의해 그는 이 변신의 괴상한 희생자가 되었다. 무엇도 그를 뒤로 되돌리지 못했다.

그렇지만 이 변신을 끝까지 수행한다는 것이 그로서는 힘에 부쳤다.

이 싸움터 한가운데, 이 원형경기장 모래판 위에 엎어진 채 사지를 버둥 거리기도 어려운 상태였다. 가볍게 떨리는 두 팔만이 그가 아직 살아 있다는 사실을 알려주었다. 움직이지 않는 그의 육체 위로 햇빛이 쏟아져 내렸다. 햇빛은 그의 피부와 의복을 뒤덮은 모래 속으로 녹아들었다. 마르탱은 이제 완연한 잿빛, 도마뱀이 벗어놓은 허물 같은, 살아 있는 것들의 세계에서 뿌리 뽑혀 나온 듯 생기 없이 탁한 회색이었다.

거의 본능에 따라 아이들은 입을 다물었다. 그들은 놀이터 모래밭 둘레에 모여 시체처럼 꼼짝도 않고 있는 마르탱을 바라보았다. 잠시 후 피에르가 운동화 앞부분을 모래밭 안쪽으로 찔러 넣고 발목을 까딱 움직여 마르탱에게 모래알을 퉁겨 보냈다. 죽은 듯 축 늘어진 몸뚱이 위로 모래가 떨어져 내렸다. 헝클어진 머리카락, 목덜미, 양쪽 어깨, 두 개의 귀, 거의 온몸 위로 모래가 내리덮였다. 마르탱이 움직이지 않는다는 것을 확인하자 피에르는 호주머니에서 안경을 꺼내 모래밭, 엎어진 몸뚱이 가까이에 던졌다. 그러고 나서 자기 무리 속으로 다시 돌아왔다. 입을 열 필요는 없었다. 그의 몸짓은 즉시 모두에게 전달되었다. 아이들은 달음박질로 서민아파트 단지 안의 공터에서 달아났다.

잠시 후, 마르탱은 모래 더미에서 몸을 일으켰다. 얼이 빠진 채 주위를 두리번거렸다. 옷에서, 속옷 안쪽에서, 모래 알갱이들이 피부를 타고 물줄기처럼 흘러내리는 것이 느껴졌다. 그는 모래밭 안쪽을, 말하자면 무릎걸음으로 헤매고 다녔다. 금속 안경테가 손에 잡혔다. 자동장치 같은 손놀림으로 안경을 코 위에 걸었다. 순식간에 세상이 다시 분명해졌다. 장막이 벗겨진 세상이었다. 거친, 눈이 아프게 반짝이는 세상, 각진 물체들, 곧고 날카로운 선들, 과일 잼처럼 끈적거리는 색채들이 가득 들어찬 세상이 앞에 있었다. 하늘 역시 몹시도 아름다웠다. 새하얗게 정지된 하늘은 망막 위에 별안간 열린 창문 같았다. 세상 모든 것은 너무나 고요하고 환해서, 언제까지나 변함없을 듯, 늘어빠진 상태로 영원할 듯했다. 안경알 뒤편에서 마르탱의 눈이 별안간 다시 흐려졌다. 눈물이었다. 그런데 그게 정말 눈물이었을까? 사실 그것은 자신의 가장 깊은 곳에서 흘러나오고 있었다. 생리적 분비물처럼 자연스럽게, 부끄럼 없이, 흘러내렸다. 그것은 진짜 물, 그의 존재의 샘, 자신의 생명이었다. 그것이 고요히 분출해서 바깥으로 흘러나오는 것이었다.

"신이여, 오 신이여!" 마르탱이 말했다. "저는 돌이킬 수 없이 불경했습니다! 만약 신이 있어 그러고자 하신다면, 자, 제 생명을 거두십시오! 저를 데려가십시오! 저를 데려가십시오!"

세상은 살아 있다

해야 할 일은 다음과 같다. 아마추어 화가처럼 커다란 종이와 볼펜을 챙겨 시골로 떠나야 한다. 인적이 드문 어떤 장소, 어느 산골짜기를 골라 바위 위에 자리 잡고 앉아 주위를 오래 바라본다. 충분히 바라보았다 싶을 때, 종이를 펼쳐 자신이 본 것을 그림으로 그리고 몇 마디 적어 넣는다. 알겠지만 그 풍경 속에 들어 있는 것을 단 한 가지도 빠뜨리지 말고 일일이 기록해야 한다. 세계의 한 단편인 그 장소의 지도를 긴 시간을 들여 차근차근 작성해야 하는 것이다. 작은 조약돌 하나, 풀 한 포기까지 표시하고, 그 형태와 향기의 개요를 작성해야 한다. 모든 것을 적어 넣고 모든 것을 그려 넣는다. 이렇게 해서 작업을 완성하면, 또한 해가 지면, 집으로 돌아올 수 있다. 종이 위에, 가로 세로 21×27 크기의 사각형 안에 지구의 작은 조각이 담겼다. 말하자면 수 킬로미터의 빛과 소리와 냄새의 초상화를 그린 것이다. 이렇게 아주 쉽게, 수 킬로미터의 빛과 소리와 향기를 마치 우편엽서처럼 납작하게 줄여놓았다. 이제 그 수 킬로미터는 당신의 것이 되었다. 그것은 망각에 묻혀 썩어가지 않아도 된다. 그 수 킬로미터는 소소한 특징들을 통해 단단히 고정되어 당신의 머릿속에 영원히 남아 있을 것이다. 적어도 당신이 살아 있는 동안은 말이다.

그곳은 산들이 사방 천지에 제각각의 형상으로 솟아 있었다. 산들이 온 지평선을 차지한 터라, 어느 쪽을 바라보든 시선이 가닿는 끝은 험준하고 골 깊은 산봉우리, 사방으로 솟은 예리한 능선들이었다. 낮은 지대로 오면 급작스레 삼각형으로 좁아든 평지가 있었고, 거기서 시끌벅적한 혼돈이 시작되었다. 강바닥은 가느다란 물줄기를 사이에 두고 양편으로 나뉜 황량한 자갈밭 같았고, 거기에 큼직한 바위들이 아주 오래전 산사태로 굴러 내려와서 군데군데 자리 잡았다. 바위들 사이로 자잘한 조약돌이 물결 모양으로, 지난번 홍수 때 생겼던 물줄기와 소용돌이의 궤적을 따라 깔려 있었다. 강 건너편은 가파른 산자락이었는데, 그 산은 주위의 어떤 봉우리보다 우뚝 솟아, 골짜기 좁은 길이 시작되는 초입에 마치 벽처럼 버티고 서 있었다.

눈 깜짝할 사이 그 골짜기 초입에 이르렀다. 그러자 점차 세세한 형상들이 모습을 드러냈다. 암벽에까지 뿌리내린 관목, 물이 마른 실개천, 바위에 깊게 파인 틈, 무너져 쌓인 흙더미들, 이런 것들이 헤아릴 수 없이 많은 굴곡과 요철을 만들었다. 산은 골짜기를 따라 담장처럼 수직으로 헐벗은 절벽을 이루며 대략 500미터 정도의 높이로 든든히 솟아 있었다. 그 산은 뒤로 펼쳐진 푸른 하늘에 떠다니는 조각구름과 대비되어, 말하자면, 홀로 묵직하게 부동자세를 취했다. 산 능선은 북쪽으로 완만하게 경사를 이루며 올라가다가, 이어서 더 가파르게 치오르며 낭떠러지를 이루었다. 맨 앞의 산은 정상이 두 개의 봉우리로 나누어져 있었고, 급경사면이 두 봉우리 사이를 가르고 있었다. 두번째 산 뒤편으로 햇빛을 받아 빛나는 어떤 묘한 형상이 있었다. 새하얀 그 형상은 예수 수난상처럼 보이기도 했다. 또 한 번 완만한 경사면을 따라 두번째 정상에 이르렀다. 앞의 것에 비해 낮은 그 봉우리는 삐죽삐죽한 바위들이 서로 맞물려 늘어선 모습이었다. 그러고 나서 그림 속 산은 협곡으로 내려왔다가 다시 완만한 비탈을 따라 가장 높은 봉우리로 올라갔다. 봉우리는 하나의 꼭짓점을 떠받치고 우뚝 솟은 광대한 오벨리스크 형상이었고, 양쪽 기슭에는 능선을 따라 나무들이 빽빽이 우거져 있었다. 민둥산을 이룬 꼭짓점, 나무 한 그루 풀 한 포기 없이 황량하게 얼어붙은 지대를 지나 반대편으로 가면 골짜기를 향해 거의 수직으로 떨어져 내리는 절벽이었다. 그렇지만 절벽은 중간쯤 떨어져 내리다 멈추고, 그 즈음에서 산은 몸을 한 번 뒤틀어 오른쪽을 향해 다른 갈래로 뻗어나가 또 다른 바위산에 이어졌다. 거대한 짐승의 목을 닮은 바위산은 구불구불 둔중하게 굽이지며 길고 완만하게 펼쳐졌고, 중간에서 끊긴 절벽의 맨 꼭대기 각진 모서리는 어떤 천재지변에 상응하듯 끝없이 팽팽하게 당겨진 모습이었다.

사실 그곳에는 과거에 지각을 흔들어놓은 천재지변의 흔적들이 여전히 남아 있었다. 흘러내리는 용암 한가운데에서 바위들이 로켓처럼 솟아오르고, 바다처럼 넓은 호수의 물은 갈라진 단층으로 전부 빨려 들어갔다. 별안간 움푹 파인 구덩이들, 거꾸로 폭발하는 분화구들이 수천 수백만 제곱킬로미터의 돌과 늪지를 삼켰었다. 그 대재앙이 아주 오래전에 화석화된 모습으로 여전히 펼쳐져 있었다. 그때의 혼돈은 그 자체의 힘에 짓눌린 채 넘실대는 관목 숲, 탁류가 완만하게 굽이치는 강, 원시의 능선을 뒤덮은 흙먼지처럼, 생명의 완만한 물결에서 필사적으로 고개를 드는 죽음의 얼굴로 거기 고요히 머물러 있었다. 그 세계는 이제 흐르는 진흙층에 반쯤 덮였지만, 그것이 거기 있었다는 것은 알 수 있었다. 그 세계가 과거 한때 폭발했다는, 살아 있는 골격을 터뜨렸다는, 그러면서 주위를 뒤흔들고 하늘을 찔렀다는 것은 알 수 있었다.

북쪽, 강 상류에는 산봉우리들이 둥글게 모여 촘촘히 솟아 있었다. 공간이 아주 협소해져서, 갑갑해진 바위들은 서로를 밀어냈다. 강은 그 늘진 협로를 불편하게 지나가야 했고, 산봉우리들은 서로 몸을 포개 줄지어 늘어서 있었다.

강 왼편에 생김새가 제멋대로인 산이 또 하나 길에 불쑥 잇닿아 있었다. 그 산은 중턱 즈음에서 부풀어 오른 듯 튀어나와 강물을 굽어보았고, 그 허리께를 붙잡고 매달린 앙상한 관목들은 수직으로 뻗어 올라가기 위해 필사적으로 가지를 비틀었다.

산봉우리들은 둥글게 모였다가 뒤쪽으로 갈수록 점차 낮아져 언덕으로 바뀌고, 언덕들은 평원으로 이어지다가 이윽고 바다에 가닿았다.

하지만 우리가 이야기하는 공간은 둥글게 둘러 모인 산봉우리들 안쪽이다. 지상의 한 부분, 움푹 들어간 분지에 강 한 줄기가 올리브나무 숲 사이로 완만하게 흐르고 있다. 고요함과 갖가지 색채로 충만한 둥근 골짜기로 내려가보아야 한다. 담벼락처럼 가로막아 선 산을 마주 보고 서서, 하얀 바위에 술 장식처럼 매달린 관목들을 헤아려보아야 한다. 산봉우리들이 하늘에 그리는 톱니의 굴곡과 서로 번갈아 앞으로, 앞으로 한없이 달려 나가는 구름들…… 그 움직임을 눈으로 따라가보아야 한다. 들려오는 갖가지 소리에 귀 기울여 그것이 무슨 소리인지 알아내야 한다. 온갖 향기를 음미해보아야 한다. 벌레에 쏘여 따끔한 느낌을 맛보고, 자갈과 풀들이 그린 그림을 유심히 보아두어야 한다. 무엇보다 그 모든 풍경을 기억 속에 찬찬히 새겨놓아야 한다.

자, 산자락을 휘감아 한 줄기 강이 흘러간다. 촘촘한 산봉우리들 사이로 들어가는 초입에서는 강폭이 아직 넓지만, 가파른 경사를 이루며 무수히 굽이치는 상류로 거슬러 올라갈수록 폭은 좁아든다. 강물은 처음에는 옅은 빛, 거의 회색이다. 물줄기가 졸졸거리는 한결같은 소리를 내며 바다를 향해 쉼 없이 흘러가지만, 강 표면에는 물살의 움직임이 거의 드러나지 않는다. 이렇게 한 줄기를 이뤄 자갈밭 한가운데를 가로지르는 강물은 투명하면서 동시에 불투명해서, 아무것도 비쳐 보여주지 않는다. 하상에는 또 다른 지류들이 뻗어나가고, 모기 소굴인 진흙 늪들도 자리 잡고 있다. 물줄기 양편 자갈밭에는 움직이는 것이 보이지 않는다. 어쩌면 그곳에도 물이 깊숙이 숨어 흐르고 있을지 모른다. 자갈 사이를 힘겹게 비집고 스며든 물이 맑은 물방울을 이루어 쉴 새 없이 고요히 떨어져 내리고 있을지 모른다. 이 자갈 하상 표면에는 긴 줄무늬가 대각선으로 펼쳐져 있다. 그 무늬들은 적회색이거나 연보랏빛이고, 어떤 무늬는 청회색을 띤다. 자갈층 아래 심층은 대개 암반이다. 오래전 지각(地殼)에 길게 벌어진 틈을 강이 눈에 띄지 않게 전진하면서 쉼 없이 깎아내고 있다. 사실 강은, 물과 자갈은 분명 전진하는 중이다. 살아 있는 몸뚱이, 조각난 보아 뱀처럼 말이다. 자갈 상층은 강물에 쓸려가면서 중간층을 스치고, 또 그 아래 바닥이 있고, 또 그 아래로 바위가 깔려 있다. 이 층들은 서로 아주 느리게 마찰한다. 그렇지만 어떤 초자연적인 힘이 이 강에 생기를 불어넣어 강물은 계속해서 쉼 없이 솟아올라, 지표에서 흙먼지를 씻어내고, 눌러 으깨고, 비우고, 잘라낸다. 물은 지표에서는 활기

차게, 지하 심층에서는 방울방울, 영원히 흐른다. 물이 흘러가면 태양이 젖은 자갈들 위를 덮쳐 남은 물을 증발시킨다. 하늘로 올라간 물은 길쭉한 흰 구름으로 흘러 다닌다. 바람이 구름을 끌어 모아 잿빛으로, 갈색으로, 군청색으로, 칠흑처럼 검게 만들고, 그러다 별안간 하늘이 갈라지며 물이 땅으로 다시 쏟아져 내려 강으로 흘러들고, 강바닥 속으로 스며들어 모든 것을 적신다. 그러고는 다시 솟아올라 마치 턱뼈를 지닌 것처럼 또다시 대지를 갉아낸다.

상류로 거슬러 올라가면 강은 두 개의 산 사이에 끼어 좁아든다. 바윗덩어리들은 아직은 침식당하지 않아 그리 편편하지는 않다. 자갈도 드물다. 강 제방 너머 한쪽 기슭은 갈대가 우거진 둔덕이고, 맞은편은 맨살을 그대로 드러낸 가파른 암벽이다. 강물은 이 바위벽 아래로 흐른다. 그 물은 깊고 푸르다. 바위는 얕은 여울을 거치지도 않고, 수면과 같은 높이로 검은 테두리만을 두른 채 깊은 물속으로 곧장 들어와 있다. 그 검은 테두리는 분명 가을철 우기에 불어난 강물이 산자락을 따라 화환 같은 소용돌이를 펼쳐놓을 때 생긴 이끼 자국일 것이다.

맞은편 기슭에서는 반대로 바위가 한 발자국 뒤로 물러나 있다. 아마도 강이 휘돌아 흐르면서 생겨난 원심력 때문일 것이다. 굽이치는 물살이 전부 맞은편 암벽으로 쏠리는 것이다. 굽이진 강가, 끈끈한 개흙이 고인 곳에는 갈대와 잡초가 모여 자란다. 바람이 스쳐가며 그것을 가볍게 흔들어놓고, 태양은 하루 종일 그 풀줄기를 달군다. 새들이 지저귀며 흩어져 날아올라 허공에 갈지자를 그린다. 푹신하고 물기 많은 이 토양을 이용해 식물들은 자리 잡을 수 있었다. 살아 있는 뿌리가 땅속에서 몸집을 키우고, 물에서 자양분을 얻는다. 갈대와 잡초 사이로 나타나는 맞은편 암벽은 한층 더 헐벗은 모습으로 비친다. 더 멀리, 하류로 더 내려가 강이 넓어지고 자갈밭이 펼쳐지기 시작하는 지점에 키 큰, 앙상한 나무들이, 어떻게 그럴 수 있는지 놀랍게도 바위에 붙어 자라면서 가지를 하상(河床)을 향해 뻗치고 있다. 떨어진 그 나뭇잎들 아래로 어두운 은신처가 생겨난다. 짐승들, 이를테면 뱀이나 두꺼비가 거기 살고 있을 것이다. 그 그늘진 구덩이들에서는 낙엽 썩는 냄새가 날 것이고, 공기는 분명 싸늘할 것이다. 그 구덩이들 속에 어떤 희푸른 시체가 무수한 칼자국이 난 피부로 악취를 풍기고 있을지 어떻게 알겠는가?

갈대가 자라는 자갈밭 근처에서 언덕이 시작된다. 완만한 경사를 따라 옥수수 밭이 거의 폐허가 되도록 방치된 모습으로 펼쳐진다. 옥수수 밭은 도로까지 잇닿아 있는데, 그 지대의 마지막 몇 미터는 올리브나무가 심어진 과수원이다. 그곳에는 벌레가 많이 모여든다. 뭔가를 문지를 때 나는 소리 같은 묘한 소리를 내며 허공을 오가는 그것들은 풍뎅이, 금파리, 등에, 잠자리, 모기, 땅벌, 말벌, 그리고 긴 몸통을 팔딱거리는 수개미 들이다. 지표 위에서는, 곡식 알갱이, 자갈, 마른풀 사이로 뱀 한 마리가 천천히 기어간다. 뱀은 이따금 움직임을 멈추고 목을 좌우로 까딱인다. 풀들이 미동도 없이 줄기를 곤두세운다. 이렇게 마치 어떤 대단한 사건이 일어날 것만 같은 긴장감이 퍼져 나간다. 그렇지만 아무 일도 없다.

올리브나무들이 둔덕에 뻣뻣이 늘어서서 말라간다. 그 나무들에는 겉으로 드러나지 않는 어떤 놀라운 힘이 있다. 그 힘이 나무들을 땅 위에서 버티게 해준다. 그 힘은 구불구불 비틀린 나뭇가지들을 타고 올라가 잎맥을 타고 퍼져 나간다. 그것은 아마도 나무로서의 어떤 의지, 강렬하고 철저히 불활성인 불굴의 의지일 것이다. 그 의지가 껍질 안쪽, 촘촘한 주름 속에 숨어 수액을 위로 끌어올려 향기를 뿜고, 영양을 공급하고, 윤기 나는 작은 잎사귀들의 가장자리를 부드럽게 말아놓는다. 그 의지는 땅속에도 있다. 땅이 흡수되어 뿌리를 통해 나무속으로 올라가는 것이다. 그래서 그것은 나뭇가지의 단단한 토대가 되고, 그 단단한 토대에서 뻗어 나온 가지들이 천정점(天頂點)을 향해 헤아릴 수 없는 손가락들을 높이 뻗는 것이다. 무성한 잎줄기들이 아주 곧게, 마치 눈에 보이지 않는 태양을 향해 뻗어 오르듯 똑바로 서 있다. 그 모습이 마치 나무가 전기를 품은 구름에 접속해서 전기를 자양분으로 빨아들이는 것처럼 보이기도 한다.

길가 돌무더기 사이에 꽃들이 피어 있다. 훌쩍 높이 솟아오른 가느다란 줄기는 은빛 솜털로 덮였고, 그 줄기 꼭대기에 꽃눈과 꽃봉오리가 소복하게 달려 있다. 줄기 밑은 Z자 형태로 뻗은 뿌리인데, 거기서부터 잔뿌리가 여러 갈래로 뻗어나간다. 줄기 위에서 아래까지 잎사귀들은 활짝 펼쳐져 그 속살을 흙먼지와 바람에 내준다. 큰 줄기 양편으로 작은 줄기가 두 팔처럼 뻗어나가고, 그 각각의 끝에 커다란 잎사귀가 팔랑거린다. 이 두 개의 작은 줄기 사이에 갓 돋아난, 봉우리 모양의 여린 잎과 아직 벌어지지 않은 꽃망울들이 맺혀 있다. 이 꽃망울들은 아주 작은 심장 같은 것이어서, 아직은 포개지고 접힌 채 분명한 모양이 갖춰지지 않았다. 섬세하고 부드러운 어떤 것, 아주 작은 얼굴 같은 청회색의 공이 오므라든 채 활짝 벌어질 때를 기다리고 있다. 풀대 꼭대기, 휘어진 줄기 끝에는 작은 흰 꽃들이 송이를 이루어 피어 있다. 꽃잎이 다섯 갈래 별 모양인 이 작은 꽃 한가운데는 옅은 노란색이다. 솜털로 덮인 향기로운 이 작은 둥지에서도 생명은 솟아날 것이다. 계절의 변화를 이기는, 밤낮의 교차, 번갈아 오는 추위와 더위, 새벽의 이슬과 한낮의 태양을 이기고 살아남게 하는 약하고 여린 어떤 생명 말이다.

이 풀포기를 둥글게 둘러싸고 세상은 멈춰 있다. 그 세상은 눈에 보이지 않는다. 사물들은 존재하면서도 현상으로 나타나지 않을 수도 있다. 혹은 현상으로 나타난다 해도 너무 미미해서 그것에 대해 말할 가치가 없는 경우도 있다. 사물들은 무리지어, 혹은 외따로 떨어져 거기 존재한다. 그것들은 이 식물로부터 멀찍이 거리를 띄우고 있다. 가까이 다가오지도 않고, 잎맥이나 뿌리를 통해서가 아니면 침투하지도 않는다. 서로 소통하는 것은 없다. 하지만 그것은 죽어 있기 때문이 아니라, 오히려 그 반대이다. 세상의 나머지 다른 것들과는 관계없이 존재하는, 별개의 생명인 것이다. 그것은 모두가 나누어 지닌 생명의 작은 조각으로, 아무 관계도 연줄도 없이 땅에 홀로 뿌리내렸다. 그것은 외따로 떨어진 평온한 진실이다. 덧붙은 것 없이 고독하게 그 자신으로 존재하는 존엄함, 현실의 부스러기 한 점이면서 자신이 부스러기라는 것을 알지도 못하는 위엄이다. 시간이란 올리브나무에게는, 마찬가지로 관목 숲, 가시덤불, 엉겅퀴에게는 존재하지 않는다. 소리도 존재하지 않는다. 그것들에게는 행동이라는 것도 존재하지 않는다. 지극히 충만한, 강렬한 이 무(無)의 상태, 이것이 질료의 진실, 생명을 부여받아 세상에 던져진 사물의 근원적이고 결정적인 진실이다. 이러한 사물의 생명이란 다른 생명들에 저항하지도 않고, 복속되지도 않고 그 자체로, 단지 그 자체로 존재한다.

그 계곡에는 이러한 식물의 힘이 사방에 자리 잡고 있었다. 그 힘은 굳은 땅 표면을 찢고, 땅속 깊숙한 곳까지 흙덩어리를 부수었다. 그것은 땅속에서 기어가고, 구멍을 파고, 출구를 찾아다녔다. 이렇게 식물의 힘이 땅속에 조심스레 닦아놓은 길들은 그것이 살아 있음을, 무언가를 이룰 능력이 있음을 보여주는 증거였다. 어떤 것도 그것들을 멈출 수 없었다. 초목과 그 뿌리는 정말이지 세상을 지배해왔다. 아주 오래전부터 식물들은 그 미미한 힘들을 모아 이 불활성의 대지를 쉼 없이 누비고, 가차 없이 바위에 구멍을 내고, 광석을 부수었다. 식물의 세상에는 고통도 없고 환희도 없었다. 그 세상은 평온하면서도 생명을 소진시켰다. 죽음과 아주 가까우면서 동시에 생기 가득한 세상이었다.

우거진 잎사귀와 풀잎들 사이로 드물게 곤충들이 움직이고 있었다. 지네 한 마리가 썩은 나뭇조각 가까이로 지나갔다. 몸집이 큰, 길이가 적어도 3센티미터는 되는 개미 한 마리가 급경사면 가장자리 위로 기어갔다. 불그스름한 몸통은 다부졌고, 넓적한 검은 머리에는 강한 아래턱이 있었다. 그 개미는 돌을 넘어 앞으로 나아가면서 무너져 내린 흙 알갱이들을 다리로 밀어냈다. 개미가 파리에게 가깝게 접근하자 파리는 곧바로 날아올랐다. 개미는 지푸라기를 더듬다가 움직임을 멈추더니, 별안간 이유를 알 수 없이 허둥거리며 빠르게 내달려 갈라진 틈 속으로 모습을 감췄다.

길 위에서, 나뭇가지들 위에서, 다른 개미들이 행진했다. 그것들의 움직임에는 수많은 다리와 더듬이로 가득 채워진 어떤 세밀한 격정이 있었다. 그런 움직임이 끊임없이 우글거리며 길을 살아 있게 만들었다.

집요한 풀줄기들이 결국은 아스팔트 포장을 뚫고 올라왔다. 그것들은 자동차 타이어들에 수없이 깔리면서도 거의 바닥에 달라붙은 채 끈질기게 살아남았다.

미지근한 바람이 이따금 큰 소리를 내며 지나간다. 바람은 굽이진 언덕을 따라 올라가 골짜기를 따라 나아간다. 그 바람은 청량한 대기를 휘저어놓고, 구석에 엎드린 늪지 수면에 주름을 만들다가 말벌 한 마리를 몰아낸 뒤, 산자락 어느 동굴 속으로 돌진해 들어간다. 바람은 이런 식으로 계속해서 아주 멀리, 강이 발원하는 샘까지 불어간다. 사실 공기 역시도 살아 있는 것이다. 그것은 완만하게 움직이다가 멈추고, 그러다가 한층 세차게 몰려간다. 때로는 차갑고 때로는 더운, 냄새도 섞인 이 투명한 기체는 박테리아를 실어 나르기도 한다. 둥근 공처럼 생긴 미생물 무리가 먼지에 실려 먼 거리를 이동하는 것이다. 씨앗이 나무에서 떨어지거나 혹은 민들레에서 퍼져 나온다. 이 씨앗들은 땅에 도달하여 물과 벌레 유충들을 만난다. 그 흙에서 씨앗들은 열기에 덮여 천천히 발효하며, 무감각 속에서 수수께끼처럼 부풀 것이다. 그러다가 때가 오면 씨앗이 터질 것이고, 새로운 싹이 고개를 들어 천천히, 힘차게 두리번거리며 자신이 뻗어나갈 길을 찾을 것이다.

이곳, 산으로 둘러싸인 분지 안에는 모든 것이 존재했다. 수많은 동물, 강, 개울, 그 개울에서 가지를 친 실개천, 작은 둔덕, 갖가지 식물들, 무엇 한 가지 빠지지 않고 다 있었다. 이곳에서는 하나의 세계가 다른 하나의 세계에 완전히 포함되어 들어가고, 이렇게 각각의 세계가 일련의 동심원처럼 포개지고 있었다. 큰 개미의 세계, 풍뎅이의 세계, 꽃자루가 우산처럼 펼쳐지는 산형과(繖形科)식물의 세계, 갈대의 세계, 올리브나무의 세계, 파라솔소나무의 세계, 조각난 규석의 세계, 강물의 세계, 지렁이의 세계, 파리의 세계, 뱀의 세계, 인간의 세계, 작은 개미의 세계 들이 말이다. 그러나 이것은 겉으로 보기에만 그랬을 뿐이다. 사실 이 세계는 하나이고, 이 하나의 세계 안에서 모두가 함께 살아가고 있었다. 하지만 이 세계에서 각자가 자기만의 영역을 얻었을 리는 없다. 현실은 언제나 그런 것과 아주 달랐다. 이 세계는 광대한, 다양한 형상을 지닌 구형의 공간이었다. 이 골짜기의 평화는 가차 없는 형벌, 각각의 생물들이 자기 힘으로 어떻게 해볼 수 없는 고통이었다. 이 세계에 평화란 없었다. 평화가 있을 수도 없었다. 그렇기는커녕 여기 있는 것은 오히려 분노에 찬 어떤 것, 미쳐 날뛰는, 잔인성이 고질이 된 무엇이었고, 그것이 이 세계 속 존재들의 내면을 지배했다. 고통도 없고 기쁨도 없지만 몹시 혼잡한, 작열하는 태양과 높은 기온에 짓눌린 세계, 현기증과 흥분으로 가득한 세계였다. 존재하는 것이 떠안아야 할 격렬한 감정도 물론 있었다. 공포 같은 것 말이다. 공포는 각각의 존재를 비우면서 동시에 채웠다. 이 골짜기, 이 가혹한 공간에서 살아간다는 것, 여기서 살아가는 많은 것들 가운데 하나라는 생각, 그러면서 그런 하나가 되지 않을 방법은 결코 없다는 것을 생각해보라. 거주자는 자신의 몸이라는 거주지 안에서, 거주하는 장소 앞에서, 점령자인 것이다. 전력을 쏟아, 자신의 의사와는 상관없이, 불가항력적으로, 얼마 후 그 장소의 점령자가 되는 것이다. 달리 어떻게 해볼 방법은 없다. 그 장소에서 살아가는 존재일 수밖에 없다는 무한한 저주를 떠안은 것이다.

강물 바로 가까이 다가가보면 고요한 큰 움직임이 보인다. 샘물 소리를 내며 바다를 향해 내려가는 움직임이다. 강물은 깊고, 짙고, 강철 색깔이다. 강물은 하나의 줄기를 이루어 자갈밭 위를 흘러간다. 강물 표면이 마치 거울처럼 보인다. 그 물속에는 분명 물고기들이 있을 것이다. 눈이 유리알 같은 물고기들이 그 눈으로 자신들의 청록색 세계를 내다보고 있을 것이다. 물 위에는 찌꺼기 파편들이 떠다니고 있다. 강둑에서 뽑혀 나온 풀포기들, 나뭇조각들, 무엇인가의 뿌리들이다. 땅 역시 눈에 드러나지 않게, 소리 없이 부스러지고 있다. 땅이 물속으로 부서져 들어가는 것이 눈에 보이지는 않는다. 하지만 땅이 그 속에, 강물 속에 섞여 있다는, 흙이 물속으로 흩어져 탁한 빛깔의 고운 부유물이 되어 있다는 사실은 알 수 있다.

강은 이따금 기슭으로 스며들어 진흙 섬 같은 것을 만들어놓는다.

물이 갇힌 이 웅덩이에서 생명이 빠른 속도로 번식한다. 모기들이 수면을 스치고, 진드기, 말벌, 물거미 들이 우글거린다. 이런 물웅덩이들이 강을 따라 수없이 만들어졌다. 자갈 역시 사방에 널렸다. 서로 포개져 무더기로 쌓인 그 자갈들은 갖가지 색깔, 갖가지 형상이다. 어떤 것들은 돌 속에 박힌 가느다란 흰 줄로 둘러싸였다. 다른 어떤 것들은 깨진 자국이 있고 또 어떤 것들은 구멍이 뚫렸다. 세월에 닳고 강물에 씻긴 그 자갈들은 높은 산꼭대기에서부터 내려온 것들이다. 그것들은 하류로 내려가면서 하루하루 더욱더 잘게 부스러질 것이다. 백만 년 후에는, 어쩌면 그 이전에 이미, 지구의 표피는 모래뿐일 것이다.

바람이 불어 길 위에 떨어진 낙엽을 쓸어간다. 덤불이 바스락거린다. 도마뱀들이 얇고 납작한 돌에 바싹 붙어 얼마간 기어가다가 멈춰 꼼짝도 하지 않는다. 그렇게 멈춰 목 언저리만 팔딱거린다. 어떤 식물은 아주 단단하면서 손톱처럼 날카로운 가시가 있다. 그 가시들이 날을 세우고 기다린다. 무성한 잡목 숲은 야생성으로 가득하다. 나뭇가지들이 서로 얽혀 있고, 잎사귀들은 이를 갈듯이 서걱거린다. 코를 쏘는 냄새가 희미한 빛을 타고 올라간다. 역겨운 수액 냄새, 무엇인가 타는 냄새, 짓이겨진 목재 냄새도 있다. 줄기는 푸르고 잎사귀는 눈부시다. 무성한 잔가지 사이의 빈틈은 거미줄로 메워졌다. 드리워진 그늘 아래 솜털로 덮인 그 작은 공이 시력은 거의 없는 눈을 달고 빼곡하게 붙어 있다. 그 비극적인 눈으로 거미는 쉴 새 없이 먹이를 염탐한다. 지쳐서 무거워진 잎 그림자들은 지면 가까이, 덤불 밑동 사이를 낮게 배회한다. 뿌연 빛깔이 점차 잎맥에 번져가면서, 가느다란 줄기를 휘어놓고 올리브 고목 표면에 줄무늬를 만든다.

말똥가리 한 마리가 하늘 높이 유유히 날고 있다. 새가 내려다본 지상은 폐허로 이루어진 거대하고 황량한 혼돈이다. 흘러가는 희고 가는 물줄기들은 뱉어놓은 침처럼 보인다. 비명이 어느 우거진 나무에서 솟구치지만, 보이는 것은 없다. 목구멍을 쥐어짜는 정체불명의 '악-악-악-악' 소리가 몇 겹으로 내려앉은 정적을 들쑤셔놓는다.

한층 더 높은 하늘, 푸른색 드넓은 궁륭에 구름들이 끊임없이 떠돈다. 구름 하나는 무척 길쭉한 모양새다. 실처럼 가느다란 구름 꼬리가 대기 속으로 섞여든다. 구름들은 금방 알아차릴 수 없을 만큼 서서히, 그러면서 쉼 없이 모양을 바꾼다. 어떤 형상이 되었다가 다시 일그러지고, 하나로 뭉쳤다가 다시 흩어진다. 그것들은 취한 듯 하늘에서 동심원을 그리며 돌다가, 스스로를 풀어헤친다.

저 멀리 골짜기 끝, 강이 꼬리를 감추는 지점에, 깎아지른 것 같은 두 개의 봉우리가 양쪽 경사면에 하나씩, 마치 문설주처럼 솟아 있다. 그 너머로는 무엇이 있는지 알 수 없다. 강은 완만하게 굽이치며 계속 흘러갈 것이고 양쪽 산비탈에는 녹음과 더불어, 아마도 다른 올리브나무와 다른 갈대들이 우거져 있을 것이다.

하지만 이곳, 이 좁은 골짜기에는 모든 것이 초벌 그림 같다. 맑은 공기, 청량함, 그늘, 바람, 모든 것이 믿을 수 없을 만큼 순수하다. 울퉁불퉁한 바위는 단단하고 윤기가 흐른다. 산 능선들이 가파르거나 완만하게 끝없이 서로 포개진다. 이 능선들은 움직이지 않을 것이고 언제까지나 변함없는 모습일 것이다. 암석은 무심하게, 든든히 자리 잡고 있다. 초목들은 땅에 뿌리내리고 곧게 뻗어 오른다. 고요가 그곳을 지배한다. 나무 줄기와 잎사귀들은 여기저기 매듭을 만든 채, 가라앉은 색채로 혼란하게 얽혀 있다. 얽힌 줄기 사이로 거무스름한 얼룩이 보인다. 이 안에서 살아간다는 것은 다른 것들과 함께 어우러져 한 점 얼룩이 되어, 화살표 끝의 작은 잉크 자국이 되어 살아야 한다는 의미다. 이 풍경 한가운데, 이곳의 곤충, 메뚜기가 웅크려 생각에 잠겨 있다. 이렇게 모든 것을 본다. 이것은 모든 것을 경험한다는 의미다.

이제 움푹한 작은 분지에 들어와 있다. 사방 시야의 끝은 거대한 경사면이다. 그곳에 털로 덮인 줄기 같은 것이 자란다. 울퉁불퉁한 지면에 가깝게 닿은 공기는 후덥지근하고, 향내가 배어 있다. 그 더운 공기가 비틀거리며 상승한다. 그보다 더 높은 쪽은 보이지 않는다. 지면에서 얼마간 거리를 띄우면, 대기가 별안간 불투명해지면서 기포가 수면에 떠오르는 물방울처럼 퍼져 나가기 때문이다. 이렇게 위쪽은 보이지 않고, 땅 표면 가까이로는 흙먼지가 숨 쉴 틈 없이 깔려 끔찍한 무게로 짓누른다. 아, 날개가 있다면! 하지만 할 수 있는 일은 없다. 부서져 내리는 부식토 경사면을 기어올라야 하는 것이다. 게다가 여기서는 쉴 수도 없다. 땅이 살아 있기 때문이다. 흙이 끊임없이 끓어오른다. 땅이 신음한다. 땅은 입처럼 벌어졌다가 닫힌다. 거품이 올라와 발밑에서 터진다. 안락감을 주는 느린 진동이 지각을 무겁게 흔들고, 공기의 파도가 갈대 줄기 사이로 울부짖으며 지나간다. 초목이 너무 울창하다 보니 햇빛이 지면까지 가닿을 수도 없다. 기어 다니는 짐승들은 빛을 받지 못해 창백하다. 그것들은 눈으로 보는 대신 더듬어서 방향을 잡는다. 기어 다니는 짐승들은 날개 달린 다른 짐승들, 머리 위로 날아다니면서 반들거리는 갑각(甲殼) 속에 들어박힌 탐욕스러운 눈으로 어두운 구석까지 헤집는 새들의 먹이가 된다. 땅 위의 세상은 알고 보면 정말이지 끔찍하다. 잔인한 포식자들이 드물지 않다. 드물기는커녕 사방에 포식자들이 널렸다.

남쪽으로 골짜기는 내리막을 이룬다. 흐린 물빛의 강이 잔잔히 바다로 흘러가고 있다. 내리막 경사는 거의 알아차릴 수 없을 만큼 완만하고,

산봉우리들은 지평선에 녹아들어 부드럽게 물결치는 파도처럼 보인다. 저편, 바다에 바싹 붙은 하늘은 노랗고 붉은 빛을 띠고 있다. 구름은 대기 속에 점점이 퍼져 흩어졌다. 진주 빛깔을 띤 안개 한 자락만이 대기 속에 습기가 있음을 알려준다. 수천 킬로미터 상공에 미세한 물방울들이 먼지처럼 떠돌고 있는 것이다.

비죽비죽 솟은 산봉우리들에서 멀리 시선을 돌리면 사람들이 모여 사는 곳이 보인다. 그들은 강 하구를 마주 보는 언덕 허리에 자신들이 사는 집을 짓고, 그곳에서 생활하며 자신들의 식사를 준비한다. 빈 땅에 불을 놓기도 한다. 도로들이 작은 숲을 사이에 끼고 구불구불 펼쳐지다가 서로 교차하고 또다시 교차하며 끝없이 나아간다. 흰색으로 보이는 이 작은 도로 위에는 자동차들이 앞서거니 뒤서거니 마치 개미 떼처럼 행렬을 짓고 있다. 올리브나무 묘목들이 수없이 늘어서 있고, 이따금 아주 높은 지대에 보이는 일종의 계단식 경작지에는 옥수수들이 줄지어 자란다. 사람들의 주거지는 강 하구 넓은 경사지 끝자락에 자리 잡고 있다. 그들은 그 비탈진 땅에 몸을 숙여 고된 노동을 해서 살아간다. 그곳은 해가 아침부터 저녁까지 빛나는, 사방이 뚫린 공간이다. 그들의 공간에는 안개구름도, 벽처럼 둘러선 바위도 없다. 모든 것이 침착한 열기를 띠고 유연하게 이루어지며, 그래서 시간이 빠르게 흘러간다.

그곳의 나무들은 분명 싱싱하게 자라고 있을 것이다. 이곳처럼 바싹 마르지 않았을 것이다. 튼튼히 뿌리내리고 무수한 열매와 잎사귀를, 갈퀴 모양을 한 잔가지들을 울창하게 달고 있을 것이다. 그 나무들은 바스락거리며 향기를 풍길 것이고, 그러면서 인간에게는 휴식을 약속하고, 들짐승에게는 불안과 경계를 불러일으킬 것이다.

이곳, 갈라지고 튀어나온 험준한 골짜기는 숨이 막히면서도 동시에 자유로운 곳이다. 여기서 짐승들은 두려울 게 전혀 없다. 들판과 산은 짐승들의 차지여서, 그들은 자신들의 잔인하고도 무의미한 게임에 아무 제약 없이 뛰어들 수 있다. 빛이 스며들지 않으므로 개미들은 정오의 무시무시한 햇볕, 편편한 자갈 위에서 맞닥뜨릴 경우 몸통의 수분을 빼앗고 바싹 말려버릴 그 햇볕을 두려워할 필요가 없다. 개미들을 둘러싼 주위는 온통 냉기와 그늘뿐이다.

해를 만나는 일은 드물다. 해는 깎아지른 영봉들 뒤편으로 지나가는 터라, 그 산봉우리들의 높낮이에 따라 모습을 드러냈다가 사라지곤 한다. 이곳의 빛은 해에서 나오는 것이 아닌 듯하다. 빛은 하늘 전체에서 뿜어져 나와 이 좁은 계곡 속으로 사태처럼 쏟아져 들어오는 것 같다. 이 골짜기에서 빛은 울퉁불퉁한 경사면에 메아리처럼 반사되며, 다시 튕겨 올라 사방으로 날아다닌다. 빛은 뾰족 바위와 부딪쳤다가 사나운 짐승처럼 동굴 입구에 충돌하고, 자갈돌에 가서 박힌다. 강 물결과 맞닥뜨린 빛은 수면을 타고 미끄러지면서, 수면을 뚫고 들어가지는 못하고 잘게 부서진다. 빛은 지나는 궤적 안에 들어 있는 모든 것을 하얗게 포장하고, 얼리고, 칠해놓는다. 바위와 비탈은 어디나 흰색이 되고, 그 표면은 굳게 닫힌 채 이 무자비한 빛에 흠뻑 절여진다. 탈색효과를 지닌 이 빛의 폭우를 멈추게 할 방법은 없는 것 같다. 빛이 어디에서 처음 만들어지는지조차 알 수 없으니 말이다. 해의 불을 꺼봤자 해가 빛의 원인이 아니고, 달을 구름으로 덮어봤자 달이 원인이 아니니까 말이다. 이곳의 빛은 이 풍경이 휘두르는 폭력의 일부이다. 그 폭력 앞에 고개 숙인 대지는 자신을 제물로 바치는 수밖에, 주름 잡힌 고단한 피부를 내미는 수밖에 다른 도리가 없다.

불그스름한 돌멩이들이 땅 위에서 다이아몬드처럼 빛난다. 강을 따라 흩어진 자갈들이 옅은 빛의 불꽃을 튕긴다. 색채들이 서로 대비되어 선명하게 타오른다. 우거진 푸른 초목을 배경으로 강바닥이 붉게 타고, 파란 하늘을 뒤에 둔 채 검은 가시덤불이 시야에 뛰어든다. 황갈색 바위산은 흰 눈을 화관처럼 머리에 이고 있다. 모든 것이 뻣뻣이 굳어 옴짝달싹하지 못한다. 그런데 이런 것도 빛이라고 부를 수 있을지 모르겠지만, 사실 소리와 냄새에도 빛이 스며 있는 것 같다. 말벌들은 연필로 긋는 직선 같은 소리를 내며 날고, 소나무 바늘잎들은 파삭파삭하면서도 그윽한, 뾰족한 바늘과 끈끈한 풀이 범벅이 된 향기를 갈지자로 퍼뜨린다.

　왼쪽, 오른쪽, 앞, 뒤, 온 사방에 산봉우리들이 솟아 있다. 이 골짜기의 삶을 지금 같은 모습으로 바꾸어놓은 것은 바로 산이다. 살아간다는 것이 고단하고도 불가사의한 일이 된 책임은 저 산봉우리들이 져야 하는 것이다. 사실 산은 살아 있는 존재들이다. 산은 육체가 있다. 눈이 있고, 숨을 쉰다. 산등성이 중간 즈음 크고 둥글게 솟은 마루턱이 산의 배이다. 산은 그것이 주변 세상에 단호히 내린 명령, 굳세게, 강인하게 버텨라,라는 명령을 꼭대기에 위엄 넘치는 흔적으로 지니고 있다. 이 고요, 이 공허 속에서도 꿋꿋이 견디라는 명령이다. 산봉우리들은 부풀어 오른 그 큰 덩치를, 각을 뾰족하게 벼려서, 사방 하늘을 향해 세워 올린다. 어떤 봉우리들은 아찔한 균형을 유지하고 있다. 그것들은 안정되어 움직임이 없어 보이지만, 사실은 기울어 있는 상태다. 아마도 오랜 세월에 걸쳐, 흘러내리는 모래흙을 타고 미끄러지듯 허물어지면서 서서히 주저앉았을 것이다. 그 산봉우리들의 배열에는 일관성이 없다. 용암이 흘러내리면서 큰 주름을 만들던 그대로, 마그마가 분출해 거칠게 쇄도하던 그대로 굳어버린 것이다. 그 뒤 용암 주름과 마그마의 물결은 그 당시의 형상

그대로 남겨졌다. 지각은 그것들을 기괴하고 험준한 모습인 채로 내버려 두고 잠잠해졌다. 그것들의 울퉁불퉁한 형상 내부에는 이미 조화로운 침묵이 담겨 있었다. 이제 그 산봉우리들은 움직이는 생명이 아니다. 더 이상 살아 있는 화산이 아닌 것이다. 그것들의 삶은 순전한 침묵과 위험의 과시로서의 어떤 무게다. 엄청난 무게, 수백만 톤의 침묵과 어마어마한 크기, 돌로 굳어진 어떤 분노 말이다. 산봉우리들은 그 분노로 세상을 짓눌러 발아래 깔고 앉아 있다.

뾰족한 산봉우리들 사이에 살아 있는 또 다른 것이 있다. 강과 골짜기이다. 강과 골짜기는 자신들이 할 수 있는 방식으로 삶을 지켜나간다. 생명이 한 해 한 해, 헤아릴 수 없는 세월을 거치며 점차로 침식되고, 완만하게 깎여나가고 있는 것이다. 그렇지만 그것은 이미 승리자 영원의 점령지가 되어 있다. 바위는 그곳에, 강들이 다 말라버린 뒤에도, 짐승들의 뼈가 다 풍화된 뒤에도 남아 있을 것이다. 이 지구가 바싹 말라붙어 운석들만 우주로 떨어뜨리게 된다 해도, 치솟은 바위, 단층, 깊은 골짜기, 높은 봉우리 들은 여전히 남아 있을 것이다. 산은 여전히 살아서 존재할 것이다.

이 점을 잊어서는 안 된다. 사실 골짜기라는 이 닫힌 공간에서 바위는 이러한 마멸의 고단한 삶, 이러한 침식을 익숙하게 감당할 힘이 있는 것이다. 심지어 우기에 산허리에서 흘러내리는 모래, 부서져 떨어진 납작한 돌조각조차 패배한 것이 아니다. 이곳에서 삶은 전쟁이 아니기 때문이다. 여기서 삶은 그저 사물의 자연적인 운동일 뿐이다. 이 운동을 통해 이 풍경 속의 각 부분이 풍화를 거쳐 부스러진 바위와 동일한 물질이 되는 것이다. 찬 공기는 흐름을 만들어 광석으로 스며든다. 각각의 물체는 산 채로 돌 속으로 들어가려는 광적인 욕망으로 부들거린다. 이를테면 강물이 그렇다. 강물은 양옆에 둘러선 강둑을 침식해 끝장을 내버리려는 것처럼 보인다. 그렇지만 '생명의 양은 동일하다'. 물도 바위일 뿐이니까, 바위의 한 형태, 미지의 영원으로 바꾸어놓은 산일 뿐이니까 말이다. 공기 역시 바위로부터, 산으로부터 생성된 것이다. 공기를 구성하는 것은 무한한 물질의 프리즘이고, 그것의 힘은 지속성에 있다. 그러므로 속성이 다르고, 각각 처한 상황이 다르고, 최종적인 형태가 다른들 무슨 상관인가? 이 지상, 하늘, 물속의 모든 것은 돌이다. 왜냐하면 세상 만물은 단지 물질의 무한(無限), 영광스러운 영원일 뿐이기 때문이다. 존재하는 것, 또한 존재하지 않을 수는 결코 없는 것의 소멸 불가능성일 뿐이기 때문이다.

산은 벽처럼 수직으로 버티고 서 있다. 너무 높다 보니 그 앞에서 몸이 움츠러들지 않을 수 없을 것 같다. 정상에서 계곡을 향해 내려오는 능선은 거의 직각에 가까울 만큼 가파르다. 능선에서 또 다른 선이 비스듬히 뻗어나가면서 암벽 자락을 크기가 제각각인 다면체들로 분할한다. 급격히 휘어지는 초입을 지나 산속으로 들어가면 경사면이 거의 수직으로 떨어지는 골짜기가 있다. 그 경사면을 타고 자갈이 물결처럼 쏟아져 내리면서 긴 이랑들을 파놓았다. 위협적인 그늘이 긴 이랑들을 검게 채운다. 거대한 암벽 위에 키 작은 관목들이 몇 그루씩 무리지어 달라붙어 있다. 마치 바다 밑 바위에 붙어 자라는 해초들 같은 형상이다. 암벽은 회백색이고, 해초들은 군데군데 붉은 기운이 도는 진초록색이다. 눈에 보이는 쪽의 산비탈면은 모두 그런 나무들이 점령하고 있다. 시야에 들어오지 않는 비탈면에도 십중팔구 나무들이 자리 잡고 있을 것이다. 규칙적으로 흩뿌려진 얼룩처럼 보이는 그 나무들은 악착같이 산꼭대기 방향으로 몸을 뒤틀었다. 살아남기 위해서다. 맹금의 발톱처럼 별 모양으로 펼쳐진 뿌리가 돌에 핀 꽃처럼 뻗어 있는 것이 눈에 보인다. 빗물과 쏟아져 내리는 흙먼지는 그 앙상한 나뭇가지들 틈새를 빠져나가야 한다. 일출 때, 해는 정면에서 빛을 쏘아 보내는 것만으로 이 가파른 암벽에서 곧장 강렬하고 난폭한 열기를 길어낼 수 있다. 해가 할 일이란 그 열기를 우거진 나무들을 거쳐 하늘로 끌어올리는 것이다. 이따금 나무도 풀도 자라지 않는 지점들이 보인다. 예를 들어 산기슭에 왼편으로 움푹 파인 삼각형 분지는 누런 흙바닥을 그대로 드러내고 있다.

또 다른 골짜기들이 산꼭대기에서 시작되어 아래로 뻗어 있다. 가을 혹은 봄에 내린 비가 처음에는 가느다란 물길을 이루어 구불구불 이어지다가 흙과 돌이 섞인 격류가 되어 흘러내린 뒤, 남은 흔적이 뒤이은 몇 달간의 건기에 그대로 굳어버린 것이다.

바윗덩어리들이 암벽을 이루어 사방에 솟아 있다. 깨어지고 금이 간 채, 수백만 년의 세월을 거쳐 온 모습들이다. 육중하고 울퉁불퉁한 등을 드러낸 그 바위들의 거대한 몸집에서도 생명이 움직인다. 나무와 짐승이 그 암벽에 기생한다. 나무뿌리와 짐승의 발톱은 지치지도 않고 바위를 뚫는다. 가끔 비바람이 바위 꼭대기로 와서 자리 잡을 때도 있다. 번개까지 힘을 합해 바위를 공략한다. 그렇게 공략당하는 동안, 바위 옆구리로 비와 진흙이 눈물의 폭포처럼 흘러내린다.

골짜기의 움푹한 분지나 구덩이에서 생명을 찾는 것은 무리다. 그곳에는 아무도 찾지 않는 돌과 공기, 두 가지가 서로 살을 맞대고 있을 뿐, 다른 것은 없다. 찬바람이 몸을 떨며 스쳐가도 바위는 꼼짝하지 않는다. 그곳의 고요는 거의 완벽하고, 움직임은 완전히 굳어 단단한 결정이 되어버렸다. 바위 위에는 아무것도 없다. 바위 아래에도 없다. 짐승도 벌레도 없고, 풀 한 포기도 없다. 공기에 섞여 흔들리는 향기도 없다. 푹신한

흙은 찾아볼 수 없고, 모래알은 반년마다 한 알갱이씩 생겨나 곧장 어디론가 증발해버린다. 이곳의 돌은 아무것도 지니지 못했다. 놀라울 만큼 가난하다. 이렇게 헐벗은 돌이 흘러가는 시간 속에서 움직임 없이, 평온하게, 무심하게 서 있다. 시선을 위아래로 옮기며 살펴봐도 아무것도 없다. 뭔가 다른 것을 만나려면 아마도 수백만 광년의 세월을 거쳐야만 할 것이다.

암반은 모두 같은 모습을 하고 있다. 엄청난 무게가 나가는 덩어리들, 표면에 사선 줄무늬가 나 있고, 비늘이 벗겨지듯 얇게 쪼개지는 단단한 물질들이 중첩되어 있는 것이다. 거기 포개져 놓인 것은 엄청난 무게의 냉기와 고요이다. 그 암반들 사이 곳곳에 골짜기가 있고, 호수가 있고, 기와지붕을 얹은 집들이 있다. 사람들이 사는 집이다. 집 주위에는 부드러운 회색빛을 띤 올리브나무 밭이 펼쳐져 있다. 도로, 교회가 있을 수도 있다. 그 가까이에 마을들이 있을 것이고, 도로와 교회에는 지명, 예를 들어 마리, 생달마르셀바주,* 레보** 같은 이름이 붙어 있을 것이다. 쇠마굿간, 목초지, 연못, 개울이 있을 것이고, 거기에 물고기가 살 것이다. 군데군데 아름다운 풍경, 감미로운 향기가 있을 수도 있다. 그렇지만 그런 것들은 수 킬로미터에 걸쳐 고요히 펼쳐진, 누구의 손길도 닿지 않은 이 풍경에 비하면 아무것도 아니다. 그런 것들은 청명한 하늘을 향해 수직으로 치솟은 이 거대한 암벽, 희끄무레한, 그러나 모든 것이 살아 있는 이 바위산, 말없이 무한을 향해 솟구친 봉우리, 울퉁불퉁한 모서

---

* Saint-Dalmas-le-Selvage: 프랑스 알프마리팀Alpes-Maritimes 지역에 위치한 행정 구역.
** 프랑스에는 레보상트크루아Les Baux-Sainte-Croix, 레보드프로방스Les Baux-de-Provence처럼 레보Les Baux가 들어간 지명이 많다.

리와 침식 자국으로 덮인 이 암반에 비하면 아무것도 아니다. 이곳에서는 어떤 증오가 이유 없이, 오래 묵은 불가사의한 폭력처럼 끝없이 메아리치고 있다. 아마도 그런 증오가 이곳의 속성일 것이다. 그것은 땅이 녹아 끓어오를 당시 이 산봉우리 암벽들이 마그마의 늪 바깥으로 치솟아 오른 것을 보면 알 수 있다.

이 산악 지대가 살아 있다는 말은 이러한 생명력, 유례없는 이 힘에서 연유한 것이다. 생명력이 이곳을 치솟아 오르게 했고, 시간이 서서히 휘두르는 침식과 마모에 맞서 싸우게 했다. 하나의 분화구로서 팽창 중인 세계의 넘치는 활력을 주위에 퍼뜨린 산은 이번에는 그 거대한 호흡을 일으켰다. 이렇게 해서 산은 일어나 서 있다. 산은 자신의 모든 물질을 하나도 남김없이 활용하여 무(無)에 맞서고, 허무의 창궐을 저지했다. 산은 그림자를 드리울 때면 장엄한 열정에 취해 자신이 가진 불규칙한 선(線)들을 주위에 던져 보냈고, 다발로 던져진 그 선들은 사방으로 튕겨 오르곤 했다. 산은 사방에 자신의 존재를 과시하며 간섭했다. 앞으로는 장벽처럼 부딪치고 밀어냈다. 흰 이마로 치받아 쓰러뜨리기도 했다. 양옆으로는 압박을 가하고 옥죄어서 서서히 질식시켰다. 산은 차가웠다. 아찔했다. 뒤쪽으로는 산자락을 불쑥 내밀어 짓밟았다. 수직으로 떨어져 덮치는 이상의 위력으로 덮쳐누르면서 목을 비틀었다. 빛을 품은 산의 몸집은 얼음장 같은 날숨보다 더 사나워서 이마에 땀방울이 맺히게 했고, 끔찍한 영상을 펼쳐 그것을 바라보는 눈들은 두려움으로 뒤집히곤 했다. 그것은 산에 패배한 자들만이 알아보는 영상이었다. 모든 것이 이제 곧 무너질 것 같았다. 흙더미가 무너져 내리고, 사방에서 무시무시한 굉음을 울리면서 산사태가 시작될 것 같았다. 그렇게 되어 모든 것이 엄청난 무게의 잔해에 파묻혀 짓눌리게 될 것 같았다. 까마득히 높아서 꼭대기가 보이지 않는 이 산은 어마어마한 재앙이었다. 사방으로 손길을 뻗쳐 희생자를 찾는, 원기 넘치는 죽음의 신 같았다. 산 앞에서 사람은 하찮은 존재였다. 작은 파편, 시들어 굽은 빈약한 덤불, 자갈 하나로 납작하게 만들 녹슨 통조림 깡통이었다.

상황은 그보다는 더 나았다. 산이 쓰러지지는 않았으니까. 사람이 쓰러졌다. 넘어져서 바닥없이 깊은 구렁 속으로 떨어져 들어갔다. 번들거리는 축축한 섬광과 코를 찌르는 광물 냄새가 가득한 어두운 갱도 끝에서 좌절하곤 했다.

얼굴을 땅에 바싹 붙이고 살펴보면, 편편하고 단단한 판이 생성되는 것이 보였다. 바위가 그 자리에서 부서지고 있었다. 그것은 가루가 되는 것이 아니라 여러 개의 거친 판으로 나눠졌다. 그 판들은 금속성 소리를 내는 예리한 무기와 같은 것으로, 언제라도 살을 자를 수 있었고, 자기 외의 다른 것들을 파묻을 수 있었다. 세상은 추락과 죽음과 매몰로 이루어진 것이었다.

그렇지만 멋지고 강력한 이 풍경에서 반대 방향의 어떤 열정이 또한 고개를 들었다. 그 열정이 당신을 괴롭혔고, 하늘을 향해 몸을 일으켜 세우게 했다. 난폭하고 시멘트처럼 무거운 힘이 몸속으로 밀려들어 당신을 산으로 만들었다. 팔다리에 울뚝불뚝한 힘줄이 돋았고, 그러면서 별안간 어떤 도취감, 고딕건물처럼 곧게 솟구치는 흥분이 당신을 사로잡았다. 그렇게 당신은 대기 속으로 아득하게 높이 올라갔다. 올라가고 또 올라가면서 산소를 가득 들이마셨다. 앞을 가로막는 것이 있으면 화살처럼 질주했다. 모든 것을 움켜쥐고 싶었다. 온 세상을 품안에 넣고 싶었다. 고요했고 추웠다. 먹고 싶었다. 위장을 돌로 채우고 싶었다.

나무와 짐승들은 이제 보이지 않았다. 대신 펼쳐진 생생한 풍경 속에는 무수한 분화구와 언덕으로 뒤덮인 달이 보였다. 단층과 줄무늬가 달의 표면을 메우고 있었다. 끝없이 펼쳐진 피라미드들이었다. 바닥에 누워 있는 당신이 별안간 꽃받침처럼 열린다. 당신은 두 팔을 세워 하늘을 떠받친다.

당신은 더 이상 당신이 아니다. 당신은 살아가기를 멈추었다. 한때 살기는 했던가? 여기서 중요한 것은 바위, 무심한 바위, 바위 위에 올라앉은 바위, 각을 세운, 평온한, 의기양양한 돌뿐이다. 세월이 흘러갈 수는 있다. 물이 스며들 수도 있고, 잎사귀들이 날려 가면서 바닥을 긁을 수 있다. 당신의 피부, 당신의 몸을 사람들이 밟고 간다. 바람이 모래흙을 침식해서 절벽 가장자리를 완만하고 둥글게 깎아놓을 수 있다. 그건 아무 일도 아니다. 당신이 이길 테니까. 시간은 당신 편이다. 시간은 광물 결정체 속에 응고된다. 한때 그처럼 유동적이던 시간도 말이다. 활짝 열린 공간, 유리 같은 공기로 가득 찬 공간은 순수한 속도가 지배하는 곳이다. 그 공간에서 시간의 권력은 절대적이다. 매분, 매초가 그 길이, 그 지속을 통해 존재한다. 한 해, 또 한 해, 한 세기, 또 한 세기가 무한히 이어진다. 낮이 가면 밤이 오고, 밤이 가면 낮이 온다. 척추뼈가 삐걱거리듯이 작은 소리들이 만들어진다. 이런저런 변화가 생긴다. 그래봤자 아무것도 아니다. 이곳에서 시간은 대리석 원석이다. 어떤 추동력, 움직임의 추진력들이 생겨나도 그것이 움직임으로 이어지는 일은 결코 없다. 그것들은 앞서 이미 멈춘 상태이다. 멈춤이 움직임의 완성된 존재 형태인 만큼 그럴 수밖에 없다. 이것이 바위의 느림이다. 바위의 미덕이다. 작은 조약돌이지만 조약돌은 위대하다. 생명이란 돌의 형상이므로 그렇다.

어느 때인가 해 저무는 바다를 바라보며 서 있었을 수도 있다. 밤이 세상의 색깔들을 천천히 걷으면서 조용히 다가왔을 것이다. 색깔들은 한 가지씩 그 붉은 해의 여정을 뒤쫓아 지평선 뒤로 빠져들어 갔을 것이다. 잿빛이 하늘을 덮기 시작했고, 그림자는 푸른빛을 띠었다가 엷은 보라색이 되었다가 검은빛으로 바뀌었다. 곶이 바다를 향해 좀더 나아가고 만(灣)에는 순식간에 수많은 등불이 켜졌다. 거기에도 어떤 평화가 있었다. 그 평화는 긁는 소리, 바닷가 조약돌이 물결에 쓸리는 소리가 났다. 박쥐가 날개를 파닥거리는 소리, 전신주들이 흘리는 단조로운 소음도 있었다.

바다는 잔잔하고 드넓었다. 어디선가 날아온 빛줄기가 파도 자락을 스쳐 빛나게 했다. 수평선은 아무것도 걸치지 않은 직선이었고, 서쪽 대기층에는 붉은색 묘한 빛 무리가 여전히 걸려 있었다.

바다 밑, 그 넓고 푸른 물 아래에는 헤아릴 수 없는 구렁과 암초가 있었다. 그것들이 소리 없이 물길을 끊고, 공간을 조각냈다. 그렇지만 그것들은 어떤 불투명한 막에 덮여 굳어 있었다. 그 불투명한 막은 갈라진 틈새들로도 스며들어 균열을 메우고 고정시켰다. 그곳, 바다 밑 수백 미터 깊이, 가라앉은 그 무기력 속에도 생명은 역시 뿌리를 뻗었다. 눈먼 물고기들이 입을 벌린 공동(空洞) 근처를 무작정 배회하고 있었다. 그 물고기들로서는 언제나 밤이었다. 태양이 불이 붙은 구름에 둘러싸여 저무는 적은 한 번도 없었다. 달이 어둠 속에서 창백하게 빛나는 일도 없었다. 빛과 어둠은 수면 아래에서는 서로 뒤섞였고, 그 어느 것도 비추지 못할 흐릿한 미광이 알 수 없는 곳에서 스며들어 그곳을 채웠다.

그렇지만 땅 위에서는 바닷속이 이런 모습일 거라고 짐작할 수 없었다. 해변에서 몇 백 미터 떨어진 언덕 위 끈끈한 바위 위에 서 있으면 보이는 것이라고는 덩어리진 검은 물질이 바닷물로 덮인 이 지구 속으로 스며드는 모습뿐이었다. 보자기처럼 내리덮은 정적은 이렇게 침범당하자 알아차릴 수 없을 만큼 고요하게 그 미세한 주름을 움직였다. 출렁거렸지만 무엇과도 부딪치지 않았고, 앞으로 나아갔지만 그 자리에 있었다. 흐트러졌다가 되돌아왔다. 기름띠처럼 퍼졌다가, 조금 물러섰다가, 다시 전진했다. 지치지도 않고, 끝없이 그랬다. 쓸쓸하고 다정한 고집, 이해할 수 없는 끈질김이었다.

이 움직임은 하나가 아니었다. 파도가 수평선 아주 먼 곳으로부터 와서 육지를 향해 가고 있었다. 말하자면, 움직임 없이 그러고 있었다. 그것은 부동(不動) 상태에서 일어나는 움직임이었다. 정적의 소음이었다. 마비되어 축 늘어진 것이 공격한답시고 움칠거리는 모습, 단지 그런 것일 뿐이었다.

왼편으로 만이 점차 얕아지면서 육지에 가닿았다. 유동하는 대기에 잠겨 거의 투명해 보이는 육지는 부드러운 경사면을 타고 내려가다가 물 속에 잠겨들었다. 곶 위에 파라솔소나무들이 얕은 하늘을 배경으로 고단한 윤곽을 드러내며 서 있었다. 길게 뻗은 물가를 경계로, 만이 펼쳐진 쪽은 어둠에 잠겨 보이지 않았다. 그 반대편은 가로등 불빛을 받아 희미하게 빛났고, 뭍으로 끌어올린 보트와 집들이 혼잡하게 늘어서 있었다.

밤이 다가오면서 어둠의 농도가 점점 더 진해지고 있었지만, 만 주위의 열기는 물 쪽으로 응축된 것 같았다. 해안에서 멀지 않은 지점에, 포도주 찌끼 색깔을 띤 넓은 반점들이 마치 혈흔처럼 부유하며 수면을 양분했다. 물거품, 선박 기름띠, 석유 혹은 중유 덩어리가 이리저리 떠돌며 계속해서 형태를 바꾸었다. 그것들은 해파리처럼 흐물흐물 움직이면서,

희미하게 번들거렸다가 다시 어두워지곤 했다. 물고기 떼가 수면을 가를 때도 있었다. 물고기들의 허연 배가 순간적으로 반짝거렸다. 묵직하고 강한 어떤 냄새, 쏘듯이 자극적이면서도 감미로운 냄새가 그 정처 없는 물결로부터 풍겨 올라왔다. 이따금 바람이 그 냄새를 해안까지 실어 날랐다. 육지에 있던 누군가는 그 냄새를 짐승의 숨결이라고 믿었을 것이다. 밤은, 의심할 것도 없는 일이지만, 바닷속으로도 스며들었다. 밤은 수수께끼 같은 약동을 불러일으켰다. 칠성장어는 물렁한 몸통을 꾸무럭거렸고, 말미잘은 입을 활짝 벌렸다. 뭔가 찰랑거리는 소리가 계속 들려왔다. 그렇지만 귀를 기울여보면, 깊은 물속에서 올라오는 어렴풋한 어떤 아우성, 콧소리가 섞인 나지막한 노랫소리, 기포가 보글거리는 소리, 아가미가 팔딱거리는 소리, 조개들이 입을 여닫는 소리를 분간해낼 수 있었다. 사물들이 어둠의 무게에 눌려 팽창하고 있는 것이 분명했다. 낮 동안 꼬박 축적된 열기는 마침내 물속을 빠져나갈 수 있었다. 눈에 보이지 않는 이 소란이 바다를 마치 밀물이 밀려들듯 부풀어 오르게 했다.

육지에서는 마지막 남은 붉은 화염이 지평선을 넘어가는 중이었다. 해변 가까이 줄 맞춰 늘어선 바위 세 개는 그 이마에 여전히 진홍빛 작은 별을 붙이고 있었다. 그 세 개의 반사광은 얼마간 어둠 속에서 유일하게 촉촉하게 빛나다가 별안간 꺼질 것이다. 그러고는 그 빛을 다시는 볼 수 없을 것이다.

흰 점을 찍어놓은 듯 가로등들이 빛났지만, 그래도 어둠은 펼쳐진 만을 따라 계속 전진했다. 어둠은 끊임없이 사물에서 색깔을 빼앗았다. 해변의 모래 알갱이들은 한나절 다채로운 색이었지만, 지금은 회색으로 바뀌고 있었다. 모래가 층층이 녹아들었다. 그렇게 액화되고, 기화되었다. 태양 아래에서 견고하게 버티며 불타오르던 대지는 이제 대기와 뒤섞일 터였다. 물이 강바닥을 거슬러 올라가 사구(砂丘)의 움푹한 공동(空洞)을 메우고, 골짜기로 굽이굽이 흘러내릴 터였다. 자양분을 머금은 짭짤한 물, 균형 잡힌 물이 들판으로 흘러들 터였다. 물은 나뭇가지를 타고 오르고, 전등이 꺼진 집 안으로 스며들 터였다. 그렇게 스며들어 사람 목구멍까지 이르러서는, 사람이 잠든 사이, 그래서 아무것도 눈치채지 못하는 사이, 혈관과 근육을 적셔 천천히 자양분을 채워줄 터였다.

곳 가까운 곳에 묘지가 높은 석벽과 사이프러스 울타리에 둘러싸인 채 어둠에 묻혀 있었다. 올빼미가 한 대리석 무덤 밑, 누군가를 위해 만든 아름다운 무덤 밑에 둥지를 틀었다. 올빼미는 그 둥지에서 모든 밤을 지키면서, 가쁜 숨을 쉬며 졸음에 겨운 가슴을 규칙적으로 들썩거리곤 했다. 사람들은 저마다 올빼미에 대한 전설을 알고 있었다. 생매장당한 사람, 흡혈귀, 시체를 파먹는 괴수에 대한 음산한 이야기였다.

저 멀리, 바다 맞은편에 둥근 언덕들이 하늘을 향해 옹기종기 모여 있었다. 어둠에 묻혀 보이지는 않았지만, 그 언덕들마다 층층이 늘어선 포도밭과 소나무 숲이 빽곡했다. 겹쳐진 언덕 능선들 사이, 그 오목한 골짜기들은 보라색이었고, 고요했다. 차가운 공기가 가시덤불을 따라 기어가면서 이슬로 덮인 길을 냈다. 곳 어딘가 가운데쯤 무성히 뻗은 풀숲에서 계절을 착각한 귀뚜라미가 울었다. 어느 별장 정원에서 개가 마구잡이로 짖어댔다. 그 소리는 주위에 긴 메아리를 만들었다.

우거진 월계수 가지들이 바다가 불어 보내는 바람을 받아 조금씩 서로 밀착하고, 꽃들은 무채색으로 바뀌면서 벌렸던 잎을 다시 오므렸다. 마비를 초래하는 무엇인가가 육지 구석구석으로 퍼져 올라왔다. 확실히 있지만 무엇이라고 정의하기 까다로운 그것이 나뭇잎 속으로 스며들면서 잎사귀들을 혼수상태에 빠져들게 했다. 그렇지만 졸음은 아니었다. 졸음이란 이곳에서는 통용되지 않는 말이었다. 사방에서 생명체가, 사물들이 바스락거렸고, 움찔거렸다. 어둠에 묻힌 대지가 미세하게, 마치 작은 벌레가 바들거리듯이 떨고 있었다. 헤아릴 수 없이 무수한 아우성이 사방에 깔리고, 눅눅하고 알싸한 어둠의 냄새가 구석구석에서 피어올랐다. 그 냄새는 땅속의 구멍들, 낙엽 아래 그 은신처에서 올라오는 것이었다. 그 구멍 개수만큼의 뱀들이 풍기는 것이었다.

낮에 보던 반듯한 풍경은 이미 일그러져버렸다. 선도 흩어지고 색깔들은 지워졌다. 요철도 사라지고 없다. 만은 끊임없이 형태를 바꾸었다. 끝이 보이지 않을 정도로 길어졌다가, 짧아지면서 원을 그리듯이 양쪽 끝단을 맞대기도 했다. 곶은 더 멀리 바다 한가운데로 나아갔다가, 다시 뒤로 물러나 보잘것없는 그루터기인 양 육지 끝에 달라붙었다. 윤곽만 보이는 나무들이 춤을 추고 있었다. 끝없이 펼쳐진 둥근 언덕들은 움직이는 양 떼처럼 쉴 새 없이 자리를 바꾸었다. 지평선 부근에서 이따금 언덕 세 개가 한꺼번에 사라지고, 대지에 파인 커다란 검은 구멍만 남아 있을 때도 있었다.

바다는 때때로 아주 잔잔하고 참기 힘들 정도로 쓸쓸해졌다가, 또 어느 순간에는 수평선 위로 느닷없이, 마치 성벽처럼 직각으로 솟구치곤 했다. 그게 아니면 일렁거리는 함석판이 되어 영롱한 색채로 반짝였다. 촘촘히 깔린 루비, 빛나는 무지개, 활짝 열린 보랏빛 깊은 동공 같은 모습이 되기도 했다.

그곳의 풍경은 이렇게 요동치면서, 지치지도 않고 솟았다가 무너지고 모였다가 다시 흩어졌다. 이런 도취와 변신의 향연이 대지의 고요한, 황홀한 아름다움을 빚어내고 있었다. 거기서 할 수 있는 일은 아무것도 없었다. 하나라도 놓칠세라 열심히, 눈을 떼지 않고 바라보는 것에 만족해야 했다. 밀려오는 파도 소리를 발아래 두고 이 작은 곶 위에 서 있으면, 순식간에 모든 것을 이해하지 않을 수 없었다. 모든 것을 사랑하지 않을 수 없었다. 큰 원을 그리며 펼쳐진 만. 곶. 언덕과 산봉우리. 선명한 하늘. 가로등 불빛. 꺼졌다가 다시 켜지고 꺼졌다가 다시 켜지고 꺼졌다가 다시 켜지는 등대의 붉은 불빛. 어둠이 풍기는 희미한 냄새와 사방으로 드리운 어둠의 촉감. 들짐승 울음소리. 사람이 사는 집들의 불빛. 두세 가지 비밀은 감춰져 있을 아름드리나무들. 투명한 대기. 묘지 올빼미의 목쉰 울음소리. 벌레들이 터를 잡고 잠들어 있는 기름진 땅. 밤하늘을 날아다니는 눈먼 박쥐들. 별들, 하늘에 박힌, 너무 먼 곳에 있어 그 별을 생각해보는 일조차 부질없는 그 수많은 별들의 반짝임. 주름 같은 잔물결이 수면 위로 밀려갈 뿐, 깊이, 어둡게 가라앉은 바다, 수평으로도 한없이 빨려들 수 있는, 사람들이 들여다보다가 아찔해져 정신을 놓게 되는, 수많은 심연을 감춘 깊은 구렁 같은 그 물 위에서, 끝없이 넓고 잔잔하고 적적한 그 수면 위에서 밤과 낮이, 서로 다른 씨앗 두 개의 서로 다른 성질처럼, 섞여드는 것이다.

자 이제 모두 기록했다. 세상은 이렇게 살아 있다. 생생히 살아서 코끝에 희미한 냄새로 다가오고, 빛의 형태로 미끄러지듯 스쳐가며, 물방울이 되어 맺힌다. 세상은 숲 속에서, 동굴에서, 우거진 수풀에서, 빛과 그림자와 더불어 노래한다. 세상은 격렬한 삶을 산다. 그것은 휴식이 없는, 천재지변과 살육에 짓눌린 삶이다. 이런 세상과 더불어 살아갈 필요가 있다. 이를테면 매일 엎드려 땅에 뺨을 대고는 들려오는 갖가지 부산스러운 발소리와 온갖 수런거림에 귀 기울여보는 것이다. 신경을 식물 뿌리처럼 땅속으로 뻗어내려 땅이 지닌 힘, 좌충우돌하는 그 전사(戰士)의

힘을 자양분처럼 빨아들이는 것이다. 그 생명과 죽음의 원천에서 오래
목을 축이고, 그러고는 굴하지 않고 버텨야 하는 것이다.

평온한 잠을 이루기 위한 조건

    나는 눈을 감고 잠을 청하기에 앞서 방 안을 유심히 바라보았다. 사방 네 개의 벽, 출입문, 두 개의 창문이 눈에 들어왔다. 천장 한가운데, 전깃줄 끝에 매달린 전구가 보였다. 벽에는 진회색 장식 융단이 걸려 있었고 가구와 물건들은 어둠 속에 잠겨 있었다. 테이블이 눈에 들어왔다. 얼마 떨어지지 않은 위치에, 비웃음을 흘리는 입을 떠올리게 하는 어떤 불길한 형체가 있었다. 아마도 옷가지를 걸쳐놓은 의자였을 것이다. 닫힌 덧창으로 빛이 새어 들어와 줄무늬를 그렸다. 자동차 전조등이 천장에 움직이는 빛 무리를 만들었다. 나는 그런 모든 것에 눈길을 주었다. 그러고 나서 눈을 감았다.

    이제 눈꺼풀을 닫은 두 눈 속에 흰 선들이 남아서 망막 위를 떠돈다. 그것은 덧창의 줄무늬, 천장 모서리 선, 테이블과 그 옆의 불길한 형체, 끝에 전구를 매단 전깃줄의 선일 것이다.

나는 방 안으로 들어온 자동차 소리를 듣는다. 자동차들은 집 아래 도로 모퉁이를 미끄러지듯이 돌아간다. 엔진이 으르렁거리며 다가왔다가 스쳐 지나간다. 그러고는 점차 희미해지면서 다른 소음들과 뒤섞인다.

내 망막 위에서는 모든 것이 사각형이다. 사각형 세상이다.

이따금 정적이 온다. 그러면 맨홀 뚜껑이 들썩거리는 소리를 들을 수 있다. 하수가 뚜껑을 쉴 새 없이 밀어 올리고 있는 것이다. 집 아래 거리의 바에서 작은 음악 소리가 올라온다. 여자 하이힐이 보도를 아주 빠르게 두드린다.

희끄무레한 사각 틀 앞으로 뭔가 지나가는 것이 보인다. 저 사각 틀은 아마도 방이라는 입방체의 잔상일 것이다. 지나가는 것은 작은 물고기 떼 같다. 붉고 푸른 물고기가 꿈틀거리면서 지나간다. 헤아릴 수 없이 많다.

갈색 공간 깊숙이 희미한 얼룩, 형상들이 움직인다. 인간 형상 같다.

틱 틱 틱 틱 틱 틱 틱. 머리맡 테이블에 올려놓은 손목시계가 소리를 낸다. 시계 소리는 규칙적으로 허공을 두드린다. 그러더니 별안간 소리가 커진다. 소리가 확대된다. 활짝 피어난다. 소리가 빨라지다가 느려진다. 가느다란 고음이 되었다가, 낮고 무겁게 울린다. 탁탁 튀어 올랐다가, 미끄러지듯이 달아난다. 소리가 메아리가 되어 울린다. 이해 못할 일이다. 시계 소리는 늘 똑같다고 누가 주장할 수 있는가?

재떨이에 눌러 끈 담배 냄새가 난다. 재떨이 역시 머리맡 테이블 위에 놓여 있을 것이다. 냄새는 곧 불쾌한, 자극적인 악취가 된다. 목구멍 가득히 담뱃재를 머금은 느낌이다. 또 다른 소리가 들린다. 베개에 눌린 관자놀이에서 맥박이 뛰는 소리다.

나의 두 눈 위로 붉은 피가 보자기처럼 펼쳐진다. 주홍색 다발이 모든 것을 압도할 만큼 선명한 색채를 띠며 아래로 흘러간다. 나는 거의 선망에 가까운 심정으로 그 모습을 놓치지 않고 바라보려 한다. 하지만 주홍색 다발은 곧바로 흩어진다. 대신 그 자리에는 여러 가지 색깔들이 층층이 쌓여 산을 이룬다.

멀리, 이 도시 반대편 끝에서 오토바이 한 대가 오고 있다. 가까이 와서 사거리를 통과해 지나간다. 속도를 바꾼다. 별안간 오토바이의 소리가 끊긴다. 어떤 건물 뒤로 돌아 들어간 것이 분명하다.

입속에 묘한 치약 맛이 감돈다. 입안을 헹궈내고 싶다.

모호한 생각들이 떠오른다. 생각들이 머리 뒤편에서 흘러들어오는 느낌이다. 생각들, 별안간 스치는 생각 같은 것들이다. 단어들이 그것을 중심으로 줄지어 풀려나온다. 하지만 어떤 단어도 그 생각에 둥지를 틀지 못한다. 자리 잡고 머물지 못한다. 생각이 아니어서 그렇다. 그것은 욕망이다. 신기한 것은 그것과 나란히 이미지가 떠오른다는 것이다. 그렇지만 그 욕망과 이미지는 서로 섞이지 않는다. 내가 생각하는 것은 기차, 달린다, 누워 있다, 높은 곳, 이런 것들이다. 이와 나란히 떠오르는 영상들은 모자를 쓴 남자, 백병전(白兵戰), 로켓, 악어, 원형경기장, 웃는 얼굴이다. 또 다른 것들도 있다. 문장이 중간중간 끊겨서 떠오른다. 단어들이 분명한 발음이 들릴 만큼 또렷이 울린다. 무엇보다 어떤 목소리가 이야기를 하고 있다. 옮겨 적자면 이런 이야기다. "좋아요. 왔다가 다시 가보세요. 아뇨, 그렇게 하지 말고요. 거기서 방향을 돌리라는 말이에요. 그렇죠, 오른편 첫번째 길로 가서 교회까지 계속 가세요. 교회 지붕이 보이는 지점에서 왼쪽으로 꺾어 들어가야 해요. 등등."

하지만 이런 소리가 들리자마자, 이 모든 것이 느껴지고 눈에 보이자마자, 의식은 여기에 시간을 끌어들인다. 그러면서 그 소리와 이미지의 구조물이 무너져 내린다. 목소리는 단어를 앞지르고 이미지들은 그 욕망이 미처 끝나기도 전에 튀어나와, 욕망이 사라진 다음에도 오래 어른거린다. 모든 것을 끝장내는 것은 의식이다. 의식이 나를 침대에 찍어 누른다. 의식은 날아오르려는 나를 낚아채서 베개 위에 짓누른다. 의식이 모든 것을 기억으로 바꾸어놓는다.

여기에는 자칫하면 모든 것이 흐트러질 위험이 상존한다. 내 머릿속에서는 어느 것이나 제각각으로 분리되고, 그렇게 나는 텅 빈 공허, 허무 속으로 녹아드는 중인 것 같다. 그러면 정신에 힘이 들어가 뻣뻣해진다. 정신이 경직된다. 그러면서 다시 모든 것이 질서 있게 배열된다. 생각은 다시 이해할 수 있는 내용이 된다. 눈앞에 어른거리는 이미지, 떠오르는 단어, 조각난 문장, 이런 것들이 모두 제자리에 정돈된다. 그것들은 자성을 띤 입자처럼, 충동이라는 직선을 중심으로 응집한다. 그러고는 계속해서 생각하고 말하고 형상을 만든다.

때때로 나는 공허라는 빈 봉지에 갇힌다. 처음에는 매트리스 위에 떠서 부유하는 것으로 시작된다. 몸이 아주 가벼워져서, 휘발성의 미묘한 물질로 가득 채워진 덕분에, 이제 육체의 조건에 붙잡혀 살지 않아도 된다. 나는 반투명체가 된다. 연기처럼 부유한다. 이제 나는 뼈가 없다. 살도 없다. 나는 기화되어 공기 속으로 들어간다. 내게 얇은 막이 있다. 나는 그 막에 싸여 지탱된다. 상승하게 될지, 추락하게 될지 모르겠다. 그렇지만 이제 몸의 장기들은 지극히 평온하다. 피는 힘들여 돌지 않아도 된다. 힘줄은 근육을 지탱할 필요 없이 느슨히 풀어졌다. 연골은 이탈해서 뼈와 따로 논다. 나를 수직으로 세워놓던 틀은 무너져 내렸다. 마침내 분투할 필요도 없고, 밀고 올라가야 할 필요도 없고, 하늘을 향해 결사적으로 몸을 추켜세워야 할 이유도 없다…… 그렇게 되자 정신의 모든 것이 자유롭게 풀려난다. 엄청난, 엄청난 양의 움직임이 상승했다가 하강하고, 나를 둘러싸고 배회한다. 생각들이 몸 바깥으로 퍼져 나가는 것 같다. 그것들이 코와 귓구멍을 통해 빠져나가고, 남은 공간은 텅 비어버린 것 같다. 그렇게 비어버린 나는 침대와 다를 바 없어진다. 욕망이 내 근처에서 눈덩이처럼 뭉쳐진다. 어두운 동굴 깊숙한 곳에서 어떤 충동이 외따로 떨어져, 말하자면 가시적인 나에게서 분리되어 팔딱거린다. 나는 내 욕망의 단어들, 내가 만든 이미지들을 만질 수 있다. 그러면서 나는, 나라고 불리는 존재는, 소실된다. 속이 텅 비고 가벼워진 내 거대한 머리는 나를 포기한다. 마침내 나는 자유를 얻는다. 마침내 나는 자유롭다. 이제는 이름을 벗어버려도 된다. 이제는 언어로 말하지 않아도 된다. 나는 무(無)일 뿐이다. 나는 삶에 속해 있지만, 그 삶은 죽은, 끝장이 난, 내용물을 완전히 비우는 멋진 과정을 거쳐 변모된 삶이다. 남은 것은 호흡 한 줄기. 이제 내게 생각이란 없다. 내 영혼은 그냥 객체, 하나의 대상이다. 나는 있지만, 사물로 있다.

10분의 1초만큼의 찰나, 눈꺼풀이 열린다. 그러자 밤이, 직전까지 캄캄했던 밤이 빗줄기처럼 쏟아지는 눈부신 빛으로 바뀌었다. 그 빛줄기가 나의 어두운 뇌 속으로 들어와 번개가 치듯이 사방을 때린다. 눈 결정체의 이미지 하나가 튀어 오르더니, 내 속 깊숙이 숨는다. 그것은 박쥐 날개처럼 정교한 도안에 거미줄처럼 선이 섬세한, 순수하고, 잔인하고, 깨끗한 이미지다. 그 이미지가 거기 움직임 없이 머물러 있다. 다가오는 태양, 지평선을 가득 채우는 거대한 원반이다. 그것은 내 침실이다. 간소한 내 가구들, 사방 벽, 천장을 보고 내 침실인 걸 알 수 있다. 그 이미지 한가운데에 전구가 매달려 있다. 그렇지만 빛을 내는 것은 그 전구가 아니다. 그것이 이 공간을 이렇게 밝히고 있는 것이 아니다. 태양은 심지어 8월에도 이렇게 강한 빛을 쏟은 적이 없었다. 어떤 램프나 화로, 수백 개의 거울, 렌즈로 빛을 증폭시킨 백열등, 어둠 속에서 화산처럼 불을 뿜는 아궁이도 이렇게 확고한 흰 빛을 뿌린 적은 없다. 참기 힘든 그 빛이 공기 입자들을 하나하나 꿰뚫는다. 그 빛은 이리저리 떠돌며 춤을 춘다. 그것은 발산하고, 녹이고, 불태우고, 망가뜨린다. 그것이 내 망막을 삼킨다. 그것이 휘두르는 주먹, 쉴 새 없이 찔러대는 창으로 고통이 솟구친다. 그것은 아주 가까운 거리에서 쏟아지는 타격인 탓에, 끔찍하게 무거운 커다란 벽에 짓눌리는 느낌이 든다. 나는 빛에 저격당해 쓰러진다. 얼굴을 땅에 처박은 채 바닥에 뻗는다. 온몸을 부들부들 떤다. 그러자 유액 같은 것, 슬픈 음악 같은 것이 내 속으로 흘러들어 나를 들어 올린다. 내 살을 관통해 자신의 완벽히 추상적인 건축물을 세운다. 그 건축물에서는 각각의 고통, 타격, 신경 흥분이 하나의 석재, 하나의 예술작품, 아름다운 주선율이다. 그 선율이 펼쳐지고 있다.

그러고 나서 빛이 사라진다. 빛은 하양에서 노랑으로, 노랑에서 구릿빛으로, 구릿빛에서 자주색으로 바뀌면서 점차 사그라진다. 이어서 보라색, 푸르스름한 여명, 거무레한 어스름, 검은 어둠. 이렇게 아무것도 남지 않은 순간 다른 형체들이 올라온다. 말(馬)들의 목이다. 그것은 어렴풋이 떠도는 희미한 얼룩들로 보인다. 별안간, 말로 표현하기 어려운 어떤 힘이 뇌 속의 민감하고 섬세한 부분을 점령한다. 저기, 몸속에서 어떤 손아귀가 예민해진 살 뭉치를 잡아 쥔다. 어렴풋한 형상이 그려진다. 늙고 여윈, 문장 속의 독수리처럼 앙상한 육체의 형상이다. 그 부분만 잡아 뺀 듯 삐죽 내민 목이 위로 곤두선, 뾰족하게 마른 두상을 허공에 지탱하고 있다. 그 머리가 이죽거리며 비열한 웃음을 흘린다. 머리와 목이 움직인다. 야윈 몸통 위에서 미끄러지고, 천천히 일어난다. 나는 그 모습을 분명 빤히 노려보고 있었을 것이다. 사실 몸속의 이 공간, 내 일부분이 정체불명의 손아귀에 학대당하고 있는 이 공간에서 던지는 시선은 메아리처럼 반사되어 끊임없이 내게 되돌아오는 중이다. 의식이 메아리를 일으킨다. 갔다가, 되돌아와서, 다시 튕겨나간다. 그러면서 나는 정말로 혼란에 빠진다.

그 늙은 육체, 계속해서 머리와 목을 뻗쳐 올리고 있는 그 육체 뒤에 거대한 날개 두 짝이 길게 펼쳐져 있다.

또다시 나는 누군가와 싸운다. 싸움이 벌어지는 이 자리 주위로, 이유는 알 수 없지만, 풍경이 아주 빠른 속도로 펼쳐진다. 산봉우리, 개울, 숲이 있다. 태양이 하늘에서 빛난다. 멀리 목구멍이 보인다. 사방은 사막, 메마른 모래, 자갈 들이다. 나는 싸운다. 때린다. 몸을 날려 달려든다. 그러면서 동시에 어떤 목소리를 듣는다. 그 목소리는 언어 없이 이 싸움을 묘사하고 있다.

모든 것이 또다시 사그라진다. 장면들이 흐릿해지고, 안구가 위쪽으로 뒤집힌 내 눈 속에서 사물들이 방울 속에 갇힌 듯 격렬하게 요동치는 것 같다.

기다린다.

이미지들이 사라진다. 그것들은 아주 빠른 속도로 녹아 자연스럽게 내게서 빠져나간다. 그렇거나 아니면 동시에, 수많은 감각이 한꺼번에 깨어나면서, 그렇다, 정확히 동일한 순간에 생겨난다. 수많은 언어가 한꺼번에 나에게 무엇인가를 말했다. 그 내용을 나는 안다. 그런데 그 내용이란 과연 무엇인가? 그것들, 그 언어들은 내게 무엇을 말한 것일까? 그것을 들으면서 내가 달아올랐던, 그러고는 곧바로 잊어버린 그 내용은 무엇인가? 그러고는 몇 페이지의 글이 나타난다. 글이 적힌 종이들이 눈에 보였다. 그 글을 읽었고, 무척 아름다운 글이라고 생각했다. 그 종이에 쓰여 있던 글은 무엇이었던가? 그 어떤 심오하고 포괄적인 이야기, 그 어떤 고상하고 웅변적인 구절이었던가? 거기 무엇이 있었던가? 뭔가 적힌 것이 있기는 했던가? 아니면 그것은 단지 의미 없는 글자의 연속이었을까? 그 글자들이 아름다운 것에 대한 기억을 내게 일깨운 것일까?

이 환영은 악의적인 음모다. 견디기 힘들다. 내 속 깊숙이 고통이 일어난다.

간혹, 놀라워라! 하나의 이미지, 소리, 한 줄의 문장이 모든 것이 뒤죽박죽인 이 공간에서 솟아나 이미 죽은 것, 잊힌 것을 되살려내는 것이다. 예전에 나는 이런 것들, 색깔을 지닌 이 입방체들, 꼬리를 물고 이어지는 이 원형의 고리, 불꽃, 바닥에 누운 여자 몸뚱이들을 경험한 적이 있었지만, 그런 사실을 모르고 있었다. 그런데 눈앞에 우연히 나타난 어떤 형상에 의해 순식간에 의식이 깨어났고, 덕분에 나는 시간을 거슬러 올라가 그것들을 다시금 인식하고 있다. 이미지들이 무리지어 떠올라 일정한 순서로 빠르게 섬멸하면서 내 눈앞에 펼쳐진다. 눈앞에 있지만 그 이미지들은 지나간 것들이다. 사실 이곳, 이 닫힌 공간에서 삶이란 시간을 거슬러 감각할 수 있는 것이다. 무엇이 진실인지는, 어떤 것이 먼저이고 나중인지는 중요하지 않다. 시간과 공간은 메아리, 끝없이 계속되는 메아리에 불과하다. 항시 가변적인, 동시성이 초래하는 혼돈에서 비켜난, 그래서 마멸되고 훼손될 염려도 없는 메아리 말이다. 나는 물이 가득한 공 안에 빠져든 느낌이다. 둥둥 떠다니는 생각과 상상 조각들 사이에서 허우적거리고 있는 것이다. 그 조각들은 계속 밀려와서 지치지도 않고 나를 관통해 지나간다. 그것들은 시작도 끝도 없는 원이다. 그것들은 움직이지 않으면서도 동시에 움직인다. 그것들은 현기증 나는 끝없는 회전,

삶의 수수께끼 같은 무한 운동 궤적으로, 나로 하여금 영원을 깨닫게 해주는 것이다.

나, 침대에 누워 눈을 감은 채 잠들기를 기다리는 나는 어떤 유사 세계에서 살고 있다. 테이블 위에 놓인 신문에 다음과 같은 날짜가 찍혀 있다. 1864~1964, 1940년 4월 13일, 5687; 「폭군 이반」 1부와 2부(1943~1945), S. M. 예이젠시테인 감독. 몇 개의 이름이 있고, 그림이 있다. 장소들이 지도에 표시되어 있다. 비아레조, 카포 곶, 트르구 지우, 고라 드슈마야, 크산테, 시노프, 페테르부르크, 샤롤, 뱌지마, 알라티리.* 존재하는 이름들, 노랫가락처럼 울리는 영원한 그 음절들이 흙과 바위로 이루어진 그 장소들, 숲, 골짜기, 불변 부동의 질료가 중첩된 이 현상들을 표시한다. 어느 것도, 그 장소와 이름들 가운데 어떤 것도 사라지지 않을 것이다. 인간의 삶은 끝없이 다시 돌아와서 유령처럼 우리를 쫓아다닐 것이고, 사물들은 끊임없이 생성되고 첨가될 것이다. 소음과 정적은 동일한 소음과 정적일 것이다. 꽃들, 벌레들도 여전히 있을 것이다. 이곳에서는 모든 것이 격렬하게 맴도는 소용돌이에 갇혀 있기 때문이다. 우리는 잊을 수 없다. 우리가 잊는다 하더라도 이 모든 것은 영원히 현재형으로 머물 것이다. 왜냐하면 이것은 과거의 것이기 때문이다. 심지어 존재하기 이전에도 있었기 때문이다. 이것은 언어가 결코 가질 수 없을 무한한 힘이다. 이 힘을 인간은 결코 만들어낼 수 없었다. 영속성, 존재의 감미롭고 아름다운 지속 말이다.

이제 내 앞에 가로로 봉이 놓여 있고, 그것을 축으로 수십 개의 나

---

* 비아레조(이탈리아 도시), 카포 곶(이탈리아), 트르구 지우(루마니아), 고라 드슈마야(불가리아), 크산테(그리스), 시노프(터키), 페테르부르크(러시아), 샤롤(프랑스), 뱌지마(러시아), 알라티리(러시아).

선이 돌고 있다. 그 나선들은 내가 멈추고자 하면 멈춘다. 그렇지만 그것들 가운데 매번 하나씩은 내 의사와는 상관없이 계속해서 돌아간다. 그것들을 빠짐없이 멈추게 할 수 있다면, 그러면 나는 평온한 잠을 이룰 수 있을 것이다.

노년의 어느 날

햇빛도 우중충한 추운 아침, 그 농촌 마을은 아주 평온했다. 그곳은 단층 빌라들이 들어선 교외 지역이었다. 도로는 형편없었고, 상점은 보이지 않았다. 도로 바닥은 아스팔트가 점점이 벗겨져 나간 상태였다. 언덕이라도 있어서 전체를 내려다볼 수 있었다면, 잿빛으로 우울하게 가라앉은 그곳을 알아볼 수 있었을 것이다. 볼품없는 나무들, 맨흙이 드러난 정원들, 더러운 가옥들이 여기저기 흩어져 있는 이 시시한 주거 지역을 말이다. 시궁창이라고 해도 될 실개울이 이곳 땅뙈기를 사방으로 가로지르고 있었다. 남쪽에는 흰색 고층건물들과 죽 뻗은 대로들이 있는 것으로 봐서 아마 거기서부터 도시인 것 같았다. 북쪽은 평탄한 들판이었다. 그 들판과 도시를 가르는 공간이 바로 이곳, 잡초를 뽑아낸 자리처럼 흙이 군데군데 파인 공원이었다. 사람들이 있었지만 눈에 띄지는 않았다.

골목길이 몇 갈래로 갈라져 쇄석 박힌 낡은 담장들을 따라가다가 다시 만나 사거리를 이루었다. 그래봤자 적막한 그 사거리에서 한두 명의 아이가 놀이를 하고 있었고, 이따금 개도 한 마리 따라와서 어슬렁거렸다. 정원에는 미모사 같은 화초가 꽃을 맺지 못한 채 자라고 있었고, 후추나무, 뭔지 모를 나무들이 여기저기 흩어져 있었다. 어쩌다 이곳에 발을 들여놓은 사람은 어떤 날카로운 비명, 인간의 것이 아닌 소리를 들을 때가 있었다. 그건 갇혀 있는 앵무새가 지르는 소리인 게 분명했다. 지난밤의 냉기가 이슬방울로 여전히 남아 있는 푸슬푸슬한 흙 위로 벌레들이 힘겹게 기어 다녔다. 갈라진 바위틈, 차고 문짝 위에서 도마뱀이 잠들어 있었다. 애벌레들이 사방에 고치를 지어놓았고, 아주 작은 것에 이르기까지 구멍이란 구멍 속에는 눈뭉치처럼 보이는 불투명한 것들이 이슬을 머금은 채 들어박혀 있었다. 꽤 멀리, 이 교외 지역의 외곽에 열차 소리가 느리게 다가왔다가, 멀어져갔다가, 다시 다가왔다가, 완전히 사라지더니, 얼마 후 주택들 사이 깊숙한 틈새에서 다시 튀어나왔다. 이따금 남자들이 오토바이에 몸을 얹어 일터로 떠나곤 했다.

집집마다 사람들의 움직임이 보였다. 열린 창문 앞에서는 라디오가 왕왕거렸다. 진공청소기가 끊임없이 허공에 신음을 토해냈다. 해가 구름 뒤편에서 하늘 한가운데로 올라가고 있었다. 한가운데에 도달하면 정오 사이렌이 울려 퍼질 터였다. 주방의 식탁마다 음식이 놓이기 시작하면, 사람들이 먹기 위해 일터에서 돌아올 터였다. 벽난로 나무는 은근한 열기로 타닥거리며 부풀고, 거미들은 자신들의 집으로 들어갈 터였다. 야윈 고양이들이 정원을 배회하면서 뼈다귀나 먹을거리가 있는지 뒤적거릴 터였다. 그 시각이 되면 삶은 단순했다. 지극히 평온하고 신중했다. '앞으로 돌격' 따위의 구령도 없었고, 혼란도 학살도 없었다. 거리에서, 집 안에서, 풀 한 포기가 자라나는 것을 바라보면서 몇 시간이고 같은 자리를 지키고 앉아 있는 일이 가능했다. 대지는 공원 같은 분위기였고, 시간은 일종의 세밀화(細密畵)였다. 동네마다 먼지와 희미한 열기가 떠돌았고, 앞으로 나아가야 하는 것들은 그것이 무엇이든 아주 느리게, 달팽이가 기어가듯 전진했다. 어디를 가나 들큼한 냄새, 불의 온기가 있었고, 접시꽃 색깔의 석양이 아주 멀리까지 펼쳐지곤 했다.

두려워할 것은 없었다. 호랑이들은 땅에서 자취를 감췄고 늑대도 설치지 않았으니까 말이다. 그 땅은 쥐, 모기, 도마뱀 들의 차지였다. 그것들은 어느 때건 땅 위를 활보하면서 이쪽 굴에서 저쪽 굴로 옮겨 다니곤 했다. 밤이 되면 그것들은 먹이를 깨지락거리고 갉았다. 설치류들도 있었다. 모래 색깔의 털과 재바른 몸놀림, 곧 부서질 듯이 팔딱거리는 작은 심장을 지닌 것들이었다.

비닐 벽지를 바른 주방에 한 청년이 간이의자에 엉덩이를 걸치고 앉아 있었다. 흰색 나무 탁자를 가운데에 두고 맞은편에 한 늙은 여자가, 큼직한 등나무 의자에, 마찬가지로 앉아 있었다. 늙은 여자는 움직이지 않았다. 색이 바랜 앞치마 안에서 노인의 가슴이 천천히, 힘겹게 숨을 쉬었다. 안색은 창백했고, 그 희읍스름한 얼굴 가장자리를 연한 잿빛 머리카락 다발이 두르고 있었다. 입 왼쪽 끝으로 약간의 피가 긴 주름 골을 타고 흘러내린 자국이 보였다. 탁한 두 눈은 열린 눈꺼풀 안에서 초점 없이 굳어 있었다. 오랜 세월 노동에 시달린 길고 앙상한 손등에는 정맥들이 손가락뼈 사이로 나무뿌리처럼 구불구불 불거져 있었다. 늙은 여자의 이런 모습을 본 사람이라면 누구라도 그녀가 이제 곧 숨을 거둘 거라고 생각할 수밖에 없었다. 벌써 몇 시간째 생명은 이 늙은 여자에게서 천천히 떠나가는 중이었다. 생명이 세포 하나하나로부터 새어나왔고, 그렇게 생명이 떠나고 남은 공간은 그저 텅 비어 있었다.

　한 시간 전, 청년 조제프는 배달 식료품을 봉지에 담아 들고 집으로 들어서다가 이 노인이 의식이 흐릿한 상태로 주방 바닥에 쓰러져 있는 것을 보았다. 청년은 축 늘어져 무거운 노인의 몸을 간신히 끌어올려 의자에 앉혀놓고 말을 걸었다. 노인은 의식이 막 돌아와 있었다. 이상하게도 노인은 곧바로 두려움에 사로잡혔다. 그녀는 몸을 떨며 말을 하려고 입을 열었다. 혼이 나간 중에도 자신을 내려치고 돈을 빼앗으려 한 사람이 조제프라고 생각하고 있었다. 노인은 청년에게 당장 가지 않으면 경찰을 부르겠다고 을러댔다. 그러고는 가는 길에 의사를 불러달라고, 간호사든 목사든 이웃 사람이든 하여간 누구든 불러달라고 했다. 자기 두개골이 부서진 것 같다는 말이었다. 이런 식으로 노인은 반시간도 넘게 말을 이어가며 몸을 부들부들 떨다가 탈진해서 말을 그쳤다. 움직임이 점차 잦아들면서 눈은 눈물인지 뭔지 알 수 없는 뿌연 것 속에 잠겼고, 입이 헤벌어지면서 약간의 피가 흘러나왔다. 그 입에서는 이제 알아들을 수 없는 웅얼거림만 새어나올 뿐이었다.

　조제프는 늙은 여자를 한참 동안, 꼼짝도 않고 멈춰 선 자세로 바라보았다. 고통으로 일그러진 그 겁먹은 얼굴을 응시하는 그의 눈은 마치 그 얼굴을 한 장의 사진으로 영원히 고정해놓으려는, 그래서 훗날 그 사진 밑에 고유하고도 존엄한 이름, 스러져가는 이 육체의 살아 있는 영혼인 다음과 같은 이름을 적어 넣으려는 것 같았다.

　마드무아젤 마리아 바노니

　그러고 나서 그는 주방 간이의자를 노인 맞은편에 갖다놓고 앉았다.

망설이는 목소리로 청년이 늙은 여자에게 말을 걸었다. 불편한 데가 어딘지, 목이 마른지, 물 한잔 혹은 다른 무엇이라도 마시고 싶은지, 나직이 물었다. 늙은 여자는 고개를 끄덕이는 시늉을 했고, 그래서 조제프는 물을 큰 유리컵에 부어서 가져왔다. 늙은 여자가 물을 마시는 동안 그는 컵이 노인의 입에서 떨어지지 않도록 조심스럽게 받치고 있었다. 그런 다음 그는 봉지에서 식료품들을 꺼내 노인 앞 테이블 위에 늘어놓았다. 완두콩 한 통, 달걀 세 개, 우유 반 리터, 고운 밀가루로 구운 빵 하나, 그뤼예르 치즈 200그램, 토마토 세 개, 그리고 다른 몇 가지 야채, 성냥 한 통, 두루마리 화장지 한 개, 빨래집게 한 세트였다.

이제, 조제프는 노인 맞은편 의자로 다시 와서 앉았다. 시간이 흘러가면서 노인을 향해 던지는 그의 눈길이 점점 더 강렬해졌다. 아득히 혼이 나간 것 같은 그 옅은 색깔 눈을 그는 뚫어져라 바라보았다. 웃는 것처럼 슬쩍 비틀린 입, 실주름이 개수를 헤아리자면 족히 몇 달은 걸릴 만큼 자글자글 펼쳐진 그 뺨을 탐욕스럽게 응시했다. 축 늘어져 움직이지 않는 그 몸은 거뭇하게 변색된 앞치마를 걸어놓은 가구처럼 보였다. 두 다리는 밀어도 꼼짝하지 않을 기둥 같았고, 발은 압박스타킹과 양말, 털 슬리퍼가 불가해하게 조합된 뭉치에 파묻혀버린 듯했다. 미인인지 못생긴 편인지 종잡을 수 없는 얼굴은 의자 등받이에 뒤통수를 기댄 채 무덤덤한 천장을 향하고 있었다. 시신이 부패할 때 나는 냄새가 노인의 몸에서 희미하게 새어나왔다. 그 냄새는 마치 보호막처럼 노인을 감싸면서 대기 속에 자리를 잡았다. 주방 창문을 통해 다른 냄새들이 정원에서 흘러들어왔다. 흙과 풀포기 냄새, 낙엽 태우는 냄새, 바람, 나무 냄새 들이었다. 안으로 흘러들어온 냄새들이 늙은 여자를 감싼 냄새와 힘을 겨루었다. 새로 들어온 냄새들은 피부를 뚫고 들어가려고 했다. 그것들은 서

두르지 않고 어딘가 빈틈을 찾고 있었다. 만약 뚫고 들어갈 빈틈을 찾아낸다면 이 싸움의 승부는 결정될 터였다. 저 몸뚱이 속에 들어가 일단 자리 잡으면, 정원의 냄새들은 늙은 여자를 가득 채우고 뒤덮을 터였다. 냄새가 다시 빠져나올 때에는 저 몸뚱이는 이미 여자가 아닐 것이다. 흙더미 같은 것, 마른 나뭇가지가 뒤섞인, 쓸모없는 흙더미가 되어 있을 것이다.

조제프는 의자에 걸터앉은 채 몸을 숙였다. 낮은 소리로, 거의 알아들을 수 없을 만큼 나지막한 목소리로 그가 물었다.

"할머니는— 죽음이 겁나요, 마리아 할머니?"

어둡게 가라앉은 눈이 가늘게 열린 눈꺼풀 안에서 움칠했다. 조제프가 같은 말을 한 번 더 물었다.

"죽는 게 무서워요?"

늙은 여자가 짧은 신음을 흘렸다.

"응, 그래— 나는 이제 죽어— 죽을 거야—"

노인은 몸을 다시 떨기 시작했다. 조제프는 노인을 안심시키려고 서둘러 말을 이었다.

"아녜요, 기다려봐요, 괜찮아질 거예요. 의사를 불러올게요. 괜찮을 거라니까요. 두고 봐요. 내가 도와줄게요. 아픈 데 있어요? 뭘 조금 마실래요?"

노인은 고개를 저었다.

"할머니는 추억도 많이 가지고 있을 것 같아요, 그렇죠?" 조제프가 말했다.

노인의 눈이 잠깐 희미한 빛을 되찾았다.

"제일 오래된 추억은 뭐예요?" 조제프가 물었다. "되도록 옛날로 기억을 거슬러 올라가봐요. 떠오르는 게 뭐예요?"

마리아가 고개를 조금 쳐들었다.

"다 기억이 나." 노인이 중얼거렸다. "전부 다. 그렇게 오래전 일도 아니야."

"그때 몇 살이었는데요?"

"글쎄" 하고 마리아가 말했다. "아마 네다섯 살쯤이었을 거야. 그보다 어렸을 수도 있고. 우리 자매는…… 정원에 나와 있었지…… 비바람이 거셌어. 사방에 천둥번개가 번쩍거렸어. 아버지가 우리에게 와서 집안으로 들어가자고 말씀하셨지— 들어가자. 여기 있다가는 번개가 너희 머리 위에 떨어질 거다…… 그러자 번개가 정원에 떨어졌어…… 정원 구석 키 큰 유칼립투스 위에 말이야. 흰 빛 한 줄기가 눈에 보였어. 그러더니 내가 바닥에 나자빠져 있는 거야. 대포 소리, 대포가 터지는 소리가 났어…… 무서웠지……"

노인이 손을 움찔했다.

"비가 엄청나게 쏟아졌고……" 노인이 중얼거렸다.

"무시무시했겠네요" 하고 조제프가 말했다.

잠시 두 사람은 말이 없었다. 이윽고 노인이 다시 이야기를 시작했다.

"이제 한 사람은 세상에 없어, 우리 자매 말이야…… 십 년 전에…… 벌써……"

"할머니보다 나이가 더 많았어요?"

"아니…… 내가 언니였지."

"이름이 뭐였어요?"

"동생의 이름? 이다…… 이다였어. 동생은 나중에 이탈리아에 가서 살았지…… 베로나에서……"

노인이 한숨을 내쉬었다.

"이제는 내가 갈 차례야."

조제프는 다시 노인을 안심시키려 했다.

"아니에요, 그렇지 않아요. 할머니는 괜찮아질 거예요, 두고 봐요,
할머니는―"

그렇지만 노인은 불끈 기운을 짜내듯이 그의 말을 끊었다.

"아냐, 그렇지 않아― 그렇지 않아. 내가 지금 죽어가고 있다는 걸
알고 있어. 어떻게 해도 안 돼, 이제 나는 끝이야, 끝이라고."

노인은 설핏 머리를 한 번 더 들어 올렸다. 칙칙한 회색 머리타래가
이마로 흘러내리고, 입에서는 피가 흘렀다.

"겁이 나" 하고 노인이 말했다. "겁이 나…… 추위……"

"뭐 생각나는 게 있어요?" 조제프가 물었다.

"아무것도…… 저기…… 앞에…… 이제 다가올 테지……"

"아파요?"

"응, 응, 아파, 여기, 머릿속을…… 쥐가 갉고 있는 것 같아……
또…… 허리가…… 다리가…… 아."

"한 가지 더 기억해내 봐요. 뭔가, 할머니가 어릴 적의 일을……"

"못하겠어― 안 돼, 할 수가 없어……"

"맨 처음 읽었던 책이 뭔지, 장난감들은 뭐였는지 그런 것 말이에요.
기억해봐요."

"장난감― 그래……"

"어떤 것들이었어요?"

"어떤……"

"예, 할머니 장난감들요. 어떤 장난감들이었어요? 인형?"

"응…… 인형들."

"어떻게 생긴 인형들이었어요? 기억해봐요."

"그 인형은— 금발머리였지— 나니라는 이름을 지어주었어— 또 하나는 갈색머리였고— 이름이 사라졌고……"

"그리고요? 다른 건 없어요?"

"그리고— 고양이 한 마리가 있었어…… 내 고양이였어. 기억나…… 정말 사랑스러웠지…… 그리고 그 고양이가 죽자— 땅에 묻어주었어— 기억하고 있어. 여기 머릿속에 새겨져 있어. 결코 잊을 수 없지…… 머릿속에 남아 있어…… 영원히 새겨져 있는 거야……"

흑백 점박이고양이 이야기

그 점박이고양이가 울자 여자아이는 고양이를 안아 들어 정원으로 데려갔다. 한창 시절에는 아름다웠던 고양이였다. 그 시절 고양이는 크고 통통한 몸집에 털은 윤기가 흘렀고, 발의 감촉은 나긋나긋했다. 흰한 머리에는 초록 눈이 빛났고, 수염은 길고 빳빳했다. 주둥이 바로 위에는 검은 점이 있었다. 정원의 키 큰 잔디를 가로질러 걸을 때면 사자 혹은 그 비슷한, 강한, 근육질 몸과 유연한 움직임을 지닌, 정말 위험한 무엇으로 보였다. 고양이는 도마뱀을 향해 소리 없이 다가가 느닷없이, 순식간에, 앞발로 발톱을 활짝 벌려서 내려쳤고, 그러면 도마뱀은 척추뼈가 부러져 토막이 나곤 했다. 테라스 위에서 앞발을 모아 앞으로 내밀고 머리를 꼿꼿이 세운 자세로 햇빛을 받으며 잠을 잘 때도 있었는데, 그때 모습은 스핑크스처럼 멋졌다. 발정기가 되면 다른 고양이들을 찾아 아주 멀리까지 나가서 그들과 싸우곤 했다. 이따금 머리 한편에 큰 상처를 입고 돌아올 때도 있었는데, 그러면 소녀가 고양이를 보살펴주었다. 낮 동안 고양이는 줄곧 넓적한 돌을 찾아 누워 꼼짝도 하지 않았다. 다만 바닥에 늘어뜨린 흑백 점박이 꼬리 끝을 이따금 짤막하게 흔들기는 했을 것이다. 폭신하고 동그란 발바닥은 아주 부드러웠고, 송곳니는 아주 길어서 비죽거리듯 입술 한쪽 귀퉁이를 들어 올려 보이곤 했다. 가끔 화를 낼 때도 있었는데, 그러면 온몸의 털을 한 올 한 올 차츰 곤두세웠다. 초록색 눈으로 불꽃을 뿜으면서 발톱을 쫙 폈다가 발끝에 다시 감춰 넣었고, 거친 숨을 내쉬면서 빙빙 돌다가 꼬리를 좌우로 휘두르곤 했다. 밤이면 고양이는 집에서 빠져나가 이유 없이 오랫동안 정원에서 어슬렁거렸다. 그럴 때 어둠 속에서 고양이의 눈은 기이하고 불안한 광채로 번득였다. 마치 그의 안에서 뭔가가 어둠을 타고 올라오는 것 같았다. 조용히 끓어오르는 수백만 년 된 본능, 냉혹한 자연 속에서 고독한 야수가 느끼는 두려움과 잔혹함 같은 것 말이다. 그날 밤 죽기 전에 고양이는 날카로운 울음소리를 두 번 냈다. 여자아이는 고양이를 품에 안아 정원 한쪽 구석, 비어 있는 낡은 닭장 안에 숨었다. 여자아이는 고양이를 바라보았다. 가쁘게 할딱거리는 숨소리에 귀 기울이며, 털가죽을 통해 올라오는 고통스러운 긴 떨림을 느꼈다. 고양이는 입을 벌려 아이의 손을 물려고 했다. 하지만 너무 늦었다. 그 커다란 초록 눈은 이미 빛을 잃어 아무것도 볼 수 없었고, 코는 냄새를 맡지 못했다. 사방이 끈적거리는, 더러운 공백이었다. 고양이는 홍채를 뿌옇게 닫았다. 시들어버린 그 눈길에는 이제 아무 의미도 없었다. 몸이라는 흐물흐물한 자루에 담긴 신체 기관들, 근육, 심장, 폐, 이런 것들은 전부 뒤죽박죽이 되어 있었다. 여자아이는 울지 않았다. 고양이를 그냥 지켜보았고, 만져주면 고양이가 좋아했던 부분, 머리 뒤, 목덜미 아래, 허리의 오목하게 들어간 지점을 쓰다듬었다. 여자아이는 고양이의 귓속에 입김을 불어넣었다. 그러고 나서 큰 나무 상자 안에 비단 스카프를 깔고, 그 위에 고양이를 내려놓았다. 상자 안, 고양이의 작은 머리와 마주 보는 옆면에는 아마도 세례식 때 대모에게서 받은 것일 상아 십자가를 놓았다. 여자아이는 상자 뚜껑을 곧바로 덮지 않았다. 칙칙한 흑백 반점으로 덮인, 구질구질한 털 뭉치 같은 고양이를 응시하고 있었다. 아주 세밀히, 뚫어져라 바라보았다. 고양이를 잊지 않기 위해서였다. 그러고 나서 집 안으로 들어왔고, 아무에게도, 아무 말도, 하지 않았다. 그 후, 여자아이는 매일 몰래 닭장으로 가서 상자 뚜껑을 열어보곤 했다. 보름 후, 역한 냄새를 맡은 부모가 모든 사실을 알아버렸다. 부모는 아무 말도 하지 않았다. 그렇지만 그들은 그 나무 상자에 휘발유를 붓고, 성냥개비를 그어 던졌다.

"몇 살 먹은 녀석이었어요?"
"열다섯— 고양이치고는 오래 살았지."
"예쁜 고양이였겠네요."
"그럼— 오 그렇고말고. 예쁜 고양이였어……"
노인은 머리를 소파 등받이에 다시 기댔다.
"죽는다는 생각을 한 것은 오래전부터야, 알겠지만……"
"그건 나도 마찬가지예요……" 하고 조제프가 말했다.
"오 아냐, 자네는, 같은 경우가 아냐…… 자네는 너무 젊어…… 진지하게 생각해본 건 아닐 거야."
"나는—"

"자네는 죽음이 겁이 나지는 않을 거야, 아마도…… 그렇지만 나는……"

"왜 겁을 먹는데요?"

"저기, 아주 가까이 와 있기 때문이지…… 할 수 있는 일은 아무것도 없어, 알겠지? 아무것도— 왜냐하면 이건 내 속에서 일어나는 일이거든. 그것이 오고 있다는 게, 아주 천천히, 아무 기척도 없이 다가오고 있다는 게 느껴지거든."

노인은 눈을 감았다.

"그것이 사방에 보이거든, 사방에, 사방에 말이야. 보이는 것은 무엇이든 전부 늙고, 낡고…… 나처럼 늙었어."

"잊어버려요."

"잊어버린다— 불가능한 일이야. 그럴 수 없어."

"왜죠?"

"눈을 감으면 보이는 것들이 있어— 이상한 물체들이지. 무서운 것들이야. 두개골, 두개골들이 보여…… 또 악마들이 내게로 와서 말을 하지…… 이제 네 차례다…… 네 차례가 되었다……"

"할머니는— 그래도 신을 믿죠?"

"어째서…… 어째서 그걸 묻는 거지?"

"영생을 믿죠. 그렇잖아요?"

늙은 여자는 힘겹게 머리를 다시 쳐들었다. 여자가 중얼거렸다.

"그럼, 그럼— 신을 믿지— 하지만 때때로 겁이 날 때면 생각해…… 만약 전부 거짓말이라면? 이런 생각 말이야. 만약 아무것도 없다면? 죽은 뒤에는 아무것도 없고 그걸로 끝이라면? 지금 이 삶이, 이 모든 것이…… 아무 의미 없이…… 두려운 일이지……"

"확실하게 믿지 못하는 거예요?"

노인은 화가 난 듯이 조제프를 쳐다보았다.

"그래! 그래! 확신이 없어! 확신이 없다고!"

노인은 다시 몸을 떨기 시작했다.

"확신이 있었다면— 정말 확신할 수 있다면 두렵지 않겠지. 하지만 내가 생각하기엔— 아무래도 말이야— 거기는 아무것도 없어, 내가 갈 곳에는 말이야. 나를 기다리는 것은 아무것도 없어. 그렇다는 느낌이 들어. 너무 추워. 아무것도 없기 때문이지……"

노인은 웃음을 지어보려고 했지만, 고작 입술을 비루하게 일그러뜨렸을 뿐이었다.

조제프는 노인을 바라보며 연민을 느꼈다.

"그렇지 않을 거예요— 할머니는 꿋꿋한 사람이잖아요." 그가 말했다.

노인은 힘을 쥐어짜며 말을 이어갔다.

"예전에는— 죽는다는 건 쉬운 일이라고 생각했어. 하지만 어렵군. 죽고 싶지 않아…… 내가 떠난다는 느낌이 싫어. 더 이상 숨을 쉴 수 없다는 게 싫어. 죽음 앞에서 발버둥 치고 싶지 않아…… 죽음과 함께…… 가고 싶지 않아. 나는 여기 있고 싶어. 고통스러울까 봐 겁이 나. 견딜 수 없을까 봐……"

노인은 불안에 쫓기는 눈으로 조제프를 쳐다보았다.

"그 고양이처럼…… 고양이는 나를 물려고 했어…… 나를 물다니, 나를…… 어째서— 어째서 자네는 여기서— 나를 보고 있는 거야…… 도와줘. 아니, 가버려! 가라고!"

노인의 호흡이 한층 더 거칠어졌다. 머리가 뒤로 젖혀져 눈이 천장을 향했다. 회색 머리타래 아래 이마는 식은땀으로 축축이 젖어 있었다. 어깨 주위로도 땀이 옷에 배어나왔다.

"내 심장 소리가 들려······" 노인이 말했다. "뛰고 있어. 힘차게 뛰고 있어. 이 심장이 멎는 게 싫어. 이렇게 힘차게 뛰고 있는데. 살고 싶어······ 죽고 싶지 않아, 그래, 죽고 싶지 않아······ 그럴 수는 없어······"

조제프는 몸을 일으켜 물을 한 컵 가지러 갔다. 다시 돌아온 그는 힘겹게 숨을 내쉬는 노인의 입술 사이로 물을 조금 흘려 넣어주었다. 노인은 허겁지겁 물을 빨아들였다.

"시원하군····· 고맙네·····" 노인이 우물거리며 말했다.

"마음을 가라앉혀요."

노인이 그를 힐끗 쳐다보았다.

"왜 여기 있지?" 더듬거리듯이 물었다.

"그럼····· 내가 가기를 바라세요?" 조제프가 물었다.

"아니, 아니— 여기 있어줘" 하고 노인이 말했다. "고비는 넘긴 것 같아. 이제 나아질 거야."

"쉬세요. 아무것도 생각하지 마시고요" 하고 조제프가 말했다.

"그러지····· 지금 몹시 피곤하군. 기진맥진이야."

"쉬세요."

"그렇게, 쉬어야겠어······"

"주무세요. 잠을 청해봐요."

"아무렴, 그래야지····· 그렇게."

노인은 눈을 감았다. 호흡이 다시 정상으로 돌아오는 것 같았다. 시들어버린, 조금 전까지도 일그러져 있던 얼굴 윤곽이 다시 제자리를 잡는 듯했다. 조제프는 소리를 내지 않고 주방 안을 잠시 거닐었다. 창문의 비닐 커튼 사이로 밖을 내다보았다. 청명한 푸른 하늘이 눈에 들어왔다. 흰 뭉게구름이 피어오르고 있었다. 정원에서 새 한 마리가 띄엄띄엄 지저귀는 소리가 들렸다. 나무들은 곧게 뻗어 올라, 잎사귀들이 작은 은박 팔랑개비처럼 바람에 팔랑거렸다.

청년은 테라스로 나섰다. 모자이크 무늬 타일 바닥을 몇 걸음 걸었다. 테라스 구석, 가득 찬 쓰레기통에 개미들이 들끓었다. 벽에 거꾸로 기대 세워놓은 빗자루가 보였다. 허공에 쳐들린 빗자루 솔에는 솜털 뭉치, 머리카락들이 엉겨 붙어 있었다. 조제프는 바닥에 떨어진 대추야자 열매들을 주워 모아 하나씩 정원으로 던졌다.

주방으로 다시 돌아온 그는 늙은 여자가 여전히 눈을 감고 있는 것을 보았다. 가까이 다가갔다.

"주무세요?" 그가 물었다.

노인이 눈을 감은 채 대답했다.

"아니."

낡아서 금이 간 크림색 주방 벽은 여기저기 얼룩이 져 있었다. 마룻바닥, 가구, 문, 천장에도 얼룩이 보였다. 희끄무레한 색깔의 기묘한 얼룩이었다. 얼룩 주위로 무채색 무리가 넓게 퍼져 나갔다. 죽음의 냄새가 방 안 가득 배어 있었다. 고요했다. 무엇보다 극단적인 고요가 숨 막히게 했다. 정원에서 흘러들어온 향내, 공기 속을 떠돌다가 멈춰 선 미묘한 형상들 역시 노인 주위의 허공을 선회하다가 몰려들어 노인의 몸을 감싸고 짓눌렀다.

말하자면 모든 일이 그 몸 안에서 일어나고 있었다. 몸 외부에는 새로 일어나는 일도, 놀라운 변화도 없었다. 그것은 몸속에서 지속적으로 이루어지는 어떤 소멸 현상, 신체 장기와 뼈의 퇴화, 점진적인, 은밀한 폐기(廢棄)였다. 조제프는 늙은 여자 앞에 서 있었고, 늙은 여자는 소파에 몸을 젖히고 누운 모습이었다. 눈은 감긴 상태였고, 바싹 마른 얇은 입술은 뭔가를 빨아들이는 것처럼 희미하게 움찔거렸다. 몸은 앞치마 속에 버려진 것 같았다. 그 모습을 보면서 청년은 얼굴을 사정없이 난타당하는 기분이었다. 뼈와 살로 채워진 창백하고 넓적한 얼굴이 입을 닫는 말미잘처럼 그 내부로 함몰하고 있었다. 손, 다리, 쇠약한 가슴, 그 모든 것이 어떤 사나운 입 속으로, 별 모양으로 갈라진 상처 안으로, 상처가 벌어지지 않게 하려고 서로 맞물려 조여드는 그 주름진 입술 속으로 빨려 들어가는 것 같았다. 더 심하게 말해 남아 있는 것은 오므라든 그 입, 혹은 항문뿐이었다. 그것이 벗어놓은 뱀 껍질처럼 돌돌 말리며, 자기 몸을 빨아들여, 비위도 좋게, 먹어치우고 있었다. 분명 그렇게 하는 것이 해결 방법이었다. 자기 내부로 들어가서, 몸뚱이 속으로 머리를 쑤셔 넣어 자신의 살을 먹으며 사는 것, 그렇게 해서 자신을 살해하듯이, 완전히 소진해 결국은 잊히는 방법 말이다. 그렇게 해서 시간이 역한 것들을 다 비워내면 어두컴컴한 그곳, 구멍으로 빛이 비쳐드는 어떤 방이 드러날 터였다. 언어와 고통이 힘을 전혀 쓰지 못하는, 삼키고 질식시켜 모든 것을 씻어낸 공간이 말이다. 그 공간 속에서는 이따금 영원의 유리 발소리, 잠을 부르는 아련한 음악 소리가 들려올 터였다. 이런 식으로, 음란하게, 께느른하게, 당당하게 말이다.

조제프는 늙은 여자의 손을 건드려보았다.

"주무세요, 지금?" 그가 나직하게 물었다.

조금 전과 마찬가지로 노인은 눈을 뜨지 않은 채 대답했다.

"아니……"

"조금 자는 게 낫지 않아요?"

"아니…… 나는 괜찮아."

"이제 겁나지 않죠?"

"응…… 괜찮아."

"그러면― 내가 가서 의사를 불러올까요, 지금이라도?"

"아니, 아니― 이제 그럴 필요 없어. 나는 괜찮아…… 정말 괜찮
아……."

"이제는 죽을까 봐 걱정되지는 않는 거예요?"

"나는 이제 죽을 거야, 그럼……."

"그런데 겁나지 않는다고요?"

"응…… 괜찮아……."

"이제 아픈 데도 없고요?"

"……없어…… 춥기는 해, 그렇지만 상관없어……."

"덮을 것을 가져다줄까요?"

"아냐, 아니라고, 이건― 내 몸속이 그렇다는 말이야. 몸속이 추워."

"목말라요? 물 한 컵 갖다줄까요?"

"아니, 아니……."

"무슨 생각을 하고 있어요?"

"나는 괜찮다는 걸― 정말이지 괜찮아."

"어째서 괜찮다는 거죠?"

"글쎄― 그러니까― 아름다운 것이 보이는 걸 보면……."

"뭔가 보인다고요? 그게 뭔데요?"

"아름다워……."

"생김새가 어떤데요? 말해봐요."

"글쎄…… 아마도 구름이거나…… 말들 같기도 하고……."

"다른 건 뭐 없어요? 뭔가 다른 것은?"

"……맞아, 말들이야…… 무기를 든 사람들…… 금빛으로 빛나고 있어…… 금빛 비가 내리고…… 또 키가 큰, 무척 큰 사람들이야. 그래서 머리가 구름을 뚫고 올라가 있어…… 신기해…… 산도 새하얘. 봉우리마다 눈으로 덮였어…… 투구를 쓴 것처럼……"

"또 뭐가 보여요?"

"불. 불이 보여. 나는 움직이지 못해…… 불은 꺼지지 않고 타올라…… 온 사방이 불타고 있어…… 불꽃이 내가 있는 쪽으로 다가와…… 솟구치며 혀를 날름거려…… 아름다워……"

"불타고 있는 게 뭔데요? 집이에요?"

"응…… 아마도— 아마도 물속에서 불이 난 것 같아…… 큼직한 물방울들이 피어오르거든. 검은색 큰 거품들이야. 연기가 나는 거지."

"다른 것은 또 뭐가 보여요, 마리아 할머니?"

"남자가 있어, 역시 키가 아주 큰 사람이야…… 그가 다가오고 있어…… 온통 흰 옷을 입고 발이 공중에 둥둥 떠서…… 남자가 웃네…… 팔을 십자가처럼 양옆으로 벌린 채로…… 그러고는 말을 해…… 예수님…… 예수님이야……"

"생김새가 어떤데요?"

"……기도하고 있어…… 아니야— 웃어…… 큰 소리로 웃고 계서. 나도 웃고 싶어. 저분을 따라서 웃고 싶어…… 모르겠어— 모르겠어, 어째서 예수님이 웃으시는지…… 나를 보면서 말이야…… 묘하지…… 저렇게 하얀 얼굴로…… 아버지처럼…… 게다가 십자가에 못 박힌 채로…… 이마에 땀방울이 흘러…… 저 이마에 흐르는 것은 피야. 여전히 웃고 계시네…… 많은 사람들이 그를 둘러싸고 있어…… 여자들이……"

"여자들이라고요?"

"그래, 마르타, 마리아…… 그들이 보여…… 그들도 웃고 있어…… 게다가 예수님은…… 투구를 쓰고…… 무기를 들었는데 그 무기가 반짝 거려. 마치 금처럼…… 예수님의 치아도 금처럼 반짝여…… 금처럼……"

"예수님이 지금은 뭘 하고 있는데요?"

"글쎄…… 모습이 보이지 않아…… 아니, 다시 오셨어…… 주위에 사람들을 이끌고 말이야…… 여자들이 예수님의 옷에 손을 갖다 대고 있어…… 예수님의 심장이 뛰는 소리가 들려…… 모두가 올라가네…… 연기야…… 발코니가 있고…… 아이들이 있어, 또— 문이 있고…… 그리고 창문이 있어…… 빛이 비쳐들어……"

"예수님은? 뭘 하고 있죠?"

"……노래를 부르셔…… 나도 따라 부르고 있어…… 예수님을 따라……"

"그 노랫소리가 들려요?"

"그럼, 그럼…… 들려…… 나를 위해…… 예수님이 노래를 부르셔…… 나의 목소리로……"

"또 무엇이 보여요?"

"예수님의 손에서 피가 흘러…… 피가 방울방울 떨어져 보석이 되고 있어…… 저 보석은 루비야…… 루비가 사방에서 반짝거려…… 저 루비들을 내 손에 모아 담으려고 해…… 뜨거워…… 붉은 것은…… 뜨겁지…… 루비는…… 토파즈가…… 저기 물속에…… 또 꽃들, 또— 황금, 황금이 흐르고…… 창문으로…… 군대가…… 말 탄 기사들이……흰 옷을 입고…… 십자가야, 십자가…… 풀밭에 십자가들이 서 있어…… 사방에 황금이 있어, 온 사방…… 그분이 올라와…… 나를 태워…… 나는…… 웃으려…… 예수님과 함께…… 또다시…… 아…… 아……"

늙은 여자의 목소리는 점점 잦아들어 일종의 탄식 같은 것이 되어 갔다. 나지막하고 서글픈 그 중얼거림이 조제프의 머릿속으로 들어가 그를 마비시켰다. 심장이 요동치고 손은 식은땀이 배어나와 축축해진 채 그는 노인의 소리를, 끊임없이, 무방비 상태로, 들을 수밖에 없었다. 그 웅얼거림이 한동안 그를 그 자리에 옴짝달싹도 못하게 묶어놓았다. 얼마 후 노인은 웅얼거림을 멈췄다. 정적이 주방 안에서 튀어 올라 묶여 있는 것을 전부 풀었다.

몇 시간이 흘러갔다. 조제프는 도시를 가로질러 걷고 있었다. 처음에는 늙은 여자가 홀로 등나무 의자에서 잠들어 있는 낡은 집 주위의 길거리를 배회했다. 놀이를 하는 아이들, 공사장에서 일하고 있는 아랍인 인부 두세 명을 빼면 마주친 사람은 없었다. 부모가 있는 집으로 돌아갈지 잠시 망설였다. 그러다가 손을 호주머니 속에 찔러 넣은 채 계속해서 거리를 따라 걸었다. 아무 생각도 떠오르지 않았다. 머릿속에 희미한 고통이 자리 잡고 있었다. 그 고통이 사물을 좀더 분명히 볼 수 있게 해주었다. 아주 세밀한 풍경까지, 우툴두툴한 보도 바닥, 창문을 열어놓은 탓에 윤곽이 어그러진 집들까지 눈에 들어왔다. 이 모든 것을 바라보는 그의 눈은 이글거리면서도 텅 비어 있었다. 마치 그 자신의 안쪽, 유리 상자 안에 닫힌 길, 끝없는 오솔길을 따라 소리 없이, 색채 없이, 아무 반감도 없이, 걷고 있는 것 같았다. 그 내면의 오솔길에 발을 내디뎠다가 빠져나오지 못하고 갇혀버린 것 같았다.

어쩌면 지금 그는 더 이상 그가 아닐지도 몰랐다. 사실 어쩌면 그를 조제프 샤롱이라는 이름으로 부르는 것은, 부동산중개인 프레데리크 샤

롱과 결혼 전의 성이 샤바렐리인 제르트뤼드 샤롱 부인의 아들이라고
말하는 것은, 이제 아무 의미 없는 일인지도 몰랐다. 키가 크건 작건, 마
른 체구이건 비만이건, 푸른 눈이건 갈색 눈이건 이제 무슨 상관인가?
그는 외로운 늙은 여자, 몸을 제대로 가누지 못하던 그 노인의 불분명한
윤곽에 사로잡혀 있었다. 그 노인의 음산하고 슬픈 눈길이 그를 동여맸
다. 축 늘어져 있던 그 몸, 곧장 부서질 것 같던 피부를 기억해낼수록 기
운이 빠져나갔다. 냉기와 현기증, 침묵 속에서 노인의 그 망가진 육체가
그를 음흉하게 침범하여 유린하고 있었다. 말하자면 그 노인이 그로 하
여금 노인의 삶을 살게 했던 것이다. 그는 살아 있었지만 그 삶이란 어떤
그림자, 젖은 바닥에 비친 영상 같은 것이었다. 언제 증발해 사라질지 모
를 허상으로서의 삶 말이다. 진짜 위험한 것은 이것이었다. 어디에선가,
어느 황량한 동네 허름한 집 뒤편, 어느 주방에서, 한 늙은 여자가 자신
도 의식 못하는 사이 세상을 떠날지도 몰랐다.

그 늙은 여자는 오한으로 떨면서 곧 세상을 떠날 것이고, 여자와 함
께 갖가지 비밀, 갖가지 희망, 삶의 지긋지긋한 불확실성도 떠나갈 터였
다. 비싼 값을 치르더라도 그런 죽음의 모습들을 알아둘 필요가 있었다.

조제프는 큰길로 접어들었다. 왼쪽으로 방향을 틀어 경사진 도로를
따라 걷기 시작했다. 자동차들이 서너 대씩 무리지어 전속력으로 달려갔
다. 언덕을 넘어갈 때면 자동차 바퀴들은 쇳소리를 내며 흔들렸다. 커브
길이 가까워지면 자동차들은 속도를 바꾸었는데, 그 굽이를 돌고 나면
가파른 비탈길이 기다리기 때문이었다. 조제프는 자동차들이 달려가는
모습을 바라보고 있었다. 차들의 색깔, 빨강, 파랑, 검정, 회색이 눈에 들
어왔다. 온갖 차종, 온갖 형태의 자동차들이 시야를 스쳐 지나갔다. 어
떤 차들은 동체에, 대개는 측면에 가로로 홈집이 나 있었다. 자동차 안

에 끼여 앉은 사람들은 머리를 앞쪽으로 가볍게 기울인 자세였다. 아주 짧은 순간이지만 그들의 창백한 얼굴, 검은 선글라스, 운전대를 잡은 손이 보이기도 했다. 몇 명은 조제프 쪽으로 힐끗 곁눈을 던지고는, 곧이어 앞으로, 마치 궤도에 실려 가는 것처럼 계속 달려갔다. 차 엔진 소리가 빠르게 잦아들어, 자동차들이 저편, 도로 끝 굽이진 모퉁이에 이를 즈음에는 아무 소리도 들리지 않았다. 그 장면에는 뭔가 경직된, 불길한 것이 있었지만, 그래도 자동차들은 평탄한 도로 위에서 곧장 앞으로 내달렸다. 그 모습에서 어떤 완강함, 고통에 가까운 억센 힘이 느껴졌다. 자동차의 물결은 그치지 않고 서너 대씩 무리지어 흘러갔고, 소음 역시 그렇게 흘러갔다. 엉덩짝처럼 둥그스름한 금속 차체들이 반짝거리면서 멀어져가다가 번번이 미끄러지는 모습이 마치 몸을 가누는 데 서투른 큰 곤충 같았다. 거친 스포츠카들이 풍경을 가로지르면서 조제프 바로 옆을 스치고 굽이진 길을 돌아 사라졌다. 아무 흔적도, 희미한 바큇자국조차도 남기지 않았다. 말끔한 고급 자동차 한 대가 악의와 혼란을 가득 담고 미끄러져 갔다. 각자가 자신의 공간을 향해 가고 있었다. 자신의 시간을 들여, 자신이 차지한 공간에 몸을 싣고, 자신의 영역을 향해 방향을 잡아 아랫도리로 도로를 삼키고 구르며 달려갔다. 유리창을 열어놓은 그 작은 감옥들 안으로 풍경이 바람과 함께 흘러들었다. 풍경이건 바람이건 머물러 있지는 않았다. 모든 것이 앞으로 내달리고 가차 없이 비탈길을 굴러 내리면서, 분명 끝에는 아무것도 남지 않을 요란한 행진을 벌이는 중이었다. 각자가 죽음을 자기 안에 싣고 다니고 있었다. 그것은 자동차 지붕 철판을 쪼개고 순식간에, 겨우 입을 열어 한마디 비명, 곧바로 멈추고 말 그 비명을 지를 순간이면 사람의 심장까지, 가슴 한복판까지 가를 수 있는 난폭한 철탑이었다. 그것은 분명한 사실이었다. 공포가 그렇듯이 그것도 냉혹하고 분명했다. 사람들로서는, 모직 양복으로 몸을 감싼 비대한 남자들로서는, 그것을 회피하는 방법은 시간과 돈밖에 없었고, 이런 상황은 그들이 가련한 삶을 끝마치는 마지막 순간까지 일관성 없이, 이유도 없이, 이어질 터였다.

작은 자갈이 조제프의 오른쪽 신발 안으로 들어가 발바닥 밑에서 굴러다녔다. 걸음을 떼어놓던 청년은 자갈이 양말을 뚫고 발바닥을 쓸어 살가죽이 벗겨지는 것을 느꼈다. 절름거리면서 몇 미터 더 걸어가다가 발가락을 구부리면서 발을 흔들어 자갈을 신발 끝으로 밀어내려고 해보았지만 허사였다. 그는 자갈이 여전히 같은 자리에 있다는 걸 알아차렸다. 무슨 조치를 취하지 않으면 화끈거리는 상처 부위가 점점 더 커지면서 신경이 쓰여 견딜 수 없을 터였다. 청년은 보도 가장자리에 멈춰서서 신발을 벗었다. 신발을 거꾸로 뒤집었다. 자갈은 짧은 방울 소리를 울리며 도로 가장자리 봇도랑으로 떨어져, 모두가 닮은꼴인 다른 자갈들 속으로 자취를 감췄다. 조제프는 신발을 신고 다시 걸음을 옮겨놓기 시작했다.

도로가 모퉁이를 돌아가기 시작하는 지점까지 왔다. 사람들이 줄을 선 식료품점이 보였다. 상점 앞 보도에 제라늄을 심은 큼직한 질그릇 화분들이 놓여 있었다. 조제프는 발을 멈추고 그 식료품점 벽에 등을 기대고 섰다. 그 자리는 그늘이 져 있었다. 보도와 도로, 맞은편 건물들이 묘한 쓸쓸함에 잠겨 있었다. 그 쓸쓸함은 흰색으로 칠한 건물 벽, 거친 콘크리트 표면, 유리창 위를 떠돌았다. 커튼 없는 그 유리창에 그가 검은 그림자로 비쳤다. 그림자는 꼼짝도 하지 않았다. 무엇을 해야 좋을지 아무 생각도 나지 않았다. 사방에 먼지가 떠돌았다. 자동차들의 변속기 작동 소리 사이로 코맹맹이 소리 같은 음악이 들렸다. 아코디언이거나 하모니카 소리인 것 같았다. 전신주들이 구름 낀 하늘을 향해 버티고 서 있었고, 비행기들이 종종 지붕 위로 지나갔다. 시간을 확인할 방법이 없었다. 모든 것이 멈춤 없이 흘러가고 있었다. 모든 것이 군더더기 없이 헐벗었고, 그래서 빠르고, 빈약했다. 시멘트 덩어리들, 뒤섞여 늘어선 그 정육면체 시멘트 건물들 사이, 군데군데 흙바닥을 드러낸 틈이 있었고, 거기에 나무들이 자라고 있었다. 조제프는 이 풍경을 미동도 하지 않고 바라보았다. 그럴 기미도 없다가 별안간 공기가 움직이기 시작했다. 도로 저편 끝에서 바람이 불어왔다. 몹시 차가운, 그치지 않고 불어오는 바람이었다. 바람은 비탈진 길을 타고 시내 쪽으로 내려가 목표물들에 부딪쳐 부서지곤 했다. 바람은 고집스럽게 한 방향으로 돌진하며 청년의 귀에 부딪쳐 휘파람 소리를 냈다. 옷이 몸에 찰싹 달라붙었다. 살갗에 오한이 들었다. 바람은 머리카락을 헝클어뜨리고, 흙먼지를 일으켜 눈 속으로 불어넣었다. 매운 눈물이 솟았다가 곧 말라버렸다. 눈에 보이지 않는 바람의 존재는 대지의 평평한 표면을 뒤덮고, 모든 구멍과 굴곡을 쉴 새 없이 메웠다. 바람은 잡다한 소음 없이, 혹은 거의 없이, 단지 긴 휘파람 소리를 낼 뿐이었다. 그 소리는 사물들 속으로 파고들어, 결국은 모든 것이, 비어 있는 바람과 무엇인가로 채워진 사물의 그 실체 사이의 모든 것이 뒤섞이고 얽히고설켜서 불분명해졌다. 그렇게 바람은 부풀었다가, 제자리걸음을 했다가, 물결처럼 미끄러졌다가, 이따금 종잡을 수 없이 움직였다가, 이윽고 느닷없는 돌풍으로 들이쳐 옷깃 깊숙이 파고들면서, 냉담한 것 어리석은 것을 찾아 표면으로 끌어내 부숴버리곤 했다.

조제프는 여전히 식료품점 벽에 기대어 선 자세로 풍경이 서서히 황량하게 바뀌어가는 모습을 지켜보았다. 바람이 자신의 폐 속으로 끊임없이 흘러드는 것이 느껴졌다. 그 바람은 가장 깊숙한 장기까지 스며들었다. 그의 몸속에서도 냉기를 품은 바람이 일기 시작했다. 뼈가 푸석해지고 근육은 반응 없이 무기력해졌다. 걸친 옷가지가 마치 허수아비의 구멍 난 넝마처럼 펄럭거렸다. 추워서 울긋불긋해진 손가락을 몇 번 폈다 접었다 해봐도 허공 외에는 잡히는 것이 없었다. 바람은 머릿속으로도 스며들었다. 그러고는 응축되어 얼음덩어리 같은 뭉치가 되었다. 그 뭉치가 소란스럽게 요동치자, 생각이 전부 흩어지고 말았다. 눈앞 풍경, 황량하고 차가운 그 모든 풍경이 두개골 속에 고스란히 들어와 있었고, 그 풍경 안에서 길은 양옆에 흰 집들을 거느린 채 움직임 없이 누워 있었다. 보도는 질그릇 화분들로 점령당한 상태였고, 화분의 제라늄은 아주 가늘게 몸을 떨었다. 그 풍경 속에서 움직이는, 고요하면서도 사나운 사물 하나하나, 자동차들, 검은 그림자가 어른거리는 창문들, 투명한 하늘, 시멘트 기둥, 도로, 이런 것들은 바람으로 짙어진 색채 속에서 영원히, 변함없이, 혼란스럽게 헝클어진 상태 그대로, 무게와 정적에 짓눌려, 항구적이면서 무질서하게 고정되어 있었다.

그 공허가 조제프의 정신에 들어와 완전히 자리 잡았다. 청년은 그 자리, 상점 벽에 등을 기대고 정면을 응시하는 자세로 일 년간 머물 수도 있었다. 회색 벽에, 페인트칠 속에 섞여 들어가서 얼룩보다 희미해진 상태로 자신의 머릿속을 바라보고 있을 수도 있었다. 그렇게 아무것도 움직이지 않을 터였다. 그가 시선으로 그 풍경을 고정해놓았을 테니까. 먼지, 어쩌면 눈일지도 모르는 것으로 뒤덮인 이 장소에서, 가증스러운 시간은 지배력을 잃고 말 것이다. 시선은 저 너머, 진정한 심장에 가 있을 테니까. 시선은 사물의 중심에서 이른바 이미지라는 것, 군더더기 없이 재현된 불멸의 상(像), 삶도 죽음도 아닌 인간의 본질을 찾아내려 할 것이다. 그 중심에서 세계가 그려 보이는 것은 단 하나, 탄생이라는, 즉 생명의 실현이라는 장엄한 움직임이다. 그 지점에서 시선은 탐색을 멈추고, 즉 시선이기를 멈추고, 그것 역시 완전한 기쁨의 행위, 두 존재가 목적 없이 행하는 유쾌한 합일이 될 것이다.

그렇지만 조제프로서는 아직 때가 아니었다. 그에게는 여전히 삶이 길게 남아 있었다. 그것은 가벼워질 가능성도 없고, 짊어진 보람도 없는 짐이었다. 그런 짐을 그는 아마도 50년은 더 짊어져야 했다. 무한으로 넘어가는 순간은 아직은 얻을 수 없었다. 이제 시간은 길게 이어질 것이고, 육체는 자양분과 운동을 탐욕스럽게 요구할 터였다. 하찮은 일들이 기다리고 있었다. 먹고살기 위해 일을 하고, 의미 없는 말들을 나누어야 할 터였다. 금전, 여자들, 이런 모든 것들, 지긋지긋하고 피곤한 일들이 그의 앞에 쌓여 있었다. 스스로 단단해져야 했다. 눈길을 돌려 그 유혹적인 텅 빈 풍경을 떨쳐버리고, 몸속으로 스며들기 시작한 바람을 막아야 했다.

조제프는 벽에서 등을 떼고 다시 걸음을 옮겨놓기 시작했다. 시내를 향해 경사진 도로를 따라 내려왔다. 거리의 행인들이 점점 더 많아졌다. 이 세상은 사람들로 가득 차 있는 게 분명했다. 사방 어디나 움직이는 실루엣, 얼굴들, 걸음을 떼어놓는 다리들이 보였다. 멈춰 있는 것은 없었다. 사거리 초입에서 점멸 신호등이 작동하면서 윙 하는 소리를 흘렸다. 건물들은 형태가 모두 제각각이었다. 높은 건물들은 13, 14층가량이었고, 다른 것들은 나지막했다. 베이지색 페인트를 칠한 것도 있었고, 주랑이 있는 낡은 건물도 있었다. 상점들은 무수히 많았고, 군중은 그 상점들 쇼윈도를 따라 바쁘게 걸어갔다. 소음이 사방에서 동시에, 서로 뒤엉키고 부딪치며 튀어나왔다. 모든 문들이 냄새, 판매하려고 진열해놓은 따뜻한 물체들에서 떨어져 나온 그 생생한 분자들을 흘려보내고 있었다.

소시지, 브리오슈 빵 같은 것들이었다. 옷감, 꽃, 오렌지, 통닭, 커피, 책, 생선, 자동차 냄새도 있었다. 색깔도 역시 눈을 어지럽게 했다. 벽, 의복, 상점 안쪽, 온 사방에서 색깔이 번득였다. 파랑, 노랑, 금빛, 뿌연 하양 들이었다. 하늘에서 쏟아진 빛이 그 색깔들의 반들거리는 표면에 부딪쳐 다시 튀어 올라 눈을 뚫고 들어와서 머릿속에 박혔다. 그러면 익숙한 충동에 따라 문장들이 태어났다. 황폐한, 형태를 거의 갖추지 못한 문장들이었다. 그 문장들의 메아리에는 마술적 힘이 있어서 모든 것에 혼란을 일으켰다. 그 문장으로 인해 사람으로 구분되는 것이다. 그 문장들에서 벗어날 방법은 없었다. 그것들은 스쳐가는 매 순간들과 뒤섞인 채 존재했다. 시간과 공간에 예속되게 하는 것이 그 문장들이었다. 이어 붙인 단어들, 기억 속에 새겨진, 동일한 형태 안에 갇힌, 지워지지 않는, 해독할 수 없는 단어들도 마찬가지였다. 그 문장, 그 단어들이 노래하고 있었다. 혹은 한 글자 한 글자, 지치지도 않고, 불을 밝히고 있었다. **올리 베티타자기** 그것들이 혼잡한, 공격적인, 망설임 없는 작은 기호들을 판지 위에, 열에, 들띠서, 늘어놓고 있었다. 사람은 그것들의 소유물이었다. 그것들이 하는 말을 들었고, 그것들이 요구하는 것은 결코 거절하지 못했다. KODAK. Aspro, 통증이 사라집니다. 좋은 사람들에게

한 턱 내고

싶다면

잊지 말고

마르티니를

따라주세요.

필립스, 더 안전합니다.   나는 셸 석유가 좋아!

HERTZ

Coca-Cola

Dubo, Dubon, Dubonnet.*

튀김용 기름은 베제탈린

찌꺼기가 끼지 않는 에소 엔진오일

테르갈TERGAL 폴리에스테르섬유와 양모

질레트 면도기

깁스와 미소를!**

텔레푼켄TELEFUNKEN   The Astorians

Adelshoffen 맥주   Persil lave plus blanc***

Honda

State Expresse Filter Kings****

Eterna.matic*****

통증의 승리. 눈, 귀, 피부의 배반. 이 삶, 이 사막 한가운데를 가로
질러 걸어가야 한다. 보고, 듣고, 듣고, 보아야 한다. 먹어야 한다. 웃어야
한다. 말을 하고, 담배를 피우고, 술을 마셔야 한다. 감각해야 한다. 생식
(生殖)해야 한다. 글을 써야 한다. 호흡하고, 통증을 느끼고, 피를 흘리고,
오한에 떨어야 한다. 분노를 품고, 참고, 소리를 지르고, 잠이 들고, 기다
려야 한다. 온 사방에 피곤이 깔려 있다. 없다, 방법은, 달아날 방법은 없
다. 추위든 더위든 받아들여 견뎌야 한다. 애정을 표현하고, 성적 쾌락

---

* 와인음료 광고 포스터 문구.

** 치약 광고 문구.

*** 세제 광고 문구. "퍼실 세제로 빨래를 더 하얗게."

**** SEFK, 담배 상표.

***** 시계 상표.

을 맛보고, 이해해야, 끊임없이 이해해야 한다. 하루도 빠짐없이 그래야 한다. 예외 없이, 매일, 그래야 한다. 배뇨하기, 먹고 마시기, 이것도 해야 할 일이다. 쓸데없는 일에 말려들어야 하고, 일반적 속도와 습관에 자신을 끼워 맞춰야 한다. 무슨 말을 해야 할지 궁리하고, 귀와 눈을 팽팽하게 긴장시키고, 피부의 감각도 곤두세우고 있어야 한다. 사랑하는 척해야 하고, 어쩌면 사랑하기도 해야 한다. 이런 모든 일을 심지어 아무 이유 없이, 그저 해야 하니까 해야 한다. 왜냐하면 자신의 생을 무(無)로 돌릴 방법이 없기 때문이다. 인간은 혼자일 수 없다. 하찮고 요란한 일들을 동반함으로써 자신의 형식, 즉 타인에게 내보일 모양새를 얻을 수 있으니까. 판단할 방법은 없다. 부조리란 성립하지 않는다. 존재하는 것과 존재해야 할 것의 불일치는 적어도 없으니까. 만약 신이 있다면, 신에게 전지전능한 힘을 부여할 필요가 있다. 인간이 얼마나 하찮은 존재인지 결코, 정말이지 결코 알 수 없을 테니까 말이다.

길은 시내를 가로지르며 대로가 되었다. 완만한 경사를 이룬 이 대로는 조제프를 바다로 인도했다. 바다는 모래 해변은 없고 대신 절벽이 앞쪽으로 기울어 솟아 있었다. 조제프는 철제 난간에 기대어 절벽을 바라보았다. 그때 별안간 시야에 들어온 어떤 매혹적인 풍경에 정신이 쏠렸다. 낭떠러지는 갱도처럼 좁고 깊게, 풀 한포기 없이 황량하게 내리꽂혔다. 그 맨 아래 웅덩이처럼 갇힌 물이 햇빛을 받아 반짝였다. 수면에 아주 작은 어떤 움직임이 있었다. 물에 비친 하늘이 흔들리며 흐려지곤 했다. 모든 방향에서 작은 파도가 밀려왔다 쓸려나가며 서로 엇갈렸다가 뒤섞이는 모습이 풀밭에 이는 바람의 물결 같았다. 그 웅덩이 가장자리에 검은 바위들이 붙어 서 있었다. 이따금 다소 세찬 파도가 수면을 부풀려 그 바위들의 볼기짝을 뒤덮곤 했다. 투명한 바닷물이 그 둥그스름한 돌덩어리들 위로 퍼져 나가면서 오목하게 파인 구멍을 메우고 고랑을 따라 쏟아져 내리고, 원을 그리며 그 자리에서 맴돌았다. 파도가 다시 빠져나가면 거무스름한 묘한 주둥이들이 벌어졌다가 닫히면서 물거품이 끓어올랐다. 곧이어 그 자리, 반들거리는 바위들을 따라 남아 있는 것은 긴 띠를 이룬 물거품, 중간중간 끊긴 지저분한 그 거품덩어리뿐이었다. 물거품들은 물결치는 대로 바다 위에서, 뱉어놓은 침처럼, 흔들렸다.

조제프는 그 절벽 아래를 오랫동안 응시했다. 머리를 앞으로 기울인 자세로 난간에 몸을 걸치고 있자 위태로운 현기증이 점차 엄습해왔다. 암벽은 가파르게 떨어지고, 그 아래 물은 맨홀 뚜껑처럼 판판하게 넘실대고 있었다. 파도가 낮게 아우성치는 소리가 들려왔다. 공기구멍의 완력에 빨려 들어가듯 그의 몸이 앞쪽으로 기울어졌다. 자신이 떨어지는 모습, 지구의 중심을 향해 거꾸로 상승하는 광경이 눈앞에 떠올랐다. 크게 벌어진 눈은 이미 그 추락의 마지막 지점에 가닿아 있었다. 시선은 파도 주름이 잡힌 완강한 해수면을 더듬다가, 이리저리 흔들리는 커다란 해초가 된 듯, 소용돌이치는 물결에 몸을 내맡겼다.

그의 몸이 정말로 떨어지려는 순간, 철제 난간 위로 솟구쳐 돌로 바뀌려는 순간, 누군가가 그의 팔을 붙잡았다. 조제프가 고개를 돌려 쳐다보자 자신을 응시하는 한 사내가 눈에 들어왔다. 어떤 목소리가 자신을 향해 말하는 소리가 들렸다. 그는 정신을 번득 차렸다. 그 목소리는 재차 묻고 있었다.

"괜찮아요?"

그를 바라보는 사내의 눈에 일종의 잔인성이 번득였다. 조제프는 상대방의 모습을 또렷이 알아볼 수 있었다. 트위드 웃옷 차림에 금테 안경을 썼고 민머리였다. 입 주위와 이마에 주름이 잡혀 있었다. 조제프는 자신의 팔을 여전히 붙잡고 있는 사내의 손에서 X. C.라는 두 글자가 서로 얽히듯 새겨진 금속 반지를 보았다.

조제프는 털어내듯이 사내의 손에서 몸을 빼냈다. 50대로 보이는 사내가 머뭇거리며 물었다.

"괜찮아요?"

조제프가 중얼거리듯 대답했다.

"네— 네, 괜찮아요……"

그러고는 서둘러 그 자리를 떠났다.

얼마간 걷다가 어느 학교 앞을 지나가면서 시계탑을 보았다. 시곗바늘이 2시 30분을 가리키고 있었다.

추모비 하나가 눈에 들어왔다. 큼직한 흰 대리석 판에 고인들의 이름이 새겨져 있었다. 이 대지는 사실 죽은 자들의 것이었다. 산, 올리브 나무 밭, 바닷가, 포도 농장, 이 모든 것이 그들의 재산이었다. 밭, 땅은 사실 죽은 자들의 몫이었다. 그런 사실을 모르는 척할 수도 있었다. 그렇지만 그들, 기념비에 새겨진, 그 말 없는 이름을 지닌 그들이 모든 것의 소유자였다. 그들이 주인이었다. 그들이 흙 속에 숨어서 모든 것을 감시하고 있었다. 무덤에 낸 창으로 지켜보고 있었다. 그들이 이면의 심판자들이었다. 그들의 판결을 모면할 수 있는 것은 없었다.

조제프는 걸음을 계속 옮겨놓았다. 먹은 것이 없었지만 배는 고프지 않았다. 무엇을 해야 할지 막막했다. 연속상영 영화관으로 들어가 두세 편의 영화를 보았다. 「마라분타가 울 때」와 「국경까지 7시간」,* 혹은 이

---

* 오락물 성격이 강한 할리우드 영화들. 국내 개봉 제목은 각각 「마라푼다, 더 네이키드 정글The Naked Jungle」(1953, 찰턴 헤스턴 주연)과 「건스 오브 다크니스Guns Of Darkness」(1962, 데이비드 니븐 주연)이다.

런 종류의 어떤 영화였다.

조제프가 영화관 문을 나설 때에는 이미 해가 기울고 있었다. 하늘은 잿빛 구름으로 덮였고, 거리에서는 군중들이 서둘러 집으로 돌아가고 있었다. 청년은 영화관 문 앞에서 잠시 머뭇거렸다. 그러다가 왼편으로 방향을 잡아 시 외곽 쪽으로 갔다. 한참이나 걸어가는 동안 어둠이 짙게 깔리면서 상점 쇼윈도에 네온등이 켜지기 시작했다. 사방에 보이는 남자들과 여자들의 모습에서 달라진 것은 없었다. 창백한 얼굴들은 굳어 있었다. 윤곽은 그대로였고, 주름살이 늘어나지는 않았다. 그렇지만 그들은 끊임없이 움직이고 있었다. 중단 없이, 연속적인 방식으로 살아가고 있는 것이다. 보도를 울리는 그들의 메마른 발걸음이 초, 분, 시를 헤아렸다. 아무 일도 일어나지 않는다고 해서 착각하지는 말아야 했다. 매 동작, 매 사건 천천히, 그들은 피부가 닳고 심장이 마모되고 있었다. 이따금 그들 주위에 그들의 아이들, 그들로부터 나온 그 작은 뼈와 살 조각들이 달려갔다. 그 아이들도 언젠가는 늙을 터였다. 남자와 여자들, 그들은 온갖 학살과 전쟁을 모면할 수 있었다. 소아마비와 철도 사고를 무사히 피할 수는 있었다. 하지만 그들은 자기 아이들을 모면할 수는 없을 것이다. 그건 분명히 알아둬야 할 진실이었다. 40년 후에는, 어쩌면 그 이전에라도, 죽음이 그것을 입증할 터였다. 또한 어쨌거나 백 년 안에는 지금 존재하는 어떤 것도, 이 순간의 어떤 것도 살아 있는 것은 없을 것이다. 당신이 이 글을 읽게 된다면 당신은 눈앞에 놓인 이 추한 그림에서 시선을 뗄 필요가 있다. 심호흡하라, 깊이 한껏 숨을 들이마시고, 삶을 최대한 누려라. 생의 감각에 도취하라. 왜냐하면 이제 곧, 정말로, 당신은 존재하지 않을 테니까, 당신의 존재에서 남아 있는 것은 거의 없을 테니까 말이다.

조제프는 보도 가장자리 버스정류장에서 발을 멈췄다. 1 A라고 표시된 금속 표지판 왼편에서 사람들이 버스를 기다리고 있었다. 레인코트를 입은 여자 둘, 갈색 양복 차림의 남자, 학생, 공사장 인부, 가방을 든 여자 셋이었다. 조제프는 그들 위로 천천히 눈길을 옮겼다. 그들의 얼굴은 모두 비슷했다. 추한 편이라고 해야 할, 하루 일의 피곤이 새겨진 얼굴들이었다. 갈색 양복 남자는 담배를 입에 물고 있었다. 학생은 책을 든 채, 오른쪽 구두 끝을 세워 땅바닥을 두드렸다. 앞줄에 선 여자 둘은 자동차들이 지나가는 것을 말없이 눈으로 좇았다. 인부는 작업복 호주머니에 두 손을 찔러 넣은 모습이었다. 다른 세 여자는 자기들끼리 이야기를 나누는 중이었는데, 그중 둘은 신이 난 듯 수다스러웠고, 나머지 한 여자는 이따금 한마디씩 보태곤 했다. 버스가 도착하면 그들은 뒤돌아보지 않고 떠날 터였다. 어딘가 멀찍이 떨어진 시 변두리 동네에서 내려 자신의 집으로 돌아가 식사 준비를 할 터였다. 그들의 집은 따뜻할 것이고, 식당 벽에 대고 혼자 떠드는 라디오나 텔레비전 소리로 시끄러울 터였다.

조제프는 그 얼굴들을 하나하나, 마치 세밀화를 그리기나 할 것처럼 유심히 살펴보았다. 길쭉한 코, 뻗친 직모거나 혹은 너무 곱슬곱슬한 머리카락, 검은 무리가 진 눈, 여드름, 솜털, 무수한 잔주름, 쪼글쪼글한 입이 눈에 잡혔다. 어째서 이것이 변해야 하는 것일까? 이 상태로 좋지 않은가? 그들에게서 희미한 어떤 슬픔이 번져 나오고 있었다. 그들의 얼굴 전체에서 추억이 후광처럼 퍼지고 있었다. 바로 이 순간, 코와 입술, 머리카락, 돋은 볼의 조합으로서의 그 얼굴은 존재하지 않았다. 그런 것이었다, 현실이란! 덧없는 생과 조락, 그리고 종말 말이다. 사실 유년의 시간들은 지나갔다. 아이의 육체, 밝은 웃음, 맑은 눈은 사라졌다. 마찬가지로 그들 어머니의 유년 시절, 긴 원피스와 많은 머리 역시도 먼저 사라졌다. 모든 것이, 하나가 다른 하나 속에 매몰되면서, 쓰레기, 배설물, 기억들이 층을 이루어 차곡차곡 쌓이면서, 그렇게 전부 묻혔다. 이 여자들의 얼굴, 겉으로는 지극히 멀쩡해 보이는, 청동 조각처럼 틀림없는 존재감을 지닌 그 얼굴들은 사실은 존재하지 않았다. 그 얼굴들은 젤라틴 덩어리, 미끄러져 떨어지는 항아리, 부패, 종기, 썩어가는 살일 뿐!

탱크로리 한 대가 대로를 따라 천천히 올라왔다. 그것은 돼지처럼 그르렁거리면서 멀리서 다가와 조제프의 시야 안으로 들어섰다. 트럭 옆구리의 금속판이 번쩍이고, 운전석 유리창이 어두운 반사광을 되쏘고 있었다. 아마도 과적 상태일 그 트럭은 보도 쪽으로 붙어 힘겹게 전진했다. 아스팔트 조각을 뜯어내는 것으로 보일 만큼 트럭의 움직임은 힘겨웠다. 차 지붕 전면에 단어 하나가 부적처럼 적혀 있었다.

TOTAL

조제프는 그 단어, 가소로우면서도 근사한 그 기호가 가까이 다가오는 것을 바라보았다. 몸속에서 무엇인가 꿈틀거리는 것, 공포, 어쩌면 복종심이 느껴졌다. 트럭 바퀴로 시선을 옮겼다. 조금 전과 같은 아찔한 기분이 또다시 엄습했다. 배불뚝이처럼 퉁퉁한 바퀴가 회전하면서 도로를 따라 육중하게 앞으로 나아갔다. 고무 타이어 표면에 새겨진 무늬가 비틀거리면서 땅을 향해 내려오는 것처럼 보였다. 탱크로리의 무게 아래에서 모든 것이 사라졌다. 고무 타이어가 도로 바닥에 부딪쳐 짓눌리면서 바퀴는 계속해서 회전했다. 흔들림 없이, 끊임없이, 마치 탐욕스러운 짐승의 거대한 아가리처럼 다가왔다. 대기 속에 고무 타는 냄새가 뿌연 매연과 섞여 떠돌았다. 앞에도, 뒤에도, 양옆에도 정적이 자리 잡고 있었다. 사실 난폭한 것은 전부 그 탱크로리, 이마에 부적을 써 붙이고 다니는 그 철판 괴물 배 속에 응축되어 있는 것 같았다. 반면 입처럼 벌어진 양편 흙받기에서는 바퀴의 끊임없는 물결, Z 자 무늬가 찍힌 그 검은 고무 폭포가 쏟아져 굳은 땅에서 무게를 쓸어냄으로써, 그 괴물을 간신히, 위엄을 차리면서, 거의 제자리걸음처럼 보일 만큼 천천히, 앞으로 끌어가고 있었다.

한순간, 조제프는 그 거대한 타이어 아래 몸을 던지고 싶은 충동을 느꼈다. 자신이 도로 바닥이 되어 그 타이어 무늬를 피부에 박아 넣고 싶었다. 그것은 2, 3년 전 열세 살일 적 어느 날 밤에 겪었던 어떤 유혹과 같은 종류의 것이었다. 그날 밤 그는 거실에 장식으로 걸어놓은 토속풍 단도를 벗겨 들고 자신의 방으로 와서 칼끝을 가슴에 갖다 댔었다. 심장의 희미한 박동이 칼날을 타고 올라오는 소리가 불안감 속에서 들려왔다. 심장 박동은 칼 손잡이를 움켜쥔 손까지 전해졌다. 그는 가슴을 겨눈 손에 좀더 힘을 주어 피부를 뚫어보려 했다. 하지만 통증보다 요동치는 심장이 자아내는 공포로 인해 그는 단도를 내던지고 말았다. 생명과 영혼이란 바람을 가득 채운 풍선이 그렇듯이 단 한 번 칼날을 찔러 넣는 것으로 폭삭 꺼져버릴 수 있다는 걸 느꼈을 때의 그 역겨운 도취감을 그는 결코 잊을 수 없을 터였다.

탱크로리가 이 청년이 미동도 없이 서 있는 자리 바로 앞을 지나갔다. 보도에 바싹 붙은 트럭과 청년 사이의 거리는 몇십 센티미터 정도였다. 이어서 트럭은 경적을 울리며 도심 쪽으로 멀어져 갔다. 조제프는 여전히 버스를 기다리고 있는 여자와 남자들을 마지막으로 한번 힐끗 쳐다보고 그 자리를 떠났다.

어둠이 점점 짙어지는 주방에는 늙은 여자가 여전히 등나무 소파에 앉아 있었다. 움직임은 어느 구석에서도 보이지 않았다. 창문은 비닐 커튼으로 가려져 있었고, 벽과 천장에는 마찬가지로 희미한 얼룩이 보였다. 식료품들이 봉지에서 꺼내놓은 모습 그대로 테이블 위에 널려 있었다. 조제프는 눈으로 어둠을 헤집으면서 주방 안으로 몇 걸음 옮겨놓았다. 소파 위에 축 늘어져 있는 몸뚱이가 눈에 들어왔다. 옷에 덮여 형체가 흐릿했다. 두 발은 발끝을 각각 바깥으로 틀어 바닥에 편편히 놓여 있었다. 소파 등받이 위로 젖혀진 얼굴에는 아무 표정도 없었다. 눈꺼풀은 감긴 상태였고, 좁은 콧구멍 아래 입술은 닫혀 있었다. 그 얼굴은 회색 돌덩이를 몸의 나머지 부분에 쓸데없이 붙여놓은 것 같았다. 그 돌덩이를 떼어내서 다른 자리에, 이를테면 쿠션을 옮겨놓듯 갖다놓을 수도 있을 터였다.

밤이 다가와서 이 모든 것 위에 뿌연, 희끄무레한 망사 같은 것을 덮어씌워 놓은 것 같았다. 거미줄 같은 그 덮개는 사물들 표면에서 하늘거리면서 구석 모퉁이로 몰려 쌓이고 있었다. 바깥의 남은 일광이 여전히 창문을 통해 들어왔지만, 이제 밝은 기운은 없었다. 그렇기는커녕 오히려 주방 안의 모든 것으로부터 색채와 선들을 걷어내고 있었다. 어둠이 물처럼, 수없이 헹궈내서 땟국이 된 허드렛물처럼 차올라 모든 윤곽을 흐릿하게 만들어놓고는, 늙은 여자의 얼굴로 가서 피폐한 것, 사그라진 것을 찾아 떠돌았다. 짧은 순간이었지만, 조제프는 노인이 정말로 죽었다고 생각했을 정도였다. 그는 발끝을 세워 조심스럽게 소파 가까이 다가갔다. 작은 소리로 이름을 불러보았다.

"마리아 할머니? 마리아 할머니?"

그는 잿빛 얼굴 위로 몸을 기울여서 숨이 붙어 있는 기미가 있는지 살폈다. 콧구멍이 미세하게 벌름거리고, 가느다란 호흡이 물 빠지는 소리 비슷하게 새어나왔다. 닫힌 눈꺼풀 안쪽으로 움직임이 있었다. 그는 이 노인의 어깨를 손으로 건드리며 이름을 한 번 더 불러보았다.

"마리아 할머니?"

"마리아 할머니?"

소리가 들리는지 노인의 눈꺼풀이 파르르 떨리면서 입술이 벌어졌다. 말라붙은 누런 입에 피딱지가 앉아 있었다. 그 입에서 괴상한 소리가 흘러나왔다.

"아. 아. 아. 아. 아."

"아파요?" 조제프가 물었다.

부어오른 두 눈꺼풀 사이에 눈이 나타났다. 두 개의 눈은 어둡게 가라앉아 있었고, 투명했다. 눈물은 없었다. 목소리가 말을 짜내려고 했다.

"아. 아. 눈이 보이지 않아. 아. 아. 아무것도 안 보여. 아. 아. 아."

하지만 말은 더 이상 나오지 않았다. 언어는 뇌 속 어느 부분에 갇혔다. 무수한 영상과 기억들과 더불어 뇌 속 어딘가에 묻히고 말았다. 이제 그 말은 거기서 빠져나올 수 없을 터였다. 이제 곧, 불과 몇 시간만 지나면, 그것, 언어는 땅 밑에서 썩기 시작할 것이다. 사전 낱장을 뜯어내듯 사라질 것이다. 노래와 시는 다 끝나버렸다. 언어는 그림자, 어둠에 쉽사리 덮여 사라지는 덧없는 그림자일 뿐이었다. 생각들, 아름다운 문장들, 기념비적인 작품, 이런 것들은 일장춘몽이다. 그 가운데 어느 것도 생명을 빚어낼 수는 없을 것이다. 어느 것도 정해진 법을, 거기 맞서 저항해보려 해도, 벗어날 수 없을 것이다. 구태여 말을 해보자면, 대리석 아케이드가 뻗어 있는 어느 신전도, 어떤 도구도, 어떤 책도 이 세상에서 끝

318

장난 하루살이의 생명을 되살려낼 수 없는 것이다.

조제프는 잠시 노인의 웅얼거림에 귀를 기울였다. 그 소리는 입속에 가로놓인 장애물을 넘어오려고 애쓰고 있었다. 곧이어 다음과 같은 그의 말이 시작되었다. "내 말 들려요, 마리아 할머니? 듣고 있죠, 그죠?"

어둠이 드리운 얼굴에 어떤 기적이 스쳐갔다.

"하여간— 하여간 죽지 말아요. 뭐라고 해야 할지— 무슨 말인지 알겠어요? 말을 하려 해봐요. 힘을 내서 뭐든 말을 해봐요. 아까는 했었잖아요. 지금 뭐가 보이는지 말해보면 되겠네요. 뭔가 보일 테니까, 그렇잖아요? 뭔가 보이죠? 정말이지— 보이는 걸 말해줘요. 아까처럼, 아까 말했던 것처럼, 기억나죠?"

노인의 입술이 떨렸다. 그렇지만 어떤 소리도 나오지 못했다. 목구멍이 아마도 완전히 말라붙은 것 같았다. 조제프는 이제 곧 모든 것이 노인에게서 빠져나갈 거라는 걸 느꼈다. 어떤 절망감이 일었다. 그가 그토록 경험해보고 싶었던 그 순간, 정신이 무너져 물질로 바뀌는, 표현 불가능한 그 순간이 이제 멀리 사라질 참이었다. 한 사람의 생애 전체, 피로와 기쁨, 평온과 불행으로 이루어진 75년간의 생애가 연기가 되어, 쓸데없는 폐기물이 되어 사라질 참이었다. 조제프는 늙은 여자에게로 몸을 바싹 기울여 노인의 얼굴을 집요하게 응시했다. 하지만 아무 일도 일어나지 않았다. 별안간 어떤 생각이 떠올랐다. 노인이 이제 말을 하기는 틀렸다 해도 글을 쓸 수는 있지 않겠는가? 조제프는 완두콩을 싼 포장지를 벗겨냈다. 긴장해서 손이 떨렸다. 노인의 축 늘어진 손가락들 사이에 볼펜을 세심하게 끼워 넣었다. 그러고는 종이를 받쳐 들고 서둘러 말했다.

"마리아 할머니? 내 말 듣고 있죠, 그렇죠? 써요. 지금 느낌이 어떤

지 써봐요. 제발. 써봐요. 쓸 힘이 없다면 도와줄게요. 써줄 거죠? 내 말 듣고 있어요? 써요, 써줘요, 제발."

늙은 손이 머뭇거리며 움직이기 시작했다. 볼펜이 느리고 서툴게 글자를 그렸다. 한 글자, 한 글자, 몇 개의 모음과 자음이었다. 쓰기를 마치자 노인은 다시 손을 아래로 떨구었다. 그 손은 손가락을 편 채 잠시 팔끝에 매달려 흔들렸다. 잿빛이 도는 종이 위에 비틀거리는 글자들이 검게 줄을 짓고 있었다. 그것은

ㅊㅜ

ㅇ

ㅜ

ㅓ

르 클레지오와 『열병』

『열병』은 르 클레지오가 1965년 25세에 출간한 소설집으로, 표제작인 「열병」을 비롯하여 초기에 발표한 중단편소설을 담고 있다. 작가가 첫 소설 『조서』를 발표하여 르노도상을 받은 것이 『열병』이 나오기 두 해 전이고, 또 다른 초기 대표작으로 꼽히는 『홍수』를 출간한 것은 이 소설집을 출간한 다음 해인 1966년이다. 앞서 우리나라에 번역 소개된 『조서』와 『홍수』에서 보듯, 작가의 초기 작품들은 오늘날 서구 사회에서 개인이 겪게 되는 존재 위기와 소통 단절이라는 주제를 치열하고 긴장된 소설 언어로 탐색하고 있는데, 이런 특징을 『열병』에서도 마찬가지로 확인할 수 있을 것이다.

병든 세계 속의 개인

「열병」은 현대 도시의 일상에서 물질적·기능적 존재로 축소된 한 개인이 겪게 되는 병적 징후를 통해 삶의 이면을 조명하는 작품이다. 주인공 로슈가 몸담고 있는 세계는 문명과 공동체의 안정된 외관을 보이지만 표피 아래에는 이기적 욕망이 들끓는, 광기와 폭력이 지배하는 세계다. 인간들 사이의 소통이 불가능해진 그 세계에서 벗어날 길은 없다. 그 세계에서 개인이 누릴 수 있는 자유란 여행 포스터로 제공되는 탈출의 환상이 고작이다. 그런 세계 안에서 개인은 위기를 감지하면서도 출구를 찾지 못하기 때문에 최대한 아무렇지 않은 척하며 살아가는 수밖에 없다.

한편 「마르탱」이 보여주는 것처럼, 서구 지성 역시 합리적 이성이라는 허구로 포장되어 폐쇄회로를 돌고 있다. 이 세계는 말하자면 병들어 마비된 세계로, 그 속에서 살아가는 개인 역시 어떤 한계점에 도달하면 동일한 병증을 드러내는 것이 당연하다. 물질문명이 야기하는 정신적 굶주림과 소통 부재, 누적된 모순과 결핍의 병적 징후가 이 소설집의 인물들에게서 보듯 구토, 현기증, 전율, 오한, 발열 같은 신체 증상으로 나타나는 것이다. 「열병」에서 어느 날 로슈를 덮치는 발열, 「보몽이 자신의 고통과 처음 마주친 날」의 보몽이 맞닥뜨리는 정체불명의 통증처럼, 신음하는 세계에서 개인도 땀을 흘리고 신음할 수밖에 없다.

하지만 이런 징후는 개인이 외롭게 떠맡아야 할 몫이다. 소통불능의 상황에서 모두가 자기 안에 유폐되어 있기 때문이다. 그래서 로슈는 거리를 홀로 헤매다가 텅 빈 집으로 돌아와 침대 위에서 앓는다. 보몽도 어느 누가 들어줄 거라는 기대 없이 전화기를 들고 혼자 중얼거린다. 심지어 「걷는 남자」의 파올리가 마주치는 행인들은 메두사를 닮은 괴물, 식인종의 징표를 드러내기까지 한다. 달아날 수 없는 개인에게 주어진 일이란 그저 그 균열의 징후를 감지하는 일, 더 정확히 말해 그 징후를 응시하는 일뿐이다. 「평온한 잠을 이루기 위한 조건」에서 주인공이 자신의 눈꺼풀 안에서 펼쳐지는 이미지들을 응시하듯이 말이다. 그렇게 응시함으로써 "현기증 나는 끝없는 회전, 삶의 수수께끼 같은 무한 운동 궤적"을 발견하기도 하지만, 「노년의 어느 날」에서처럼 존재 아래 드리운 검은 구멍에 빠져들 수도 있다.

현실의 민낯을 드러내는 소설 언어

　소설집 『열병』에서 우리가 발견하는 것은 이렇게 응시하는 눈, 바라보는 시선이다. 하지만 병든 세계의 징후를 "무기력하게 지켜보기만 하는 시선에 불과"할지라도, 그것이 소설 언어라는 외피를 입을 경우에는 다른 힘을 발휘한다. 신경이 감지하는 물질적 감각을 거슬러 올라가면 인물의 의식에 도달할 수 있다. 그렇게 내면의식에 침투하여 개인과 세계의 관계를 탐색하는 것이 바로 『열병』의 언어이다. 익숙한 경험, 익숙한 감각일지라도 그것을 언어로 주목하는 순간 익숙하지 않은 경험이 되면서 정신의 긴장과 각성을 불러온다. 『열병』의 글쓰기는 바로 그런 방식으로 삶의 이면을 응시하고, 소소한 일상 너머 현실의 공격적인 민낯과 맞닥뜨리려 한다. 사물들을 주의 깊게 들여다봄으로써 표면 아래 감춰진 낯선 진실을 폭로하는 일이 바로 이 소설집의 글쓰기이다.

　언어가 감지해내는 이상 징후를 통해 개인은 세계를 고통스럽게 인식하게 되고, 이 세계가 과연 우리가 그렇다고 믿는, 보고 듣는 그 세계인가를 의심하게 된다. 물질적 감각이 언어에 실려 존재에 대한 고통스러운 인식으로 나아간다. 엄밀히 말하자면 표면 아래 잠복한 것들을 감지하는 것은 인물이라기보다 언어이다. 세계에 대해 의심하고 질문을 던지는 주체는 바로 언어이다.

실제로 독자가 작품 속에서 발견하는 것은 인물의 주관적 시점이 아니라 소설의 언어에 달린 눈이다. "삶의 희로애락 같은 감정들이 실재한다고 믿지 않는" 작가의 작품이라면 당연한 일이지만, 감정이입이 가능한 인물이 이 소설집에 등장할 리는 없다. 허구적 성격들이 엮어가는 거대 서사 혹은 이야기의 기승전결 대신 작품 속에 자리 잡는 것은 일상의 감각들, 르 클레지오가 즐겨 사용하는 이미지를 예로 들자면 사방에서 조금씩 파먹어 들어오는 무수히 많은 벌레, 혹은 개미 떼 같은 감각들, "신열, 통증, 피로감, 몰려오는 졸음" 같은 것들이다. 암시나 복선 같은 장치 대신 광고 문구, 칼리그래프 같은 글자들이 서술의 영역으로 들어온다.

작가는 현실을 그럴듯하게 모방하는 일에 관심을 두지 않을 뿐 아니라. 우리 눈이 보는 것이 진짜가 아닌 이상 현실은 그려낼 만한 가치가 없다고 생각한다. 현실 그 자체에 회의하는 작가라면 기존의 소설 언어와는 다른 언어, 다른 방식의 글쓰기를 택할 수밖에 없을 것이다. 이렇게 현실 모방에 기초한 전통적 소설 구성을 거부하는 태도에서 1960년대 누보로망과의 교감을 찾아낼 수도 있다. 그러나 르 클레지오의 글쓰기는 거기서 끝나지 않는다.

르 클레지오는 그의 소설 언어가 독자들과 직접적 소통을 원한다는 점에서 동시대 누보로망을 표방한 일군의 작가들과 갈라선다. 『열병』의 언어가 난해하게 다가온다면 그것은 관습적인 눈, 굳은 눈, 틀에 갇힌 눈으로만 보기 때문이다. 그럴 경우 다른 눈으로 읽어달라고 작가는 호소한다. 소설 작품이란 의식과 감성의 흐름을 언어로 집약해서 순환시키는 회로이다. 작가는 그 회로가 독자의 혈관에 연결되어 소설 언어들이 독자의 몸속으로 퍼져나가기를 원한다. 그래서 비록 일시적일지라도 독자의 머릿속에 어떤 반향이 일어나기를 원한다. 독자가 그 언어에 감응하여 '진실의 전율'로 몸이 떨리기를 기대한다. 그렇게 해서 소설의 공간이 현실로 확장되기를 기대한다. 글쓰기의 힘으로, 감응하는 언어로 서로 소통하고, 진실에 다가갈 수 있기를 바라는 것이다.

이렇게 르 클레지오의 언어는 끊임없이 독자에게 말을 거는 언어이다. 피상적 현실에 안주한 독자를 침범하여 안전의 환상, 소위 '연속성'의 환상을 벗기고, 균열과 소외를 눈앞에 들이미는 언어이다. 그렇지만 독자에게 당혹감과 참담함을 불러일으키는 데서 그칠 수는 없다. 결론에 도달하지는 못해도, 앎에 이르지는 못해도, 그 과정을 통해 나를 돌아보고 타인을 돌아보고 세계를 돌아볼 가능성을 믿는 것이다. 아니, 소설 언어가 그런 가능성을 열어줄 어떤 열쇠가 될 수 있다는 것이다.

언어를 통한 '길 떠나기'

『열병』의 언어는 응시하는 눈이면서 또한 '길 떠나기' '걷기' '떠돌기'의 수단이 된다. 낯선 곳을 향해 떠나는 주제는 작가가 여러 작품에서 자주 활용하는 모티프이기도 한데, 이 경우에도 떠나는 주체는 인물이기보다는 차라리 언어이다. 이 소설집에서 만나는 인물들은 빈번하게 거리를 걷고, 목적지 없이 길을 떠나고, 하릴없이 거리를 방황하는 모습을 보여주는데, 분명한 것은 그들이 언어를 동반하고 길을 떠난다는 점이다. 「배는 섬을 향해 가는 것 같다」에서 보여주는 것이 이러한 언어를 통한 표류, 떠돌기이다. 작품 속에 등장하는 익명의 '나'는 누구여도 좋다. 단지 언어가 혼잡한 거리를 떠돌 수 있도록, 언어를 실어 나를 그릇, 혹은 언어가 자생할 두 개의 눈이기만 하면 된다. 이 '나'는 그렇게 익명성에 잠긴 채 거리를 떠돌며 사람들을 보고, 거리를 보고, 풍경을 본다. 그것들은 차례로 시선에 잡혀 언어로 축적된다. 특별한 사건도, 특별한 줄거리도 없다. 물론 인물은 끝까지 익명성에 묻히고, 남는 것은 길을 걸으며 주위 세계를 포착한 언어이다.

「걷는 남자」의 주인공에게는 파올리라는 이름이 부여되지만 언어를 실어 나르는 그릇, 언어를 달고 다니는 두 눈이라는 점에서는 익명의 '나'와 마찬가지이다. 파올리는 걸어서 떠나지만, 개인사로 유추할 수 있는 구체적 목적지가 있는 것이 아니다. 다만 짐작하는 것은 그의 삶에 뭔가 문제가 있고, 그래서 설명할 수 없는 불안이 잠복해 있고, 그것을 극복하기 위한 힘을 떠도는 행위 그 자체에서, 걷는 여정을 통해 찾고 있다는 것뿐이다. 말하자면 극복의 힘을 걷는 언어, 떠도는 언어에서 길어내는 것이다. 이렇게 그는 언어로 떠돌며, 그 떠도는 언어를 통해 삶이라는 폭력을 헤쳐 나간다. 일상이라는 덫이 눈앞에 입을 벌려도 언어가 지닌 응시의 힘으로 첫 출발의 장소, 최초의 리듬, 원점으로 돌아갈 수 있다.

이 원점으로의 여행은 「뒤로 가기」에서 존재의 근원을 향한 여행으로 심화된다. 시간을 거슬러 올라가기란 걷는 남자의 거꾸로 '걷기'이며, 생명이 탄생하기 이전 지점을 향해 '길 떠나기'이다. 그런데 그 시작점으로 가려고 하는 이유는 무엇인가? 그것은——나중에 작가는 그것을 문명 이전 신화적 세계에 대한 갈망으로 설명하지만——거기 뭔가 더 소중한 것이 있어서라기보다는, 그것이 현재 세계에서 인간의 존재에 대해 질문을 던지는 한 방법이기 때문이다. 「세상은 살아 있다」 역시 같은 맥락에서 "생명과 죽음의 원천"을 언어로 찾아가는 여정이다.

존재의 근원을 찾는 여정

이상이 르 클레지오가 『열병』을 통해 드러내는 소설 언어에 대한 믿음이다. 그렇지만 그 믿음이 그리 확고한 것은 아니었는지, 후기로 접어들면서 작가는 어느 정도 변화된 모습을 보여준다. 말하자면 언어로 길을 떠나기보다 작가 자신이 실제로 길을 떠나는 행보를 보인 것이다. 글쓰기의 실험보다 그 실험을 실제 삶에 옮겨놓는 편을 선택한 것인데, 사실 그런 태도는 이미 작가의 원천에 뿌리내리고 있다.

르 클레지오는 1940년 남프랑스 니스에서 태어났다. 그의 아버지는 아프리카 모리셔스 섬 출신의 의사로, 조상은 대혁명 당시 프랑스령이던 모리셔스로 이주한 프랑스인이지만 그 뒤 이 섬이 영국령이 되면서 영국 국적을 갖게 되었다. 어머니는 남편이 나이지리아에서 군의관으로 근무하게 되자 친정인 프랑스 니스로 가서 르 클레지오를 출산했고, 그런 이유로 그는 두 개의 국적을 지니게 되었다. 여덟 살이 되던 해 가족과 함께 아버지의 근무지 나이지리아로 갔다가, 다시 돌아와 영국과 프랑스에서 학업을 이어나갔고, 앙리 미쇼Henri Michaux 연구로 액상프로방스 대학에서 학위를 받았다. 작가가 영어와 프랑스어를 자유롭게 구사하고 프랑스어로 작품을 쓰면서도 "나는 프랑스 사람이 아니라 아프리카 사람"이라고 말하는 것은 아프리카가 준 유년의 체험이 정체성의 원천이 되어주기 때문일 것이다. 더구나 부계 선조의 터전인 모리셔스 섬은 포르투갈과 프랑스, 영국의 식민 지배를 거치며 본래의 토속 문화에 유럽 문화가 유입되고, 거기에 19세기 전후로 인도 노동자들을 따라 들어온 인도 문화가 혼합된 곳으로, 모리셔스 섬의 이런 분위기 역시 선조의 땅이라는 이름으로 작가의 상상 속에 자리 잡고 있음이 분명하다.

르 클레지오는 『열병』을 발표한 해인 1965년 군복무로 방콕에 체류하면서 불교와 선(禪)의 세계에 접했다고 한다. 그 뒤 1967년부터 멕시코와 파나마 등지에서 체류하며 그곳 원주민의 삶을 지켜볼 기회를 얻었다. 특히 1969년에서 1973년까지 엠버라 인디언을 만나 4년간 함께 지낸 것이 그에게 큰 영향을 주었다. 기계문명의 대척점에서 자연과 어우러져 살아가는 인디언들의 모습에서 서구가 잃어버린 것을 발견하고, 서구적 사유의 틀을 벗어난 새로운 존재 방식을 모색하게 된 것이다. 실제로 이 시기를 전후해 발표한 작품들인 『사랑의 대지』(1967), 『도피의 서』(1969), 『전쟁』(1970), 『거인들』(1973)은 작가의 시야가 개인의 내면의식에서 벗어나 폭넓게 확산되는 동시에 문체 역시 절제되고 온건해졌다는 것이 비평가들의 공통된 평가이다. 그 뒤 1978년에 출간한 소설집 『몽도, 그리고 또 다른 이야기들』에서는 유년의 순진한 풍경화에 산업화 이전 사회에 대한 향수를 담는가 하면, 사막 기행문 『하늘빛 사람들』에서는 대자연과의 합일을 지향하며 신화적인 세계를 찾아 떠나는 여정을 보여주기도 한다. 앞서 이야기한 대로 초기 작품들에서 보여준 '언어로 떠돌기' '언어로 길 떠나기' 작업을 자신의 실제 삶에 옮겨놓은 것이다. 사막 민족의 문화와 역사를 그린 소설 『사막』(1980)에 이르면 초기 작품들에 감돌던 지적 긴장감은 이제 소박하고 평온한 언어에 용해되어 바야흐로 정신적 구도(求道)의 색채를 띠기에 이른다.

자연과 어우러진 삶을 찾아, 혹은 본원적 감수성을 찾아, 말하자면 서구 문명과는 '다른' 세계를 찾아 떠난 작가에게 그렇게 해서 마주친

'낯선 땅'은 때 묻지 않은 언어의 배양장이 되어줄 수 있다. 언어와 함께, 언어와 더불어 길을 떠난 서구 작가의 입장에서는 그 낯선 땅 자체가 새로운 언어이다. 서구적 사고 체계의 틀을 벗어난 자유로운 언어, 상투적 관념들을 떨어낸 싱싱한 언어이다. 르 클레지오가 자신의 조국은 특정 국가가 아니라 프랑스어라고 말했다는 사실은 위의 관점으로 볼 때 역설적으로 의미심장하다. 작가의 조국은 모국어라는 그의 말 대로 언어 세계의 주민이 될 경우, 실제 삶과는 상관없이 시적 언어라는 중립 지대를 통해 곧바로 심원한 본질로 직행할 수 있기 때문이다.

인간의 다양한 삶에 내재된 아름다움과 진실을 찾는다는 깃발 아래 제3세계로 발걸음을 옮긴 서구 언어는 시적이지 않은 그곳 현장의 삶에 얽매이지 않고, 구태여 구체적이고 현실적이어야 할 필요도 없이, 서정성의 세계에 곧바로 뛰어들어 자연과 생명이라는 신화의 땅으로 유영해갈 수 있다. 모든 것이 별안간 화해에 붙여지고, 통찰이 일어나며, 거기에는 근원적이라는 설명이 붙여진다. 시적 언어가 어디서든 '우리'라는 연결고리가 되어 별안간 인류의 보편정신을 말할 수 있게 해준다.

르 클레지오가 끊임없이 추구해온 이른바 존재의 근원을 찾는 작업은 서구와는 '다른' 땅을 향해 방향을 잡기도 하지만, 한편으로는 작가 자신의 유년으로 방향을 잡기도 한다. 자신의 근원을 향해 길을 떠날 경우에도 최종 목적지는 역시 자연과 조화를 이룬 삶이다. 르 클레지오는 1995년 발표한 『섬』에서 고향과 뿌리를 찾아가는 여행을 통해 자아의 정체성과 존재의 근원을 탐색한 적이 있다. 이어서 2004년에는 『아프리카인』을 출간하며 작가 자신의 상상 세계가 아프리카에 뿌리내리고 있음을 보여주고자 했다. 『아프리카인』은 아버지와 함께 보낸 유년 시절의 체험이 근간인데, 이렇게 아프리카에 겹쳐놓은 유년 시절에서 조화로운 삶을 길어내는 일이란 과학기술과 물질에 기초한 서구 문명의 허영을 비판하는 효과적인 방법이다. 그로부터 4년 후 발표한『허기의 간주곡』은 어머니를 주제로 한 소설로, 작가가 수행해온 뿌리 찾기 작업을 연장한 작품이라고 할 수 있다.

"살아 있는 가장 위대한 프랑스 작가"

르 클레지오는 한국과도 친숙한 작가다. 2001년 대산문화재단과 주한프랑스대사관이 주최한 한불작가교류행사에 참석하기 위해 처음 한국을 방문한 이래, 여러 차례 내한하여 한국 문단과 교류해왔으며, 2007년에는 이화여대 초빙교수로 한국에 머물며 두 학기 동안 학부와 대학원에서 강의하기도 했다. 한국의 문화와 자연에도 관심이 많은 그는 앞서 2001년 한국을 방문했을 때 전남 화순 운주사를 방문한 뒤「운주사 가을비」라는 시를 썼다. 또한 최근에 발표한 연작소설『폭풍』(2014)은 한국 체류 기간 중 즐겨 찾던 제주 우도와 태풍을 모티프로 쓴 작품이라고 밝히고 있다.

르 클레지오를 설명할 때 흔히 동원되는 수식어는 "서구 문화 속에서 태어났지만 서구 문화에 갇히지 않은 작가"라는 표현이다. 서구 중심 사상에서 벗어나 끊임없이 변방을 탐색하며 풍요한 시적 세계를 일구어왔다는 찬사로 요약되는 비평가들의 평가에도 수긍이 간다. 작가 역시 자신의 정체성을 이야기할 때면 이방인이라는 표현을 즐겨 쓴다. 태어난 나라 프랑스에서 스스로를 이방인, 아웃사이더처럼 느끼며, 프랑스에 있으면 자신이 망명자라는 생각이 든다고 한다. 그는 자신의 글쓰기 원천은 서구 문화가 아닌 '떠돌기'에 있다고 말하면서 한곳에 머물지 않은 삶을 실천한다. 라틴아메리카와 사하라 사막, 아프리카 등지를 떠돌며 글쓰기를 이어왔고 그런 태도는 지금도 여전히 이어지고 있다. 작가는 스스로 정의하듯 서구 문명 전체에 대해 이방인이며, 시선을 항상 서구 저 너머에 던져놓은 아웃사이더인 것이다.

그렇지만 부인할 수 없는 점은 변방과 다양성을 향한 그 시선의 출발점에는 근원적 생명력이 고갈된 서구 문명에 대한 반성과 그 극복이라는 문제의식이 자리 잡고 있다는 사실이다. 낯선 문화에 대한 공감이 다양성 자체에 대한 공감인 경우도 물론 있지만, 서구와 '달라야'만 '다양한' 것일 수 있는 현재 상황에서 그 공감이란 결국 서구 문명에 비춰 어떤 '다름'을 탐색하고자 하는 의지의 발로인 것이다. 사실 서구 중심 사상에 대한 반성, 서구 전통을 벗어나 다른 문화를 향해 표하는 공감, 제3세계 문화에 대한 존중이라는 그 선진적 태도를 선점하는 일, 문명의 첨병으로서 끊임없이 인류의 보편 정신을 탐색해 나가는 영원한 노마드 정신이야말로 현재 서구가 도달한 정신적 지점이라는 점을 인정하지 않을 수 없다. 그런 의미에서 우리는 르 클레지오에게서 서구적 문제 인식에서 출발하여, 서구의 위기를 의식 속에서 끊임없이 현재화하며, 그 극복을 위해 서구 아닌 것을 참조하는 작가, 그런 탐색 작업을 통해 서구의 낡은 정신을 매번 새롭게 세탁해내는 진정한 서구 작가를 볼 수도 있을 것이다.

1994년 프랑스 문학잡지 『리르 *Lire*』가 설문조사를 통해 르 클레지오에게 부여한 "살아 있는 가장 위대한 프랑스 작가"라는 월계관은 이처럼 서구 문명의 이상형을 구현해온 진정한 서구 작가에게 바쳐진 헌사일 것이다. 같은 의미에서 2008년 르 클레지오가 노벨 문학상을 수상할 당시

스웨덴 한림원이 밝힌 선정 이유 가운데 "지배적 문명 너머와 그 아래 있는 인간의 탐구"라는 문구가 "새로운 출발"이라는 구절과 나란히 놓여 있는 것이 자연스럽게 이해된다.

　번역 원본으로는 1991년 갈리마르 출판사에서 출간된 *La Fièvre* 개정본을 사용하였다.

작가 연보

1940	4월 13일 프랑스 니스에서 출생.
1948	가족과 함께 부친의 근무지인 서아프리카 나이지리아로 감.
1950	프랑스 니스로 돌아옴.
1959	영국 브리스틀 대학에서 수학.
1960	옥스퍼드 대학에서 문헌학과 문법학을 공부함.
1961	프랑스 니스 대학에서 수학.
1963	첫 소설 『조서Le Procès-verbal』로 르노도상 수상.
1964	앙리 미쇼Henri Michaux 연구로 액상프로방스 대학에서 석사학위 취득. 중편소설 『보몽이 자신의 고통과 처음 마주친 날Le Jour où Beaumont fit connaissance avec sa douleur』 출간.
1965	소설집 『열병La Fièvre』 출간.
1966	소설 『홍수Le Déluge』 출간. 군복무로 방콕에 체류하면서 불교와 선(禪)의 세계를 접함.
1967	멕시코 체류. 소설 『사랑의 대지Terra Amata』, 에세이집 『물질적 법

열*L'Extase matérielle*』출간.

| 1969 | 소설『도피의 서*Le Livre des fuites*』출간. 1973년까지 파나마에 체류하며 자연과 어우러진 세계를 통해 서구적 사유의 틀을 벗어날 방법을 모색함. |

1969   소설『도피의 서*Le Livre des fuites*』출간. 1973년까지 파나마에 체류하며 자연과 어우러진 세계를 통해 서구적 사유의 틀을 벗어날 방법을 모색함.

1970   소설『전쟁*La Guerre*』출간.

1971   에세이집『아야*Haï*』출간.

1972   라르보상 수상.

1973   소설『거인들*Les Géants*』출간.

1975   소설집『저편으로의 여행*Voyages de l'autre côté*』출간.

1978   에세이집『지상의 미지인*L'Inconnu sur la terre*』, 소설집『몽도, 그리고 또 다른 이야기들*Mondo et autres histoires*』출간.

1980   소설『사막*Désert*』출간. 폴 모랑 문학상 수상(아카데미 프랑세즈가 주관하는 문학상으로 르 클레지오가『사막』을 비롯한 그의 전 작품으로 첫 수상자로 선정됨).

1982   소설집『배회*La Ronde et autres faits divers*』출간.

1983   멕시코 고대사 연구로 페르피냥 대학교에서 박사학위 취득.

1985   소설『금을 찾는 사람*Le Chercheur d'or*』출간.

1986   소설『로드리게스로의 여행*Voyage à Rodrigues*』출간.

1988   에세이집『멕시코의 꿈과 중단된 사유*Le Rêve mexicain ou la pensée interrompue*』출간.

1989   소설『봄, 그리고 다른 계절들*Printemps et autres saisons*』출간.

1991   소설『오니차*Onitsha*』출간.

1992   소설『방황하는 별*Étoile errante*』『파완다*Pawana*』출간.

1993   평전『디에고와 프리다*Diego et Frida*』출간.

1994	『리르Lire』지에서 프랑스어로 글을 쓰는 가장 위대한 현존 작가로 선정됨.
1995	소설 『섬La Quarantaine』 출간.
1996	소설 『황금물고기Poisson d'or』 출간.
1997	『노래에 실린 축제La Fête chantée』 출간. 여행기 『하늘빛 사람들Gens des nuages』 출간(모로코 출신 아내 제미아 르 클레지오Jémia Le Clézio 와 사막을 여행하며 함께 쓴 기행문으로, 동행한 사진작가 브뤼노 바르베Bruno Barbey의 사진을 담음). 장 지오노상 수상.
1999	소설집 『우연Hasard suivi de Angoli Mala』 출간(중편 「앙골리 말라」와 함께 엮은 소설집).
2000	소설집 『타오르는 마음, 그리고 그 밖의 로망스Cœur brûle et autres romances』 출간. 소설 『다리 밑의 아이L'enfant de sous le pont』 출간. 『거리의 유령들Fantômes dans la rue』 출간.
2001	한국 방문(대산문화재단 주한프랑스대사관이 주최한 한불작가교류행사).
2002	2002년까지 미국 뉴멕시코 대학에서 불문학 교수이자 미술사 교수로 재직.
2003	자전적 소설 『혁명들Révolutions』 출간.
2004	아버지에 대한 이야기 『아프리카인L'Africain』 출간.
2006	소설 『우라니아Ourania』 출간. 에세이 『라가, 보이지 않는 대륙에 가까이 다가가기Raga. Approche du continent invisible』 출간.
2007	프랑스 칸 영화제 60주년을 기념해 집필한 영화에세이집 『발라시네Ballaciner』 출간. 한국 이화여대 초빙교수로 프랑스어와 프랑스

문학 강의.

2008   소설『허기의 간주곡*Ritournelle de la faim*』출간(어머니를 주제로 한 소
        설로 서울에 체류하면서 집필함). 스티크 다게르만상 수상. 노벨 문
        학상 수상.

2011   소설집『발 이야기와 그 밖의 판타지들*Histoire du pied et autres fantaisies*』
        출간. 6월에 제주 세계7대자연경관 홍보대사로 내한.

2012   제17회 부산국제영화제 뉴커런츠 부문 심사위원으로 내한.

2014   2편의 연작소설『폭풍*Tempête*』출간.

'대산세계문학총서'를 펴내며

2010년 12월 대산세계문학총서는 100권의 발간 권수를 기록하게 되었습니다. 대산세계문학총서의 발간은 앞으로도 계속될 것이고, 따라서 100이라는 숫자는 완결이 아니라 연결의 의미를 지니는 것이지만, 그 상징성을 깊이 음미하면서 발전적 전환을 모색해야 하는 계기가 된 것은 분명합니다.

대산세계문학총서를 처음 시작할 때의 기본적인 정신과 목표는 종래의 세계문학전집의 낡은 틀을 깨고 우리의 주체적인 관점과 능력을 바탕으로 세계문학의 외연을 넓힌다는 것, 이를 통해 세계문학을 바라보는 우리의 시각을 전환하고 이해를 깊이 해나갈 수 있도록 한다는 것이었다고 간추려 말할 수 있습니다. 그리고 궁극적으로는 우리의 인문학을 지속적으로 발전시켜나갈 수 있는 동력이 될 수 있기를 희망하는 것이었습니다. 이러한 기본 정신은 앞으로도 조금도 흐트러지지 않고 지켜나갈 것입니다.

이 같은 정신을 토대로 대산세계문학총서는 새로운 변화의 물결 또한 외면하지 않고 적극 대응하고자 합니다. 세계화라는 바깥으로부터의 충격과 대한민국의 성장에 힘입은 주체적 위상 강화는 문화나 문학의 분야에서도 많은 성찰과 이를 바탕으로 한 발상의 전환을 요구하고 있습니다. 이제 세계문학이란 더 이상 일방적인 학습과 수용의 대상이 아니라 동등한 대화와 교류의 상대입니다. 이런 점에서 대산세계문학총서가 새롭게 표방하고자 하는 개방성과 대화성은 수동적 수용이 아니라 보다 높은 수준의 문화적 주체성 수립을 지향하는 것이며, 이것이 궁극적으로 한국문학과 문화의 세계화에 이바지하게 되리라고 믿습니다.

또한 안팎에서 밀려오는 변화의 물결에 감춰진 위험에 대해서도 우리는 주의를 게을리하지 말아야 할 것입니다. 표면적인 풍요와 번영의 이면에는 여전히, 아니 이제까지보다 더 위협적인 인간 정신의 황폐화라는 그늘이 짙게 드리워져 있는 것이 사실입니다. 대산세계문학총서는 이에 대항하는 정신의 마르지 않는 샘이 되고자 합니다.

'대산세계문학총서' 기획위원회